ケイティ・チャンドラー26歳。ニューヨークに出てきて1年余り。やっと自分の能力をいかせる職場と巡り合い，どうやら彼氏のいない生活からも卒業の気配。一見順風満帆のようだが，やはり人生そううまくはいかないもの。スパイ事件が発生し，社内の雰囲気は最悪に。魔法に免疫のあるケイティがスパイ事件の調査を任され，ただでさえ目が回るほどの忙しさのなか，なんとテキサスからパパとママがやってくるという。つき合いはじめたばかりの，会社の顧問弁護士で免疫者《イミューン》仲間イーサンの協力で，なんとか無事乗りきれると思った矢先，ママが変なものが見えると言い出した。危うし，ケイティ！　好評〈㈱魔法製作所〉第二弾。

登場人物

ケイティ（キャスリーン）・チャンドラー……テキサス出身の平凡な女の子
ロイス・チャンドラー……ケイティの母。テキサス在住
フランク・チャンドラー……ケイティの父。テキサス在住
ジェンマ……ケイティのルームメイト
マルシア……ケイティのルームメイト
アンブローズ・マーヴィン……㈱ＭＳＩの最高経営責任者《ＣＥＯ》
オーウェン・パーマー……㈱ＭＳＩの研究開発部理論魔術課の責任者。とてもシャイ
ロッド（ロドニー）・グワルトニー……㈱ＭＳＩの人事部長。なぜかもてる
サム……ガーゴイル。警備担当責任者
イザベル……㈱ＭＳＩの社員。ケイティの友人
トリックス……㈱ＭＳＩの社員。ケイティの友人
アリ（アリエル）……㈱ＭＳＩの社員。ケイティの友人
イーサン・ウェインライト……㈱ＭＳＩの顧問弁護士
フェラン・イドリス……㈱ＭＳＩの元社員

㈱魔法製作所

赤い靴の誘惑

シャンナ・スウェンドソン

今泉敦子訳

創元推理文庫

ONCE UPON STILETTOS

by

Shanna Swendson

This book is published in Japan
by TOKYO SOGENSHA Co., Ltd.
by arrangement with Shanna Swendson
c/o Nelson Literary Agency, LLC.
c/o The Fielding Agency, LLC, Beverly Hills, California
through Tuttle-Mori Agency Inc., Tokyo

赤い靴の誘惑

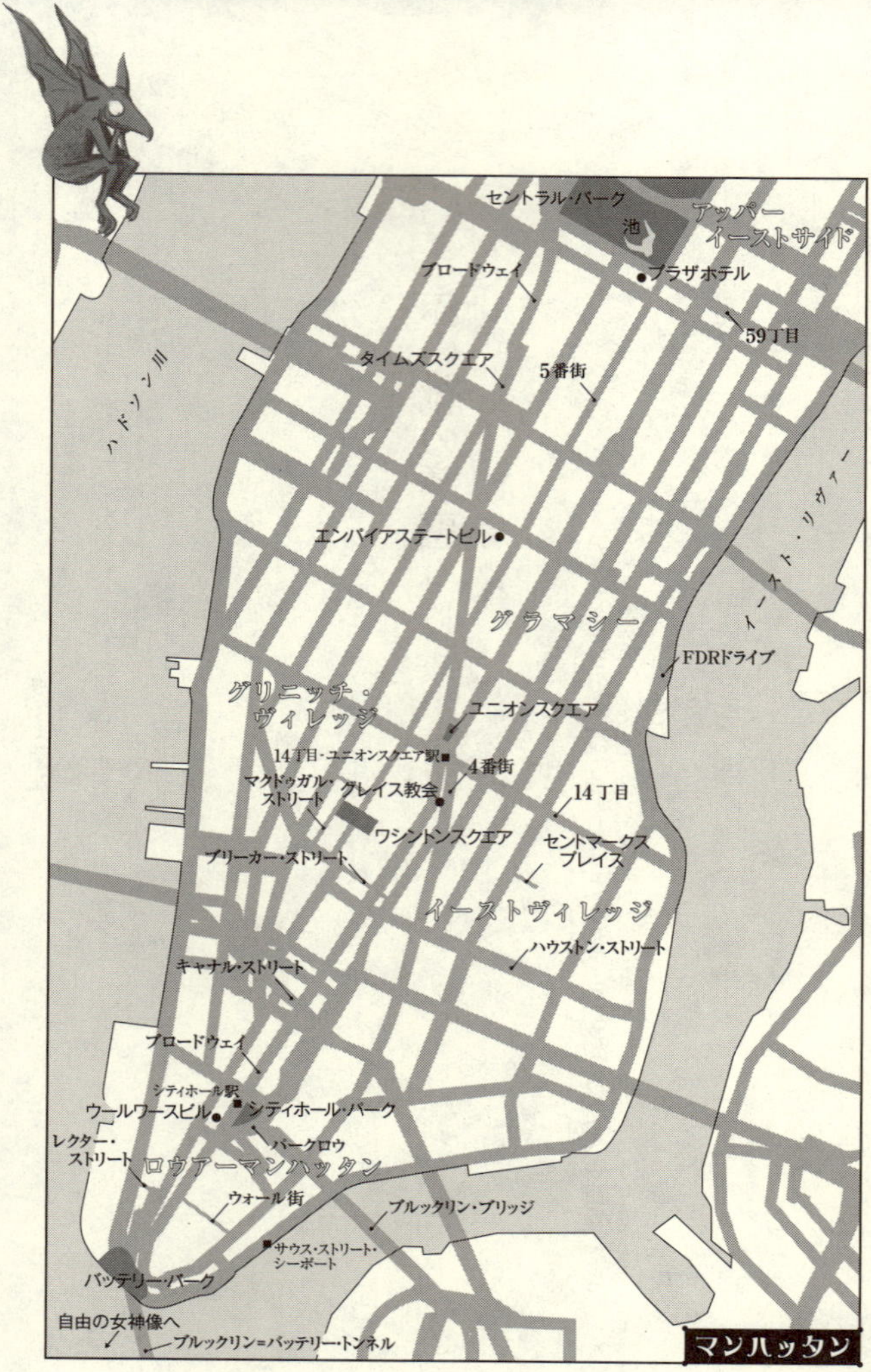
セントラル・パーク
池
アッパー
イーストサイド
ブロードウェイ
プラザホテル
59丁目
タイムズスクエア
5番街
ハドソン川
イースト・リヴァー
エンパイアステートビル
グラマシー
FDRドライブ
グリニッチ・
ヴィレッジ
ユニオンスクエア
14丁目・ユニオンスクエア駅
4番街
マクドゥガル・
ストリート
グレイス教会
14丁目
ワシントンスクエア
セントマークス
プレイス
ブリーカー・ストリート
イーストヴィレッジ
ハウストン・ストリート
キャナル・ストリート
ブロードウェイ
シティホール駅
ウールワースビル
シティホール・パーク
パークロウ
レクター・
ストリート
ロウアーマンハッタン
ウォール街
ブルックリン・ブリッジ
サウス・ストリート・
シーポート
バッテリー・パーク
自由の女神像へ
ブルックリン＝バッテリー・トンネル
マンハッタン

1

すべては一対の赤い靴から始まった。そうとは気づかぬままに――。

土曜の午後、わたしはルームメイトのジェンマとショッピングに来ていた。特にめずらしいことではない。めずらしいのは、それがわたしのためのショッピングだということだ。そして、さらにめずらしいのは、買うものがデートに着ていく服だということ。それも、お膳立てされたブラインドデートではなく、正真正銘、本物のデートだ。わたしはギネス級に奇妙なディナーをともにした相手から二回目のデートを申し込まれていた。

最初のデートで神経衰弱になりかけたにもかかわらず――それも、こちらの友人や同僚たちのせいで――次を申し込んできたのだから、かなり見込みがあると考えていいだろう。ふだんより少しよけいに努力する価値はありそうだ。そういうわけで、ジェンマとわたしは今日、ブルーミングデールズ（ニューヨークの老舗デパート）にいた。

「上に行って靴を見ましょ」ジェンマがわたしのそでを引っ張る。

「まだ服を買ってないわ。着るものが決まらないのに、どうやって靴を選ぶの？」

ジェンマは哀れむような目でわたしを見ると、まるで余命が二週間しかないことを告げようとしている医者のように、悲しげに首を振った。「ケイティ、あなたには学ばなくちゃならないことがたくさんあるわ。最初に決めるのは靴なの。最高に素敵な靴を見つけて、そこからコーディネートを組み立てていくのよ」

ジェンマは無難な靴のそろう売り場を素通りし、高級ブランドのブティックが並ぶフロアでエスカレーターを降りた。彼女の言う〝最高に素敵な靴〟は、予算を大幅に超えるような気がしてきた。「ねえ、ジェンマ」愚痴っぽくならないよう気をつけながら警告する。「もしこの階で靴を買うつもりなら、わたしはポリ袋をドレスがわりにしなくちゃならなくなるわ。それも、買い置きしたものがまだ流しの下に残ってればの話よ……」

「残ってるのは透明のだけよ。あなたの趣味じゃないと思うわ」ジェンマは歩調を緩めずに言う。「大丈夫、デザイナーシューズを買わせようなんて思ってないから。ここに来たのはインスピレーションを得るためよ。コーディネートのアイデアをもらって、似たようなデザインのもっとリーズナブルな靴を買うのよ」

わたしはジェンマをよく知っている。これは、わたしの服をコーディネートすることとはなんの関係もない。彼女がブルーミングデールズに来て靴の聖堂に巡礼しないなどということは、あり得ないのだ。ジェンマはデザイナーズショップの前を足早に通り過ぎ、高級ブランドの靴ばかりが並ぶコーナーへとまっしぐらに進んでいく。到着すると、各陳列棚の前でうやうやしく立ち止まり、目を引いた靴にそっと触れる。そしてときおり手に取っては、胸もとに引き寄せ、目を閉じてしばし瞑想にふけるのだ。わたしは陳列棚の上を極力見ないようにした。手に入らないとわかっているものに、虚しい欲望を募らせたくはない。

　ちなみに、これは靴を買うときの知恵であると同時に、わたしがこのデートに臨もうとしている理由でもある。自分のものにできそうな人、しかもわたしが男性に求める条件をすべて満たしている人とつき合うことは、手の届かない人にいつまでも恋い焦がれているより、ずっと賢明だ。イーサンは頭がいいし、見た目も悪くないし、優しいし、立派な職業に就いている。それに、当代随一の魔法使い、などではない――だれかさんのように。だれしも、身の丈を知ることが大切だ。

　そのとき、ジェンマが畏敬と憧れの入り交じった声をあげた。「ケイティ、ねえ、これ見て、はやく」

　カーペットから視線をあげ、ジェンマが手にしている赤い靴を見た。ただの赤い靴ではない。リンゴ飴のように艶やかな真っ赤なピンヒールだ。思わずかじりつきたくなる。「いいわね」

「いいわね？　それだけ？　こんなに完璧な靴、めったに出合えるものじゃないわ。これこそ男を虜にする靴よ。ケイティ、これ買いなさい」

「別に男を虜にしたいとは思わないわ」

　ジェンマはふたたび、例の哀れむような目でわたしを見た。「どうして？」

「そもそもわたしは男性を虜にするようなタイプじゃないし、それに、恋人とはもっと対等な関係でいたいもの」

「これを履いて男を虜にしておけば、いくらでも望みどおりの関係が築けるわ。対等だろうが、そうでなかろうが」

「でも、それに合う服がないし」戦法を変えてみる。

ジェンマは、この娘《こ》は救いようがない、とでも言いたげな顔でため息をつく。「このての靴に合う服なんて、そもそもないのよ。この靴はアクセサリーじゃないわ。あくまで主役よ。黒かグレーのシンプルなドレスを着て主役である靴を引き立てるの。デートには絶対これを履くべきよ」

「もっている服のほとんどすべてと合わない靴を買う余裕はないわ」

ジェンマは靴をひっくり返して値札を見る。「ほんの二百ドルよ。マノロ・ブラニクの半分ですむわ。絶対お買い得よ」

「かかとを三回打ち鳴らしたら、〝カンザスのおうち〟に連れ帰ってくれそうな靴ね」

「やーね、ケイティ」ジェンマは首を振る。「これはまさに、あなたをカンザスから連れ出してくれる靴よ。とにかく、試しに履くだけ履いてみなさいよ」

「そんなに気に入ったんなら、自分が買えばいいじゃない」

「わたしが履いたらジョリーグリーンジャイアント（食品会社グリーンジャイアントのマスコットの巨人）みたいになるもの。フィリップをはるか上から見おろすことになっちゃうわ」フィリップはジェンマのボーイフレンドだ。彼のためにハイヒールをあきらめたのは、彼女がかなり本気だということを意味する。ちなみに、フィリップはかつてカエルだったが、ジェンマはそのことを知らない。これについては、話せば長くなる。とりあえず、いまのわたしの生活は奇妙な話題にこと欠かないとだけ言っておこう。「イーサンはすごく背が高いし、あなたは別に長身じゃないでしょ。だから、これを履いてもまったく問題ないわ」

たしかにわたしなら、この靴を履いても、イーサンほど背の高くないだれかさんでさえ見おろす心配はないだろう。おっと、いけない、この週末は彼のことをいっさい考えないことにしたんだった。「ジェンマ、やっぱりやめとく。いまはそこまでする必要はないわ。まだ二回目のデートよ。あまりがんばっているように見えるのはいやだもん。そんなの履いていったら、めちゃくちゃ張りきってると思われちゃうわ」

「つまり、クールにいきたいってわけね？」

「そうよ、クールにね。ジェンマというデートの達人から教わった戦略よ」

ジェンマは大きなため息をついて、靴を陳列棚に戻した。実際に手の届く服を見るために、彼女の腕をつかんでエスカレーターへ向かおうとしたとき、思いがけない光景が目に入った。隣接するブティックで背中に羽のついたふたりの女性が靴を見ていたのだ。

普通、この光景を「思いがけない」と言わせるのは背中の羽だ。妖精は日常的に目にするものではない。でも、わたしが立ち止まったのは、彼女たちが知り合いだからであり、かつ、ふたりともおよそブルーミングデールズで、というか十四丁目以北で買いものをするようなタイプには見えないからだ。

ジェンマをただちに別の売り場へ移動させる方法を探していると、妖精のひとりがこちらを向いた。「ケイティ！　ここで何してるの？」

「いま同じことを訊こうとしてたのよ」朗らかな口調を維持しつつ、ふたりをきっとにらむ。ジェンマが目の前の女性たちを奇異に感じることはないはずだ——彼女たちが見るからにダウンタウンの住人で、この店にふたりの着そうなものがあるとは思えないことを除けば。それでも、仕事の世界が私生活に介入してくるとやはり落ち着かない。

わたしは、株式会社マ《M》ジック・ス《S》ペル＆イ《I》リュージョンという会社に勤めている。いってみれば、魔法界におけるマイクロソフトのような会社だ。まあ、後者ほど世界を席巻しているわけではないけれど。わたし自身は魔法使いではないが、魔法に対する免疫のおかげで、魔法界では貴重な存在となっている。非魔法界の友人たちには、このことを打ち明けていない。彼女たちの前では、わたしは相変わらず、なんの変哲もないごく普通の会社に勤める平凡な経営管理アシスタントなのだ。

「ショッピングよ」背の高い方の妖精が言った。彼女の名はアリという。

「わたしもよ」

「あ、そうか、今夜はデートだったわね」小さい方の妖精が言う。トリックスだ。

「お友達？」ジェンマが訊いた。

しかたなく両者を紹介する。「ジェンマ、こちらはアリとトリックス。会社の同僚なの。こちらはジェンマ。わたしのルームメイト兼ファッションコンサルタントよ」そう言いながら、ふたりに対するジェンマの反応をうかがう。少々ゆがんだユーモアセンスをもつアリのこと、わたしがあたふたしながら必死にその場を取りつくろうさまを楽しむために、めくらまし《イリュージョン》を解いて自分の羽を露《あらわ》にするぐらいのことはやりかねない。

幸い、ジェンマに何かを不審がる様子は見られなかった。「はじめまして。そうだ、第三者の意見を聞かせてもらいましょうよ。ケイティにいい靴を見つけたの。少なくとも試着する価値はあると思うんだけど――」ジェンマはアリとトリックスを従えて靴売り場の方へ戻っていく。

「ケイティにはとても手が出せない代物よ」とりあえず異議を唱え、本人の意向をまるっきり無視するジェンマにむっとしながら、列の最後尾につく。背中の羽が見えていないらしいことには、ひとまずほっとしたけれど。

「わあ、素敵」ジェンマがくだんの赤い靴を掲げて見せると、トリックスがため息交じりに言った。

「いつものあなたのスタイルではないけど……」食い入るように靴を見つめながらアリがつぶやく。「まあ、たまにはイメチェンも必要よね」

「でしょう?」ジェンマが満足げに言う。「とにかく履くだけ履いてみなさいよ」

三人はそろってこの靴にご執心のようだ。たしかに目を引く靴ではある。でも、それで人生が変わるわけでもあるまい。どうやらこれも、〈わたしには理解できない、なぜか人気があるもののリスト〉に加わることになりそうだ――ジョージ・クルーニー、ブランドのロゴ入りバッグ、リアリティー番組（アメリカで人気の視聴者参加型のドキュメンタリー番組）などと同様に。彼女たちが赤いハイヒールの効用について語り合うのを見ながら、あらためてアリとトリックスがここで何をしていたのか考えてみる。どうもつけられていたような気がしてならない。実際、その可能性は十分にある。会社の競合相手に大打撃を与えた戦いから、まだほんの一週間だ。重要な役割を演じたわたしには、たしかに、魔法使いのボディガードのひとりやふたり、必要かもしれない。ただ、非魔法界の友人といっしょにいるときに目の前に現れるのは、遠慮してほしかった。会社でなら、妖精や、手首をひねるだけでコーヒーを出せる人たちや、話をするガーゴイルを相手にすることにも、もはや違和感はないが、俗世界で、わたしの秘密を知らない人たちといるときにそうした連中に出くわすと、どうしても動揺してしまう。

「ほら、ケイティ、はやく」アリがせかす。なんだか、赤い靴崇拝のカルト集団に勧誘されているような気分になってきた。

「今回はやめておく」わたしはきっぱりと言った。「わたしに必要なのは服よ。早いところ買わないと、デートに間に合わなくなっちゃうわ。ジェンマ、下の階の手ごろなドレス売り場へ行くわよ」ジェンマはため息をつき、赤い靴をもとの位置に戻した。「じゃあ、また月曜日に」トリックスとアリにそう言って、ジェンマを待たずにエスカレーターの方へ歩き出す。

「楽しそうな娘《こ》たちね」ジェンマが追いついてきて言った。「あなた、会社の人たちのことちっとも教えてくれないんだもん。いつも、例のキュートな彼の話ばかりでさ。そういえば、その後彼とはどうなったの?」

「別に何も。彼はただの友達よ。だいいち、あんなゴシップの館みたいな会社で同僚とつき合うなんて、それこそ自殺行為よ」イーサンを同僚と呼ぶか否かは微妙なところだ。ＭＳＩと顧問契約を結んではいるけれど、社内にオフィスを構えているわけではない。そもそも、彼がうちの会社の顧問弁護士になったことをまだルームメイトたちに話していない。イーサンとは彼女たちを通して知り合ったのだが、いっしょに仕事をすることになった経緯を説明するのは容易なことではない。話題を変えるために、わたしは言った。「で、今夜はどんなスタイルでいけばいいかしら。カジュアル？　セクシー？　トレンディ？　それとも、お嬢様ふう？」

そこはファッションフリーク。ジェンマは同僚の話などころっと忘れて、刺繡飾りのあるカーディガンがセットになったシンプルな黒のドレスを手に取り、わたしの前に差し出した。なかなかいい。それに、ちょうど予算内に収まる値段だ。支払いを終えてレジをあとにしたとき、ジェンマは未練がましく言った。「あの赤いハイヒール、絶対このドレスに合うのに……」

「いったいどうしちゃったの？　まるであの靴の虜じゃない。もう十分お金は使ったし、このドレスには家にある黒い靴でなんの問題もないわ。さ、帰りましょ！」

数時間後、新しいドレスを着て、ヘアメイクを終えたわたしは、ルームメイトたちにいらいらしはじめていた。「別に待ってなくたっていいのよ。あなたたち、もうイーサンには会ってるでしょ。胸にコサージュつけて記念写真を撮ってもらう必要はないんだから」

「たしか、わたしのカメラにフィルムが残ってたわ」ジェンマが面白がる。

「ちょっと！　このデートが一生に一度の大イベントみたいに振る舞うのはやめてよ」

「あなたの場合、ほとんどそれに近いわ」もうひとりのルームメイト、マルシアがソファに座ったまま言う。

「最近だって何度かデートしてます！」

「そうね、でも、同じ男と二度目のデートっていうのは、わたしの知るかぎり相当に久しぶりよ」

たしかに彼女の言うとおりだ。これまではデートをしても、また会いたいと言われることはほとんどなかった。わたしがあまりに普通で、退屈で、〝隣の女の子〟的で、妹っぽすぎるかららしい。しかし、そのパターンも最近変化した。昨今は、あまりに変でついていけないと思われることの方が多くなった。先日のブラインドデートでは、ディナーの席に突然妙な男が現れて、わたしにセレナーデを歌い出した——一生をカエルとして生きる運命から救ってくれたお礼だと言って。実際は、自分をカエルだと思い込むめくらましを解いてあげただけなのだけれど。わたしをしつこくつけ回さなければ、彼は決して悪い人ではなかった。いまはマルシアとつき合っている。一方、ジェンマのボーイフレンド、フィリップは、本当にカエルだった。でも、魔法を解いたのはわたしではない。魔法が解かれたとき、たまたまその場に居合わせただけだ。

こうした尋常でないエピソードのほとんどは、わたしの責任ではない。なにしろ、わたしには魔力のかけらもないのだから。とはいえ、仕事柄、わたしの日常は普通の人なら気がふれてもおかしくない出来事にあふれている。親友たちに職場の話をいっさいできないこの二重生活は、何かと苦労が多い。いってみれば、スパイとして生きているようなものだ。華麗さにおいては、はるかに劣るけれど。

で、イーサンだが、前回のデートで、わたしは彼が魔法に対して免疫をもつことに気づいた。そのため、会社の男性がふたり、わたしたちのいるレストランにやってきて、テストと称して次々に異様な事態を引き起こした。イーサンはついに、それらの奇妙な現象がすべて見えたことを認め、MSIの誘いを受けて、めでたく、わたし同様この奇妙奇天烈《きみょうきてれつ》な世界の住人と相成ったのである。その後、魔法による本格的な決闘に立ち会うはめになったにもかかわらず、彼はわたしに二度目のデートを申し込んだ。ボーイフレンド獲得への第一関門突破だ。しかし、迎えにきた彼がルームメイトたちの強烈な洗礼を受ければ、せっかくの進展も帳消しになりかねない。

「ねえ、ふたりとも、どこかに出かける予定はないの？」

「わたしたちを追い払うつもり？」ジェンマが訊き返す。

「じゃなかったら、ベッドルームに隠れてくれるのでもいいわ」

「そんなの面白くなーい！」

「彼に気まずい思いをさせたくないのよ。だって、もともとはマルシアの相手として紹介された人でしょ？　で、あれだけそりが合わなかったわけだし……」言葉を濁す。

マルシアは読んでいた本をぱたんと閉じた。「コーヒーでも飲みにいきましょ」そう言うと、不満げなジェンマを引きずるようにして出ていった。

ひとり取り残されると、今度はやけに緊張してきた。小さなリビングルームを行ったり来たりしながら、約束の時間になるのを待つ。今夜は比較的普通のデートができれば、それで十分だ。退屈なぐらいでちょうどいい。贅沢な望みだろうか。最近の傾向を考えれば、まあ、そういうことになるだろう。

ノックの音がして思わず飛びあがった。てっきり表玄関のブザーが鳴るものと思っていたからだ。ドアを開けると、イーサンが立っていた。セーターにジャケット、そしてスラックス——ん〜、とても『GQ』っぽい。「あの、どうして入れたの?」

「間違って違う番号を押しちゃったら、その部屋の人が開けてくれたんだ。ところで、すごく素敵だよ」

「ありがとう」わけもなく狼狽した。わたしが相手の男の子を玄関で出迎える様子を家族全員がキッチンに隠れて見ていた高校時代の初デートのときより緊張しているかもしれない。「バッグを取ってくるわ」

ドアに鍵をかけ、ふたりで階段をおりる。足もとがおぼつかなくて、手すりから手が離せない。ひとつ下の階の踊り場にたどり着いたとき、突然ドアが開いて、白髪交じりの頭がにゅっと現れた。「もう少し下の住人のことを考えたらどうなの。ハイヒールであぁも行ったり来たりされたんじゃ、うるさくてかなわないわ。おまけに男の方はよその部屋のブザーを鳴らすし!」

「すみません、ミセス・ジェイコブス」顔が真っ赤になるのがわかった。なんてことだ。イーサンに無神経な住人という印象を与えたばかりか、デートを前に緊張しまくっていることまでばれてしまった。

アパートの外へ出ると、イーサンはにやりとして言った。「ずいぶん感じのいい人だね」

「有名な意地悪おばさんよ」

「どのアパートにも必ずひとりはいるんだよね」イーサンはそう言って、アパートの前で待っていたタクシーのドアを開ける。「姫、馬車にどうぞ」

車に乗り込み、奥にずれる。イーサンがあとに続いて、運転手にうなずくと、車は発進した。

「少し変わったディナーにしてみたんだ。気に入るといいんだけど」座席にゆったりと身を沈めながら、イーサンは言った。

「楽しみだわ」ハンドバッグのストラップを意味もなくいじる。だからわたしはボーイフレンドが欲しいのだ。ひとりの男性と居心地のいい関係を築けば、毎週末こうした緊張状態に身を置かなくてすむ。問題は、ルームメイトたちにも常々言われているように、ボーイフレンドをつくるためには、まずデートをしなければならないということだ。

「とにかく、前回みたいにならないことを祈ろう」イーサンは笑いながら言った。「ロッドもオーウェンもいいやつだけど、デートのたびに登場されるのは勘弁願いたいよ」

せっかくだれかさんのことを考えないようにしていたのに、デート相手がわざわざ言及してくれるとは……。気持ちを切りかえ、彼がいま何げなく口にした「デートのたびに」という台詞に意識を集中する。こうしたディテールこそ、あとで今夜の一部始終を綿密に分析する際に、マルシアとジェンマが訊きたがることだ。この台詞には、彼がステディなつき合いを念頭に置いていることが強く感じられる。もっとも、このあと二度と会うつもりがないなら、はじめから誘ったりはしないだろうけれど。

ああ、デートというものはややこしくて困る。しかし、わたしはいつまでこんな初心者みたいなことを言っているのだろう。

タクシーはミッドタウンのとあるレストランの前で止まった。イーサンは運賃を払い、先に降りると、車から出るわたしの手を取った。そして、片方の腕を差し出し――うちの母が見たら大喜びしそうな紳士的マナーだ――、レストランのなかへとエスコートしてくれる。店内に入ると、一台の長いテーブルが目に飛び込んできた。テーブルがいくつも並ぶ通常のレストランとはずいぶん様子が違う。

「ワインディナーだよ」イーサンが言う。「コースの各料理に合わせて、同じワイナリーから特別に選ばれたワインが出されるんだ。ちょっと面白そうだろう？　皆でひとつのテーブルに座るからほかの人たちとも話ができるし、話題は料理といっしょに自動的に提供されるってわけさ」

前回のように魔術の知的所有権について語らなくていいのは、とてもありがたい。ただ、ワインの方は少々心配だ。グラスに二杯も飲めばテーブルの下で熟睡できるほどお酒が弱いのに加えて、ワインに対する味覚は原始人並みなのだ。ルームメイトたちが悲鳴をあげるホワイトジンファンデルだって、何がそんなに悪いのかさっぱりわからない。本物のワイン好きは絶対にあんなピンクの液体に手を出さないと、彼女たちは言う。このフルボディの赤にはほのかなオークの香りが——とかなんとかのたまったりする人たちに囲まれたら、わたしなど超ド級の田舎者だ。

ウエイターがアペタイザーを配り歩く間、客同士でしばし雑談することになった。おつまみの食材はいまひとつ判然としないが、いっしょに出されたワインはとてもおいしかった。自制しながら、ちびちびと味わう。

ただし、今夜集まった客たちは、ピッチをはやめたくなるような連中ばかりだった。彼らは前の職場を思い出させた。テキサスの田舎娘が自分たちのなかに紛れ込んでいると知ったら、きっと大騒ぎするに違いない。なまりが出ないよう注意しなければ。彼らは間違いなく、こちらが地方出身者と知るや即座に見下すタイプの人種だ。イーサンが硬い表情をしているのを見て少しほっとする。彼にとっても、ここはさほど居心地のいい場所ではないらしい。

ウエイターがトーストにレバーソーセージをのせたようなものを並べたトレーをもって通り過ぎると、イーサンはわたしににじり寄ってささやいた。「ごめんね。こんなおぞましいヤッピー連中を相手にすることになるとは思わなかったよ」

「わたしを守るって約束してくれるなら我慢するわ」

店主が現れて、客たちをテーブルの方へ促した。幸い、イーサンとわたしは隣同士の席をあてがわれたので、こっそり言葉を交わすことはできそうだ。ずらりと並んだシルバーウエアに、思わず固唾を呑む。使い方がわからないからではない。うちの母は行儀にうるさい南部の女性らしく、子どもたちにはしっかりテーブルマナーを教えた。だから、外側から使えばいいことぐらい知っている。青くなったのは、その数が料理の数を暗示しているからだ。各料理にグラス一杯のワインがつくとなると、デザートのころには、わたしの体はきっと床の上だろう。さらに心配なのは、アルコールによって自制心が緩み、うっかり仕事の話を始めてしまうことだ。仕事柄、それは賢明ではない。まあ、多少妙なことを口走っても、酔っているせいだということにできなくもないだろうけれど。とにかく、どのグラスも味をみる程度にしておかなければ。

上座にいた身なりのいい男性が立ちあがり、自分のウォーターグラスをナイフで軽くたたいた。今夜のワインを提供しているワイナリーの代表だそうで、アンリと名乗る。「皆様、こんばんは」名前がフランスふうのわりには、純然たるアメリカ英語だ。「今夜はようこそいらっしゃいました。皆様にはすでに、カナッペのお供として、わたしどものエステート・ソーヴィニヨン・ブランをお楽しみいただきました。みずみずしいテクスチャと、パッションフルーツと洋梨のほのかな香りにお気づきになられたのではないでしょうか」

はっきりいって、そうしたものにはいっさい気づかなかった。ごく普通にワインの味がしただけだ。だいたい、ぶどうでできているのに、なぜパッションフルーツの味がしなきゃならないの？

「最初のお料理では――」アンリは続ける。「わたしどもの誉れ高いピノ・グリを味わっていただきます。リンゴとレモンの香り、ミッドパレットにジンジャーの風味をお楽しみいただけるでしょう。お出しするサーモンのマンゴーサルサ添えと、とてもよく合うワインです」

ウエイターが新しいグラスを用意し、ワインをついだ。見た目には、先ほどのワインとなんら変わらない。皆に従ってグラスを揺らし——おっと、少しはねてしまった——、匂いを嗅ぐ。うん、間違いなくワインの匂いだ。客たちはさっそくひと口目を口に含み、風味を味わっている。わたしもひと口飲んでみる。んー、やはり、ワインの味しかしない。リンゴもレモンもショウガもなしだ。うわっ、イーサンまでがわかったような顔でうなずいている！　彼ってそんなにワインに詳しかったの？　最初のデートはハンバーガーだったのに、ずいぶんな変わりようではないか。

もっとも、彼がワインマニアだったとして、なんの問題があるだろう。知らないことを学ぶのは、悪いことではない。田舎者だということにいつも引け目を感じているのだから、そんな自分を少しでも変えるよいチャンスだ。わたしはもうひと口ワインを飲み、あるはずだという繊細な香りの数々を懸命に感じ取ろうとした。

次の料理には、アンリいわく、「柑橘系の香りのクリーミーな」ワインが出された。ワインが〝クリーミー〟ってどういうことだ。イーサンが体を寄せて訊く。「どう、楽しんでる？」

ワインも三杯目に入り——すべてを飲み干したわけではないけれど——、今夜のイベントが好みであるか否かは別として、わたしはかなり上機嫌になっていた。「もっちろん！」彼に向かってグラスをあげる。

一方、ほかの客たちは上機嫌どころの騒ぎではなかった。ひと口飲むごとに、みるみる酔っぱらっていく。本物のワイン愛好者たちに囲まれたら、わたしなど下戸《げこ》同然だと思っていたが、彼らの方がよほど酔っているように見える。ほとんど酩酊状態だと言っていい。わたしの隣の女性は、夫のひざに座って彼の耳にかじりついている。夫の手は彼女のセーターのなかだ。部屋を取るよう言ってあげた方がいいだろうか。向かい側の席では、自己紹介で心臓内科医だと言っていた男性が自分のネクタイをバンダナのように頭に巻いている。なんだかワインディナーというより、大学の男子寮の飲み会みたいだ。この集団のなかでは、わたしがいちばんまともかもしれない。もちろん、イーサンの次に、ということだが。

わたしは彼に耳打ちする。「こういうのって、普通こんなふうになるものなの?」

「ワインディナーはこれが二度目だけど、前回のはもう少し節操があったな。はっきりいって、今回の方が断然面白いね」

メインディッシュでワインは赤にかわった。これでようやく、わたしにも前のワインとの違いがわかる。アンリが予告したクローブやコーヒーや木の香りはやはり感じられなかったが、かえってそれでよかった。コーヒーや木の味のするワインなんて気持ち悪いことこのうえない。まるでテキーラのいっき飲みのようにグラスを空けてしまったところを見ると、ほかの客たちも特に香りのニュアンスなど気にしていないようだ。

デザートが運ばれてきたときには、アンリが語るワインの身の上話などほとんど頭に入らなくなっていた。カビの生えたぶどうがどうしたとか言っていたような気もするが、おそらく聞き違いだろう。わざわざ誇示するようなこととは、とうてい思えない。ワイン自体はおおいに気に入った。甘くてとてもおいしい。今夜のコースのなかでいちばん好きなワインかもしれない。デザートの洋梨のポシェは、たとえしらふでも、食べるのは容易でなかっただろう。つるつる滑る洋梨は、皿の上でわたしのフォークから五分近く逃げ回ったあと、隣のイーサンの皿に飛び移った。

「わ、ごめんなさい」ろれつが回っているか心配になる。

「大丈夫だよ」彼はフォークを使って、洋梨をそっとわたしの皿に戻した。「小さく切り分けてあげようか？」彼の目が眼鏡の向こうでウインクしたように見えた。

「動く標的を複数にしようっていうの？」

イーサンは笑った。「それもそうだ。こんなにワインを飲むこと、あまりないようだね」

「そんなに酔ってるように見える？　どのグラスも全部は飲まないようにしてたんだけど。この最後のを除いてね。これ、とてもおいしかったわ」

「心配しなくていいよ。多少、運動機能が低下しているようには見えるけど、この連中に比べたら、きみなんかしらふそのものだ。それに、きみならどんなに飲んでも、たちの悪い酔い方はしなそうだしね」

ん〜、なんて優しいことを言うのだろう。

ほかの客たちは、いまや完全に泥酔していた。洋梨と格闘していることに気づかれる心配など無用だった。彼らの視線は、テーブルの上でストリップショーを始めた証券ウーマンにくぎづけになっている。ピンストライプのスーツの下に着ていたものを見るかぎり、彼女には外見からは想像もつかない別の一面があるようだ。

そのとき、アンリと彼のスタッフたちが注文用紙を手にテーブルを回りはじめた。彼らが近寄ると、どの客もふと体をこわばらせ、一瞬だけ酔いが覚めたような顔をしてから、ペンを手に取り用紙にサインをした。そして、その用紙をアンリが受け取り、クリップボードに何やら書き込むと、酔いつぶれたように意識を失うのだ。最近どこかで似たような光景を目にした気がするのだが、ぼんやりした頭ではなかなか思い出せない。

幸い、イーサンはほとんど酔っていなかった。彼の肩をたたき、小声で訊いてみる。「ねえ、なんか変じゃない？　それとも酔ってるせいかしら」

彼が答える前に、アンリが注文用紙をもってわたしのところにやってきた。

2

「今夜のディナーはお楽しみいただけましたか、マドモワゼル？」

「ええ、そりゃあ、もう」裸にこそならなかったが、ほかの客たちと同じぐらい酔っているふりをした。何が進行中なのか確認できるまで、とりあえず調子を合わせた方がいいような気がする。

わたしはなかなかの演技をしたらしく――実際、酔っていたわけだし――、彼はすぐさまセールスモードに入った。「今夜のワインがお気に召したのなら、ぜひともご自宅用にいくつかお求めください。ケースでご購入いただく場合は割引サービスもございます。お好みのワインを自由に選んでいただくことも可能です」そう言って、注文用紙とペンを差し出す。「さて、何をご注文なさいますか？」

「わたしはけっこうです」注文用紙とペンを返しながら、朗らかに答える。

「そんなことはないでしょう」アンリは用紙とペンを再度差し出しながら、いくぶん語気を強めて言った。

「いいえ、本当にけっこうよ。ワインひとケースなんてとても買う余裕はないし、だいたい置く場所がないわ。まあ、スカーフでもかけて、ろうそくや雑誌を置いて、コーヒーテーブルにするって手もないわけじゃないけど」最高に面白いジョークを言ったような気がして、わたしはひとり狂ったように笑い出した。ウケたかと思ってイーサンの方を見たが、彼は顔をしかめただけだった。

しかし、アンリの表情はさらにずっと険しかった。苦虫を嚙みつぶしたような顔をしている。

「いいえ、注文なさりたいはずです」いまやほとんど命令口調だ。そのとき、首の後ろの産毛がいっせいに逆立った。彼の口調のせいではない。近くで魔法が使われたのだ。わたし自身は魔法にかからないが、感じることはできる。ふいに、この状況が何に似ているのかがわかった。アンリに注文用紙とペンを渡されたときの客たちの反応は、フェラン・イドリスが最初に市場に出した魔術をMSIでテストしたときの状況を彷彿とさせた。イドリスは、魔法の使用法についてかなりゆがんだ哲学をもつ魔法界の悪党だ。彼が売り出そうとしたのは他人の行動を操る魔術だった。まさか、あの魔術が使われているのだろうか。

わたしがいっこうにワインを注文しようとしないので、アンリはイーサンの方へ行った。イーサンもわたしと同じ免疫者《イミューン》だ。アンリは彼からも同様の反応を得ることになった——ワインケースがコーヒーテーブルになるという気の利いた皮肉を除いて。イーサンは、弁護士らしく注文用紙にじっくり目を通している。「数字に誤りがあるようですね……」やがて彼は言った。「ワインひとケースにこの値段では、相場と差がありすぎる。おそらく、小数点を打つ場所を間違えたんでしょう」

アンリの頰の筋肉がぴくりと動いた。痛いところを突かれたに違いない。わたしはイーサンのそでをくいと引いてささやいた。「ねえ、何かおかしいわ」

イーサンはアンリに向かってにっこりほほえみ、「ちょっと失礼」と言った。立ちあがって、彼を迂回し、わたしのそばに来ると、手首をもって立ちあがらせる。「どういうこと？」

酔った頭を懸命に働かせながら説明した。「彼、魔法を使ってる。これと同じような状況を前にも見たことがあるの。イドリスが売ろうとしていた魔術によく似てるわ。ＭＳＩの知的所有権を侵害するものとして、先週、販売禁止の書類にサインをさせたやつよ。あの魔術を使うと、人を思いどおりに動かすことができて、しかも、かけられた側には自覚がないの」

「彼がその魔術を売るのは不可能だよ。あの契約書は、一度サインすると絶対的な効力があるはずなんだ」

「どういうことなのかよくわからない。もしかしたら、この人たちはもっと前に魔術を手に入れたのかも。契約書は、締結前に売られたものには効力がないのかもしれないわ。あるいは、あの魔術とは少し違うもので、今夜はそのテストなのかもしれない。いずれにしても、ワインを注文させるのに魔法が使われているのはたしかよ。それに、ワイン自体にも魔術がかけられてるわ。ほとんど下戸に近いわたしが、いちばん酔ってないんだから」

「わかった。ぼくに任せて」わたしたちはアンリのところへ戻った。わたしがイーサンにしなだれかかっているのは、半分は支えが必要だからで、もう半分は、イニシアチブを取る彼がしびれるほど素敵だからだ。「この注文書にはいくつか誤りがあるようです。もちろん、意図されたことではないと思いますが」

アンリは片方の眉をあげる。「とおっしゃられますと?」

かちんときたわたしは、イーサンが腕をつかんで警告するのもかまわずまくしたてた。「自分がだれを相手にしているのかわかってないのね」思わず勝ち誇ったような笑みになる。「そちらの企みはすべてお見通しよ。魔法のワインで客を酔わせたうえに、違法な魔術を使って法外な値段でワインを売りつけようって魂胆でしょう。そうはさせないわ」小声ですごんだつもりが、わたしの声は店じゅうに響き渡った。しまった、酔っぱらうと声が大きくなることを忘れていた。もっとも、気づいた客はひとりもいないようだけれど。ほとんどが気を失っているし、まだ意識のある客たちは、どうやっておろしたのか、ぶ厚いベルベットのカーテンがついたままのレールを使ってリンボーダンスに夢中だ。

腕をつかむイーサンの手に力が入り、わたしはようやく口をつぐんだ。「彼女はちょっと飲みすぎたようだ。でも、注文用紙に誤りがあるのはたしかですよ。わたしは弁護士です。なんなら、皆が店を出る前に誤りを修正しましょうか。お代はけっこうです。まあ、ボトリティス・セミヨンならいただいていってもかまいませんが」

「それって、あの甘いやつ?」わたしは訊いた。

イーサンはわたしを見おろし、優しくほほえんだ。「そう、あの甘いやつだよ」そしてあらためてアンリに鋭い視線を向ける。「さあ、どうしますか?」

「ありがとうございます。では、ぜひ、お願いします。誤りに気づいていただいて助かりました」アンリはそう言ったが、感謝しているようにはまったく見えなかった——逃げ道を与えられたことには内心ほっとしているはずだけれど。客はアルコールと魔法の両方でへべれけになっているから、依然として強引にワインの注文を取ることは可能だろうが、これで値段をごまかすことはできなくなった。

イーサンがテーブルを回って注文用紙に書かれた価格を修正していく間、わたしは彼のグラスに残っていた甘いワインを飲み干した。カビの生えたぶどうからつくったとは、とても思えない。魔術など使わなくても、ワインは十分においしかった。

イーサンがわたしのところに戻ると、アンリがワインのボトルをもってやってきた。「どうぞこれをおもちください。ご協力に心から感謝申しあげます」そう言って、心のこもらない笑顔を見せた。

「お役に立てて何よりです」イーサンはなんの異状も感じていないような顔で答えると、「さて、そろそろ彼女を連れて帰るとするかな。今夜はだいぶ飲んだみたいなので」と言って笑った。「さあ、ケイティ、行くよ」

床を踏みしめている感覚がない。イーサンが腰に腕を回して支えてくれなかったら、あっという間に転倒していただろう。外の冷気に当たると意識はいくらかはっきりしたが、タクシーの後部座席に座ったとたん、今度は眠気が襲ってきた。イーサンの肩に頭をのせると、彼の腕が体を包んだ。

「ん～、いい気持ち」

「本当に酔っぱらっちゃったんだね」彼がほほえんでいるのが、声の感じでわかる。「ごめんね。何かちょっと特別なことがしたかったんだ。こんなに酔わせるつもりはなかったんだけど……」

「カッコイイとこ見せようとしたんでしょう」自分の声を聞いてはじめて、それを口に出して言ったことに気がついた。もう二度とデートでお酒は飲むまい。

「まあ、ちょっとはね。最初のデートでは、とてもカッコイイとこ見せられたとはいえないから」

「魔法なしのごく普通のデートがしたいというのは、そんなに贅沢な望みかしら。わたし、カエル男のことは話した？」

「いや、聞いてない。今度教えてもらうよ。でも、普通なんて退屈じゃない？」

「以前はわたしもそう思ってた。いまは普通が恋しいわ」

「まあ、たしかに、ぼくらふたりが魔法に無縁でいるのは少々難しいかもね」イーサンは小さく笑った。「それにしても、いまだに魔法のからまないデートを一度もしてないっていうのはすごいな。彼らが魔法を使ってたっていうのはたしかなの？」

「ええ、間違いないわ。例の刺激を感じたもの。それに、今夜のあの状況は、どう見たって普通じゃないでしょ？」

「どうかな。法律事務所のパーティには、あの程度の騒ぎはけっこうあるから」

どうやらわたしは眠ってしまったようだ。顔に冷たい風が当たるのを感じてふと目を開けると、イーサンがわたしを抱きかかえてタクシーを降り、アパートの表玄関に向かっているところだった。めまいがし、ふたたび目を閉じる。

イーサンがブザーを押すと、スピーカーからマルシアの声が聞こえた。「だれ？」

「イーサンだ。ケイティを送ってきたんだけど、彼女、その、やや歩行不能な状態で……」

「入って」

イーサンはわたしの体を軽く揺さぶる。「ケイティ、起きて」

「ん？」むりやり目を開く。

「部屋が二階だったらこのまま運べたかもしれないけど、残念ながら、三階までは体力がもちそうにないよ。歩ける？」

「ええ、もちろん。おろしてみて」

イーサンはわたしを歩道に立たせ、片手でわたしの体を支えながら、もう一方の手でドアを開けた。彼に寄りかかりながら、ゆっくりと階段をのぼる。自分で自分の重さを一トンぐらいに感じるほどだから、ほとんど全体重を預けられたイーサンはさぞかし大変だろう。地球の引力を全身に感じる。「あともう少しだよ」イーサンが促す。

マルシアが部屋のドアを開けて待っていた。怖い顔をしている。イーサンにとっては、うちの父と対峙する方がまだ楽だったかもしれない。「彼女を酔わせたの？」

「ワインディナーに誘ったんだ。ワインに慣れてないって知らなかったんだよ」

「甘いのがおいしかったの。カビの生えたぶどうでつくったやつよ」助け船を出すつもりで言う。

「もし変な下心があったら、彼女をまっすぐ家に送り届けたりしないよ」

イーサンのことを認めていないマルシアも、その点には納得せざるを得なかったようだ。

「とにかく、この酔っぱらいをなかに入れましょう」ふたりはわたしをリビングルームへ連れていき、ソファに座らせた。

ひざをついてこちらを見つめるイーサンの顔がぼやけて見える。「今度、店でもらったワインを飲まなきゃね」彼はそう言うと、立ちあがってマルシアの方を向いた。「じゃあ、ぼくはこれで。タクシーを待たせてあるから」

「ねえ、聞いた？」ドアが閉まると同時に、マルシアに言った。「彼、またわたしに会いたいみたい」

「そりゃそうでしょ、こんなに酒代のかからないデート相手、そういないわ」

「そんなことないわよ。今夜のデートはかなりかかってるはずだもん」

「いいから、はやく水を飲みなさい。でなきゃ、明日の朝後悔することになるわよ」マルシアの姿が消えたと思ったら、キッチンの方から声が聞こえた。「ジェンマったら、またミネラルウォーター買うの忘れてる」続いて水道の蛇口から水の出る音が聞こえ、まもなく手のひらにグラスがあてがわれた。「全部飲むのよ」

言われたとおり、すべて飲み干す。相変わらず眠かったが、頭はだいぶはっきりしてきた。

「そんなに飲んだわけじゃないのよ。小さなグラスにたった五杯よ。全部空けたのはそのうち一杯だけで、ほかは軽く口をつけた程度だし、しかも、たっぷり時間をかけて食事をしながら飲んだんだから」

「あなたってほんとに弱いのね。はい、わかったから、もう寝なさい」

眠りに落ちる前に、グラス数杯のワインですっかり酔っぱらってイーサンの前で醜態をさらしたことと、デートでまたもやありがたくない魔法の登場があったことの、どちらをより憂慮すべきか考えた。わたしはかつて世界一平凡な人間だった。しかしいま、わたしのまわりのほぼすべてのことが普通ではなくなっている。


月曜の朝の到来をこれほどうれしく思うのは、わたしの週末がいかにひどかったかということの裏返しでもある。日曜は一日じゅう、二日酔いのひどい頭痛に悩まされたうえ、穿鑿好きなルームメイトたちからデートについて容赦のない尋問を受けた。おまけに、娘が大都会で激しいホームシックになっていると信じて疑わない母からの気の滅入る電話まであった。会社へ行けばとりあえず、これらのすべてから逃れられる。普通でないことが普通である場所へ戻れることに、心底ほっとしていた。

まあ、月曜の朝が待ち遠しかったのには、もうひとつ理由があるといえなくもない。今朝も彼は、アパートの前の歩道でわたしを待っていた。オーウェン・パーマー。〝ハートブレイカー〟の定義に完璧にあてはまる男。もっとも、彼の場合、意図的に女性のハートを傷つけるわけではないし、傷つけているという自覚すらないのだけれど。彼はとんでもなくハンサムで、とんでもなく頭がよくて、とんでもなく優しい。そして、その言動のすべてに、彼がわたしを

〈ただの友達〉のカテゴリーに分類していることが読み取れた。

彼はまた、卓越した能力をもつ魔法使いで、魔法戦争の正義の側のリーダーのひとりでもある。セクシーかつロマンチックな響きだが、実際にボーイフレンドとしてつき合うとなると、いろいろ不都合なことが多い。あくまで友達でしかないわたしには、関係のないことだけれど。

オーウェンはわたしを見てにっこり笑った。「おはよう、ケイティ。週末はどうだった?」

「おはよう。週末は、そうね、まあまあだったわ」わたしたちは、地下鉄の駅に向かって肩を並べて歩きはじめる。

「イーサンとデートだったらしいね」MSIの情報網は他の追随を許さない。あるいは、イーサンがオーウェンに話したのかも。ふたりはかなり気が合うようだ。ほかの男性とデートをしたことについてこれだけ平然と訊いてくるのは、異性としての興味が皆無であることのさらなる証拠にほかならない。やきもちをやかせたいわけではないが、ほんの少しそれらしきものを見せたって罰は当たらないだろうに。

「ええ。楽しかったわ。少なくとも、デートの部分はね。ただ、ほかの部分で、ちょっと妙なことになって……」

「妙なこと?」

「その件については、会社に行ってから話した方がいいと思う」わたしのデートに関してどうしても彼に話さなければならないなら、仕事としての体裁を取りたい。

「なんだか気になるな」

「たいして面白い話じゃないわ。ただ、ちょっと調べておいた方がいいような気がするの。ところで、あなたの週末は？」

「特に何もしなかったよ。ひたすら休んだって感じかな」

「いいことだわ。対抗魔術《カウンタースペル》の研究はまだ再開しちゃだめよ。完全に回復するのが先だってボスも言ってたし」オーウェンは先日の敵との対決でかなり体力を消耗していた。目のまわりにうっすら残るあざは白い肌のせいでまだけっこう目立つし、左腕はつり包帯こそ取れたけれど、あまり使っている様子はない。

「大丈夫だよ。いま無理をして、倒れるわけにはいかないからね」

彼のその言葉を最後に、話すことがなくなった。仕事以外の場でわたしたちが会うことはない。おそらく、ふたりの間に共通点と呼べるものはほとんどないだろう。それでも、彼の姿を見るたびに、ため息をつかずにはいられないのだ。

そのとき、奇妙なものが目に入った。横にいるハンサムな男性からさえ注意をそらさずにいられないほど、奇妙なものだ。ニューヨークの通りでは日々変な光景を目にするものだし、わたしが目撃するものはたいてい標準以上に変だったりするのだが、それは本当に、ものすごく、変だった。十四丁目の通りを駅に向かっているわたしたちのすぐ横を骸骨が歩いている。すれ違う人はだれも表情を変えないが、ニューヨークの通勤者とは普通そういうものだ。

わたしはオーウェンに身を寄せて訊いた。「変なものが見えない？」

オーウェンは片方の眉をあげる。「変なものとは？」

「あなたの左横に骸骨がいるんだけど」

オーウェンは表情を変えず、視線もほとんど動かさなかった。たとえ魔法使いをやめても、スパイとして十分やっていけるだろう。実際、その風貌は若きジェームズ・ボンドといえなくもない。「ふむ……。たしかに、すぐ近くに何かがいる、姿を隠して。魔法が使われているのを感じるよ。どうすべきだと思う?」

「魔法使いはあなたよ」

「こんなところでやつのめくらまし《イリュージョン》を取ったら、騒ぎにならないかな」

「気づく人がいればね」

「それもそうだ。それじゃあ、彼には消えてもらうとするか」オーウェンは何やらもごもごとつぶやくと、手首をくいとひねった。

骸骨は突然宙を飛び、駐車禁止の標識に張りついた。じたばたもがくのを見ていたら、街灯柱にぶつかりそうになってしまった。目の前で尋常でないことが起こっているのに、素知らぬ顔をして歩き続けるのは至難の業だ。オーウェンが寸前にわたしの体を引いてくれたので、幸い鼻血を出さずにすんだ。

「きみが見つけて、ぼくが対処する。抜群のチームワークだ」オーウェンは満足そうにほほえむ。「だれかが標識の上の異物に気づくまでに、どれぐらい時間がかかるかな」わざわざ思い出させてくれなくてもいいのに——。彼がこうして毎朝わたしといっしょに通勤しているのは、好意からでも、騎士道精神からでもなく、あくまでビジネスが理由なのだ。これは敵からお互いを守るための作戦だ。イミューンであるわたしは、めくらましで姿を隠した敵に気づくことができる。オーウェンがいかに有能な魔法使いだとしても、魔力をもつ以上、彼自身、魔法にかかるのだ。しかし、わたしが存在を指摘しさえすれば、彼は敵の位置を感知し攻撃を防ぐことができる。わたしといっしょにいることで、自分の身も、わたしの身も守れるというわけだ。たまに、混み合った地下鉄のなかで揺れの加減で彼に倒れかかることがあるのは、わたしにとってラッキーなボーナスといったところだ。

「いまのはなんだったのかしら……」オーウェンが言葉を発する前に、答は明らかになった。ユニオンスクエア駅の入口で、ひとりのストリートミュージシャンがボンゴを打ち鳴らしている。ひどいリズム感だ。わたしはオーウェンの腕をつかんだ。おたくっぽい服装におよそ不釣り合いなラスタカラーのニット帽をかぶったそのえせドラマーが、ほかでもないMSIの宿敵フェラン・イドリスだったからだ。彼が魔術を使ってオーウェンの目をごまかしているのは間違いない。

「また何かいるの?」オーウェンが小声で言う。

「あそこでボンゴをたたいている男に恐ろしくリズム感がないのにはそれなりの理由がある、とでも言っておこうかしら」

オーウェンはうんざりしたようにため息をつくと、ボンゴ奏者の前まで歩いていった。「悪いけど、いま小銭がないんだ。こっちがきみの収入源を奪ったのはわかってるけど、もう少しましな仕事はなかったのか? 聞いてる方が恥ずかしいよ」

イドリスはオーウェンを見あげ、続いてわたしをにらみつける。わたしは小さく手を振り、愛想笑いをした。「相変わらずガールフレンドの目に頼ってんのか、オーウェン」イドリスが言う。

オーウェンがまったく顔色を変えなかったことは、少しばかりショックだった。彼はささいなことですぐに真っ赤になる。もしわたしにほんのわずかでも密かな好意を抱いていたら、ガールフレンドと言われて赤くならないはずがない。しかし彼はいま、怖いくらいに冷静さを維持していた。「で、きみの方は相変わらず、人を不快にさせる方法を見つけ出すのに精を出しているってわけか。というか、自ら不快の種になることにしたのかな。魔法による生物工《バイオエンジニアリ》学《ング》は魔法界の規範に反しているだけじゃない。非常に愚かな行為だ」

「けっ、魔法界の規範なんてクソ食らえだ。ま、おれのことは気にするな。幸い、いろいろやることがあって大忙しよ。そのうちわかるから楽しみにしてろ」

オーウェンはあきれたように首を振ると、何かぶつぶつ言いながら地下鉄の方へ歩きはじめた。わたしも慌ててあとに続いたが、背後で大きな破裂音がして振り返った。イドリスのボンゴが爆発して銀色の粉のシャワーと化し、演奏していたときよりもずっと大きな喝采を浴びている。どうやらオーウェンがつぶやいていたのは悪態ではなく、呪文だったようだ。

回転式改札を通ったところでオーウェンに追いつく。「何か企んでいるみたいだな」彼はひとりごとのように言った。

「いまに始まったことでもないんじゃない？」

「ああ、まあ、たしかに。でも、こんなふうにぼくにメッセージを送ってくるってことは、何か新しい悪事を準備していて、それをこちらに知らせようとしているんじゃないかと思う」

「でもそれって、自ら奇襲のチャンスをつぶすようなものよね。何を企んでいるにせよ、わざわざ相手に警告なんかしない方がずっとうまくいくと思うけど」

「ああ、普通はそう考える。でも、彼の場合そうじゃないんだ。彼にとって楽しみの半分は、こちらの反応を見ることなんだよ」オーウェンは、ふと顔をしかめる。「もちろん、実は何もないのに、こちらに何かあると思わせようとしているだけだという可能性も、ないとはいえないけど——」

「オーウェン、そんなふうに考えはじめたら、頭がおかしくなってしまうわ」

彼はわたしを見ると、首を振って笑った。「被害妄想気味かな。わかった、考えすぎないようにするよ」

その後は会社に到着するまで何も起こらなかった。シティホール駅で地下鉄を出る。公園と大通りを横切って小さな路地に入り、MSIがオフィスを構える城のような建物の前まで来ると、頭上から元気のいい声が聞こえた。「気持ちのいい月曜だな、ご両人！」

見あげると、正面玄関の日よけの上のいつもの場所にガーゴイルがいた。「おはよう、サム」わたしは言った。サムはMSIの警備担当責任者だ。

「デートはどうだった？」ガーゴイルがウインクしながら言う。

「楽しかったわ」

「すべて異状なしかい、サム？」オーウェンが訊く。

サムは片方の羽で敬礼する。「このとおり、社屋はちゃんと立ってるぜ」

オーウェンはにやりとする。「その調子で頼むよ」

社内に入ったところで、わたしたちは別れた。オーウェンは研究開発部へ、最高経営責任者《CEO》アンブローズ・マーヴィンのアシスタントを務めるわたしは重役室へ。彼のことはマーリンと言った方がわかりやすいだろう。そう、アーサー王の後見人だった、あのマーリンだ。マーリンはこの会社の創設者で、フェラン・イドリスと彼の黒魔術の脅威に対処するため、最近、長きにわたる〝冬眠状態〟から組織の操縦席へ復帰したばかりだ。

レセプションエリアに到着すると、マーリンが受付デスクの電話をぎこちない手つきでいじっていた。伝説の大魔術師は、二十一世紀に来てまだ日が浅い。もっとも、彼のことだから、数日のうちに電話の仕組みを解明して、自ら一台つくってしまいかねないけれど。

「おはよう、ケイティ」マーリンは言った。

「おはようございます。トリックスは？」

「病欠のようです。今日は彼女のデスクに座ってもらってもよろしいかな」

「もちろんです。ラップトップをこちらにもってきます」

「ありがとう。わたしの記憶が正しければ、妖精が病気になることはそうありません。深刻でなければよいのですが……」

イーサンとのデートの報告をあれほど聞きたがっていたことを考えれば、相当具合が悪いに違いない。あとでアリに訊いてみよう。何か知っているかもしれない。わたしは自分のオフィスからコンピュータをもってきて、トリックスのデスクについた。

マーリンはいったん自分のオフィスに引き揚げたが、スケジュール帳をもってすぐに戻ってきた。「十時に重要な会議があります。アマルガメイティド・ニューロマンシー社がフェラン・イドリスの新規事業との戦いに協力する意向を示しているのですが、詳細を詰める必要がありましてね」

わたしはその旨をデスクの上のスケジュール表に書き込んだ。「わたしも出席した方がよろしいですか？」わたしはマーリンのエグゼクティブアシスタントであると同時に、専属検証人でもある。彼に対して魔法を使ったずるやごまかしがなされないよう目を光らせるのが役目だ。

「その必要はありません」マーリンの目がきらりと光る。「向こうの最高経営責任者に対して、個人的にちょっとした説得テクニックを使うつもりなのでね。ミーティングは一対一でやった方が都合がいいのですよ」

わたしはにやりとして言った。「了解です。先方が来たらお知らせします」

「ありがとう」マーリンはオフィスに戻りかけたが、途中で引き返してきた。「ところで、土曜日の晩はミスター・ウェインライトとデートだったそうですが、いかがでしたか？」

この会社は小さな田舎町よりひどい。千歳を超える上司まで、わたしのデートのことを知っている。「楽しかったですよ。ワインディナーに行ったんです。そういえば、ペガサス・ワイナリーってご存じですか？　魔法使いが運営しているようなんですが、客に魔法をかけたワインを飲ませて、とんでもない高値で商品を売りつけようとしていたんです。客たちの反応が、オーウェンがイドリスの魔術をテストしたときの状況に似ていたので、どうも気になって」

「その名前は聞いたことがありませんな。調べてみた方がいいでしょう。で、詐欺行為は阻止できたのですか?」

「はい。魔術については何もできませんでしたけど。気づいたときにはもう遅くて……。でも、法外な価格による販売は阻止できました」

「それはよかった。しかし、その話はちょっと気がかりですな。そのような魔法の悪用を企む同胞たちがいるのだとしたら、果たして、魔法界にイドリスを拒む意志があると言いきれるかどうか……。考えたくないことですが、彼の製品にはわたしたちが思う以上に大きな市場があるのかもしれません」

思わず背筋が寒くなった。フェラン・イドリスはMSIの元社員で、人に危害を及ぼす魔術を開発しようとしたために解雇された。MSIは黒魔術の開発と使用を全面的に禁止している。彼はその後、独自にビジネスを始め、危険な魔術を市場に出そうとした。最初の製品については、法的な駆け引きと魔術による決闘によって販売を阻止することができたが、彼は依然として野放しの状態にある。

「でも、いかさまはいまに始まったことではないんじゃないですか? でなきゃ、わたしみたいな人間は必要ないわけですから」マーリンと自分の両方を励ますために言ってみる。

「魔法使い同士のいかさまはいつの世もあるものです。ただ、いかさまといっても、たいていはたわいのない悪ふざけや相手を出し抜くためのちょっとしたトリックにすぎません。重大な不正行為は必ず罰せられるということを、皆知っていますからね。しかし、非魔法界の人々から搾取するために魔法を使うというのは、それとはまったく別のことです。そのワイナリーがうちの製品を購入していないか営業部に調べさせましょう。それから、ミスター・パーマーにあなたが目撃したことを伝えてください」

マーリンはオフィスに戻っていった。わたしは営業部にワイナリーについて尋ねるeメールを送ったあと、メモをタイプし、続いてマーリンに届いた書類の検証作業を始めた。マーリンの客は、十時少し前に到着した。公益に資するようなことをさせるには、相当に強力な説得テクニックを必要としそうな人物だ。

マーリンはすぐさま目的の達成に取りかかったらしい。ミーティングが始まるやいなや、ドアの下のすき間を通して、奇妙な音が聞こえたり、閃光が瞬いたりした。魔法が使われていることを示す刺激がどんどん強くなり、魔力のパワーが増しているのがわかる。

気が散ってしかたがないので、トリックスのデスクにかかってきた電話を自分のデスクに転送できるようにしてオフィスに戻ろうかと考えていたとき、オーウェンが息を切らしてレセプションエリアに入ってきた。

「彼、いる?」オーウェンにこれほど遠慮がないのはめずらしい。何かあったに違いない。

「ミーティング中だけど、どうかしたの?」

「話がしたいんだ」

「じゃましないように言われてるんだけど――」そのとき、ドアの向こうからひときわ大きな破裂音が聞こえて閃光が走り、続いて妙な匂いが漂ってきた。ふたりとも思わず顔をしかめる。

「やはり、じゃましない方がいいみたいだわ」

「そのようだね。ただ、こっちも緊急事態なんだ」

「何があったの？」

「どうやら社内にスパイがいるらしい」

「なんですって？」

彼は手にもったひと束の書類を振って見せた。「だれかが、防御用魔術に関するぼくのメモを盗み見たらしい。厳重警備エリアになっている研究開発部の、鍵のかかったぼくのオフィスの、鍵のかかったデスクの引き出しに入れておいたメモをね」

「でも、盗られたわけじゃないんでしょう？　だれかに見られたってどうしてわかるの？」

「実は、その、金曜日、オフィスを出る前に引き出しに罠を仕掛けたんだ。魔法ではなく、物理的にね。明らかに、だれかがメモに触った形跡がある。すべてのページが見られていたよ。おそらくコピーもされただろう」

「あなた以外の人が引き出しにアクセスする正当な理由はまったくないのね？」

オーウェンはうなずく。「鍵をもっているのはぼくだけだ。少なくとも、ぼくの知るかぎりはね。それに、オフィスを出るときは鍵をかけるうえに、魔法除《よ》けも施す。ぼくがいないときに社外のだれかが入るのは不可能だ。清掃担当のブラウニー（家に住み着き深夜に家事をしてくれる内気でおとなしい妖精）でさえ、あそこでは夜間ではなく日中に作業をすることになっている」

「つまり、内部の者の仕業ってこと？」

「ああ。社内のだれかが外部の者の侵入を手引きしたか、もしくは、自分でこっそりのぞいたかのどちらかだろう。これはかなりまずいよ。ミーティングに割り込んででも彼に知らせなくちゃ――」ふたたび派手な閃光とともに大きな破裂音がして、わたしたちは飛びあがった。

「――と思ったけど、やっぱり彼らの話し合いが終わるまでここで待つことにしようかな」

「その方がいいようね。どうぞ座って」オーウェンは不安げな表情で受付デスクの前の椅子に腰をおろした。「引き出しに罠をかけたって言ってたわよね。スパイの存在を疑ってたの？」

彼はそわそわした様子で肩をすくめる。「なんとなくそんな気がしたんだ」オーウェンの直感は並外れて鋭い。

「心当たりはあるの？」

「いや、まったく。はっきりした証拠がないのにだれかを責めるようなことはしたくない。ただ、何かが進行中らしいことは認識しておく必要がある」

「イドリスが妙に自信ありげだったのも、これでなんとなくわかるわ。あなたが前の魔術の対抗魔術を開発したら、すぐさま新しい魔術を市場に出してやるって感じだった」

「前回の二の舞にならないよう、こちらの行動を逐次調べようとしても不思議じゃない。彼が『そのうちわかる』と言ったのは、このことだったのかもしれないな」

「どんなふうにしたの？」尋ねずにはいられなかった。

「何が？」

「引き出しに仕掛けたっていう罠よ」

オーウェンの頬がほんのりピンクになり、彼をますますキュートに見せた。「引き出しのなかにいくつかフィルムケースを入れてあるんだ。自分で引き出しを開けるときは、フィルムケースが所定の位置からずれないよう魔法をかける。でも、知らない人が普通に引き出しを開けると、ケースは倒れてしまう。今朝、ケースは倒れていた。それと、各ページに髪の毛を一本ずつはさんであるんだけど、それもすべてなくなってたよ」

「そういうこと、いったいどこで覚えるの？」

オーウェンはさらに赤くなる。「本で読んだんだよ」

どういう本か訊こうとしたとき——彼の個人的な側面についての知識は悲しくなるほど乏しい。懸命な自制にもかかわらず、知りたい気持ちは大きくなる一方だ——、社長室のドアが開き、マーリンがロビーまでおりる螺旋エスカレーターへ客人をエスコートしていった。いつものように涼しい顔をしているマーリンに対して、アマルガメイティド・ニューロマンシー社のCEOは超大型ハリケーンをかろうじて乗りきったような顔をしている。

「交渉はうまくいったようですね」受付デスクに戻ってきたマーリンに言う。

「おかげさまで、彼は大変協力的でしたよ。ところでミスター・パーマー、わたしに話があると？」

「はい、早急にお知らせしたいことが」

「では、お入りなさい。お茶でもいれましょう」

ふたりはマーリンのオフィスに入っていった。仕事に戻ろうとしたが、オーウェンの言ったことが気になってなかなか集中できない。前にも一度、侵入事件があった。そのときは運よくわたしが侵入者を見つけ、ことなきを得た。社内に敵の内通者がいるとなると、事態はさらに深刻だ。MSIが目指すものとイドリスが目指すものは、まさに正反対だ。MSIの理念は、魔法使いたちが非魔法界にその存在を知られることなく安全に自分たちの能力を活用できる方法を追求すること。一方、イドリスは、支配のために魔力を利用しようとしている。彼の手下のひとりがなんらかの方法でこの会社に職を得たということだろうか、それとも、社内のだれかが寝返ったのだろうか。

約十五分後、マーリンのオフィスのドアが開き、オーウェンが出てきた。依然として深刻な表情だが、わたしを見るとにっこりほほえんだ。椅子に腰かけていなければ、間違いなくくらりときていただろう。「じゃあ、またあとで」彼はそう言ってエスカレーターをおりていった。

マーリンがオフィスの入口に現れる。「ケイティ、少しよろしいかな」

胃がきゅっと縮まるのを感じながら、立ちあがってマーリンのオフィスに向かった。まさか、わたしを疑っているわけじゃないわよね。自分で言うのもなんだが、イドリスの悪事を阻止するうえで、わたしはこれまできわめて重要な役割を果たしてきた。それに、わたしは魔法使いではない。我欲のために非魔法界の人々を利用しようとしているイドリスを手助けする動機がない。

「おかけなさい」オフィスに入ると、マーリンは言った。わたしはソファの端に浅く腰をおろす。マーリンは立ったままだ。「ミスター・パーマーから話を聞いたと思いますが――」

「はい。本当にスパイがいるんでしょうか」

「そのような感じですな」

「だれだかおわかりですか？」

「現時点ではなんとも言えません。プロフェット&ロスト《予言&失せ物捜査》部の方に何か見えていないか訊いてみるつもりですが、可能性は低いでしょう。スパイ行為を働く以上、彼らのビジョンに映らないようなんらかの手を打ってあるはずです。ここはやはり、昔ながらの捜査活動をする必要がありそうですな」そう言うと、わたしのことをじっと見据えた――彼の視線で体に穴が開くんじゃないかと思うほどに。「ケイティ、あなたにやってもらいたい仕事があります」

3

マーリンが言おうとしていることはなんとなく予想できたが、あえて訊いてみた。「仕事とおっしゃいますと？」

「スパイ捜査を担当してください」

「わたしがですか？　でも、わたしは魔法使いではありません。スパイを捜し出すなんて無理です」

「スパイがスパイ行為を隠すために使う魔法は、あなたに対してなんの効果もありません。あなたはまさに適任ですよ」

「社内の人間なら、そのことは百も承知のはずです」

マーリンはにやりとする。「ですから、この仕事はあくまで秘密裏に遂行してもらいます。だれにも悟られないようこっそりと」

わたしは立ちあがった。ボスの前でパニックを起こさないためにも、少し歩き回って緊張をほぐす必要があった。「だれにも気づかれないようにスパイを捜すというのは、要するに、わたし自身がスパイになるということですよね。でも、わたしにはスパイのノウハウなんてまったくありません」スパイについての知識といえば、せいぜい『エイリアス』（ＣＩＡの女性二重スパイを主人公にした人気テレビドラマ）を見て知ったことぐらいだし、セクシーな下着を着て外国語なまりでしゃべったところで、この問題が解決できるとは思えない。たしかにわたしは、いくつかのラッキーな偶然のおかげで、魔法で姿を消して研究開発部に侵入した男を発見するという手柄をあげたりもした。でもそれは、魔法に免疫をもつわたしがたまたまタイミングよくそこに居合わせたから可能だっただけであって、姿の見えない侵入者を捜すという使命のもとに達成したことではない。

偵察や尋問といった企業スパイを捕らえるために不可欠だと思われるテクニックも、スパイができるほどずる賢い相手の裏をかくほどのずる賢さも、わたしにはない。自分の仕事のことをルームメイトに知られないようにするだけで精いっぱいなのだ。これ以上秘密を増やして、うまく立ち回れる自信はない。

「あなたには眼識があります。魔法の有無にかかわらず、真実を見分ける目をもっている。それに、わたしはあなたを百パーセント信用しています。スパイの可能性がある人にスパイ捜しを任せるわけにはいきませんからね」

「たしかにそうですけど……。でも、わたしが信用できるからといって、この仕事に向いているとはかぎらないんじゃ……」

「しかし、ほかに適任者がいますかな？」

「この会社にはサム率いる警備部があります。これこそまさに、彼らの仕事ではありませんか」

「いかにも。そして、だれもがそれを知っています。警備担当者の前では、だれしも怪しい行動は控えるものです。スパイの標的になっているらしいミスター・パーマーも、捜査を行うのに適した立場にあるとはいえません。ただ、あなたに協力することはできるでしょう」

　してやられたりだ。いま折れても、一日じゅう議論をしても、結果は同じだろう。わたしは歩き回るのをやめ、腕組みをした。「容疑者の目星は？」

「この会社のだれもが容疑者たり得ます、そうではないことが証明できるまでは」

「あなたも？」

「疑う理由がある場合は、ぜひとも徹底的に調べてください」

　わたしは固唾を呑んだ。ＭＳＩには全部で何人の社員がいるのか知らないが、おそらくまだその半分にも会っていないだろう。ＣＥＯのアシスタント兼マーケティングの責任者という立場は、ほかの部署を訪れる口実として十分ではあるが、問題は、さりげなく振る舞わなければならないという点だ。

「わかりました。では、さっそく仕事に取りかかります」

「よろしく頼みます。ああ、それから、スパイの存在はしばらく伏せておきましょう。わたしたちが気づいたことを本人が知らない方が、こちらにとっても何かと都合がいいですからね」

「了解しました」

　マーリンはこの会社の情報網の威力を知らないのだ。血相を変えてオフィスを出ていくオーウェンに、きっとだれかが気づいたはずだ。それはすぐに井戸端会議の議題となり、話し合われ、分析される。そうして導き出された結論はあっという間に会社じゅうに広まり、終業時刻までには間違いなくわたしの耳にも届くだろう。

まもなく、情報網の威力を過小評価したのは、むしろわたし自身だったことが明らかになった。

トリックスのデスクに戻るやいなや——座面から数インチ浮かんでいることのできない者にとって彼女の椅子の座り心地は決していいものではない——、突然、頭上で声がした。「ランチ行く？」

見あげるとアリがいた。「ええ、ちょっと待って。ボスのスケジュールを確認するから」

「なるほど、トリックスの代役をさせられているわけね」

「まあね。彼女、どうしたのか知ってる？」

「恋の悩みよ」アリはやれやれという顔をする。「彼女、週末に例の公園保護官《パークレンジャー》の精霊《スプライト》と喧嘩したみたい。まあ、次の週末にはちゃっかりよりを戻してると思うけど、いまは完全に悲劇のヒロインよ。泣きはらした目では仕事に来られないってさ」

「かわいそうに。連絡してみようかしら」

「彼女なら大丈夫よ。いまはまだ、人と話がしたい気分じゃないだろうし。どうせ、会社に出てきたときに詳細をたっぷり聞かされることになるから、それまで待っても遅くないわ」

「重要な用件はしばらく入ってないようだから、たぶん席を外しても大丈夫ね」立ちあがりながら言う。「出かけるって言ってくるわ。コートはいるかしら」

「ううん。会議室に場所を取っておいたの。あなたのランチはこっちでチンしてあげるわ」

開いていたドアからマーリンのオフィスをのぞき込む。「昼食を取りに少し席を外しますけど、よろしいですか？」

マーリンは読んでいた本から顔をあげる。『チーズはどこへ消えた？』だ。たしかに、いまのマーリンほど、変化への対応を迫られている人はいないかもしれない。「ほかの社員と昼食ですか。実によいアイデアですな」

「ええ、あ、はい」なるほど、スパイ捜しの任を受けた以上、どんなときも完全に職務を離れることはできないということか。友人たちとランチをするときでさえ、アンテナをしっかり立てておかなければならないのだ。

会議室で、ランチ仲間のもうひとりのメンバー、人事部長秘書のイザベルと落ち合う。イザベルは例によって、数カ月ぶりに再会したかのようにわたしを抱き締めた。一瞬息が詰まる。イザベルはかなり大柄だ。巨人の血が入っているとしか思えない。「何食べる、ケイティ？」

「いつもので」椅子に座りながら答える。

シュッという音がして、サンドイッチと、ポテトチップの小さな袋と、ダイエットドクターペッパーの入ったカップがテーブルの上に現れた。さらに二回シュッという音がして、ほかのふたりもそれぞれ自分用のランチを出した。

魔法の会社で働くことにはいくつか特典があるが、注文に応じてランチを出してもらえるのもそのひとつだ。ＭＳＩでは、「ランチをチンする」と言っても、電子レンジのことではないのだ。

さっそくイーサンとのデートについて訊かれるだろうと身構えていたら、アリが意外なことを切り出した。「今朝のオーウェン、なんだったの？　すごい勢いで研究開発部を飛び出していったのよ。どうも上の階に向かったみたいだったけど」

早くも噂の種が蒔かれた。やはり彼の行動は見られていたか――。

わたしは内心どきどきしながら素知らぬ顔で肩をすくめた。「さあ、ボスに用があったんじゃないの？　オーウェンのことだから、新しい魔術でも発見して、同じようにわくわくしてくれる社内で唯一の人物に報告したかったんじゃないかしら」

アリは首を振る。「違う。あれはわくわくって顔じゃなかった。明らかに動揺してたわ。でも、やっぱり行き先はボスのところだったのね」

しまった。マーリンのところに来たことをわざわざ認めてしまった。緊張すると、どうもよけいなことを口走ってしまう。「ええ、でも帰っていくときには普通だったわよ」

「ふうん、妙ね」アリはそう言うと、自分のサンドイッチにかじりついた。

「あなたたちばかり面白い場面に遭遇してずるいわ」イザベルがため息をつく。「人事部なんて、ちっとも事件が起こらないんだから」事件が起こらないということは、それだけ井戸端会議に費やす時間があるということだ。社員の雇用に関するあらゆる書類を扱う立場にある彼女は、社内のすべての人を知っている。彼女が今朝のオーウェンの行動について知ったからには、会社じゅうにその話が広まるのも時間の問題だろう。

オーウェンに目立つ振る舞いは控えるよう言わなければ。もっとも、彼はめったに目立つ振る舞いをしない。だからこそ、わずかでも感情を露《あらわ》にするようなことがあれば、とたんに人の目を引いてしまうのだ。ほんの少し顔をしかめて、ほんの少しいつもよりはやく歩いただけで、同僚たちはすぐに何かあったと勘ぐるだろう。

「ところで、デートの方はどうだったの？」イザベルが訊く。

「楽しかったわ。すごくおしゃれなワインディナーに行ったの」魔法による詐欺行為を未遂に終わらせたことについては、あえて触れないでおく。よけいな情報は提供しない方が身のためだ。平穏無事に終わったデートは、オフィス情報網のトップニュースとはなりにくい。

「こりゃ、惚れられちゃったわね」アリが言う。「ああいうのって高いのよ。彼、そのデートに相当使ったはずよ」

たしかにそうかもしれない。でも、かかった金額でデートの価値を測りたくはない。「ありがたいことね」当たり障りのないコメントを述べてから、サンドイッチにかぶりつく。

残りの時間は、アリが自分の週末の話を次々に披露して過ぎていった。そんなに忙しいスケジュールのなか、よくもブルーミングデールズに立ち寄ってわたしの買いものをじゃまする時間があったものだ。とはいえ、彼女の活力はそもそもわたしの比ではない。

アリが話している間、わたしは目の前のふたりの、容疑者としての可能性を吟味した。彼女たちをそんなふうに見るのはいやだが、早いうちに容疑者リストから削除できるなら、その方がいい。アリは研究開発部で働いている。所属はオーウェンの理論魔術課ではなく、実用魔術課だが、厳重警備エリアになっている研究開発部のすべての場所にアクセスできることにかわりはない。彼女はオーウェンに気があるようだが、彼の方にはまったくその気がないらしい。

悪知恵の働くアリは、浮気したボーイフレンドに仕返しする方法を相談するにはうってつけの相手だ。もし彼女がオーウェンに言い寄って拒絶されたとしたら、あるいはもっとありそうなケースとして、アリのかけたモーションに彼が気づきさえしなかったとしたら、彼女がなんらかの形で仕返しをしたとしても意外ではない。

でも一方で、諜報活動をするには彼女はいささか気まぐれすぎるような気もする。企業のスパイをするほど何かにこだわるようなタイプには見えない。彼女にとって仕事は、あくまで街に出かけて楽しむための資金源だ。彼女にはスパイをする動機と決意が欠けている。アリがオーウェンのオフィスに忍び込む理由として思い浮かぶのは、せいぜい自分をデートに誘うよう仕向けるために、彼の個人的な情報かゆすりのネタになりそうなものを探すといったことぐらいだ。可能性を完全に否定することはできないが、リストの上位に置く必要はないだろう。

一方、イザベルは、スパイとして理想的な人材であると同時に最悪の人材でもある。彼女はすべての社員を知っており、社内で起こるあらゆることを把握している。しかし、自分の知っていることをだれかれかまわず話さずにはいられないたちでもある。もしオーウェンのオフィスに侵入したのが彼女なら、すでにだれかに口を滑らせているはずだ。たとえ盗み見た書類について触れなくても、オフィスのなかで目撃したその他諸々の特ダネを、黙っていられるわけがない。それに、彼女はアメリカンフットボールのラインバッカー級の体格をしている。人目につかずに行動するのは必ずしも容易ではない。

食べ終えたサンドイッチの包み紙やカップをイザベルが片手をひとひねりして消し去るのを

横目に、こうして考えていても埒《らち》が明かないことを悟った。何か口実を見つけて社内の各部署を回り、現状を把握しなければ。さもないと、容疑者リストはわたしの個人的な印象のみでつくられることになってしまう。

トリックスのデスクに戻ると、人事部長であり、オーウェンの幼なじみでもあるロッド・グワルトニーが、書類の束を小脇にはさんでエスカレーターをあがってきた。「ちょっと早いけど、始められるか訊いてみるわ」わたしはマーリンのオフィスの方を見ながら言った。

ロッドはデスクの前の椅子に腰をおろすと、足を組んだ。「待つよ。きみに訊きたいこともあるし」

「訊きたいこと？」

「何か聞いてないかと思ってさ。オーウェンのデスクが週末、何者かに荒らされたって耳にしたから」

冗談抜きに、CIAはこの会社に来てヘッドハンティングをすべきだろう。こんなスパイだらけの会社でスパイを捜すなんて、ほとんど不可能に近い。後ろめたさを感じながら、ロッドがスパイである可能性について考えてみる。偽装は彼の人生そのものだ。彼は常に、自分を恐ろしくハンサムに見せるめくらまし《イリュージョン》をまとっている。一方で、真の姿の身だしなみにはまるっきり無頓着だ。でもまあ、それは無害な奇癖といえなくもない。立場上、彼は会社の全スタッフを知っているはずだが、すべての場所にアクセスできるわけではない。ただ、彼がしばしばそのことに苛立っているのもたしかだ。それに、オーウェンに対して軽い嫉妬心を抱いてもいる。

「どこでそんなこと聞いたの？」他意のない好奇心を精いっぱい装いながら訊いてみる。容疑者であってもなくても、ロッドは社内の有用な情報源だ。

「まあ、その辺で」ロッドは無造作に手を回す。

「で、何か盗まれたわけ？」

「それをきみに訊こうと思ったんだ」そう言って無邪気な笑顔を見せる。そんなふうに笑うと き、脂ぎった髪や手入れを怠った肌や不運な顔立ちにもかかわらず、彼はとてもチャーミングに見えた。髪をなんとかして、きちんと肌の手入れをして、もっと頻繁にそんな笑顔を見せれば、色男のめくらましをまとって誘惑の魔術を使うよりも、かえって女性たちにもてるのではないだろうか。んー、そうもいかないか。彼は毎週末、平均三つのデートをこなす。それを超えるのは簡単ではない。免疫者《イミューン》のわたしには彼のめくらましが見えないが、たとえ見えたとしても、やはり素顔のままの方がいいと思うだろう。仮面をかぶっていることを知っている以上、彼を男性として真剣に受け止めることはできない。その華やかな私生活を見るかぎり、わたしは彼の魔法に免疫をもつきわめて希有な女性のようだ。

「どうしてわたしがそんなこと知ってるの？」きょとんとした顔をつくってみる。魔力なしのめくらましで、どれほど説得力があるかはわからないけれど。

「この件についてボスに報告に来たって聞いたからさ。だとすれば、きみにも話したかもしれない」

わたしは肩をすくめる。「何も聞いてないわ。直接本人に訊いてみたら?」

ロッドは笑った。「オーウェンを知ってるだろう? 言いたくないことはてこでも言わないやつだよ。穿鑿すれば、ますます黙り込む。あいつのことは四つのころから知ってるんだ。当時からまったく変わらないよ。いまわかっているのは、あいつが自分のオフィスにさらに強力な魔法除《よ》けをかけたってことだけさ。だれも無断で入ることはできない。そのうち、オフィスに入ろうとする者全員からDNAのサンプルを採取しはじめるんじゃないか?」

「このご時世、悪くない警戒措置かもね」

ロッドは受付デスクの上にひじを突いて身を乗り出し、子犬のような目でわたしを見あげる。誘惑の魔術と組み合わさったときには、さぞかし効果的だろう。「ねえ、教えてよ、ケイティ。あのシャイな男が、なぜかきみとだけは話をするんだ。何か聞いてるんだろう?」

ありがたいことに――そして彼にとっては不運なことに――、わたしは彼の魔術にも、〝子犬のような目〟にも、免疫がある。「ごめんなさい。ほんとに知らないの」肩をすくめて言った。

スイッチが切れたように、ロッドの顔から甘えた表情が消える。「ま、いいさ。一応訊いておこうと思っただけだから」

「どうしてそんなに気にするの?」

「小さいころからオーウェンの世話を焼くのがぼくの役割みたいなものでね。いまだにその習慣が抜けないんだ。もっとも、彼は自分のことは自分で完璧にできる子どもだったけど。周囲の子どもたちがあいつに二度ちょっかいを出すことはまずなかったね」

「最近の状況を考えれば、皆お互いに世話を焼き合うべきかもしれないわ」

「だよね。ま、何か聞いたら教えてよ」

マーリンから指示を受けている以上、それを約束することはできない。「アンテナを張っておくわ」自分の良心のために、あえてあいまいに答えておく。秘密をもつことは好きではないが、日に日にうまくなってきているのはたしかだ。世間一般に対して魔法界の存在を隠すことに比べれば、同僚に対して二、三の秘密をもつのはさほど難しいことではない。

マーリンがオフィスから出てきた。「ああ、ミスター・グワルトニー、もう来ていましたか。さあ、お入りなさい」ロッドは書類をかき集めると、わたしにウインクしてマーリンのオフィスに入っていった。ドアが閉まるのを見ながら、ばかげたことだと思いつつ、マーリンがスパイである可能性について考えてみる。彼は自分を調査対象から外す必要はないと言ったが、彼とイドリスが手を組むなんてどう考えてもあり得ない。歴然とした証拠がないかぎり、マーリンを疑うのは無意味だろう。

とはいえ、彼はスパイ捜しの任務にまったくの素人をあてがった。彼なら厳重警備エリアへも問題なくアクセスできる。社屋内に住居を構えているのだから、オーウェンのオフィスが荒らされた週末もこの建物のなかにいたはずだ。わたしは首を振った。あり得ない。それだけは、絶対あり得ない。イドリスはマーリンに対して無礼きわまりない態度を取っていた。あれがすべて演技だったとしたら相当な役者だが、イドリスがそこまで器用だとは思えない。マーリンを信用できないくらいなら、さっさとこの仕事を辞めて、ダイナーでウエイトレスのアルバイトでも始めた方がいいだろう。

オフィスのドアが開いて、マーリンとロッドが現れた。ロッドは相変わらず書類の束を抱えている。「では、すぐにこれを配布します」ロッドは言った。

マーリンはうなずいたあと、ふとわたしの顔を見た。その目がきらりと光る。「それはミス・チャンドラーにやってもらいましょう。社長室から直接配布する形を取った方が、より威厳をもたせることができますからな」

「何を配るんですか？」

「各部署の責任者に宛てた書類だよ」ロッドは説明する。「知的所有権に関する社の方針について明記してある。第二のイドリスをつくり出さないようにね。署名をした人に対して半永久的に拘束力をもつよう魔法をかけてある。だから、一人ひとりに現物を配布しなきゃならないんだ」

マーリンの腹のうちはすぐにわかった。わたしに社内を嗅ぎ回る口実を与えてくれたのだ。

「わかりました。喜んでお手伝いします」にっこり笑って言う。「席を外す間、だれかに受付のカバーを頼みましょうか」

「さほど時間はかからないはずですから、その必要はないでしょう」マーリンは満足げに言った。

ロッドは書類の束を差し出しながら、「ありがとう、ケイティ。ひとつ借りができたよ」と言った。わたしの方は、こんなにスマートにお膳立てをしてくれたマーリンに借りがひとつできた。考えてみれば、驚くには当たらない。権謀術数はその昔、彼の得意とするところだったはず。

書類を手渡しで配り歩くのは、俗世の会社で悪魔のような上司ミミのもとで働いた暗黒時代以来だ。当時のわたしにとって、デスクを離れることのできる書類配りは決していやな仕事ではなかった。しかし、今回の仕事は、それとはまったく異なる性質のものだ。偽の口実を掲げて社内の様子をこそこそ探って回る自分が、ひどく卑怯な人間に思えた。スパイを捕まえることは会社にとってきわめて重要であり、そもそも潔白な人たちにはなんのプレッシャーもかからないのだと、自分に言い聞かせる。

いちばん下の階から始めて順番にフロアをあがっていくことにした。地下にはデザイン部がある。たったひとりの専属デザイナーはちょうど席を外していたが、彼がコンピュータゲームをする時間を投げ打ってまでスパイをするとは思えない。一階にあがり、玄関ロビーの横の警備部のオフィスに立ち寄って書類を置いてくる。サムはおそらく外のいつもの場所だろう。彼を容疑者として考えることはできない。終業後はあちこちの教会で警備のアルバイトをするのに忙しく、企業スパイをする暇などないはずだ。それに、彼の愛社精神の強さは半端ではない。目の前に決定的な証拠でも差し出されないかぎり、彼を疑う気にはなれない。

次に、かつての所属部署である検証部へ向かう。オフィスの入口が目に入っただけで、胃のあたりがきゅっと痛くなる。ここに足を踏み入れるのはいまのポストに昇進して以来だが、おそらくだれも歓迎してはくれないだろう。この部署になら容疑者がいてもおかしくはない。イミューンはどんな魔法除けでも通り抜けられるのだから。歯を食いしばり、いっきにドアを押し開ける。「グレゴール！　ボスからの通達です！」まっすぐに部長席に向かった。

社内のイミューンのほとんどが所属する検証部の責任者ではあるが、グレゴール自身は魔法使いだ。彼は文句なく容疑者リストに載る。オーウェンに対して怨恨を抱いていることはだれもが知っている。あるアクシデントによって自分を鬼に変えてしまうまで、彼はいまのオーウェンのポストにいた。いまだに、怒りを抑えきれなくなると全身が緑色になり、角が生えてくる。すなわち、彼には動機も、うさんくさい魔術に手を出したという前歴もあるのだ。

グレゴールはほとんど顔をあげずに書類を受け取った。「いますぐ見なきゃならんのか」

「いいえ、署名をして、都合のいいときに返却してくれればけっこうです。ちなみに、これは拘束性のあるものですから」

彼はうめき声をあげた。「そんなことはわかってる」そう言って、書類をデスクの隅に置く。「ほかに用は？」

「いいえ、特に。ただ、その後どうかと思って」

「変わりはないね」グレゴールはぶっきらぼうに言った。二カ月ほど前に比べて、このオフィスに常駐する検証人の数は減っている。魔法を使った不正行為の監視役として、社内の各部署に検証人を配置することにしたからだ。それにより、逆に検証人に対する監視の目が以前より甘くなったということもできるが、彼らのほとんどは容疑者リストから外してもかまわないように思えた。企業スパイなどという仕事は彼らにとっていささか本格的すぎる。検証作業はきわめて割のいい仕事で、彼ら自身そのことをよく知っている。せっかくの楽な仕事を失うようなリスクをわざわざ冒すとは考えにくい。

ひとりだけ疑うに足る検証人がいるが、幸い、オフィスにはいなかった。わたしが検証部にいたころ、キムは恐ろしく野心的で、社内で起こるあらゆる出来事に異様なほど関心を示し、あらゆることをメモに取っていた。彼女にはマーリンのアシスタントになるという目標があった。自分がねらっていたポストにわたしが抜擢されたことを、彼女はいまだに許せないでいる。以来わたしは、社内で偶然彼女に出くわすことを恐れているのだ。

オフィスを出ようとしたまさにそのとき、まるで計ったようにキムが入ってきた。「キム！」精いっぱい笑顔をつくる。友好的に振る舞えば、彼女もいきなり噛みついてきたりはしないだろう……たぶん。

キムは、コートを着てこなかったことを思わず後悔するような冷たい視線を投げてよこした。「あら、ここになんの用かしら？」

わたしは手にもった書類を振ってみせる。「ボスに頼まれて、書類の配布よ。幸い、今回はタイプしなくてすんだけど」単純な秘書業務をやらされているような印象を与えれば、彼女の腹の虫も少しは収まるかもしれない。キムは眉をひそめる。辛辣な言葉を予想して身構えたが、彼女はそのまま何も言わずにグレゴールのデスクの方へ行ってしまった。ふう。彼女の気が変わって喧嘩をふっかけられる前に、急いで姿を消すことにしよう。

次は研究開発部だ。足取りが軽くなり、妙にうきうきしている自分に気づく。例の不思議な予知能力によって、オーウェンはすでにわたしが来ることを知っているのだろう。ふだんは鍵のかかったドアが、手をかけると簡単に開いた。研究開発部のヘッドには会ったことがないし、彼のオフィスがどこにあるのかも知らないが、オーウェンは理論魔術課の責任者だから、彼に訊けば教えてもらえるだろう。

オーウェンはアシスタントのジェイクといっしょに理論魔術課のラボにいた。テーブルの上に一冊の巨大な本が広げてあり、近くのホワイトボードには大部分がすでに消されている文字の列が見える。オーウェンがわけのわからない言葉を唱えると、空気の圧力が高まり、ジェイクが小さく喘いでクリップボードを落とした。

オーウェンはすまなそうに顔をゆがめる。「悪い。これは違うみたいだ」そう言って、ホワイトボードに書かれた言葉の一部を消すと、ふたたびテーブルの上の本をのぞき込む。「おそらく綴り間違いだろう。本当はこうなんじゃないかな」オーウェンがホワイトボードに新たな意味不明の言葉を書いていく横で、ジェイクは右手を振りながら、かがんでクリップボードを拾った。

ジェイクはオーウェン本人を除いて、怪しまれることなくオーウェンのオフィスに入れる唯一の人物だといえる。オーウェンのことは上司としてかなり慕っているように見受けられるが、演技でないとは言いきれない。一方で、イドリスが最初に市場に出した魔術を発見し、真っ先にオーウェンのもとに届けたのは彼だ。イドリスの手先となっていたら、わざわざそんなことをするだろうか。でも、それは同時に、彼が黒魔術を扱うような店に出入りしているということでもある。わたしはジェイクを〈可能性アリ〉の欄に残すことにした。彼がオーウェンのすぐそばで働いていることを考えると、慎重にならざるを得ない。

　わたしは咳払いをして言った。「ジェイクをもう一度痛めつける前に、ちょっと教えてもらってもいいかしら」

「もちろんだよ」オーウェンはわたしの方を見てにっこりほほえみ、ボード消しにキャップをした。一瞬、ひざの力が抜けそうになる。

「研究開発部の部長宛にボスから通達よ。オフィスの場所を訊こうと思って」

「ぼくがもっていくよ」

「大丈夫、場所さえわかれば自分で行くわ」

「ちょっと見せてくれる?」オーウェンの口調がほんの少しだけ命令的になる。わたしは書類を差し出し、目を通すオーウェンを見ながら、考えられないことを考えた。オーウェンは今回起こったことの被害者であり、事件を報告した張本人だ。普通に考えれば、彼を疑う理由はない。でも、死体を最初に発見して警察に通報した人が実は真犯人だったというのは、テレビではよくあるパターンだ。オーウェンは、自ら進んで報告することで、疑われずにスパイ活動を続けられる状況をつくろうとしたのだろうか。

　わたしは首を振った。あり得ない。オーウェンがたまらなくキュートだということを差し引いても、それだけは絶対あり得ない。イドリスはオーウェンを忌み嫌っている。たとえオーウエンが乱心してスパイになると申し出ても、イドリスはまず取り合わないだろう。そもそも、オーウェンは黒魔術を人一倍恐れている。黒魔術には決して近づかないだろうし、イドリスは黒魔術の権化みたいなものだ。わたしはひとまず、オーウェンを〈可能性ナシ〉の欄に入れた。

オーウェンは書類を読み終え、顔をあげてわたしを見た。「これには魔法がかかってるね。ロッドとミスター・マーヴィンが共同でかけた拘束性の魔術のようだ」

「そうよ。どうしてわかるの？」

オーウェンは肩をすくめる。「魔術には指紋があるんだ。部長にはぼくが渡しておくよ」

「ありがとう」この介入を不審に思うべきだろうか――。

どうやら顔に出ていたようで、オーウェンはにやりとして言った。「心配しなくても大丈夫だよ。何も企んでないから。ミスター・ランシングは極度の人嫌いで、彼への連絡はほとんどすべてぼくを通してすることになってるんだ」

「そうなの。なら、お願いするわ。ありがとう。それじゃあ、わたしは行くわね。これ、終わらせてしまわないと」

ラボを出ていくとき、背後でふたたびエネルギーの高まりを感じ、喘ぎ声が聞こえた。「また違ったみたいですね、ボス」ジェイクの痛々しいつぶやきがそれに続く。

研究開発部を出ようとしたとき、ちょうどサムが入ってきた。「あら、サム。どうしたの？」

「よう、お嬢。いつもの見回りさ」〝いつもの〟のところで彼はウインクする。

「心強いわね。警備部のオフィスにあなた宛の書類を届けておいたわ」

「おう、ありがとよ」
最後は営業部だ。こと営業部に関しては、スタッフ全員が怪しく見える。でもそれは、セールスマンに対するわたしの個人的な印象に基づくところが大きい。ニューヨークに来る前、実家の飼料店の経営を手伝っていたとき、したたかで口のうまいセールスマンたちをいやと言うほど相手にした。MSIの営業スタッフは総じて誠実そうな人たち——エルフたち、あるいは地の精《ノーム》たち——だが、彼らは仕事柄、社外のさまざまな人と接触する。内部情報を怪しまれることなく社外のだれかに提供することは十分に可能だ。

知っている顔はほとんど外に出ているようだった。わたしはまっすぐ営業部長のハートウェル——何度会っても巨大なケン人形（着せかえ人形バービーのボーイフレンド）に見えてしまう——のところへ向かう。ハートウェルは書類にざっと目を通すと、デスクの隅に無造作に置いて言った。「マーケティングについて、近いうちにミーティングをしよう。そろそろ大幅なアップデートが必要な時期だからね」

「はい。日時が決まったら教えてください。スケジュールに入れておきます」明るくそう言ったものの、心のなかでは悲鳴をあげていた。考えなくてはならないことがまた増えてしまった。ふだんの業務に、このスパイ捜し、そして新たなマーケティングプラン。かなり忙しくなりそうだ。とはいえ、マーケティングは捜査活動のよい口実にはなる。そうだ、ハートウェルにも仕事をしてもらわなければ。「ワイナリーについてのメール、見ていただけましたか？」

「ああ、見た。過去の顧客リストに載ってたよ。一年ほど前に取引をやめている。コーポレートセールスに、何があったのか調べさせるよ。たぶん、別のサプライヤを見つけたんだろうな」

それがだれなのかは容易に察しがつく——残念ながら。「わかったら教えてください」

社長室のレセプションエリアに戻り、受付デスクが目に入ったとき、ふとトリックスのことが頭に浮かんだ。彼女は社長室の秘書兼受付として、社内の各部署へはかなり自由にアクセスできる。そして、オーウェンがスパイの存在に気づいたまさにその日、彼女は会社を休んでいる。土曜の昼間に会ったときは、特に意気消沈しているようには見えなかった。でも、その日の夜か日曜にピピンと喧嘩して、今日もまだ立ち直れないでいるということかもしれない。はっきりした証拠が見つかるまで、とりあえず〈可能性アリ〉の欄に入れておこう。気が進まないが、彼女のことを探らなければならない。

社長室のドアが開き、マーリンと彼の新しい犠牲者が現れた。どこだかの魔法委員会の委員長は、今朝のアマルガメイティド・ニューロマンシーのCEOほど茫然自失の体ではなかったから、それなりに協力の姿勢を示したのだろう。彼とマーリンは握手を交わす。客人を見送ると、マーリンはトリックスのデスクにやってきた。

「協力者は集まりそうですか?」

わたしの問いかけにマーリンはため息をつく。「皆、なかなか変化を受け入れようとはしませんな。チーズが消えたことを認められないのです」なんと、ついにビジネス書からの引用まで飛び出すようになった!　いったい彼はどこまで進化するのだろう。「ひとりの背徳者にできることなどたかが知れていると思っているのです。かつて、ひとりの背徳者によって魔法界全体が大きな危機にさらされたことが一度ならずあったことを忘れてしまったようですな。いよいよ無視できなくなるほど危険が増大するまで、現実を直視しようとしないのです。アーサーも、グウィネヴィアとランスロット、そしてモードレッドについて、同じ過ちを犯しました」

自分にとって物語のなかの架空の人物でしかなかった人たちのことをマーリンが個人的な知り合いとして話すのを聞くたびに、驚かずにはいられない。「人間は千年前からさほど変わっていないんですね」

「ところで、捜査の方はいかがですかな?」

「難航してます」ため息交じりに言う。「現時点では、噂と個人的な印象しかありません。ただ、スパイの件を伏せておくということについては、残念ながら手遅れのようです。すでにちらい、またはその話でもちきりといった感じですから」

マーリンは目を細めてあごひげをなでる。「なるほど、それは興味深いですな。この件について詳細を知っているのは、あなたとミスター・パーマーとわたし、そしてもちろん、スパイ本人だけです。わたしはだれにも話していませんし、あなたも他言はしないでしょう。ミスター・パーマーは、ふだんに増して口が堅くなっているはず」

「ほとんどが憶測だとは思います。オーウェンが慌てて研究開発部を出ていくのをだれかが見ていたらしく、早くも侵入事件があったのではないかと心配する声があがっています。社内にスパイがいてオーウェンのオフィスが荒らされたという噂が会社じゅうに広まるのも時間の問題でしょう。皆がそれぞれにスパイ活動をしているような状況で本物のスパイを捜すのは、ほとんど不可能ではないかと――」

「今日はまだ初日です。すべてはこれからですよ」マーリンが優しく言う。

インターホンが鳴った。「ケイティ嬢、そこにいるか?」サムの声だ。

「ええ、どうしたの、サム」

「いま、研究開発部にいる。ボスを連れてすぐに来てくれ」

マーリンとわたしは顔を見合わせる。マーリンはすぐにエスカレーターに向かって歩き出した。わたしもあとを追う。研究開発部にはほんの十五分前に行ったばかりだ。あのあと何が起こったというのだろう。

通常、研究開発部のドアは厳重にロックされており、手のひらによる本人確認と特殊な呪文がなければ開けることができない。マーリンのアシスタントであるわたしも、社員のだれかにつき添われているか、わたしが来ることをオーウェンが知っているのでなければ、この部署に入ることはできない。しかしいま、ドアは大きく開け放たれていた。サムと顔から血の気の引いたオーウェンがドアの前に立っている。「どうしたのですか、サム」マーリンが訊く。

「この部署のセキュリティは破壊されています。一見、通常どおり機能しているような印象を与えますが、入ろうと思えばだれでも自由に入れますよ」

「いつからそのようなことに」

サムは石の生き物として可能なかぎり表情豊かに肩をすくめる。「なんとも言えませんね。今日、オーウェン坊にセキュリティの点検をするよう頼まれなかったら、あるいはずっと気づかなかったかもしれない」

「念のためチェックしておこうと思ったんです」オーウェンが静かに言った。

「それは正解でしたな」とマーリン。「直せますか、サム」

「もちろんです。だが、まずは会社全体のセキュリティを総点検した方がいいかもしれません」

マーリンはうなずく。「そうしてください」

「スパイがどうやってなかに入ったのか、これで説明がつきますな、ボス」ワイヤーをいじりながらサムが言う。

「そして、容疑者を研究開発部に出入りできる人たちに絞ることができなくなったということでもあるわ」わたしはつけ足す。つまり、仕事がさらに難しくなったということだ。

「セキュリティは魔法で解かれたのですか、それとも物理的に破壊されたのですか」マーリンがサムに尋ねる。

「おそらく両方でしょう。警備部のスタッフをひとりここに置いて、入る人を一人ひとりチェックさせることにしますよ。それから、夜間は部署全体を封鎖した方がいい」

「今日は皆を定刻に退社させるよ。それから封鎖しよう」オーウェンが言った。

彼らが話している間、ふと廊下の方を振り返り、思わずぎょっとした。マーリンのひじに触れて、小声で言う。「どうやらスパイの件は、もう秘密じゃなくなったようです」

4

ドアの外にも、部署内の廊下にも、人だかりができていた。ジェイクがオーウェンの肩ごしに目を見開いてこちらをのぞき込んでいる。廊下に集まった人たちの頭上では、アリが五台連続玉突き事故を眺めるためにハイウェイでスピードを落とした野次馬運転手のような顔でホバリングしている。

外の廊下にはさらに大きな群れができていた。まるで、研究開発部が無料で食事を配っているという社内アナウンスでもあったかのようだ。検証部からはキムとグレゴールが来ていた。プロフェット&ロスト《予言&失せ物捜査》のミネルバ・フェルプスの姿が群れの先頭に見える。おそらくだれよりも早く到着したのだろう。会計責任者の地の精《ノーム》、ドルトムントがひじで人垣をかき分けながら前に出てきた。

もしマーリンがごく普通の社長だったら、「さあ、皆さん、仕事はどうしましたか」というようなことを言って全員を退散させ、憶測に基づいて噂が噂を呼ぶ状況を助長していただろう。マーリンはそうするかわりに、群衆に向き合い、威厳に満ちた声で言った。「どうやらわたしたちのなかに裏切り者が存在するようです。各自、周囲の様子に注意を払い、少しでも不審なことがらを見聞きしたら、即座にミス・チャンドラーに報告してください。彼女が捜査を担当します。では、皆さん、職場に戻ってけっこうです。この場はひとまず掌握できました」

マーリンが王国を築きあげた古代の偉大な魔法使いモードになると、人々はたいてい素直に耳を傾ける。野次馬たちはいっせいに散っていった。皆が去ったあと、わたしは言った。「隠密捜査は終了したようですね」

ため息をつくマーリンは、ふたたび、難題を抱え込んだひとりの老人に戻っていた。「あの状況ではもはや秘密にできるとは思えませんでしたので、戦法を変えることにしました。あなたのもとには不審な行動に関して大量の報告が寄せられることになるでしょうが、そのなかに真実が潜んでいる可能性も十分あります。あなたの洞察力が求められるところです」

「もっとノウハウのある人たちに捜査を委任し直すおつもりはないのですか？」願望を込めて訊いてみる。

「現時点ではその必要はないでしょう。このまま続けてください」

さっそくイザベルのところへ行って、社内のゴシップをすべて聞き出さなくては。だれがだれにどのような理由で恨みをもっているかを把握しないことには、事実と単なる悪意に基づく告げ口との区別がつけられない。もっとも、恨みをもっている人が事実を告げている可能性も十分にあるのだけれど。

これは次元のまったく異なる検証作業だ。めくらましのかわりに真の姿が見えるだけでは十分ではない。一人ひとりの心の内を見抜かなければならないのだから。

ああ、なんてことだ。そもそもわたしは、この悪徳魔法使いから世界を守ろうプロジェクトの一翼を担うような器ではない。できることなら、いまからでも辞退したいくらいだ。

オフィスに戻ると、eメールが十二通、ボイスメール（電話を使って送ることのできる音声のメール）が四通届いていた。急を要するものが入っていないかチェックしてみると、すべて容疑者に関する垂れ込みだった。ボイスメールを保存し、eメールを新設したスパイ捜査用のファイルに移動する。もう少しで五時だ。いまから大量のネガティブな情報に目を通す気にはなれない。明日まで待っても支障はないだろう。

トリックスのデスクに移動したものを自分のオフィスに戻し、コートを着てオフィスを出る。驚いたことに、玄関ロビーでオーウェンに会った。「あなたがこんなに早く退社するのを見たの、いつ以来かしら。肩をずたずたにされたときを別にして」

「今回の出来事の唯一の利点は、部署を封鎖することで、ぼくも定時に帰らざるを得ないってことだね」

「いい休息になるじゃない？」

わたしたちは駅に向かって並んで歩き出した。朝のコースの逆だ。「スパイ捜しなんて、厄介な仕事を任されちゃったね」オーウェンが言う。

「ほんと、いったいわたしが何をしたのって言いたいわ」

「きみには、あらゆる類のめくらまし《イリュージョン》に惑わされない才覚と冷静さがある」

「いやだ、冗談で言ったのよ」

「いや、ほんとだよ。おそらくきみほどこの仕事にふさわしい人はいないんじゃないかな。この会社に長くいる多くの連中と違って、きみにはなんの思惑もない」

意外に思ってオーウェンの顔を見た。「あなたにも恨みがあったり、敵がいたりするわけ？」

「信用していない人たちはいるよ。あえて不利な証言をして陥れようとは思わないけど、彼らを容疑者とする証拠があがっても、それほどショックは受けないだろうね。つまり、ぼくには、その証拠の真偽を客観的に判断できないってことだよ」オーウェンは肩をすくめる。「うちぐらい歴史の古い会社では、社員の大半が古株であるうえに、二代、三代にわたってこの会社ひと筋というケースも少なくないんだ。怨恨や確執のなかには数世代前までさかのぼるものもある」

「でも、会社人間が完全に過去のものになったわけじゃないというのは、ちょっとほっとするわね」

「仕事の技能が遺伝的な才能による場合、そういう傾向があるみたいだね。数学や音楽やアートの才能も遺伝だったりするけど、でも、ある仕事に求められるスキルが遺伝的特性そのものである場合、何世代にもわたって同じ仕事に就くことはめずらしくない。この会社では、ぼくは数少ない外部《アウトサイダー》から来た人間のひとりで、家族のなかにこの仕事に就いた人はひとりもいないという希有なケースなんだ。少なくとも、ぼくの知るかぎりはね」

オーウェンが以前、自分は孤児で両親がだれなのかもわからないと言っていたのを思い出した。彼の身の上についてはおおいに興味があるが、それが触れていい話題なのかどうかわからないので、かわりにこう言った。「どうやらあなたとマーリンとわたしは同じ立場にいるようね。マーリンは創設者だから、厳密にはアウトサイダーとはいえないけど、いまの社内に真の意味での知り合いがいないという点では同じだわ」

「彼が呼び戻された理由のひとつはそれなんだよ。前のCEOを百パーセント信頼することはできなかった。現在の社員たちとはなんのしがらみもない人が必要だったんだ」

どういう意味だろう。おおいに気になったが、詳しく訊こうと思っているうちに地下鉄の駅に到着してしまった。ラッシュアワーでごった返すホームで魔法の話をするわけにはいかない。

以前はラッシュ時に地下鉄に乗るのが嫌いだったが、オーウェンと通勤するようになって以来、決していやではなくなった。オーウェンは頭上の手すりにつかまることができるので、手の届かないわたしを、腰に手を回して支えてくれる。彼とこれほど接近できる機会はほかにない。そんなふうにオーウェンと並んで立っていると、「胸が高鳴る」だとか「ひざの力が抜ける」とかいう、恋愛小説の常套句をそのまま体験している自分に気づくのだが、彼の方はいたって平然としている。彼がわたしに特別な感情をもっていないと思う七百六十八個目の理由だ。

ユニオンスクエア駅に到着し、もみくちゃになりながら電車を降りると、軽い失望感に襲われた。オーウェンとの一日もまもなく終了だ。また明日の朝の出勤時まで待たなければならない。

おっと、いけない、これはかなりの重症だ……。オーウェンのことは望みのない片思いとしてすっぱりあきらめたはずなのに。出生が謎に包まれたスーパー魔法使いなど、ファンタジー小説のヒーローにこそふさわしいが、わたしのような普通の女の子のボーイフレンドには不向きなことこのうえない。だいたい、こちらを友達としてしか見ていないことをさんざん思い知らされてきたではないか。わかっている、わかっているけど、彼を見るたびに、そんなことはすべて忘れてしまうのだ。自分に魔法が効かないことを知らなかったら、彼もロッドのように誘惑の魔術を使っているんじゃないかと勘ぐっていたかもしれない。

ようやく地上にたどり着き、わたしは新鮮な空気——あくまで大都会基準の〝新鮮〟だが——を胸いっぱいに吸い込んだ。交差点に向かおうとしたところで、ふいにオーウェンが立ち止まる。そして何やら考え込むように眉をひそめると、おもむろに言った。「夕食は何か予定があるの？」

「ううん、特にないけど。ルームメイトはふたりとも仕事で遅くなるって言ってたし」

「今日はもう、電子レンジに何かを放り込む気力すら残ってないって感じだよ。よかったら、いっしょに何か食べていかない？」

その瞬間、心臓はオリンピックの体操選手並みの後方宙返りをしたが、頭の方がこれはデートではないとすかさずくぎを刺した。ひとりで食事をしたくない独身者が、たまたまふたりそろったということにすぎない。「そうね、そうしようかしら」自分で感じたほど顔が引きつっていないことを祈りながら、軽く肩をすくめる。

青い瞳がぱっと輝き、オーウェンの顔に笑みが広がった。「この先にいいダイナーを知ってるんだけどどうかな。小さな店で洒落たところはまったくないけど、料理の種類が多くて、どれもおいしいんだ。そこに行くようになってもう何年にもなるけど、まだ一度も失敗はないよ」

オーウェンならどんなにまずいものを出されても文句を言わなそうだが、一方で、彼が何かを褒めるのは心からそう思うときだけだということを、わたしは知っている。「よさそうね、ぜひそこにしましょう」

十四丁目の通りを渡って一ブロック行くと、角に小さなダイナーが見えた。彼がいまわたしの手を握ってくれていたら――あるいは、背中にそっと手を添えてくれていたら――どんなにいいだろう。だめだめ、勝手に妄想を膨らませてはいけない。仕事以外の場でふたりきりになるのはこれがはじめてなのだ。何より、これはデートではない。

わたしたちを出迎えたウエイトレスはオーウェンと顔なじみのようだった。「あーら、やっと現れたわね、ハンサムちゃん。あたしのこと見捨てちゃったのかと思ったわ」そう言って、悪戯《いたずら》っぽく笑う。

オーウェンは真っ赤になり、彼女の目を見ずに言った。「最近は外で食べる機会があまりなくて」

「ま、別のウエイトレスと浮気してたんじゃないなら許すわ。今夜はボックス席の方がいいかしら?」

「そうだね、ありがとう」オーウェンは穏やかに答えた。肌の色が徐々にもとに戻っていく。

ウエイトレスはやや大げさに腰を振りながら、わたしたちをテーブルまで案内する。オーウェンの母親といってもおかしくない年に見えたが、彼の魅力は年齢を問わず有効らしい。ウエイトレスはナプキンでくるんだシルバーウエアとラミネート加工したメニューをテーブルの上に置くと、エプロンのポケットからメモ帳を取り出し、「飲みものはどうします？」と言った。

ふたりとも水を頼む。彼女がわたしにも同じように親しげな態度で接してくれることに驚いた。たぶん、若いハンサムな男性が近くにいることをただ純粋に楽しんでいるのだろう。わたしは早くも彼女のことが気に入った。

「ここにはずいぶん頻繁に来てるみたいね」彼女が立ち去ったあと、さっそく茶々を入れる。「相当気に入られてるわね」期待したとおり、メニューに目を落とすオーウェンの耳がほんのりピンクになる。いつか、赤面の種類を一覧表にして、狼狽の度合いとの相関関係を分析してみようか。「お勧めは？」

「これまでに食べたものはどれもおいしかったよ。ここのハンバーガーはどれもいける。ギリシャ料理もおいしかったな。ターキーとスタッフィングは、実家で過ごす感謝祭《サンクスギビング》を思い出させるよ」

またしても、さりげない家族への言及。もう少し踏み込んで訊きたいのをぐっとこらえる。妙な言い方だが、個人的なことを訊くためには、彼のことをもっとよく知る必要がある。オーウェンのことはまだほとんど知らないけれど、こちらが何を質問しようと、彼は結局、教えたいことしか話さないような気がするのだ。

ここはまず一般的な話から始めよう。食事をしながら徐々に個人的な方向へ向かえばいい。

「うちの田舎にもこんな感じのカフェがあるわ。ただし、朝とお昼しかやってないけどね」

「こういう店は、アメリカのすべての小さな町に必ずひとつはあるみたいだね」視線は相変わらずメニューの上だ。

「あなたも小さな町の出身なの?」おっと、早くも話がそっちの方向に向かい出した。

「実は、自分がどこで生まれたのかよく知らないんだ。ごく幼いときには都会に住んでいた気がするんだけど、もの心ついてからはずっとハドソン川上流の古い小さな村で育ったよ」

わたしのなかの彼に熱をあげている部分が、より理性的な部分に向かってほくそ笑む。ふたりを隔てる障壁のひとつが、いま取り除かれたのだ。わたしたちはあまりに違いすぎて、共通点を見つけ出すことなど不可能だと思っていたが、もし彼が田舎育ちなら、必ずしもそうではないかもしれない。

「あなたの言う〝古い〟は、たぶん、わたしたちの感覚とはかなり違うのよね」

「独立戦争前、かな」オーウェンはうなずく。

「やっぱりね。わたしの故郷の町はせいぜい百年だもの。さすが東部ね」

「電車で一時間ほどだから、いまではニューヨークの郊外みたいな扱いだけど、以前は完全な農村地帯だったんだ。近くにはいまでも観光客向けのコロニアルファーム(植民地時代の農場を再現したもの)があるよ」

「昨今の地価を考えたら、この辺りで農業を続けるのは大変だと思うわ」表情を変えずによもやま話を続けてはいるが、本当はテーブルに頭を打ちつけたかった。意図的なのか、あるいは無意識にそうするのが癖になっているのか、オーウェンは話が個人的な方向へ進まないよう実にスムーズに舵を切った。ひょっとして、何かを隠そうとしているのだろうか。

ウエイトレスが水の入ったグラスをもって戻ってきた。わたしたちの前にひとつずつ置くと、ふたたびポケットからメモ帳とペンを取り出す。「さあて、お決まりかしら？」

オーウェンがわたしの方を見てうなずく。「ベーコンチーズバーガーを」わたしは言った。「フライドポテトとコールスローもつける？」

「ええ、お願いします」

ウエイトレスがオーウェンの方を向くと、彼は「ぼくも同じものを」と言った。

ウエイトレスは注文をメモに書き、「了解」と言って立ち去った。

先ほどの会話はすでに勢いを失っていたように思えたので、別の話題を考えていたら、驚いたことにオーウェンが自ら話題を提供した。「イーサンとのデートについてまだちゃんと聞いてなかったよね。楽しかったということと、妙な出来事が起こったということ以外は。彼、きみをどこへ連れていったの？　何か特別なプランがあるって言ってたけど」

感情と理性が激しい論争を始める。これは一種の偵察だろうか。つまり、イーサンとの関係が――そもそも関係と呼べるものが存在するとして――いまどの程度まで進展しているのか探りを入れて、行動に出るタイミングを、あるいは行動に出るか否かを見極めようとしているのだろうか。それとも、ただ単に、自分の知り合いふたりがデートに出かけたことに対する友人としての関心にすぎないのだろうか。

ひとりでどんなに分析しても埒《らち》が明かないので、とりあえず質問に答えることにした。「ワインディナーに連れていってくれたわ。ひとつのワイナリーのワインですべてのコースを食べるの。なかなか面白かったわ。料理もおいしかったし。ワインについてはあまり詳しくないから、そのぐらいの感想しか言えないけど」

「で、妙な出来事っていうのは？」

「わたしってすごくお酒が弱いのよ。いつもグラス一杯が精いっぱいなのに、ディナーではコースの各料理に一杯ずつワインが出されるの。どれも半分までしか飲まないようにしたんだけど、ディナーは五品もあって、デザートのころには……」

「少し酔っぱらってた」オーウェンはにやりとする。たとえ笑われているのが自分でも、その姿を堪能せずにはいられなかった。

「少しなんてもんじゃないわ。とにかく、話が面白くなるのはここからよ」

オーウェンは背もたれに寄りかかり、笑みを浮かべたままわたしをまっすぐ見据えた。「面白いとは？」片方の眉があがる。

わたしはまわりを軽く見回してから、テーブルの上に身を乗り出した。こちらの意をくみ取ったのか、オーウェンも同じように前屈みになる。ふたりの間の距離がぐんと縮まった。「店でいちばんまともだったのはわたしなのよ。もちろんイーサンを除いてだけど。そのワイナリー、実は魔法使いのワイナリーだったの。ワインには魔法がかけられてたらしくて、ほかの客は皆、泥酔状態だったわ。で、ディナーのあと、店のスタッフが用紙を配ってワインの注文を取りはじめたの。それがどうも、例の、人を操るタイプの魔術を使っていたようなのよ。イーサンによると、ワインは法外な値段だったらしいわ」

「つまり、ワインディナーを装って、魔法で詐欺を働こうとしていたということ?」オーウェンはしかめ面と、懐疑の表情と、苦笑いを、一度につくってみせた。

「ええ。それでイーサンとわたしは店側に値段について指摘したの。彼らもまさか、客のなかに免疫者《イミューン》のカップルがいるとは思わなかったんでしょう。結局、イーサンが注文用紙のタイプミスを修正してあげる、という形に収まったわ」

「ボスには言ったの?」

「ええ。それと、営業部によると、彼らは一年ほど前にMSIとの契約を打ち切ってるそうよ」

「使われていた魔術は、イドリスの人を操る魔術と同種のものだったんだね?」

「わたしは専門家じゃないわ。でも、魔法が使われているのを感じたし、客の反応にイドリスの魔術と似たようなところがあった。でも、同時に違うところもあったわ。あなたがテストしたものほど強い魔術ではないみたい」

オーウェンはうなずいて顔をしかめる。「関係があるか調べる必要があるな」

「お楽しみのところごめんなさい」ウエイトレスの声に、ふたりともびくりとして体を離す。オーウェンの顔が鮮やかなピンクになり、わたしも頬がほてるのを感じた。彼女はテーブルの上に料理を置き、「では、ごゆっくり。何か必要なものがあったら声をかけてね」と言った。

「店側の企てを阻止したあとはどうしたの?」オーウェンはフライドポテトの上でケチャップの瓶を振りながら訊いた。怪我をした腕はまだ思うように動かないらしい。瓶をしっかりもつことも、逆さにした瓶の底をたたくことも、うまくいかないようだ。わたしはオーウェンの手から瓶を取り、彼の皿にケチャップを出しながら質問に答えた。

「それがあんまり覚えてないの。そこから先は、記憶が定かじゃなくて。タクシーに乗ったことと、イーサンに抱えられてタクシーを降りたことと、それからアパートの階段をのぼる前に目を覚ますよう言われたことは覚えてるんだけど。イーサンが終始紳士的だったことは、ルームメイトが確認したみたい。それぐらいかな」

続いて自分のフライドポテトにケチャップをかけながら、ふと、その後イーサンから連絡がないことに気づく。今日はたしかにMSIでの打ち合わせはなかったが、以前はそういうときにもよく顔を出していた。そういえば、電話すらない。相手に夢中だという印象を与えないためにデートのあとすぐには電話をしない男性もいるらしいが、イーサンはそういうタイプには見えない。わたしの酔態を見て、幻滅してしまったのだろうか。

「最初のデートよりはずいぶんいいんじゃない？」

「ほんと、あのときはだれかさんのおかげでさんざんだったものね」イーサンとの最初のデートは、ロッドとオーウェンが彼の魔法に対する免疫をテストする場ともなったため、かなり異様な展開を見せた。「どうしてこうもプライベートに仕事が介入してきちゃうのかしら」

「残念ながら、この仕事に完全なオフはないみたいだね。一度この世界に入ってしまうと、仕事から本当の意味で解放されるってことはなかなかないよ」

「その部分、採用のときに説明されなかったような気がするわ。あと、世界を悪の手から救わなくちゃならないってことも……」オーウェンはタイミングよくハンバーガーにかぶりつく。

わたしはフライドポテトを一本つまみ、皿の上にたっぷりと出したケチャップのなかを泳がせた。「自分の仕事が実際に何かを変えるかもしれないという感覚に、まだよく慣れてないのよね。前の会社では、自分のやったことが次の週もなんらかの意味をもっていたらラッキーって感じだったもの」

「それはぼくも同じだよ。もちろん、重要な仕事をしたいという気持ちはいつもあったけど、自分の役割はラボにこもって魔術の翻訳や研究をすることだと思ってたからね。ぼくは最前線に出ていくような柄じゃない」

なるほど、われらがスーパーヒーローは好んでスーパーヒーローになっているわけではないのだ。「好き嫌いにかかわらず、皆それぞれに与えられた役目を果たさなきゃならないってことみたいね」

「選択の余地はなさそうだね」

その後しばらくの間は、ふたりとも食べることに専念した。食べながら、いろんなことを考えた。どこで育ったかということ以外、オーウェンについてあらたに得られた情報はほとんどないが、一方で、彼の新しい一面をかいま見られたような気もしていた。

「今日は妙な一日だったね」やがてオーウェンは言った。

「そうね。例の書類には何か重要なことが書かれてたの？」

「イドリスの件に関していま取り組んでることがね。まあ、これでまた方向性を変えなきゃならなくなったわけだけど」オーウェンは軽く身震いする。「だれかが自分のデスクを勝手にのぞいたかと思うと、やはり気持ちが悪いな。別にたいしたものが入ってるわけじゃないけど……」

「あなたのスペースだものね」

オーウェンはわたしの目をまっすぐに見た。「そうなんだ」そのままじっと見つめるので、今回はわたしの方が視線をそらさなくてはならなかった。

「悔しいことに、ルームメイトに今日会社で何があったか訊かれても、〝別に何も〟って答えなくちゃならないのよね」

オーウェンは笑った。「本当のことを話したら、彼女たちどんな反応をするかな」

「自分の仕事を面白いものに見せるためにつくり話をしていると思うんじゃない？　わたしだって、逆の立場だったらすぐには信じないと思うわ」

「ぼくの場合、魔法界の外につき合いがないから楽だな。特に何かを隠す必要もない」

わたしのなかの彼に熱をあげている部分がガッツポーズをする。社内のだれかとデートしているという噂は聞いたことがないから、もし職場の外に親しいつき合いがないとすれば、彼はだれとも交際していないということになる。しかし、わたしのなかのより理性的な部分がすかさず、彼は「魔法界」と言ったのであって、「職場」とは言っていないと指摘する。ＭＳＩで働いていない魔法使いだってたくさんいる。そのなかのだれかとつき合っていても不思議ではない。

「たぶん、きみのような人こそ、ものごとを的確に見ることができるんだろうな」オーウェンはしみじみと言った。「きみにはバランス感覚がある。この世界は何かと派手だからね。普通の世界を知っていることで、地に足が着くんだ」

わたしは鼻を鳴らす。「わたしの場合、これ以上地に足が着いたりしたら、地面にのめり込んじゃうわ」

「だからこそ、きみはぼくたちにとって貴重な存在なんだ。デザートは食べる?」オーウェンはふいに話題を変えた。彼はいつもそうだ。「ここのチーズケーキは最高だよ。チョコレートではないけど、かなりいける」わたしのチョコレート好きを覚えていてくれたことに、密かに感激する。

「もうおなかいっぱいだわ」

「ひとつをふたりで分ければいいよ」

「そうやって誘惑する」

オーウェンは悪戯っぽくほほえんでテーブルに身を乗り出す。「すーごくリッチで、すーごくクリーミーなチーズケーキだよ」

わたしは両手で耳をふさいだ。「ああ、やめて。わかった、降参。ひとつをふたりで分けましょう」

ウエイトレスがメモ帳を手にやってきた。彼女の第六感はオーウェンのそれに勝るとも劣らないようだ。「デザートはいかが?」

「チーズケーキをひとつ。ふたりで分けるよ」

「コーヒーは？」

「カフェイン抜きで」わたしは言った。

「ぼくも」とオーウェン。

「明日、今日より腿が太くなってたら、あなたのせいよ」ウエイトレスが行ったあと、わたしは言った。

「きみは太ってなんかないって言わせようとしてるの？」

「どうして？　太ってると思うの？」

「思ってないよ。ただ、きみは褒めてもらうのに謙遜する必要なんかないってことさ。まじめな話」それは要するに――どう受け取ればいいのだろう……。

ウエイトレスがチーズケーキとフォーク二本、コーヒーをふたつトレイにのせて戻ってきた。ケーキをひと口食べて、強引に勧めてくれたことに感謝した。ただ、カロリー以上に、スカートのボタンがはじけることが心配で、大部分は彼に食べてもらった。オーウェンがチーズケーキを食べている間、あらためて個人的な質問をするための勇気をかき集める。ようやく仕事以外の場で彼とふたりきりになれたのに、仕事の話ばかりして終わるのはなんとも惜しい。でも、彼みたいな男性には、いったい何を訊けばいいのだろう。「最近何かいい本読んだ？」とか？彼が最近読んだ本は、おそらく古代トランシルバニア語か何かで書かれているに違いない。

「仕事とプライベートの切りかえが難しいとしたら、ふだん休みの日は何をしているの？　そもそも、ちゃんと休めることってあるの？」

オーウェンはいま口に入れたばかりのチーズケーキの味を確かめるかのように眉を寄せ、コーヒーをひと口飲んでからようやく言った。「みんなと同じようなことだよ。まあたしかに、家でも仕事関係の本を読んだりするけど、それはそういう分野が好きだからで。あとは、野球を見たり、音楽を聴いたり、映画に行ったりとかかな。人混みや騒がしいのが好きじゃないから、だいたいそんな感じだよ。でも、たまにロッドと出かけることもある。彼にデートの予定がないときにかぎられるから、ほんとにごくたまにだけどね」

あまり有益な情報とはいえない。こんなにつかみどころのない人ははじめてだ。

「きみはどうなの？」

「まあ、あなたと同じようなものね」必ずしもそうではないが、わたしの職場外での活動リストもおよそ興味深いとはいいがたい。「ルームメイトといっしょに遊ぶことはけっこうあるかな。ブラインドデートのセッティングに情熱を燃やしてる娘《こ》がいるの。できれば、わたしのことは外してもらいたいんだけどね。読書も好きよ。ただ、読むのはもっぱら娯楽ものだけど。映画にも行くけど、どちらかというと、映画館では上映しないような古い映画が好きね。あとは料理。それぐらいかな」

「仕事がこれだけ刺激的だと、オフは静かに過ごしたくなるのかな」

ウエイトレスが通りがかりに伝票を置いていくと、わたしが手を伸ばすよりはやくオーウェンがそれをつかんだ。「ここはぼくが」

「自分の分は払うわ」

オーウェンは首を振る。「きみには借りがあるからね」

「なんの？」

「命を救ってもらったお礼をさせてくれないなら、せめてあのときの朝食のお返しはしたい」

あくまで割り勘を主張すべきかとも思われたが、同時に、オーウェンが引き下がらないこともわかっていた。敗北のため息をついて言った。「どうしてもと言うなら」

オーウェンはにやりとする。「ぼくに盾突こうとしてもむだだよ」

「へえ、言うじゃない。わたしにはいつでも逆らえると思ってるみたいね」

「試してみようか」

彼の悪戯っ子のような表情に、思わず笑ってしまった。この感覚は何かに似ている。いつものい、い、舞いあがりではない。これまで男性といるときには感じたことのない気持ちだ。そうだ、兄たちと冗談交じりの言い合いをしているときの、あの感じだ。ああ、なんてこと。ありがたくって涙が出る。またひとり兄貴が増えてしまった。

オーウェンといっしょに家路につく。もしこれがデートだったら、ニューヨークへ来て以来最高のデートだ。いや、ニューヨークに来る前を含めても、まずナンバーワンだろう。こんなにくつろいで楽しめたデートは、たぶん経験したことがない。

でもこれはデートではない。支払いは彼だったが、デートではないのだ。あれだけ親しく話をしたあとでも、彼はわたしにいっさい触れようとしない。手をつなぐこともなければ、歩いている途中で偶然手と手が触れ合うことすらない。でも、それがなんだというのだ。ディナーは楽しかった。彼と過ごした時間はとても楽しかった。

やがてアパートの前に着いた。「ごちそうさまでした。いっしょに食べることにしてよかったわ。でなきゃきっと、テレビの前でマクドナルドのチーズバーガーってことになってたもの」

「こちらこそ、つき合ってくれてありがとう。今日は家に直行する気分じゃなかったんだ」

長い沈黙。彼を部屋に招くべきだろうか。わたしにおやすみのキスをしようか迷っているのならうれしいのだけれど。決心がつく前にオーウェンの方が口を開いた。「じゃ、また明日の朝」そう言って、自分の家の方角へ歩き出す。抱擁もなければ、握手もなかった。

深いため息をつき、三階まで階段をのぼる。ルームメイトたちはまだ帰っていなかった。ふたりとも夕食は済ませてくるつもりなのだろう。留守番電話のランプが点滅しているのに気づき、コートを脱ぎながら再生ボタンを押す。「えー、これはケイティへのメッセージです」母の声だ。彼女がこの現代の装置に慣れる日は果たしてくるのだろうか。「こちらは母ですが、早急に電話をください。知らせたいことがあるの」

5

母は留守番電話が嫌いだし、遠い親戚のだれかが亡くなったというような場合は、こちらの一日を台無しにしないためにも話すタイミングを考えるタイプの人だから、彼女がこうしてメッセージを残し、しかもすぐに電話をよこすよう要求しているとなると、考えられることはひとつしかない。家族のだれかが亡くなったか、もしくは重大な事故に遭ったかだ。狩りの最中に兄のひとりが過って別の兄を撃ってしまったとか……。

こんなことならオーウェンを部屋に誘っておけばよかった。ひとりきりで悪い知らせを聞くのは、あまりに心細い。受話器を取った。ダイヤルする手が震える。母が電話に出た。「ママ、ケイティよ」声まで震えている。

「フランク！　ケイティよ！」母はいきなり受話器とは別の方向に叫ぶと、あらためて受話器に向かって話しはじめた。「ハニー、早かったわね。今夜は話せないと思ってたわ」

「すぐに電話してって言ってたじゃない」たとえそう言われていなくても、母がメッセージを残した時点で、わたしはただちに電話をかけていただろう。おしゃべりがしたいだけのときは、メッセージを残さず何度でもかけ直すのが母だ。相手によけいな気を遣わせたくないから、よほど重要なことでないかぎりメッセージは残さないと、いつも言っている。「ママ、何があったの？」

「あなたに知らせたいことがあるの」声に深刻な響きがないので、少しほっとした。

靴を脱ぎ捨て、ソファに腰をおろす。母との間に短い会話などというものは存在しないから、楽な姿勢になる必要がある。「知らせたいことって？」用心しながら訊く。あなたにぴったりのいい仕事があるから、あるいは、隣町に理想的な夫候補を見つけたからすぐに帰ってらっしゃいと言われても、特に驚きはしない。両親はわたしがニューヨークにいることを快く思っていないのだ。

「素敵なニュースよ。フランク・ジュニアがロータリークラブのくじで賞品を当てたの」

「よかったじゃない」でも、それは皆に電話で知らせて回るほどのニュースではない。兄たちは、毎回何かしら賞品を当てている。散弾銃とかダックブラインド（狩猟中に獲物から身を隠すための道具）とか。

「国内のどこへでも行けるふたり分の往復航空券よ。フランク・ジュニアがケイティに会っておいでって、フランクとわたしにくれたの。ねえ、すごいでしょ？」

「う……うん」それしか言えなかった――大げさでなく。両親に会いたくないわけではない。ふたりにはもう一年余り会っていないし、いまでもふとホームシックになることがある。でも、いまこの時期に、ニューヨークで会うというのは……。

うちの両親がニューヨークに来るということ自体、考えただけで恐ろしくなる。わたしの知るかぎり、彼らは生まれてこのかた一度もテキサスを出たことがない。ふたりにとっては、ダラスでさえ手に負えない大都会なのだ。彼らをマンハッタンの街に放つことなど、とても考えられない。地下鉄マップを手渡して、「じゃあ楽しんできてね」と言うわけにはいかないのだ。マンハッタン一日観光バスツアーみたいなものに参加させるという手はどうだろう。体よく厄介払いしたと思われるだろうか。それとも、両親に最高の待遇を施した孝行娘に見えるだろうか。ここにさらに、魔法の問題が加わるのだ。どこまで正気を保てるか、はなはだ不安だ。

「絶句してるわ」母は横にいる父に言った。母がわたしに電話するとき、父はいつもそばに立って聞いている。どうしてスピーカーフォンにしないのだろう。母はわたしに言った。「心配しなくて大丈夫よ、あなたのアパートが狭いってことはわかってるから。ホテルを予約するわ」

ここであえて反論し、うちに泊まるよう主張するのが礼儀かもしれないが、マルシアのソファベッドを引き出すと、それだけでリビングルームは足の踏み場もなくなってしまう。だれかがバスタブのなかに寝るという方法もないわけではないが、よほど早起きな人でないと都合が悪い。「この近くに手ごろで、かつ安全で清潔なホテルがあるから、予約をしておくわ。こっちに来るのはいつ?」

「ホテルを取ってくれるって」母はまず父に向かってそう言ってから答えた。「感謝祭《サンクスギビング》に合わせて行こうと思ってるの。月曜日にこっちを発《た》って次の月曜日に戻るつもりよ。その時期、まだホテルは取れるかしら。ほら、パレードがあるでしょ?」

「わからないけど、とにかく当たってみるわ」頭のなかは依然として、両親がこのクレージーな世界にやってくるという事実に混乱していた。普通のニューヨークでさえ彼らにとっては異様なのだ。魔法がらみのニューヨークなど、それこそ論外だ。彼らが魔法を見るわけではないにしても、リスクはできるだけ冒したくない。

「パレードを見るには、朝、相当早くから並ばなきゃだめよね」

「恐らくね、それより、テレビでの方がずっとよく見られるわよ」

「それじゃあこっちにいるのと同じじゃない。アパートで、あなたやマルシアやジェンマに感謝祭のディナーをつくってあげるから、楽しみにしてて」

たしかに楽しみではあるが、同時に金切り声をあげたくなるようなアイデアでもある。両親がやってくるまで、ちょうどあと一週間。なんとかスパイを捜し出して、いま一度MSIを救うことができれば、ふたりがこちらにいる間に一日ぐらい休みを取れるかもしれない。明日の朝、ふいに天与のひらめきを得て、スタッフミーティングを招集し、皆の前でシャーロック・ホームズのごとく犯人を割り出してみせる自分を想像してみる。残念ながら、わたしはシャーロック・ホームズというより、むしろクルーゾー警部のタイプだ。よくても、体重を減らして若干服の趣味をよくしたジェシカ・フレッチャー（テレビドラマ『ジェシカおばさんの事件簿』の主人公）といったところだろう。

「明日、ホテルに予約を入れておくわ。飛行機の時間がわかったら教えてね。空港まで迎えにいくから」

「あら、そこまでしてくれなくてもいいわよ」

「いいの。気にしないで」空港で出迎える方が、死体安置所で遺体を探したり、白タクに連れ去られたふたりを追跡したりするより、よほど簡単だ。そもそも、彼らのどちらかでも空港という場所に行ったことがあるのだろうか。手続きの仕方はちゃんとわかっているのだろうか。

「ああ、早くあなたの顔が見たいわ」母は言った。

「わたしもよ。じゃあ、来週ね」

ジェンマが帰ってきたとき、わたしはまだ放心状態でソファに座っていた。「ディナーミーティングって最悪」ジェンマはそう言いながらコートとスカーフをハンガーにかけると、こちらを向いた。「どうしたの？」

「感謝祭に両親がこっちに来るの」

「じゃあどうして、飼い犬が死んだって聞かされたみたいな顔してるわけ？」

頭のなかを整理しようと、軽く振ってみる。ジェンマにすべてを説明するわけにはいかない。

「ちょっと驚いてるのよ。あれだけニューヨークの悪口を言ってたふたりが、自ら進んでこっちに来るって言い出したもんだから。それにタイミングも悪いの。いま、すごく大きなプロジェクトを抱えてて、ふたりのために休みを取るわけにいかないのよ」

「来週は特に忙しくないから、一日ぐらいなら休みを取ってツアーガイドをしてあげられるわよ」

「本当？」ジェンマならツアーガイドとして申し分ない。それに、数十年間カエルでいた男性とそうとは知らずにつき合ってこそいるけれど、彼女の世界はわたしのそれよりずっと正常だ。

「ええ、喜んで。あなたのパパとママ、大好きだもの」ジェンマはふいににやりとする。「ねえ、おば様、感謝祭のディナーつくってくれたりしないかしら」

「すでに彼女の計画に入ってるわ。ここのキッチンを見たら卒倒するかもしれないけど、いまのところ本格的な家族の集いにするつもりみたい」

「誤解しないで。去年あなたがつくったディナーもすごくおいしかったのよ。でも、大学時代、感謝祭の休みにあなたの家に遊びにいったときのことが忘れられないの。あなたのママ、料理の天才よ」

「あなたが食べてくれたら母も喜ぶわ」

マルシアが帰ってきた。目の輝きを見れば、遅くなった理由が仕事でないことは明らかだ。ボーイフレンドのジェフと熱いひとときを過ごしてきたに違いない。彼もまた、カエルがらみの過去をもっている。ただし、ジェフの場合、本当にカエルだったわけではなく、しばらくの間自分をカエルだと思い込んでいただけだ。

「感謝祭にだれが来ると思う?」マルシアがコートを脱ぐのも待たずにジェンマが言った。

「だれ?」

「ケイティのパパとママ」

マルシアの顔がぱっと輝く。「ひょっとして、ミセス・チャンドラーは感謝祭のディナーをつくってくれたりするのかしら」

「そのつもりらしいわ」わたしは言った。ふたりが依然として、彼らがどこに泊まるのか尋ねていないことを考えると、母の料理の腕はたしかに格別なようだ。母のパンプキンパイを食べるためなら、ふたりのうちのどちらかがバスタブで寝てもいいと言い出しかねない。そうなる前に、わたしは言った。「ホテルの部屋を予約しなくちゃ。それから、少しでも休みが取れないか検討してみるわ。半休ならなんとかなるかも」

「ホリデーウィークよ。だれもまともに仕事なんかしないわ」マルシアが言う。「それより、おば様、あの小さなマシュマロの入ったさつまいもの料理つくってくれると思う？」


翌朝も、アパートの前でオーウェンと対面したとき、頭のなかは相変わらず両親の訪問のことでいっぱいで、いつものようにときめくのをもう少しで忘れるところだった。オーウェンはにっこりしておはようと言ったあと、ふと顔をしかめた。「どうしたの？」

「え？　ああ、なんでもないの。ちょっと考えごとをしてただけ」

オーウェンは例によって、微妙な距離を保ちつつわたしの横を歩いている。「考えごと？」

「ゆうべ母から電話があって、感謝祭に父といっしょにニューヨークに来るって言うの」

「本当？　よかったね」そう言ってから、ためらいがちにつけ足す。「……というわけでもない？」

「ううん。でもいま、例のスパイ捜査や何やらですごく忙しいし、彼らのために時間が取れるかどうか。そもそも、まだ有休を取れる資格すらないんだもの。でも、あのふたりをこの街に放り出すわけにはいかないの。彼らにとってだけじゃなく、この街にとっても危険なことだわ」

「きみのボスは有休に関して社則があることすら知らないと思うよ」オーウェンは苦笑いした。

「彼ならきっと柔軟に対応してくれるよ。仕事のことを除けば、ご両親に会うのは楽しみなんだよね？」心配そうな口調になっている。

「ええ、もちろん楽しみよ。ただ、この街やわたしの生活について彼らがどう思うかが心配で……。わたしがこっちに来ることには、ふたりとも反対だったから。今回の訪問だって、家に連れ戻す口実かもしれない。会いに帰る方がよほど気が楽よ」

「でも実際に街を見ることで、きみがここで立派にやっていることを誇りに思ってくれるかもしれないよ。現実を見れば、かえってむやみに心配しなくなるかもしれない」

「うちの両親を知らないから言えることだわ」

オーウェンは笑った。「親はみんなそうだよ。たいてい、現実にはあり得ないようなとんでもないことを想像して心配するんだ」

わたしはオーウェンの方に向き直った。「つまりうちの両親は、敵のスパイが紛れ込んでいる会社で魔法戦争に巻き込まれていること以上にとんでもない事態を想像しているってこと？」

そう言ってから、ふと考えた。「たしかに、うちの母ならあり得るかも……」

「いずれにしても、魔法に気づかれることはないはずだから」

反論しようとしたとき、空の向こうから妙なものが飛んでくるのに気がついた。一見鳩のようでもあるが、近づくにつれぐんぐん大きくなっていく。とっさにオーウェンの腕を引っ張り、すんでのところで醜い女の顔をした鳥もどきの襲撃をかわした。先日、オーウェンの肩に鋭いかぎ爪を食い込ませたやつと同じ類の怪物だ。ハーピーは空中で旋回すると、ふたたびわたしたちに向かって急降下してきた。

「どうしたの?」オーウェンの声に緊張が走る。

「ハーピー、だと思う」

オーウェンは顔をしかめると、すぐにうなずいた。「とらえた」次の瞬間、ハーピーは空中で何やら見えない壁にぶつかり、歩道に落ちてベチャッという音を立てた。スーツ姿のビジネスマンが無造作にそれをよけて歩いていく――神話上の生き物の死体など毎日見ているといった感じで。彼はハーピーのかわりに何を見たのだろう。ちょっとしたゴミの山だろうか。ニューヨークの歩道なら特にめずらしいものではないが、わたしの知るかぎり、ゴミは空から降ってきたり、虚空から突然現れたりしない。自分の関心事だけに集中し、それ以外のすべてをシャットアウトするニューヨーカーの能力には、ただただ驚くばかりだ。

落ち着くために、ひとつ大きく深呼吸する。「これだから両親をニューヨークに呼びたくないのよ。こんなこと、どう説明すればいいの? ニューヨークでは路上生活者と鳩の交配が進んでいるとでも?」

「きみのご両親がこのての現象を目にする可能性は低いと思うよ」

「じゃあ、空から何かが急降下してきて彼らに襲いかかったら、それはどんなふうに見えるわけ? とてもじゃないけど、普通の出来事に見せかけることなんかできないわ」

オーウェンはわたしの腕を取り、地下鉄の駅に向かう歩行者の流れに戻りながら言った。「やつらがきみのご両親をねらうとは思えない。今回の攻撃も、おそらくぼくに向けられたものだ。それに、フェラン・イドリスの性格を考えると、目的はぼくに怪我を負わせること以上に、動揺させることのような気がする。ハーピーの襲撃から街を守る方法を考えている間は、対抗魔術《カウンタースペル》の開発がおろそかになるわけだからね」

「前回、あなたはあの怪物に殺されかけたのよ」

「ほんのかすり傷だよ。でも、一応念のために、ご両親に護衛をつけるようサムに言っておくよ」

「気持ちはとてもありがたいんだけど、うちの両親のあとをガーゴイルの一団がついて回るという図は、なんだかかえって不安だわ」


　今朝の通勤がふだんと違うものだったとすれば、会社のなかはさらに違っていた。建物に入ったとたん、社内の空気がまったく変わっているのを感じた。廊下ですれ違う同僚たちに笑顔がない。皆、無言のままじっとこちらを見つめている。それはオーウェンに対しても同じだ。だれもが互いの視線を避けている。自分以外の全員を容疑者だと思っているかのように。グレゴールが全身鮮やかな緑色になって、だれかに怒鳴っていた。怒鳴られた方も、検証人を自分に有利になるよう利用しているというようなことを彼に言い返している。

　社長室のレセプションエリアには、すでにトリックスの姿があった。「調子はどう？」

「チョコレートのいっき食いと『テルマ&ルイーズ』の三回連続鑑賞で、なんとかもち直したわ」

「そんなに重症だったんだ」

「ボイスメールは彼の謝罪の言葉でいっぱいよ」

「希望はありそうじゃない」

「アリは、木曜までは無視した方がいいって言っている。週末も会わずにおけば、月曜にはこっちの言いなりだって」

「あるいは、いますぐ仲直りして、この週末をふたりで楽しく過ごすって手もあるわ」アリのやり方は少し厳しすぎるように思える。彼がそこまでひどいことをしたのなら別だけど。

トリックスはため息をついた。「わたしもそう思うの。やっぱりそうしようかな、アリには内緒で。あと一週間も彼に会えないなんて耐えられないもの」そう言うと、ふいに表情を変える。「ところで、昨日面白いことがあったらしいわね」

わたしの知らないところで、相当数のゴシップメールが飛び交っているに違いない。「ええ、まあね。研究開発部はいま、入口に警備員を置いて厳重封鎖の状態よ。ボスがわたしの電話を密告窓口にしちゃったの。いまごろ千件ぐらいメッセージが来てるはずだわ。ああ、今日一日が思いやられる。そういうわけだから、さっそく仕事に取りかかるわね」

千件はあながち大げさでもなかった。ボイスメールとeメールを合わせると、メッセージは七百七十五件にものぼった。この会社にはいったい何人社員がいるのだろう。ひとりで複数のメッセージを残した人が少なからずいるはずだ。

メールボックスを空にして新たな通報に備えるために、ボイスメールから先にチェックしていくことにした。ほとんどの垂れ込みは、役に立たないものだった。大部分がすでに知っている情報だったし、「研究開発部のスタッフを調べた方がいい」などということは、わざわざ垂れ込んでもらわなくてもわかっている。

「営業部コーポレートセールス課のメリサンド・ロジャーズを調べるべきです」このてのメッセージが山のように届いている。「最近、やたらとビジネスランチをしているんだけど、相手がだれなのかは部内のだれも知りません」送り主は匿名だが、アウトサイドセールス課の内線番号が残っていた。

次のメッセージを聞く。「アウトサイドセールス課のダグマー・ホロウェイが怪しいと思います。挙動不審だし、営業成績も落ちてきているそうです」内線番号はコーポレートセールス課のものだ。なんだか中学校のお昼休みの女子トイレみたいになってきた。

eメールはさらにひどかった。


どうも。このメールは家のＰＣから奥ってます。こっちがだれか知られたくないんで。忠告ですが、検証部のキムは用チェックです。いつもいろいろメモってて、すごいあやしいです。それに、超やな女だし。あたしがそう言ってたて言っても別にかまいません。毎日遅くまで残業してるし、絶対なんかたくらんでるに決まってるて感じです。

これでもまだ読める方だ。有益な情報が紛れているかもしれないので、一応すべてに目を通さなければならない。なかには興味深いゴシップもあったが、ほとんどは、経済学の教科書の方がまだ面白いと思えるような代物だった。トイレに行った回数まで書いてあるだれかの行動記録など、できるものなら読まずに消去してしまいたい。

それに、仕事はいっこうに減らなかった。メッセージをひとつ聞いている間に、新しいメッセージがひとつ入ってくる。ひっきりなしに鳴る着信音で気が変にならないようコンピュータの音を消すと、今度は電話が鳴る。そんなことを繰り返しながら、とりあえず一段落させたものの、捜査が進展したとはとても思えなかった。

大きなため息をついて立ちあがり、よろよろとレセプションエリアへ出ていく。「トリックス、コーヒーをお願い！　この会社は、きっとドクター・フィル（テレビ番組で人生相談を行う精神科医）の手にも負えないわ。いっそのこと、ジェリー・スプリンガー・ショー（出演者が痴話喧嘩の末に乱闘を繰り広げることで有名な悩み相談番組）みたいに、みんなで椅子を振り回して殴り合いをした方がはやいんじゃないかしら」そうぼやいたところで、受付デスクの前に人が立っていることに気がついた。なんと、土曜の夜のわたしのデート相手だ。そう、以来まったく連絡をよこしていない懸案のデート相手——。

「やあ、ケイティ」イーサンは言った。「大変そうだね」

「もう、だれか助けてって感じ。トリックス、お願い、コーヒーをちょうだい」哀れな声で言う。まもなく、湯気のあがるマグカップがわたしの手のなかに現れた。こういうとき、自分でいれなくていいのはありがたい。何杯目のコーヒーかすぐにわからなくなるから、カフェインの量を気にしなくてすむ。

「なんか妙な事態になってるらしいね」トリックスのデスクにもたれながらイーサンが言った。

「オーウェンのところに行こうとしたら、警備員がなかに入れてくれないんだ。で、どういうことか訊こうと思ってこっちに寄ってみたんだけど」

わたしに会いにきたのは友達のところに寄ったついでだというニュアンスには、あえて気づかないふりをしておく。「スパイだか工作員だかダブルエージェントだか、とにかくそんなようなものがいるのはたしかよ。捜査を担当することになってしまったの。わたしの電話、垂れ込み情報でパンク寸前よ」そう言って、トリックスの方を向く。「この会社に同僚が好きだという人はひとりもいないの？　ちょっとひどすぎるわ」

「そうかな」イーサンが眉をあげて肩をすくめる。「ぼくが仕事をした法律事務所には、そんな感じのところがいくつもあったよ。だれかがひとこと非難がましいことを言おうものなら、とたんに鮫の水槽に生肉を投げ込んだような騒ぎになるんだ。あんまりすごいんで、笑っちゃうこともあったけど」

わたしはイーサンをじろりとにらむ。「もしどんなふうになるか見るためにやったんなら、ここで正直に言った方がいいわ。いま白状すれば、命だけは助けてあげるから」

「そうよ」トリックスが言う。「こっちにもとばっちりがきてるんですからね」

「いっそのこと、これを機会に過去のわだかまりをすべて清算したらどうかしら。みんなを会議室に集めて、子ども用のプラスチックのバットかなんかで気の済むまで殴り合いをさせるの」

「彼らがおもちゃのバットだけ使ってると思う？」トリックスが言う。

「たしかに。おそらく、そのあと数カ月間は、ゴキブリやフンコロガシになった全社員の魔法を解くので大忙しになるわね」

イーサンは姿勢を正すと、「ちょっと話をする時間ある？　忙しいのはわかってるけど、ほんの一、二分で済むから」と言った。

口調が妙に深刻なので、急に不安になる。「もちろんよ。わたしのオフィスに行きましょう。コーヒーをありがとう、トリックス」

オフィスに入り、デスクにコーヒーを置くと、背後でドアの閉まる音がした。いよいよ本格的に不安になってきたとき、イーサンが近づいてきて、いきなりわたしを抱き寄せ、キスをした。やがて彼はそっと顔を離すと、にっこりほほえんだ。「話ってこれだったの？」頭がくらくらする。キスのせいというより、あまりに突然だったからだ。知り合ってからこれまで、キスをするような雰囲気にすらなったことはなかった。

イーサンは肩をすくめる。「たぶんね。レセプションエリアではしてほしくないだろうと思って」

「わたしたちがデートしたことは会社じゅうが知ってるわ。マーリンでさえね。でも、まあ、ありがとう、気を遣ってくれて」

イーサンは来客用の椅子に腰をおろす。「昨日は電話できなくてごめんね。二日酔いは大丈夫だった？」

わたしは自分の椅子に座り、コーヒーをひと口飲んだ。「ええ。もっとひどいのを経験したこともあるし。もちろん、そうしょっちゅうじゃないわよ。いずれにしても、ワイン通になるのは無理みたいね、あのくらいで酔っぱらってるようじゃ」

「スポーツと同じだよ。訓練が必要なだけさ。でも、次はもうあんなふうに酔わせたりしないから大丈夫だよ。で、その次なんだけど、金曜の夜はどうしてる？」

「もし今後もこの状態が続くとすれば、おそらくふて寝してるわね」

「それよりは、ぼくとディナーをする方がましなんじゃない？」

「酔わせてくれって、こっちから泣きつくかも」

「どうしてもって言うなら考えるよ。じゃ、デートでいいね？」

わたしはイーサンのことをまじまじと見つめた。たしかに彼はオーウェンではない。でも、昨夜の出来事から何か学んだとすれば、それは、オーウェンがどんなに素敵だとしても、友達から恋人へ移行するために必要となるものがわたしたちには欠けているということだ。少なくとも、彼の側には。それに、最近はオーウェンから兄的なバイブレーションさえ感じはじめていて、自分のなかにそれを歓迎している部分すらある。そもそも、イーサンに何か不満があるわけではない。オーウェンのことをなんとか五分以上頭から押し出すことができたら、イーサンとの間に何かが起こる可能性は十分にある。先ほどのキスは悪くないスタートだ。

「ええ、デートでいいわ。ここからいっしょに行く？　それともどこかで待ち合わせ？」

「ここからいっしょに行こう。着がえが必要になるほど大げさなことは予定していないし」

「何を予定してるの？」

イーサンはウインクする。「それは内緒。じゃあ、金曜にね」そう言うと、立ちあがってオフィスを出ていった。

数秒とたたないうちに、トリックスがオフィスの入口でホバリングしていた。「どうやら先週末のデートはうまくいったみたいね」

「どうやらね」

「彼、次のデートに誘いにきたんでしょ？」

「ええ、まあ、そんな感じ。ほかに何かこのフロアに用があったのかしら」

トリックスは首を振る。「ううん。あなたがカフェイン切れの禁断症状を起こしてオフィスから出てくる直前に現れたんだもの。あなたに会うためだけに来たのよ」

「ふうん」わたしは男性から追いかけられるということを経験したことがない。ジェフにストーキングされた短い期間は別として。正直いって、悪くない気分だ。

「彼、人間にしてはイケてるわね」

「そうね。これまでのことを考えると、わたしにしてはたしかに上出来だわ。さてと、金曜日にオフィスに着てくる服を考えなくちゃ。そのままカジュアルなデートに出かけられるような」

「どこへ行くの？」

「内緒だって」

トリックスはやれやれという顔をする。「まったく男ってのは！　女の子には準備ってものがあることをまるでわかってないんだから」

トリックスが自分のデスクに戻ると、入れかわるようにマーリンが現れた。「捜査の方に何か進展はありましたか？」

「社員全員が機能不全に陥っているということがわかったぐらいですね。就業時間に魔法で決闘することを禁じる社則があることを祈りますよ」

「有力な情報はまったくありませんか？」

「いまのところは。ほとんどが目下の状況とはなんの関係もないものです」電話が鳴ったが、そのまま無視した。あとでまとめてボイスメールを聞けばいい。「実は、敵の目的はまさにこれだったんじゃないかという気がしはじめてるんです。今回の一件は、スパイというよりサボタージュなんじゃないかと」

「妨害行為《サボタージュ》？」

「ええ。皆、同僚を密告するのに忙しくて、仕事どころではありません。互いを不審の目で見ている間は、チームワークなど期待すべくもないでしょう。それが現在の状況です。会社の機能はいま、ほとんど停止しています」

マーリンはあごひげをなでながらしばし考える。「なるほど、たしかにあなたの言うとおりですな。その線で捜査を進めるべきかもしれません。何かよい方法はありますかな？」

ふと、これは自分にとってなじみの分野であることに気づく。わたしは小さな田舎町で生まれ育った。いってみれば、ゴシップのなかで大きくなったようなものだ。企業スパイの捜査法はわからなくても、噂の広がり方についてはよく知っている。勇気がわいてくるのを感じながら、わたしはいった。「口伝えのルートを逆にたどって、噂の出どころを突き止めることができれば——。いつだれがだれに何を言ったかを調べていくんです。昨日おっしゃってましたよね、スパイ行為があったことを知っているのは、あなたとオーウェンとわたしと、それからスパイ本人だけだって。社内にスパイがいるということをほかの人に知らせたがった最初の人物がわかれば、おのずと犯人が判明するんじゃないでしょうか」

「素晴らしい。早く結果が知りたいですな。状況を随時報告してください」

取るべき具体的な方策がひとつ決まったことで、わたしは少々強気になった。「実はもうひとつ、ご相談したいことがあるんです」

「なんですか、ケイティ」

「来週、感謝祭に合わせて両親がニューヨークに来るんです。木曜から休日になることはわかっていますが、できればその前にも少し時間をいただけないでしょうか。たとえば数時間オフィスを抜けるだけでもいいんです。こんな忙しいときに、しかもわたし自身、スパイ捜査という重要な責務を抱えているなかで、本当に心苦しいんですが、でも、少しでもいっしょに過ごしてあげられれば、両親も職場に会いにくるとは言い出さないと思うんです」

「特に問題はないでしょう。今後のなりゆきを見ながら、週末までにいつ休みを取るのが適当かを決めてはいかがですかな」

「ありがとうございます。助かります」

「では、捜査の方、よろしく頼みますよ。実に素晴らしい理論です」

この理論にはひとつだけ、考えたくない可能性が含まれている。目的がスパイ行為そのものではなく、混乱を引き起こすことだとしたら、オーウェンを〈可能性ナシ〉のリストから外さなくてはならなくなる。実際に存在しないスパイ行為を報告すること以上に、混乱を引き起こす手っ取り早い方法はないのだから。

もし、心から信頼する数少ない人物のひとりに裏切られているとしたら、わたしは果たしてその事実に耐えられるだろうか。

6

噂のもとをたどると決めたいま、何をすればいいかははっきりしている。子どものころにやった電話ゲームと同じ原理だ。発信源から離れるに従ってメッセージは変化していく。メッセージがどのように変化したかを見れば、だれを経由したかもおのずと見えてくる。噂の内容が真相――あるいは明らかにでっちあげられた嘘――に近づくにつれ、発信源も近いということだ。高校時代は特定の派閥に属することなく、どのグループの人たちともこだわりなく接していた。そのせいか派閥間の調停役に駆り出されることが多く、おかげでだれがだれに何を言ったかを突き止めるのが得意になった。自慢じゃないが、卒業アルバムには、ミス・コンジニアリティ（ミス・コンテストで最も親切でいっしょにいて楽しかった人として選ばれるタイトル）に選ばれたときの写真が載っている。

では、そろそろ、聞き込みを開始するとしようか。「ちょっと調べものをしてくるわ」レセプションエリアを横切りながら、トリックスに言う。「かかってきた電話はすべてボイスメールにいくようになってるから」みんなの不平不満や泣きごとを聞くのはしばしお預けだ。

ゴシップの陰には、自分は直接関わっていないにもかかわらず、すべてを見、すべてを知る人が必ず存在する。この会社の場合、それはイザベルだ。社内のもめごとや確執をだれよりも詳しく把握しているのは彼女だ。彼女が言及していないゴシップなどおそらくないだろう。問題は、言いふらしたくなるようなネタをいっさい与えずに、彼女から情報を聞き出すことができるかどうかだ。イザベルはオフィスにいた。「ちょっといい？」

「ロッドは外出中よ」

「実は、あなたと話がしたくてきたの」

イザベルの顔がぱっと輝く。例の息の詰まるような抱擁を予想して身構えたが、彼女は座ったまま言った。「どうぞ入って。何か飲む？」

すでに一週間分のカフェインを摂取していたので、わたしは首を振った。「いいえ、けっこうよ。そのかわり、ちょっと別のものを提供してほしいの」

「スパイ捜査ね」イザベルはわけ知り顔でうなずく。

「なんだか私怨の晴らし合いみたいになってきてるわ。それで、有益な情報とただの告げ口とを区別するために、だれがだれをどういう理由で嫌っているのか知りたいの」

「つまり、社内に存在する確執をリストアップしてほしいのね。時間はどのぐらいある？」

「残念ながらたっぷりとは言いがたいわね。でも、少しでも情報をもらえたら、その分だけ確実に的を絞ることができるわ」

イザベルは椅子の背にもたれ、おなかの上で両手を組んだ。「グレゴールとオーウェンのことは、もちろん知ってるわよね」

「例のアクシデントのあと、グレゴールのポストをオーウェンが引き継いだということは知ってるわ。まだ何かあるの？」

「理論魔術課のヘッドだったとき、グレゴールはイドリスとかなり親密だったわ。で、ふたりともオーウェンとはうまくいってなかった。課のほかの連中は、だいたいグレゴール派とオーウェン派に分かれてたの。グレゴールが左遷されてオーウェンがそのあとを引き継いだとき、彼がまず最初にやったのはイドリスを解雇することよ」

「グレゴール派のスタッフはどうなったの？」

「政権交代のときに起こりがちなことが起こっただけよ。たしかふたりほど辞めて、残りの連中はあっさり鞍がえしたわ。いまでは皆、昔からずっとオーウェン派だったような顔をしてる」

その人たちの名前を訊きたかったが、なんだか警察の取り調べのようでためらわれた。「グレゴールもイドリスみたいに黒魔術に傾倒していたの？」

「オーウェンはそう思ってたみたいね。でもはっきりした証拠はなかったわ。ただ、自分を鬼にしてしまった例の魔術は、黒とはいえないまでもかなりグレーね。それだって、彼が本当のことを言っているというのが前提よ。オーウェンは、何か隠蔽工作があったと思ったみたい」

「検証部から出られてよかったとつくづく思うわ。研究開発部のスタッフからの電話の多さも、それで説明がつくわね。ほかには何かある？」

「これってここだけの話よね？　だれに聞いたかは、絶対言わないわよね？」社内のゴシップを口にするのにイザベルがこれほど気まずそうな顔をするのをはじめて見た。

「もちろんだれにも言わないわ。だいたい噂話を証拠にすることはできないもの。これはあくまで、捜査の方向性を見いだすための情報収集よ」

イザベルはデスクの上に身を乗り出すと、声を低めて言った。「アリなんだけど……。悪口を言うつもりは毛頭ないのよ。でも、彼女って、社内のゲイでない独身男のほぼ全員とデートをしてて――。ちなみに、完全に独身とはいえない男ともね。で、彼女の話を聞いてると、うまくいかなかったのはいつも相手の男のせいなの。まだデートしてないのは、おそらく彼女の誘いを断った人たちだけね。わたし、彼女のことは大好きよ。でも、アリが垂れ込んだ人については、捜査対象から外しても、まず問題ないと思うわ」

「アリからは何も報告は入ってないはずよ」

イザベルはほっとしたように言った。「彼女も少しずつ成長してるみたいね」

オーウェンがアリのリストのどちらの側に名を連ねているのか非常に気になったが、それをイザベルに訊くことは、わたしが彼に気があるという噂を会社じゅうに広めることに等しい。

「コーポレートセールスとアウトサイドセールスも遺恨試合をやってはいるけど、まあ基本的に健全な競争といえる範囲ね。いまの状況は両者にとってダメージになるものだし、どちらかのグループが関与しているとは考えにくいわ」

「社内のことはどうやって外に漏れるのかしら」

「社員が自分の夫や妻に話したり、友達や恋人に話したり。人の口にふたをすることはできないのよ」

この流れを待っていた。腕は、ドリルチームから協力要請を受けて、フットボールの試合のあと野外席の下でチームの内情を外部に流したチアリーダーを突き止めた高校のころから、さほど鈍っていないようだ。

「そもそもこの件についてはどうやって知ったの？　あなたとアリに訊かれたのは、まだ公になっていないときだったわ」

「わたしはアリから聞いたの」

「アリはどこでこの話を聞いたのかしら」

イザベルは首をかしげる。「本人に訊くのがいちばんたしかだけど、たぶん、オフィスが荒らされたことに気づいた直後のオーウェンの姿をたまたま目にしたんじゃないかしら。あるいは、たまたま目にした人の話を聞いたとか。すべてのラボは廊下側がガラス窓になってるからね。だいたい、あの部署にオーウェンの一挙一動に関心のない女性なんている？」

「セキュリティの不正操作については？　あっという間に知れ渡ったみたいだけど」

「わたしはロッドから聞いたわ。彼がどこで聞いたのかは知らないけど、オーウェンがサムを呼んで何かを調べさせていることを知ってたみたい」

ということは、おそらく研究開発部のだれかが情報源だろう。わたしは立ちあがった。この部屋の張りぐるみの椅子は実に座り心地がよくて、このまま午後じゅう座っていたいくらいなのだけれど。「研究開発部に電話をして、わたしが向かったと伝えてくれる？　着いたとき、なかに入れてもらえるように」

「オーウェンのことだから、あなたが来ることはあなたがそう決める前から知ってるはずよ」

彼の話では、ときどき予知能力が冴えるという程度らしいから、そこまで何もかも見通せるわけではないだろうし、だいたい彼にはいま、わたしの居場所を気にしている暇などないはずだ。

　結局、心配は無用だった。研究開発部の入口でオーウェン本人がサムといっしょにセキュリティパネルの修理にあたっていた。立ち止まり、声をかける前にしばしその光景を堪能する。上質のビジネススーツに身を包んだオーウェンはため息が出るほど素敵だが、そでをまくり、ネクタイを緩め、黒髪が乱れて額にかかったその姿は、またひと味違った魅力にあふれていた。おそらく、いつもほど完璧ではないことが、いつもより少しだけ近づきやすい印象を与えるからだろう。

「よう、お嬢」サムが言った。

　オーウェンはびくりとし、その拍子に何か触れるべきでないものに触れてしまったらしく、もう一度びくりとした。人差し指をなめ、その手を激しく振る間に、顔がどんどん赤くなっていく。

「ごめんなさい、驚かせちゃったかしら」

「サムが驚かしたんだよ」

「そんなに神経質になるなよ」サムが言った。

「この部署の安全を守る装置を直すために、魔法と電気を同時に使ってるんだ。神経質にだってなるよ」オーウェンは言い返す。こんなにかりかりした彼ははじめて見た。オーウェンが怒ったところは前にも見たけれど、それは恐ろしく冷静な怒りで、どんな怒声よりずっと迫力があった。いまのはごく普通の、なんとも人間らしい苛立ちだ。オーウェンはため息をつく。「ごめん、悪かったよ」そう言ってから、わたしの方を見あげる。「ケイティ、何か用だった？」

「時間があるときに、ちょっと話がしたいの。ここではなく、どこか静かな場所で」

オーウエンはサムをちらっと見る。「あんたがいない方が、かえって仕事ははかどるだろうね」とサム。

オーウェンは立ちあがると、顔にかかる髪を無造作に払った。「この建物のなかでは話したくないな。コートを取ってくるよ。外へ出よう。少し外の空気も吸いたいし。ついでにランチでもどう？」

わたしはオーウェンといっしょに、古書に囲まれた居心地のいい書斎のような彼のオフィスへ行った。オーウェンは先に入るよう促すと、何かが起こるのを待っているかのように、わたしが敷居をまたぐのをじっと見ていた。そして何も起こらないことがわかると、顔をしかめ、自分も入ってくる。

「何、いまの」

「ちょっとあることを試してて……。どうもうまくいかないな。魔法を使う連中ならだれでも阻止できるんだけど、免疫者《イミューン》には魔法除《よ》けが通用しないからね。何か物理的なバリアを仕掛けないと」

「イミューンのことも疑ってるの？」

「いまはあらゆる可能性を考慮してるよ」

オーウェンは椅子の背からスーツのジャケットを取った。そのときふと、天井の片隅に妙なものがあることに気がついた。「あれは何?」

オーウェンはわたしの視線をたどり、首を振る。「何って、何が?」

「セキュリティの総点検をしたとき、検証人にオフィスを調べさせた?」

オーウェンの顔がさっと赤くなる。「いや、考えなかった」

わたしは靴を脱ぎ、ちょうど真下にあったひじかけ椅子によじ登る。「ウェブカメラみたいね」

「ウェブカメラ?」オーウェンはわたしの隣に登ってくると、カメラのあるおおよその方向に片手を振った。「ああ、ここだね」カメラが彼の手のなかに落ちる。オーウェンはもう一方の手をその上にかざし、まばたきをした。「なるほど、これか」どうやらいま、カメラを覆い隠していたものが魔法で取り払われたようだ。オーウェンは片方の眉をあげ、にやりとする。

「どうやら、ぼくは見張られていたらしいな」

なんてことだ。これで、容疑者を研究開発部のスタッフに絞ることはできなくなった。「やられたわ。この線は考えなかったわね」なんとか平静を装って言う。

オーウェンがふたたび手をかざすと、カメラはひとりでに浮きあがり、もとの位置に戻った。

「これからは、こちらが見てほしいものだけを見てもらうことにするよ。映像がどこへ送られているのかあとで調べてみる。とりあえずランチだ。それと、話もね」

そのとき、ジェイクがオフィスに向かって走ってきた。「ボス！　よかった、ランチに行く前で——」そう言って部屋の敷居をまたごうとしたとたん、叫び声をあげる。「うわ、なんですか、これは！」

オーウェンは耳をピンクに染めながら、ドアに向かって片手を振った。ジェイクは恐る恐る部屋に入ってくる。「ごめん、ごめん。いまちょっと魔法除けを試してて」

「ぼくまで締め出すつもりですか？」ジェイクは心底傷ついたような顔をした。彼は『スーパーマン』のジミー・オルセンをパンク好きにしたような風貌をしている。彼が自分の上司を裏切るとはやはり思えないが、オーウェンはジェイクのことも例外とは見なしていないようだ。

「すべての人を締め出してるんだよ。ぼくがここにいるときは、自由に入っていい。いないときは、だれのことも入れない。で、用はなんだったの？」

ふたりが話をしている間、わたしは靴を履き、ほかに不審なものはないか部屋のなかを見回した。ものであふれたオーウェンのオフィスでは、たとえあったとしても発見するのは容易ではない。ウェブカメラに気がついたのは、それがその場所にはおよそ似つかわしくないハイテク製品だったからだ。もし本のなかにでも隠されていたら、とても見つけられなかっただろう。

研究中の魔術の修正箇所についてオーウェンから指示を受けると、ジェイクはオフィスを出ていった。オーウェンはドアのフックにかけてあったコートを取り、わたしに差し出す。「きみのオフィスに戻らなくてすむよう、これを着て」

わたしはぶかぶかのコートにそでを通し、オーウェンはスーツのジャケットを着た。「それじゃあ、あなたが凍えちゃうわ」島《マンハッタン》を渡る風は冷たい。

「大丈夫だよ。ぼくには人一倍燃料があるからね」

そうだった。オーウェンが並外れた能力をもつ魔法使いだということはわかっているつもりなのだが、魔法を使うときも――わたしが目撃することはたまにしかないのだけれど――実に淡々としているので、ついそのことを忘れてしまう。

部署の入口でセキュリティパネルの修理を続けているサムに向かって、オーウェンは言った。「ぼくがいない間、外部の者はいっさいなかに入れないように頼むよ」

「あんたが戻ってくる前に修理は終わってるよ」サムは片方の羽でシッシッとやる。

社屋を出ると、オーウェンは言った。「先に話をしてからランチにしようか。レストランでするのに適した会話とはいえないだろうからね」

「そうしましょう」

シティホール・パークへ行き、噴水のそばのベンチに腰をおろした。「ここなら盗み聞きされる心配もないだろう。水の音で声もかき消されるし」

すごい念の入れようだ。彼の方がよほどスパイ捜査の担当者にふさわしい気がする。オーウェンが何かを待つようにこちらを見つめているのに気づき、そもそも話をしたいと言い出したのが自分だったことを思い出した。コートのすそを両脚にしっかりと巻きつけてから、彼の方を向く。「デスクのなかをだれかにのぞかれたことがわかったとき、具体的にどんな行動を取った？」

オーウェンは顔をしかめる。「どういうこと?」

「スパイがいるという噂はあっという間に広まったわ。でも、あなたはマーリンとわたし以外のだれにも話していない。ということは、あなたの反応をだれかがたまたま目にして勝手に推察したか――」

「もしくは、スパイ本人が噂を広めた」オーウェンがそのあとを引き継ぐ。そして下唇を噛み、しばし考え込んだ。「それほどあからさまな反応はしなかったと思うけど。少なくとも、人に見られる場所では……。とっさに、その、何か言葉を吐いたかもしれないけど、それもオフィスのなかでのことだから……」頬に赤みが広がる。寒さと関係がないことはたしかだ。彼が汚い言葉を口にするところは想像もできない。オーウェンのことだから、難解な古代の言葉でも使ったんじゃないだろうか。「でも、そのあとは、特にいつもと違う態度を取った覚えはないな。ふだんミスター・マーヴィンに何かを報告しにいくときと、それほど違わなかったと思うよ。きみに会ったとき、ぼくそんなに変だった?」

「何かあったことはわかったわ。ボスに会わせてくれと言う前に、いつもの感じのいいあいさつがなかったからね」

「ああ」オーウェンは顔をしかめる。「ごめん……」

「でも、それだって、即、社内にスパイがいるという推察には結びつかないわ。あまりに突飛な発想だもの。そう考えると、あなたの様子がいつもと違う理由をはじめから知っていた人物がいることになる」

「つまりきみは、スパイがいるという噂を最初に流したのはスパイ本人だと思ってるんだね？」

「おそらくね」こんなに反応のいい聞き手もそうはいない。「実は、スパイの目的はスパイ行為そのものじゃないという気がしているの。もちろん、何かを見つければイドリスに渡すと思うけど、彼にとっていちばんありがたいのは、わたしたちが一致団結できないこと、お互いを疑うことに忙しくて、仕事が手につかなくなることなんじゃないかしら。あなたはこの二日間、どんなふうに過ごした？」

オーウェンは目をつむり、うめき声をあげた。「セキュリティのチェックにかかりきりだった。もしきみの言うとおりなら、ぼくはまんまと術中にはまったわけだ」

「セキュリティパネルやウェブカメラの件は、単なる煙幕かもしれない。あるいは、わたしがまったく見当はずれな方向に向かっているかのどちらかね。いずれにせよ、はっきりしているのは、だれかが研究開発部のセキュリティシステムを不正に操作してあなたのオフィスに入り込み、魔法で見えなくしたカメラを設置したうえ、デスクを開けて書類を見た、ということよ。このうちのどこまでが実際の諜報活動で、どこまでが単に混乱をねらった行為なのかは、わからないけど」

「カメラはおそらく、噂を流すタイミングを見計らうためのものだろう。ぼくが異変に気づかないうちに噂を流しても意味がないからね」

「カメラを発見するまでは、研究開発部のスタッフに的を絞ればいいと思ってたの。あなたの反応を目にする可能性がいちばん高いのは、あの部署の人たちだから。でも、カメラがあったとなると話は別だわ。どこかの時点でカメラを設置するチャンスがあった人なら、だれでも容疑者となり得る。どういうわけか、ひとつの可能性を思いつくと、必ずそれを覆すことが起こるのよね。オフィスに戻ったとき、何か重要なものが消えてたり、爆弾が仕掛けられてたりしなきゃいいけど」

「まさか……」

「噂の出どころを探ってるんだけど、そう簡単にはいかなそうだわ。ゴシップの扱いには慣れてるつもりだけど、それはあくまでハイテクや魔法がからんでいないゴシップの場合だから」

「何か罠を仕掛けられるはずだ。ちょっと調べてみる」

「スパイ小説のコレクションでもあるの？」

赤くなったオーウェンはなんとも言えずかわいかった。「ロバート・ラドラムの本はなかなか役に立つよ」

頭のなかの悲しいくらいに短いオーウェン情報リストにそれを加える。「そろそろランチにする？　凍えそうだし、おなかもぺこぺこだわ」

わたしたちは近くのデリに入り、たわいのない話をしながら軽いランチを取った。ハンドバッグをオフィスに置いてきたので、オーウェンが自分が払うと言い張ったとき、素直に従うことにした。仕事の話をしたのだから経費で落とせると言ったが、実際にはそうしないような気がする。今回もまた、かつて体験したどのデートよりも心地のよいデート、、、ではないひとときだった。後ろ髪を引かれる思いで、玄関ロビーで彼にコートを返し、自分のオフィスへ向かう。

「留守番してるから、ランチに行ってきたら？」レセプションエリアに着いたところでトリックスに言った。

「いい」彼女は顔をしかめる。「あんまり食欲ないの」

「まだピピンに連絡してないの？」

トリックスはうなずく。羽も心なしかしおれて見える。「アリが連絡するなって。でも、彼からは花が届いたわ」

「アリの言うことは気にしなくていいから。彼女がどれほど男に厳しいか知ってるでしょう？彼が好きなら、早く連絡しなさい。これ以上懲らしめる必要はないわ」

「そうね、そうする。ありがとう、ケイティ」

自分のオフィスに戻りながらふと思う。わたしが人に恋愛問題のアドバイスをするなんて、世の中いったいどうなってしまったのだろう。


ようやく金曜日になった。その後、苦情や告げ口の数は次第に減り、新たなスパイ行為も発覚しなかった。社員たちを疑心暗鬼にさせたことでスパイの任務は完了したのだと思いたいが、遅かれ早かれまた何かが起こるような気がする。社内が平常に戻ることを、敵が黙って見ているはずはない。

一方で、イーサンとのデートを楽しみにしている自分もいた。あのキスが刺激になっているのはたしかだ。夕方、髪とメイクを整えに洗面所に向かうころには、はやる気持ちを抑えるのにひと苦労だった。

イーサンとは玄関ロビーか会社の前の歩道で会うものと思っていたが、正面玄関を出ると、目の前に見覚えのあるシルバーのベンツが停まっていた。イーサンの車だ。イーサンは車を降りてこちら側に回ってくると、助手席のドアを開けた。「姫、馬車にどうぞ」にやりと笑って、うやうやしくお辞儀をする。

わたしが同じようににやりとして車に乗り込むと、イーサンは運転席に戻って車を発進させた。「どうやら行き先はマンハッタンの外のようね。でなきゃ、たったいま最後の駐車スペースを失ったことになるわ」

「たまには街から出るのもいいかと思って。きみは生粋のシティガールってわけじゃないから、そろそろ緑が恋しいんじゃない？」

「緑かぁ、いいわね。ここのところ、ちょっとホームシック気味だったし。たぶん来週両親が来るからだと思うけど」車はブルックリン＝バッテリー・トンネルへ向かう列に加わった。

「本当？　来週のいつ？」

「月曜の夕方よ。ホテルを予約してあるの。ハイヤーを頼んで空港まで迎えにいくつもり」

「ぼくが行ってあげるよ。どの空港？」

「いいわ、悪いもの」

「かまわないよ。こういうときこそ使わなきゃ、マンハッタンで車をもってる意味なんてないからね。喜んでリムジン役をやらせてもらうよ」

「本当にいいの？」

「もちろん」

「両親のことはあらかじめ警告しておくわ」

「どうして？　ふたりで出迎えたら、即座に結婚式の準備を始めかねないとか？」

「その可能性は否定できないわね。それと、もしかすると今回の訪問は、わたしをテキサスに連れ戻すためかもしれないの」

「もしそうだったら、やめるよう説得した方がいい？」

「ええ、ぜひ」

車は遅々として進まない。この調子でいくと、マンハッタンを出るころには夜中になってしまうだろう。イーサンはわたしに負けず劣らず用意周到なたちのようだから、ラッシュ時の混雑は計算に入っているに違いない。わたしは革張りのシートに身を沈めて、長いドライブに備えた。

イーサンはマンハッタンの交通渋滞を相手にしても、まったく動じる様子はなかった。イーサンと比べると、あのオーウェンですら激しやすく見えてしまう。もっとも、彼がイーサンほど穏和に見えないのは、激しさを慎重に抑制しているような雰囲気のせいかもしれない。しかし、なぜわたしは、別の人とのデート中にオーウェンのことなど考えているのだろう。

あらためてイーサンの方を向き、訊いてみる。「今週はどうだった？」

「まあ、普通かな。聞いたところでは、きみはかなり興味深い一週間を送ったようだね。捜査の方はどう？」

「行き詰まってる。いくつか推論を立ててはいるんだけど、実際に調べていくのは難しそう。感謝祭《サンクスギビング》の休みの間に、みんなが冷静になってくれるといいんだけど。このままだと、いつ全社あげての告発合戦が始まるかわからないわ」

「なんだかセーラム魔女裁判みたいだな」イーサンはそう言ってから顔をしかめた。「おっと、これはあまり趣味のいいたとえじゃなかったかな、彼らがなんであるかを考えると……」

「彼女たちは本物の魔女ではなかったわ。それに、会社が扱う魔法はいわゆる魔女の使う妖術《ウィッチクラフト》とはまったく違うものよ。でもまあ、たしかに似たような雰囲気ではあるかも」

車はようやくトンネルのなかに入った。思わず息が詰まる。暗く閉ざされた場所が苦手なのだ。それに、このトンネルのなかでカーチェイスが繰り広げられる映画をいくつ見たことか――。

「ところで、どこへ行くの？」頭上を流れる大量の水から気をそらすために訊いてみた。

「ロングアイランドで、あるパーティがあって、招待されてるんだ」

「へえ、素敵。だれのパーティなの？」

「仕事関係の人だよ」

イーサンはあえてあいまいに答えている。仕事関係とは、弁護士のことだろうか、それとも魔法界の人たち？　どちらがいいかは微妙なところだ。「こんな服装で大丈夫かしら」靴だけはデート用に履きかえたが、服はブラウスとスカートというまったくの仕事着だ。

「十分素敵だよ。パーティ会場では鼻高々だな」

ようやくトンネルを抜けて安堵のため息をついたものの、車の量はいっこうに減らなかった。腕時計に目をやる。会社を出てから一時間がたっていた。ディナーがこれほど遅くなるとわかっていたら、もっとボリュームのある昼食を取ったのに。

こちらの心を読んだかのように、イーサンが言った。「思った以上に時間がかかってるな。どこかで軽く食べていく？」

「目的地まではあとどのぐらいなの？」

「もうそんなにないはずだけど」

「じゃあこのまま行っちゃいましょう」

さらに一時間が過ぎた。そんなにないって、どのぐらいのことだったんだろう。車はロングアイランド・エクスプレスウェイを走っているから、少なくともニューヨーク・シティからは出たようだが、田園地帯にやってきたという感じはまったくしない。外は真っ暗なのではっきりとはわからないが、相変わらず市街地を出ていないような気がする。もしこれほど空腹でなければ――母の言葉を借りれば、胃袋が食べものを探してのどを登ってきそうなほどおなかが空いていなければ――、これも悪くないドライブだっただろう。車という密室に閉じ込められて、ふたりはこれまでのデートではできなかったたわいのないおしゃべりを続けていた。

「ああ、この出口だ」ようやくイーサンが言った。

市街地から田園地帯への切りかわりは、驚くほど唐突だった。ほんの数マイル走っただけで、木立ひとつ隔てたところに文明があるとは思えないほど、周囲には人工的なものがまったく見当たらなくなった。イーサンはダッシュボードの明かりを頼りにメモを見る。「ええと、あと二マイル行ったところで右に曲がれば到着だな」

「よかった！」おいしいものが用意されているといいのだけれど——できれば、たっぷりと。右に曲がった直後、車は急停止した。

「何かにぶつかったの？」

「いや、そうじゃないと思うけど、突然エンジンが止まったんだ」

だから国産車にすればよかったのに……と言いたい気持ちをぐっと抑え、何が起こったのか確かめようと窓の外をのぞいてみる。自分の目に映ったものが、にわかには信じられなかった。

「トト、どうやらここはカンザスじゃないみたいよ……」思わずそうつぶやいていた。

7

わたしたちの車は、たまに見る強烈な悪夢のなかからそのまま抜け出してきたような魔界の生き物に取り囲まれていた。MSIで働いている比較的フレンドリーなタイプの輩《やから》たちではない。ディズニーのアニメで邪悪な魔法使いと手を組みそうな面々がこちらをにらんでいる。月曜日にオーウェンが駐車禁止の標識に張りつけた〝ミスター・ガイコツ〟の姿もあった。

「こいつら……」イーサンがつぶやく。「いったいどうする気だ？　ぼくたちには魔法が効かないんだろう？」

「魔法は効かないけど、物理的に危害を加えることはできるわ」ミスター・ガイコツの手のひらに火の玉が出現した。「それに、車は魔法に対して無抵抗よ。車ごと何かされたら、かなりまずいことになるわ」

イーサンはドアのロックを解除して言った。「降りて！」

イーサンの保険会社にとっては幸いなことに、わたしたちが車を降りると、骸骨の化けものは火の玉をもつ手をおろした。どうやら、状況は敵の望んだ形になったらしい。

あるいは、わたしの居場所を思いどおりにできたと言うべきか。わたしが立っているのは助手席側のドアの横で、運転席側のイーサンとは車をはさんで離ればなれだ。怪物たちは皆、わたしの側にいて、じりじりとにじり寄ってくる。イーサンは、その気になれば逃げ出すこともできたのだが、そうしなかった。ありがたい一方で、助けを呼びにいってほしいような気もする。これだけの化けものを相手に、ふたりの免疫者《イミューン》ができることはあまりない。せいぜい、彼らが姿を消そうとしたり、自分たちを普通の人間に見せようとしても、見破ることができるぐらいだ。

こうした状況でいつもオーウェンが見せる、あの氷のような落ち着きをまねてみる。「なんの用?」

ミスター・ガイコツが口を開いた。「最近、あんたが妙に目障りなんでね」邪悪な笑みを浮かべているのか、それとも見たままの表情なのかは、顔の構造のせいで定かではない。

わたしはむりやり笑った。「わたしなんかにびびってるようじゃ、あなたたちかなりやばいわね。早いところ降参した方が身のためよ」

視界の隅に、身をかがめてこっそりトランクの方に寄っていくイーサンの姿が見えた。お願い、無謀なことはしないで。まあ、多少無謀でも、怪我をしたり殺されたりせずになんらかの成果をあげられることなら許すけれど……。

イーサンの行動を気取られないよう、わたしはしゃべり続けた。「あんたたち、イドリスの手下でしょ? あの男、相当やけになってるみたいね。わたしなんかにちょっかいを出してくるんだから。それとも、上層部は怖くて相手にできないってことかしら」ああ、いっしょにいるのがオーウェンだったら――。今夜ばかりは、愚かな片思いとはまったく関係なく、そう思う。オーウェンなら手首を軽くひねるだけで、この連中を始末できるだろう。もっとも、彼らの方も、わたしには効かない方法でオーウェンに危害を加えることができるのだけれど。

ひとつ大きく深呼吸すると、頑強なドイツの工学技術の結晶から身を離し、前へ一歩踏み出した。「わたしを追い払ってもたいした効果はないってボスに言ってちょうだい。わたしは過大評価された秘書にすぎないわ。うちの会社にスパイを送り込んでるんだから、そのことは彼もわかってるはずよ。それとも、何かしら。わたしが真相に近づきすぎたんで、こんなことをしてるわけ?」もしそうなら、ここでぜひとも、その真相なるものを明かしてほしい。こっちはまるで見当がついていないのだから。

ミスター・ガイコツはふたたび手のひらに火の玉を出現させると、わたしに向かって投げつけた。とっさに身をかわさないよう、懸命に足を踏んばる。自分には魔法が効かないと頭ではわかっていても、体は危険を察知してそれを避けようとするのだ。火の玉はわたしの体に触れたとたん、砕け散って消えた。軽い静電気のような刺激を感じたが、それ以外はなんの影響もなかった。

「どうやら、イミューンを相手にしたことはあまりないみたいね」火の玉に逆にパワーをもらったような気分になって、無敵のヒーローよろしく、腕を組み、胸を張って言い放つ。「もっとましなものはないの? それとも用はこれで終わり? わたしたち、先を急ぐのよ」

騎兵隊が現れるにはまさに絶好のタイミングなのだが、今夜、魔法界のボディガードたちが市外のこんな田舎にまでついてきているかどうかはわからない。道中、妖精やガーゴイルの姿はまったく目にしなかった。わたしたちの移動に合わせて地域ごとに護衛を分担するネットワークでもあるなら別だけれど。

モンスターたちがふたたび迫ってきた。車の方に後退しながら、なんとかイーサンのいるトランクに近づけないものかと考える。魔力のあるなしにかかわらず、連中は大きくて不気味だ。彼らの手がついに体に触れたと思った瞬間、突然シューッという音が聞こえ、背後から白い泡が勢いよく吹き出した。モンスターたちは後ずさりを始める。振り向くと、消火器をもったイーサンがノズルを化けものたちに向けていた。

「タイヤレバーなんかあったりしないわよね」

イーサンはトランクのなかをかき回すと、十字レンチを取り出した。「これでもいい?」

本当はもう少し長いものが欲しかったのだが、何もないよりはいいだろう。ワンダーウーマンが使いそうな武器に見えなくもないし。化けものたちが迫ってきたので、慌ててレンチを振り回す。イーサンは再度消火器を噴射させたが、薬剤が出尽くすと、消火器を投げつけて一時的に群れを散らし、そのすきにバールを投げてよこした。「少しの間これでしのいで」そう言うと、ふたたびトランクのなかに頭を突っ込む。

わたしはバールを剣のように構えながら、もう一方の手でレンチを前後左右に振り回し、さながらどこか遠い国の武道のように立ち回ったが、連中にはさほどインパクトを与えられていないようだ。「ほかに何かありそう?」イーサンに訊く。

「使えそうなものがないか探してるんだけど……あった!」次の瞬間、銃声のような音が響き、続いてヒューッという音がしたかと思うと、頭上で何かが光った。イーサンの偏執的なまでの抜かりのなさに感謝だ。どうやら、消火器に予備の毛布、車を分解して組み立て直せるだけの工具に、へたな緊急救命室《ER》よりよほど中身の充実した救急箱、そしてサハラ砂漠を横断できそうなほど大容量の水のボトルをそろえただけでは飽きたらず、照明弾まで準備してあったようだ。母はきっと、ひと目で彼を気に入るだろう。

モンスターたちはぎくりとして身構えた。おそらく彼らにとってこういう現象は、たいてい魔法によって引き起こされたもっと危険なものなのだろう。わたしも思わず身をかがめそうになったが、なんとかこらえて、仁王立ちのまま妖怪たちをにらみつけた。

まもなくポンという破裂音が立て続けにして、羽音が聞こえた。だれかに腕をつかまれ、とっさに抵抗すると、耳もとで「ぼくだよ」と言うイーサンの声が聞こえた。

続いて別の声が言う。「はやく車に乗って」

見ると、友好的な顔をしたガーゴイルたちがまわりを取り囲んでいた。妖精や人間の姿もある。どこから現れたのかはわからないが、とにかくありがたい。彼らはイーサンとわたしを盾のように包囲している。車のドアに向かって駆け出したとき、視界の隅にふたつの陣営がぶつかり合うのが見えた。辺りに充満するパワーで、体じゅうの産毛が逆立つ。イーサンは運転席のドアを開け、わたしをなかに押し込んだ。彼が乗ってこられるよう、急いで助手席の方へ移動する。イーサンは運転席に座るとドアを閉め、すぐさまロックをした。キーを回す前に勝手にエンジンがかかり、アクセルを踏むと同時に、くちばしのついたガーゴイルがわたしたちを先導するように前方に現れた。車はガーゴイルを追って猛スピードで走り出す――魔法使いたちの戦いをあとに残して。

　やがてライトに照らされた古い大きな屋敷が見えてきた。『華麗なるギャツビー』に出てきそうな大邸宅だ。開いたドアから音楽が漏れ聞こえてくる。「さあ、着いたよ」エンジンを切り、大きなため息をつくと、イーサンは言った。

「次のデートではわたしを酔わせないっていう約束、忘れてもいいわよ」

「わかるよ、その気持ち」

「照明弾とは、さすがね」

「ずっとトランクに入れっぱなしで、使うことなんてないと思ってたんだけど、パーティ会場はそう遠くないはずだから、もしかしたら助けを呼べるかもしれないと思ったんだ。やつらをにらみ倒してたきみも、相当なもんだよ」

「ありがとう」ひとつ大きく深呼吸する。危険は去った。頭のなかをデートモードに切りかえなくては。「これって、魔法使いたちのパーティなのね？」

「ああ。今週ずっとコーポレートセールスの契約交渉に関わっていて、誘われたんだ。面白そうだから招待を受けたんだけど、よかったかな？」

　よかったかなって……。魔界のモンスターたちに襲われかけたあと、果たして魔法使いの面面を相手にリラックスすることなどできるだろうか。しかも、そのうちのひとりかふたりが敵の内通者かもしれないのに。やつらはわたしたちがこのパーティに出席することを知っていたのだ。その可能性は十分にある。それに、営業の連中が集まる会社がらみのパーティに、かつて楽しかったものなどあっただろうか。「面白そうね」イーサンの気持ちを傷つけないよう嘘をつく。次のデートは、ぜひともごく普通に、ディナーと映画の組み合わせでお願いしたい。

イーサンが助手席に回ってきてドアを開けてくれるのを待った。南部の淑女《サザンベル》を気取りたかったからではなく、まだ脚の震えが収まらないからだ。わたしたちを先導してくれたガーゴイルが、イーサンの足もとに舞い降りた。「ここは安全だ。敷地内は魔法除《よ》けで防御されていて、入れるのは招待客だけだからね」

「ありがとう」震える声で返事をする。イーサンは背中に手を添えて屋敷のなかへエスコートしてくれた。ああ、これこそまさに、先日オーウェンにしてほしかったことだ──おっと、いけない、また脱線してしまった。

入口で執事にコートを渡し、パーティの会場となっている舞踏室の場所を教えてもらう。舞踏室は、ありとあらゆる種類の──先ほど見た不気味なタイプを除いて──魔法界の生き物たちでいっぱいだった。人間の姿もかなりある。おそらく皆、魔法使いなのだろう。

「おっ、食べものだ！」イーサンが料理を満載したビュッフェテーブルを指さして言った。ふたりとも走り出さんばかりの勢いでテーブルを目指す。

皿に料理をのせはじめたとき、スーツ姿の女性が近づいてきてイーサンに言った。「来られないのかと思ったわ」

「そう思ったのはきみだけじゃないよ。まさに危機一髪だったね。それに、あの地図、どう考えても空飛ぶ絨毯用だよ。予想よりずっと時間がかかってしまった」

女性は笑った。「非魔法界の人に道を教えるとき、空を飛べないってこと、つい忘れちゃうのよね」

イーサンはわたしの方を向く。「ケイティ、こちらはコーポレートセールスのメリサンド・ロジャーズ。彼女が招待してくれたんだ」

彼女の名前は覚えていた。アウトサイドセールスのライバルとおぼしき人物について密告してきた人だ。彼女の表情に歓迎の意は感じられなかったが、わたしはにっこりほほえみ片手を差し出した。「はじめまして。ケイティ・チャンドラーです」

彼女はごく軽くわたしの手を握る。「知ってるわ。ボスの右腕ね。来てくれてうれしいわ」

なんとなく、彼女はイーサンが女性を同伴してくるとは思っていなかったような気がする。とりわけ、自分が告げ口屋であることを知っている女性を連れてくるとは。

当のイーサンは、女性ふたりの間に流れるぴりぴりした空気にはまったく気づいていないようだ。免疫のおかげで魔術を見破ることはできても、女性の嫉妬のメカニズムについては、およそ感度がないらしい。彼は言った。「長いドライブと例のハプニングで、ぼくらおなかがぺこぺこなんだ。とりあえず、腹ごしらえさせてもらうよ。じゃ、またあとで」

その表情から推察して、もしメリサンドが先ほどの救出劇の責任者だったら、いまごろここで彼女とお酒を飲んでいるのはイーサンだけで、わたしの方は相変わらず道端に突っ立ってミスター・ガイコツと押し問答を続けていたことだろう。魔法界の大部分がマーリンを尊敬しているおかげで、わたしの身の安全もある程度重視してもらえるのはありがたい。月曜の朝、さっそくメリサンドについて探りを入れなければ。

薄汚れた一団が入ってきて、場内に喝采が起こった。見覚えのある顔がいくつかある。救助隊の面々だ。ガーゴイルが一羽、わたしたちのところに飛んできた。「しばらくは問題ないでしょう。一部取り逃がしてしまったが、振り向きもせず一目散に逃げていったから、当分は戻ってこないはずです。今夜はだれにもじゃまされずに帰宅できますよ」

「ありがとう」わたしは言った。

ガーゴイルは硬い革のようにも石のようにも見える羽を片方あげて敬礼する。「自分たちの仕事をしたまでです。まあ、その、ボスにひとこと口添えしてくれれば、うれしいですがね」

「もちろんよ。皆さんの働きはちゃんと報告するわ」

あらたにだれかがやってきてふたたびディナーを中断される前に、わたしたちは比較的静かな一角にテーブルと二脚の椅子を見つけ、食事に専念した。「これがいままで食べたなかで最高にうまい料理か、いままでこんなにおなかが減ったことがなかったかの、どちらかってことだな」イーサンは皿にのせた料理の半分をいっきに平らげると、笑いながら言った。

答えようと口を開いたところで羽音が聞こえ、見あげるとアリがいた。

「ハーイ、ケイティ。あなたがこのパーティに来るとは知らなかったわ」

「わたしも自分が参加することになるとは知らなかったわ」

アリはイーサンに向かって人差し指を立て、〝ダメダメ〟の仕草をした。「それがレディに対するマナーかしら？　ところで、わたしはアリよ」

おっと、わたしこそマナーを忘れるところだった。「アリ、イーサンにはもう会った？　会会社の新しい法律顧問よ」

アリはまつげと羽を同時にはためかせた。「個人的にはまだ会ってなかったけど、トリックスからあなたのことは聞いてるわ」そう言って、わたしの方をちらっと見る。「ケイティからも少しね。けっこう手厳しいこと言ってたわよ」

アリは友達だが、デートの最中にばったり出くわしたい相手ではない。悲惨な結果に終わった最後のブラインドデートのときも、彼女は現場にいた。悲惨な結果に終わった直接の原因は彼女ではないが、助長したのはたしかだ。友人に対して感じよく退去を命じる方法はないものだろうか。ストレートに失せろと言ったところでアリは気にしないだろうけれど、イーサンにいやな女だと思われたくはない。

どうやら今夜はつきがあるようだ。羽にしがみついて、どうかわたしたちを放っておいてと懇願せざるを得なくなる前に、アリはイーサンに向かってウインクすると朗らかに言った。

「このままおしゃべりしていたい気もするけど、どうせ月曜の朝には詳しく話を聞けるだろうから、そろそろ行くわね。バイバーイ！」

「面白い子だね」ぱたぱた飛んでいくアリの後ろ姿を見ながら、イーサンは言った。

「まあね。さてと、デザートは？」体が激しくチョコレートを欲している。

「もちろん」

立ちあがったとたん、空になっていた皿が消えた。「まあ、便利だこと」

「いったいどうやってるんだろう」

「できれば知りたくないわ。魔法の仕組みについてはなるべく考えないようにしているの。追究しても頭が痛くなるだけだから」

「じゃあ、オーウェンがホワイトボードのそばでマーカーを手にもってるときには、絶対に魔法に関する質問をしちゃだめだよ。あとでアスピリンを飲んで横になるはめになるから」

オーウェンの魔法に関する講義についてもう少し詳しく訊こうとしたとき、もうひとりの友人の姿が目に入って、デート中に別の男性の話をするというへまはしなくてすんだ。トリックスがデザート用のテーブルの前に立ち、浮かない顔でチョコレートを口のなかに放り込んでいる。「トリックス？　あなたがここに来てるとは思わなかったわ」

彼女は深いため息をつく。「来るつもりじゃなかったわ。ピピンの家に行って彼と話をしようと思ってたの。アリに強引に連れてこられたのよ。外に出て気分を変えるべきだって」涙がひと粒きらりと光って頬を流れ落ちる。

「連れ出しておいて放ったらかしにするなんて、アリもずいぶんね」わたしは言った。

トリックスは鼻をすする。「わたしが楽しんできてって言ったのよ。女ふたりで惨めに固まっててもしかたないもの」

イーサンは女性に泣かれたときに多くの男たちが見せる戸惑いの表情を浮かべている。彼はトリックスの肩をぎこちなく抱き寄せると、わたしに向かって「どうしたらいい？」という顔をした。

わたしは羽に触らないよう気をつけながら彼女の背中に腕を回した。「さあ、行きましょう。チョコレートばかり食べてたら飛べなくなっちゃうわよ」そう言って彼女をわたしたちがさっきまで座っていたテーブルへ連れていく。テーブルに戻ってから、チョコレートを取り忘れたことに気がついた。襲撃のショックが収まると、飲みたい気分も消えていた。それに、今夜は最後まで頭をクリアにしておいた方がいいような気がする。でも、チョコレートだけはどうしても必要だ。

イーサンはみごとな紳士ぶりを発揮した。わたしの方をちらっと見てから、トリックスに手を差し伸べる。「踊ろう。少しは気が晴れるよ」彼がトリックスを優しくダンスフロアに導くのを見送ったあと、わたしはまっしぐらにデザートテーブルを目指した。どうせ人前で踊るほどステップに自信はない。ここにいる人たちには、今後もわたしに対して最低限の敬意をもち続けてもらわなければならない。恥をかくリスクを冒すより、チョコレートだ。

イーサンとトリックスはダンスを楽しんでいるようだ。トリックスは笑みを浮かべ、ときどき笑い声さえあげている。今週ずっと悲しげにしおれていた羽にも張りが戻っている。ミニサイズのブラウニーを頬張りつつ、ふたりの姿を眺めながら、自分はなかなかいい男性を見つけたとあらためて思った。彼はどんなことにも備えを怠らないし、危機にも冷静に対処できる。わたしの友人たちともうまくやれるし——マルシアだけは別として——、傷ついている人に優しい。出会って以来はじめて、彼とうまくいけばいいなと心から思った。本当に好きな人とはどうせ結ばれないという後ろ向きな気持ちからではない。イーサンというボーイフレンドをもてたことが素直にうれしかった。

月曜の朝、社長室のレセプションエリアで会ったトリックスは、金曜の夜に比べて格段に元気そうだった。幸せそうにすら見える。「金曜は本当にありがとう」彼女は言った。「デートを中断してわたしの相手をしてくれるなんて、あなたもイーサンも本当に優しい人だわ」

「気にしないで。デートはとっくに中断されてたんだから。歩く骸骨に火の玉を投げつけられたあと、ふたたびロマンチックなムードに戻るのは難しいわ」

トリックスの羽がぱたぱたとはためく。「あら、そうかしら。危機への反応と性的興奮には似たところがあるって言わない？　なかなか刺激的な前戯になったかもしれないじゃない」

「はっきりいって、そんなことこれっぽっちも頭に浮かばなかったわ」

「で、相手に心当たりは？　ねらいはなんだったの？」

「さあ。でも、たまたま魔法使いの強盗団に出くわしたというんじゃないのはたしかね。彼らは明らかにわたしをねらっていたもの。でもなぜわたしなのかしら。わたしを追い払ったからって、何かが大きく変わるわけでもないのに」

しわの刻まれた顔に懸念の表情を浮かべて、マーリンがオフィスから出てきた。「金曜の夜のことは聞きました。大丈夫でしたか？」

「大丈夫です。怪我をするようなことはされませんでしたから。やつらはただ、わたしを脅したかったようです。相変わらずわたしを辞めさせたいようなんですが、理由はよくわかりません。幸い、勤務時間外だったにもかかわらずサムの警備チームが助けにきてくれて、ことなきを得ました」

「スパイに関して、あなたは自分が思う以上に真相に近づいているということかもしれませんな」

「あるいは、だれかまずい人を怒らせてしまっただけで、金曜の件は仕事とはなんの関係もないのかも……」

マーリンは小首をかしげ、その可能性について考えているようだった。「あり得ないことではありませんが、個人的な復讐にしては、ちょっと大がかりすぎますな。ああいった無法者を雇うのはなかなか高くつきます。少なくともわたしのころはそうでした。こうしたものはいまも昔もそう変わらないはずです」マーリンはオフィスに戻りかけて、途中で立ち止まり振り返った。「水曜日に休みを取って、ご家族と過ごしてはいかがかな。あなたがオフィスを離れれば、スパイも油断するかもしれない」

「お気遣い、感謝します」

会社の前でイーサンと落ち合うために、少し早めにオフィスを出た。イーサンを待つ間、正面玄関の日よけの定位置に戻っていたサムと立ち話をする。「今夜、両親がこっちに来るの。ボディガードの人数をほんの少し増やしてもらうことはできるかしら」

「イドリスが親御さんをねらうとでも?」

「なんとなく心配なの。たとえ直接ねらわれなくても、彼らを不安にさせるような状況はできるだけ避けたいのよ。妙なことに関わってると少しでも思われたら、首根っこつかまれてあっという間にテキサスに連れ戻されるわ。だから、よからぬハプニングは極力未然に防ぎたいの」

「よし、任せときな。すぐに部下を手配する」サムはウインクする。「それに、パーマーからも言われてるしな。あんたが不安そうだからよろしく頼むって」

イーサンが到着し、空港に向かって出発すると、不安はますます大きくなっていった。古ぼけた建物のネイルサロンの上にあるちっぽけな部屋を見て、彼らはどう思うだろう。「素敵な場所ね」が第一声でないのはたしかだ。たとえ羽のついた妖精や空を飛ぶガーゴイルやそのほかの奇妙な生き物たちの姿が見えなくても、わたしのそばで魔法が使われたとき、その影響にまったく気づかないという保証はない。とっさに言いわけをでっちあげるのは、わたしが最も苦手とすることのひとつだ。

「大丈夫だよ」車の列のなかをラガーディア空港に向かって巧みにハンドルを切りながらイーサンが穏やかに言った。

「え?」上の空で聞き返す。

「ご両親だよ。だれだってはじめはニューヨークを怖いと思うんだ。でもしばらくいるうちに、ここも普通の場所になる。想像しているような奇想天外な世界ではなく、人々の生活する現実の街だということを自分たちの目で見れば、彼らの認識も変わると思うよ」

「問題なのは、ここが彼らが想像するよりずっと奇想天外な場所だということよ。強盗犯ならまだしも、魔法についてはどう釈明すればいいの？」

「魔法界はこれまでずっと自分たちの存在を隠してこられたんだ。きみのご両親が秘密に気づかずに一週間過ごすことは十分可能だよ。きみだって一年かかったんだろう？　ぼくなんか十年ここで暮らして、ようやく最近知ったんだからね。しかもイミューンだっていうのに」

彼の言うとおりだといいのだけれど。当時、ほとんど知らないに等しかったイーサンにすら、魔法が存在することを説明するのはかなり勇気のいることだった。自分の両親相手に真面目な顔でそんな話をすることなど、とてもできそうにない。わたしはイーサンにすばやくキスをすると、車を降りて手荷物受取所へ向かった。

両親を待つ間、不安はさらに大きくなっていった。両親とはもう一年以上会っていない。ふたりはわたしを見てどう思うだろう。この一年でずいぶん変わったような気がする。新しいわたしを気に入ってくれなかったらどうしよう。

旅行者たちの群れが現れて、いっせいにダラスからの便の手荷物受取所に向かうのが見えると、緊張のあまり吐き気までしてきた。集団からひとつ飛び抜けている父の頭が目に入って、あわてて駆け出す。「パパ！　ママ！」

一瞬きょとんとしてからこちらに気づいた彼らの姿に、思わず胸が締めつけられた。ふたりともずいぶん年を取って見える。わずか一年会わない間に、わたしのなかの彼らのイメージは子どものころのそれに戻っていたようだ。現実は衝撃的だった。父の頭はすっかり白くなり、母の髪も金髪より白いものの方が目立つ。

ふたりは二度と離すまいとでもいうように、わたしをぎゅっと抱き締めた。「ああ、わたしのベイビー」母は何度も何度もそう言った。父は黙ってわたしの背中をたたき続けた。イーサンが車に残らなければならなかったのは幸いだった。泣いているところを見られたくはない。

「会えてうれしいわ」気持ちを落ち着かせて、なんとか言葉を発する。

母は両腕をつかんだまま体を離して、まじまじとわたしを見つめた。「こんなに痩せちゃって。ちゃんと食べてるの？　お金がないならないって、ちゃんと言わなきゃダメじゃないの」

一瞬にして家に戻ったような気分になる。「ちゃんと食べてるわよ」わたしは笑いながら言った。「ニューヨークではたくさん歩くのよ。だから自然と体も締まるの」

「拒食症なんじゃないでしょうね。モデルはみんなそうらしいわよ」母はそう言うと、トートバッグを開く。「フライドチキンをもってきたの。最近の飛行機はろくなものを出さないって聞いたからね。まだ少し残ってたはずよ」

わたしは慌てて腕を伸ばし、母が手荷物受取所の真ん中でチキンディナーのセッティングを始める前に、急いでバッグの口を閉じた。「ママ、いまフライドチキンはいらないわ。これからすぐにディナーなんだから」

「あなたはここに長くいすぎたんだわ。わたしのフライドチキンには、いつだって目がなかったのに」

母と話をしている間に、父がコンベヤから荷物を取って戻ってきた。「全部そろった？　友達が外で車を待機させてるの。もしかしたら、ロータリーを回らされてるかもしれないけど」

「わざわざ迎えにきてくれなくてもよかったのに」母が言う。

「そうしたかったのよ。それに友達が車を出すって言ってくれたの」

わたしたちが外へ出ると、絶妙のタイミングでイーサンの車が現れた。両親はベンツをひと目見るなり、互いに顔を見合わせる。イーサンが荷物を積み込むのを手伝うために車から降りてくると、ふたりはますます興味津々という顔になった。

「ママ、パパ、こちらは、ええと、友人のイーサン・ウェインライトよ。仕事仲間なの。イーサン、こちらが両親のフランクとロイス・チャンドラー」

イーサンはふたりと握手を交わす。母は両手で彼の手を取って言った。「ご親切にありがとうございます。わざわざ迎えにきてくださるなんて、うちのケイティとは、よほど親しくしてくださってるんでしょうね」

思いきりばつの悪い状況は、後ろで客を降ろしたがっているタクシーがクラクションを鳴らしたことで一時中断された。イーサンが車を出せるよう、わたしたちは急いで乗り込む。しかし、ほっとできたのもほんのつかの間だった。車が空港を出て、マンハッタンへ向かう道路にのったとたん、母のひとり娘の未来の夫候補チェックがものすごい勢いで始まった。ジェンマの観光ツアーを花嫁の母のドレスを買うためのショッピングへと変更させてしまいそうな勢いだ。

「ところで、イーサン」母は言った。「お仕事は何をされてるの？」

「弁護士です」

「ケイティといっしょに仕事を?」

「ええ、まあ。自分の法律事務所をもっているんですが、ケイティの会社と顧問弁護士契約を結んでいるんです」

「じゃあ、ふたりはお仕事を通じて知り合ったのね?」

うめき声をあげないよう、なんとか自分を抑える。イーサンと事前に口裏を合わせておくべきだった。

「変な話なんですけど、実は違うんです。ぼくはもともとコニーの夫のジムの友人で——。コニーはご存じですよね」

「ええ、もちろん。あの娘《こ》たち、学生のころは週末のたびにケイティといっしょにうちへ来たものよ」コニーはジェンマとマルシアといっしょにニューヨークへやってきた大学時代のもうひとりの友人で、彼女が結婚してアパートに空きができた際に、残ったふたりがわたしをこの街へ誘ったのだ。

「それで——」イーサンは続ける。「ジムは最初、ぼくをマルシアとくっつけようとしたんですけど、彼女とはうまくいかなくて。でも、ケイティとは気が合ったんです」

母が満足げな表情を浮かべていることは、後ろを振り向かなくてもわかる。「じゃあ、あなたたちはいまつき合ってるわけね?」

「ええ、そうです」イーサンのどこか誇らしげな口調が、なんだかとてもうれしかった。

この瞬間、おそらく母は頭のなかで、帰宅後に友人たちに言う台詞のリハーサルをしているに違いない。「ええ、そうなの。うちのケイティ、将来有望なマンハッタンの弁護士とおつき合いしてるのよ。彼、ベンツを運転しててね――」

「まだつき合いはじめたばかりなのよ」リハーサルが婚約の告知の台詞にまで発展しないうちに、わたしは言った。「アパートから通りをひとつ隔てたところにあるホテルに部屋を取ったわ。だから行き来も楽よ」

「手間を取らせたんじゃなきゃいいけど」母が言った。

「ホテル代は自分たちで払うからな」父がつけ足す。

「全然手間なんかじゃなかったから心配しないで。うちのアパートに泊まってもらえればいちばんいいんだけど、はっきりいって、ホテルの方がよほど快適よ。そこはジェンマやマルシアのご両親が来たときにも使ったホテルなの」

「それなら心配ないわね」

後ろを見ると、父も母も窓の外を食い入るように眺めている。すでに暗くなっているのでほとんど何も見えないだろうが、かえってそれでよかった。クイーンズのこの辺りはお世辞にも眺めのいいエリアではなく、ニューヨークとの出会い方として理想的とは言いがたい。「摩天楼が見えるわよ」わたしはそう言って前方を指さした。「もうすぐトリボロ・ブリッジを渡るわ。そこからの景色は最高よ」

ふたりはマンハッタンのビル群に目を凝らし、個人的な質問はしばし中断した。イーサンはわたしの方をちらっと見ると、にっこり笑ってウインクする。わたしも彼にウインクを返した。

ＦＤＲドライブ《フランクリン・D・ルーズベルト高速道路》の流れは思ったよりスムーズで、母が本格的に質問攻撃を開始する前に、車は十四丁目に到着した。「まずホテルへ行って荷物をおろしましょう」イーサンが言った。「そのあとぼくは消えますので、親子水入らずの時間を楽しんでください」

「ありがとう、本当になんてお優しいのかしら」母は南部の淑女《サザンベル》独特の歌うような抑揚で言う。い、、奥の手を使うときのわたしも、こんなふうに聞こえるのだろうか。

「おやすいご用ですよ」とんでもない嘘だ。高速代だけでも相当な額になる。

「そうだわ。特に予定がないなら、ぜひ感謝祭《サンクスギビング》のディナーに来てちょうだい。ケイティとわたしで、お友達みんなのためにごちそうをつくるの」

わたしはうろたえた。イーサンをそこまでうちの両親につき合わせていいものだろうか。でも一方で、どうせつき合ってもらうなら、マルシアやジェンマ、フィリップ、ジェフらも同席するディナー以上に無難なシチュエーションはないだろう。

イーサンは承諾を求めるように無言のままわたしの顔を見た。わたしは小さくうなずいて言った。「そうね、来てくれたらうれしいわ」

「じゃあ、ぜひおじゃまします。どうせ、冷凍食品のターキーをチンして一日じゅうフットボールでも見るつもりだったから」

「アパートでもフットボールは見られるんだろう？」父がほんの少し慌てた様子で訊く。

「地上波で放送するからちゃんと見られるわよ。万が一のときには、ホテルのテレビがケーブルに入ってるから大丈夫。ただ、金曜にテキサスの試合をやるかどうかはわからないけど」

「金曜は観光とショッピングよ」母が宣言する。「招待を受けてくれてうれしいわ、イーサン。でも、感謝祭にご家族と過ごさなくていいの?」すっかり母親モードになっている。オーウェンに会ったら、いったいどんなふうになることやら。彼は本物の孤児だ。

「今年の連休は、夫婦でクルーズに出る予定なんですよ」

「それじゃあ、ますます来てもらわないとね。感謝祭にひとりでいるなんて絶対ダメよ」

イーサンはホテルの前に――わたしのアパートと同じような褐色砂岩の建物だ――車を停めて、荷物をおろすのを手伝ってくれた。「じゃあ、ケイティ、また明日」

「今日は本当にありがとう」イーサンがキスをしなかったのでほっとした。彼とキスをしたくなかったわけではない。両親に彼とはどの程度の関係なのか訊かれると困るからだ。自分でも自分たちの関係がどの程度の段階にあるのか、よくわかっていないのだから。

イーサンの車を見送っていると、突然母が言った。「あれは何?」

「あれって?」

母は近くの木を指さす。「あれよ」

勘違いでなければ、ガーゴイルの羽がちらりと見えたような気がした。

8

胃がきゅっと縮みあがるのを感じながら母の方を振り返る。「何を見たの?」ガーゴイルが見えたはずはない。それだけは、絶対にあり得ない。母ははじめてニューヨークに来たのだ。目を見張るものなど山のようにある。ストリップ劇場の広告を掲げたタクシーが猛スピードで走っていくだけでも、母を驚愕させるには十分だろう。

父が長いため息をつく。「気にするな。この人のことだ、そのうちすべての木の陰に強盗がいると言い出すよ。家を出る前に運よく見つけて没収したからいいものの、唐辛子スプレーをもってこようとしてたんだからな」父は母の両肩に手を置くと、そのままホテルの玄関の方に体を回転させた。「さあ、ロイス、チェックインを済ませてしまおう」そう言うと、母の頭ごしにわたしの方を振り返り、おかしそうに首を振る。

わたしはほっとして彼らの方へ歩いていき、荷物をひとつもった。「この辺りは、強盗が潜んでいるのも、せいぜい二本の木に一本の割合よ。それも、奇数番号の通りだけだから安心して」

チェックインを済ませ、ふたりを連れてアパートへ向かう。「一ブロックもないの。だから、うちに泊まってもらうことの次にベストな方法だと思うわ」陽気に振る舞ってはいるものの、内心では自分たちの暮らしを見せることにびくびくしていた。実家はいわゆる富豪からはほど遠いものの、比較的豊かな暮らしをしている。このアパートなら、実家のリビングルームにそのまますっぽり入ってしまうだろう。

ネイルサロンの横の表玄関に到着する。「ここよ。ほら、この鍵でドアを開けるの。訪問者は皆ここでブザーを鳴らすのよ。住人は相手を確認したうえで、部屋からロックを解除できるようになってるの。ね、安全対策は厳重でしょ?」

建物のなかに入り、わたしが先頭になって階段をのぼる。階段脇の薄汚れた壁や長年人の足に踏まれ続けてすっかりすり減った踏み面、踊り場のしみだらけのリノリウムが、今夜はやけに目につく。両親の目を通して見たら、こんなところに住もうとする人がいること自体、信じられないだろう。振り返ると、案の定、母は眉をひそめている。ああ、ひとことあるのは間違いない。いざ部屋を見たときには、いったいどんな顔をすることやら。

「さあ、着いたわ!」三階に到着すると、わたしは朗らかに言った。「ほらね、さらにふたつも鍵があるの。一応用心のためよ。この辺りはとても安全で、住みはじめてから泥棒に入られたことは一度もないんだけど」このアパートにさらにもうひとつの安全対策が施されていることは言わないでおいた。魔法による攻撃をかわすために魔法除けが仕掛けてあることは――。おかげで、魔法を使ってアパートに侵入されたり、建物を破壊されたりする心配はない。でも、そう言ったところで、両親が特に安心するとは思えなかった。

ゲームショーの司会者のように、勢いよくドアを開く。「マルシア、ジェンマ、戻ったわよ！」母は彼女たちとしっかり抱き合った。父はふたりと握手をし、小さくうなずく。

「フライトはどうでした？」ジェンマが訊く。

「長かったよ」父が答える。

「今夜はわたしたちがごちそうします」とマルシア。「感謝祭にディナーをつくっていただくので」

「わたしたちのお気に入りの店に予約を取ってあるんです」ジェンマが言う。「近くだから、歩いていけばこの辺りの雰囲気もつかめるんじゃないかしら」

母はそんなに気を遣う必要はないとしばし抵抗したが、マルシアとジェンマにはまったく歯が立たなかった。父とわたしは顔を見合わせ、にやりとする。やがて母は降参し、皆でアパートを出発した。

母はマルシアとジェンマにはさまれて歩きながら、周囲に見えるものについて次々に説明を受けている。わたしは父といっしょに三人の後ろを歩いた。ユニオンスクエアに出ると、ジェンマが母に言った。「水曜日の朝ここで開かれるマーケットはお勧めですよ。感謝祭の食材を買うにはもってこいの場所だわ。ケイティはいつもここで食材を買うんです」

「農家の人が自分たちの作物を売りにくるのよ。彼らと話すのも楽しいの」わたしは言った。実家を思い起こさせるものはなんであれ、娘がニューヨークに住んでいることに対する彼らの心証をよくするはずだ。

「公園に強盗はいないの？」ハンドバッグを抱き締めながら、母が心配そうに訊く。

「治安はかなりいいですよ」マルシアが答える。「ここはいつも人が多いし。人が大勢いるところはたいてい安全なんです」

レストランは公園の反対側にある。わたしたちは通りを渡り、オーニングのついた入口の前に到着した。「ここでーす！」ジェンマはそう言うと、先頭を切って店内に入り、接客係に自分たちの到着を告げる。

「ここは典型的なニューヨークのビストロなんですよ」マルシアが説明する。

店内は細長く、少しでも広く見せるために壁は鏡張りになっており、低い天井には古風な型押しブリキ板のタイルが張られている。テーブルとテーブルの間隔が狭いため、政治から映画の話まで人々の会話がいやがおうでも耳に入ってくる。はじめてニューヨークに来たとき、わたしはこうしたレストランにすっかり魅了されてしまった。テキサスでは、外食といえば高速道路沿いのチェーンレストランに出かけていく以外ほとんど選択肢がない。

席につくと、母は不安げに白いテーブルクロスを見つめた。「あなたたち、ほんとにこんなことしてくれなくてよかったのに……」

ジェンマは母の手に自分の手を重ねて言う。「ミセス・チャンドラー、わたしたちがそうしたいんです。大丈夫です。わたしたちに最低ひとつずつ、ホームメイドのパンプキンパイを焼いてくださること以外、見返りを要求したりしませんから」

彼女は母の扱い方をよく心得ている。お返しができることさえわかれば、母は気分がいいのだ。ウエイターが飲みものの注文を取って立ち去ると、母はジェンマとマルシアに向かって満面の笑みを向けた。「あなたたち、ほんとに素敵だわ！　都会の女性って感じよ」そう言うと、わたしの肩に腕を回す。「それにひきかえ、うちのケイティはちっとも変わってないわね。ま、正直安心したけど」

「ママ！」わたしは抗議をしたが、母はもう止まらない。

「それにしても、もう少しちゃんとお化粧したらどうなの？　それじゃあ、あまりにも地味だわ。もう少し口紅を濃くするとか、アイシャドウを入れるとか。いくつかサンプルをもってきてるから、試してみなさい」

この時間には、口紅などほとんど落ちてしまっている。歯についていなければ御の字だ。

「ママ、ニューヨークの女性はそんな厚化粧はしないの」

「そうですよ」ジェンマが賛同する。「メイクはできるだけナチュラルな方がいいんです」

愛用のメアリー・ケイ（化粧品ブランド）をフルライン使ってきっちり化粧をしてからでないと決して家を出ない母は、驚愕の表情を見せた。「そうなの？　あらやだ、じゃあ、ケイティ、あなたずっと前から流行の先端をいってたってことじゃない」

「ケイティはこれでいいんだ」父がメニューの陰から言った。

「そりゃそうだけど、もう少し華やかにしたって罰は当たらないんじゃない？　うちのかわいい子ネズミが大都会でその他大勢のなかに埋もれちゃうなんて、忍びないもの」

「ママ、わたしにはボーイフレンドがいるのよ。それなりにうまくやれてると思うわ」なんとか抵抗を試みる。わざわざ指摘されなくても、自分がその他大勢の側だということは常に感じているのだ。ふと、自分がいとも簡単に「ボーイフレンド」という言葉を口にしたことに気がついた。あとで誇大宣伝だったなんてことにならなければいいけれど。

ありがたいことに、ジェンマが救いの手を差し伸べてくれた。「ところで、今週の予定なんですけど、明日は仕事を早く切りあげられるので、午後はわたしが街を案内します。エンパイアステートビルに行きましょう。スタッフに知り合いがいるから、きっと行列に並ばなくてもすむわ」

「ボスが休みをくれたから、水曜日は一日つき合えるわ」わたしは言った。「木曜と金曜は祝日だから、週末を入れれば五連休よ」あとは、日曜の夜までだれも死なさずに、あるいは自分が恥ずかしさのあまり死んだりせずに過ごせることを祈るのみだ。

恥ずかしいとかばつが悪いとかいうことより、もっとずっと懸念すべき問題があることを忘れていた。店のなかをひとりの男がこちらに向かって歩いてくる。ほかならぬフェラン・イドリス本人だ。これまで彼と対峙したときには、必ずオーウェンがそばにいた。イドリスが魔法を使ってわたしに危害を加えられないことはわかっているし、友達や両親がそばにいるこの状況で、物理的に何かをされることも考えにくかったが、できればいっさい関わらずに済ませたい。ガーゴイルか妖精の姿はないかと見回したが、店内の眺めはいたって正常だ。こうなったら、一般人のふりをして食事に来ている人間の魔法使いがいることを祈るしかない。

息をひそめ、彼がこちらに気づかずにそのまま店を出ていくよう念力をかけてみたが、やはりそうは問屋が卸さなかった。彼は邪悪としか表現しようのない笑みを浮かべてまっすぐこちらにやってくると、わたしの椅子の背に手を置いて、覆いかぶさるように身をかがめた。「なんと、なんと、ケイティ・チャンドラーじゃないですか。めずらしく彼氏といっしょじゃないんで、見過ごすところだったぜ」

彼が近づいてくるのを見ている間に何か気の利いた台詞を考えておけばよかったのだが、頭のなかはみごとに真っ白だった。とっさに思いつく憎まれ口はすべて魔法がらみで、友達や家族の前で言えることではない。

それがわかるのか、イドリスはにやりとした。「しかし、まあ、やつほど女の喜ばせ方を知らねえやつもめずらしいぜ。毎日いっしょに家と会社を往復するだけとはな。退屈な男だってことはわかってたが、ここまでひどいとは驚きだ」そう言って、わたしの頭のてっぺんをぽんぽんとたたく。「もっと刺激的な相手が欲しくなったらいつでも知らせな。ところで、金曜のパーティで紹介したやつらはどうだった?」

テーブルを囲む顔がいっせいにわたしの方を見る。「残念だけど、タイプじゃなかったわ」わたしは言った。「類は友を呼ぶとはよく言ったものね」

イドリスは笑った。「うまいね。友といえば、羽のついたおれの友達があんたの彼氏にずいぶんご執心のようだぜ」

オーウェンの肩にかぎ爪を食い込ませたハーピーや、先週、通りでわたしたちを襲った別の怪鳥のことを思い出して、思わず身震いした。恐る恐るテーブルの方を見ると、皆キツネにつままれたような顔をしている。イドリスはいまのところ直接魔法に言及してはいないが、十分に妙な発言をしており、あとで説明を求められるのは必至だ。

「まわりにいる面子《メンツ》を考えたら、無理もないわね」ようやく皮肉が言えた。反応がないので彼の方を見ると、なんとジェンマを凝視している。

「すっげえ美人じゃん」文字どおり、目玉が飛び出さんばかりになっている。「あんた、モデルか？」長身でスリムでエレガントで、ファッション業界で仕事をしているジェンマは、そんな台詞、日ごろから聞き飽きるほど聞いているはずだ。それにしても、不倶戴天の敵ですら、わたしに集中し続けることができないなんて――。やはり、もう少し派手な口紅をつけた方がいいだろうか。あるいは、性格を派手にするべきなのかも……。

ジェンマはうんざりしたように目玉を回すと、冷笑交じりに「いいえ」と言った。彼女がわたしと同じようにイドリスを見ているのはほぼ間違いない。つまり、彼はロッドのように自分を絶世の美男に見せるめくらまし《イリュージョン》は使っていないということだ。

「あんたなら絶対なれるよ」イドリスはいまや、悪賢い魔法使いから、空気を読めないダサ男になりさがっている。

「どうも」ジェンマは素っ気なく言うと、顔の前に高々とメニューを掲げた。

ちょっと、人のルームメイトに言い寄ってなんかいないで、ちゃんとわたしを脅しなさいよ！　思わずそう言いそうになったところで、脅されたくなどないことを思い出した。もちろん、ルームメイトをナンパしてほしいわけでもなかったが、ジェンマはこういう男の扱いに長けている。

「知り合いに業界のやつがいるんだ。おれが間に入れば、話ははやいぜ」

「ありがとう、でもけっこうよ」ジェンマはメニューから顔をあげずに言った。

世界を乗っ取ろうとしている邪悪な魔法使いの凄みはどこへやら、イドリスは卒業パーティでプロムクイーンにダンスを断られた放送クラブの部長のような顔になった。ジェンマを振り向かせるために魔法を使ったらどうしよう。ふと心配になったが、彼の興味はすでに別のものに移ったようで、唐突に店内を横切っていくと、別の人にからみはじめた。脇目も振らずにつきまとってくる天敵と、一分以上わたしに集中していられない天敵とでは、どちらがしゃくに障るだろう――。

「ずいぶん個性的な人ね」マルシアが言った。

テーブルの面々をちらっと見る。皆、こわばった顔をしてわたしを見つめている。母にいたっては、いますぐ空港へ引き返すと言い出さんばかりの表情だ。厄介者が消えたことを確認し、ジェンマがようやくメニューの陰から顔を出した。「お友達？」

「ううん、知り合いの知り合いで、なんだか板ばさみになっちゃってるのよね、わたし。ときどき現れては、ああやって嫌がらせをするのよ」さもたいしたことではないように言う。でも実際は、かなり気になっていた。もしわたしをつけ回しているとしたら、絶対に何かを企んでいるはず。きっと彼の恐ろしい友人たちも近くをうろついているに違いない。さらに悪いことに、彼はわたしのルームメイトと両親の顔を知ってしまった。

翌朝、会社に到着すると、サムと話をするために、オーウェンとは正面玄関の前で別れた。

「お願いがあるの」サムに言った。

「なんだい、お嬢」

「ゆうべ、イドリスが現れたの。レストランでルームメイトや両親と夕食をとっているときに」

彼の石の顔がさらにこわばったように見えた。「マジかい？　いったいどうやってうちの連中の監視網をくぐり抜けたんだ。やつ、あんたに何をした」

「別に。まあ、映画なんかでよく見る悪趣味なひやかしよ。あと、わたしのルームメイトをナンパしようとしたわ。でも、こういうのは一度きりにしたいの。わたしがここで安全に楽しくやっているということを両親になんとかわかってもらおうとしてるのよ。悪徳魔法使いたちにストーキングされながらじゃ、とても無理だわ」

「わかった、すぐに手を打つ」サムは敬礼しながら言う。

「ありがとう、サム」いましがたオーウェンが入っていった正面玄関のドアを見て、ふたたびサムの方を向く。「それと、連休の間、オーウェンにも警護をつけた方がいいと思うの。たぶん里親のところへ行くと思うんだけど、イドリスがわたしに対してこんなふうだということは、オーウェンのことも放っておくとは思えないわ」

「いい考えだ。言ってくれてよかったよ。やっこさん、絶対に自分から助けを求めたりしないからな」

「わたしが言ったことはもちろん内緒よ」ドアを開けながら言う。

「え？　だれが何を言ったって？」サムはそう言ってウインクした。
玄関ロビーの階段を半分ほどのぼったところで、トリックスが飛んでくるのが見えた。「あ
あ、ケイティ、やっと見つけた！　はやく来て！」そう言うと、返事を待たずにそのまま方向
転換し、いま来た方へ飛んでいく。
「どうしたの？」彼女を追いかけながら訊く。
「アリよ。彼女が嫌ってる営業部の娘《こ》がいちゃもんつけたらしいの。たぶん、アリをスパイ呼
ばわりしたんだと思うんだけど、口論がどんどんエスカレートして、とうとう魔法のかけ合い
になっちゃったのよ。被害を受けずに仲裁できるのはあなただけなの」
実際のところ、魔法に免疫のある免疫者《イミューン》は社内に何人もいるのだが、彼女の言っていること
には一理ある。これはおそらく、第三者を巻き込んで表沙汰にするよりも、友人間でかたをつ
けた方がいい類のもめごとだろう。
空気中の魔力がぐんぐん大きくなって鳥肌が立ちはじめたとき、トリックスが速度を落とし、
やがて止まった。「あそこよ」声をひそめて言う。
見ると、アリとメリサンド・ロジャーズが魔法の撃ち合いのようなことをやっている。それ
は人数を少なくしただけで、先日のわれわれ対イドリス・チームとの決闘によく似ていた。互
いに相手をノックアウトしようと、パワーを放ち合っている。「口に気をつけなさいよ、この
あま！」アリがそう言って、メリサンドに向かって何やら白熱したものを投げつけた。
メリサンドは完璧にセットされた頭をひょいとかがめて、髪の毛一本乱すことなくそれをか

わす。「そんなにかっかするなんて、図星を突いちゃったのかしら」そう言うなり、くねりながら進む光る蛇のようなものを放った。

アリは軽やかに身をかわして言う。「あるいは、ただあんたが嫌いなだけかもね」

わたしはひとつ大きく深呼吸すると、ふたりの間に割って入った。まるで大乱闘のなかに身を投じるような気分だ。蛇口につないだホースでもあればいいのに。ふたりの放つパワーで、体じゅうの産毛が逆立つ。「いい加減にして！ ボスに見つかったら、ふたりとも大変なことになるわよ！」

空中に充満していたパワーが急激に弱まる。ふたりはこちらをじろりとにらんだが、ひとまず殺し合いは中断したようだ。緊迫した沈黙が流れたのち、やがてメリサンドの方が黙ってきびすを返し、自分のオフィスへ戻っていった。あとを追おうとするアリの腕をトリックスがつかむ。わたしも急いでもう片方の腕をつかみ、ふたりで彼女をはさむようにして研究開発部の方へ向かった。

「で、連休はどうするの？」空気を変えようと、できるだけ明るい声で言う。「わたしは明日休みをもらったから、両親を観光に連れていくの。金曜は母とショッピングよ。ブルーミングデールズに行きたいんですって」

トリックスがすぐにこちらの意図を察する。「あら、じゃあ、ママにあの赤い靴を見せなきゃ」

「そうね！」朝のニュースの女性キャスターのようにはつらつと答える。

「買うの?」

「さあ……。あんな靴、買ってもいつ履いたらいいかわからないわ。それに、もうサイズがないかもしれないし。たいてい七から売れちゃうからね。五とか十はセールのときまで残ってたりするんだけど、七はいつも入荷したとたんになくなっちゃうのよ」

「ふたりとも、もういいわ」アリが言った。「ありがとう。もう落ち着いたから、子守はけっこうよ。当分だれかを殺しにいくつもりはないから安心して」

トリックスがアリごしにこちらにウインクする。「こういうときは靴の話をするにかぎるわね。音楽なんかよりずっと鎮静効果があるわ」アリがいっしょになって笑ったので、ひとまずほっとした。


帰宅したときにはまだだれも戻っていなかったが、それもつかの間のことだった。着がえが終わらないうちに、玄関のドアが開いて、父と母がジェンマといっしょに入ってきた。買いもの袋を大量に抱えている。「今日はどうだった?」そう訊いたあと、思わず目を見張った。父の頭に、発泡スチロール製の自由の女神の冠が鎮座しているのだ。

「とても楽しかったわ」母が言う。「エンパイアステートビルで、ものすごくかわいいスノードームを見つけたの。さてと、キッチンはどこ? 今朝パパが寝ている間にマーケットに行って、少し感謝祭用の買いものもしたのよ。ここに来る途中でホテルに寄って、買っておいた食材をもってきたの」

「それ、もつわ。かして」母の手から買いもの袋を受け取る。「キッチンはこっちよ」このアパートでは一応キッチンということになっているアルコーブへ母を導きながら、袋のなかをのぞく。「わあ、立派なカボチャね。どこのマーケットへ行ったの？」

「ゆうべジェンマが教えてくれたマーケットよ。午前中、ジェンマの仕事が終わるのを待つ間、ひとりで行ってきたの。あなたの言ったとおりね。露天商の人たち、みんなとっても感じがよかったわ」

またもや胃の辺りがきゅっと痛くなる。ユニオンスクエアのマーケットが火曜と木曜にはオープンしないということは、わたし自身、少し前に知ったばかりだ。火曜と木曜に開かれるのは魔法使いのマーケットで、ほとんどの人には見えないことになっている。あり得ない。母が今日あそこで買いものをしたなんて、絶対にあり得ない。きっと道に迷って、偶然セントマークス教会の前のマーケットを見つけたのだろう。あそこのは、たしか火曜日にやっていたはずだ。

「それ、教会の前のマーケットだった？」

「いいえ、大きな書店の前よ。ちょっと、あなた、これをキッチンと呼ぶの？　こんなところでよく料理ができること」

めまいがしてきた。母が魔法使いのマーケットで買いものしたはずはない。ひょっとすると、今週は感謝祭ウィークだから特別にオープンしていたのかも。食材の買い出しは週の前半に集中する。そうだ、そうに違いない。

幸い、母はわたしの混乱に気づいていない。調理台がないことに文句を言うので大忙しだ。

「だいたいこのオーブン、フルサイズなの？ こんなのでターキーが焼けるの？」

「去年は焼いたわよ」カボチャの入った買いもの袋をダイニングテーブルの上に置きながら言った。「今年も去年と同じサイズを用意したから入るはずよ」

ジェンマがキッチンにやってきた。「ニューヨークでまともに料理をするのはケイティぐらいだわ。だから、この街では大きなキッチンをつくらないんです。たいてい外で食べるか、デリバリーを取るかしちゃうので」そう言いながら冷蔵庫を開ける。「もう、マルシアったら、また水買うの忘れてる！」

母は焼けた火かき棒でつつかれたような顔をした。「あなたたち、水を買うの？ なんだってまた水を買ったりなんかするの？ 水道の蛇口からただで飲めるのに！」そう言って首を振る。「いったい世の中どうなってしまったのかしら、水を買うなんて……」

ジェンマは冷蔵庫から缶を一本取り出して言う。「何か飲みますか、ミセス・チャンドラー？」

「ダイエットドクターペッパーはないわよね」

「ありますとも。テキサス娘たるもの在庫を欠かしたりしませんよ」ジェンマはダイエットドクターペッパーをひと缶取り出し、母に手渡した。

わたしは戸棚からコップをひとつ取って水道の水を注ぐ。母は満足げにほほえんだ。「よかった、まだ少しは常識が残っていたようね」

ひと口飲んで、思わず顔をしかめそうになった。水を買うことの非経済性はわかるが、マルシアやジェンマの言うことも理解できる。味がどうにもいただけない。おそらく、この建物の古い水道管を通ってくるからだろう。何が混ざっているかは考えたくもない。それにしても、今日のはとりわけまずく感じられる。水道管に不具合でも生じているのだろうか。

「パパ、何か飲む?」リビングルームに向かって言う。

「コーヒーを。ほかに飲む人がいなければ、インスタントでかまわないよ」

コーヒーはいつもスターバックスで買うなどと言ったら、たちまち新たな議論が始まるところだったが、幸い、コーヒーにうるさいマルシアは不在だ。わたしはやむを得ない事態に備えて置いてあるインスタントコーヒーの瓶を戸棚の奥から取り出し、お湯を沸かして、父のためにコーヒーをいれた。

「で、明日の予定は?」ジェンマが訊く。

「まずはメイシーズ、それからタイムズスクエアよ。ニューヨークの中心ですからね」母が宣言する。

「午前中に行った方がいいですよ。午後はパレードの準備で上を下への騒ぎだから」とジェンマ。

「天気がよかったらセントラル・パークにも行こうと思ってるの」わたしは言った。

「おまえの会社にも行ってみたいんだがな」父が言う。父の考えていることはわかっている。直接わたしの上司に会って、誠実な人間かどうか自分の目で確かめたいのだ。

「残念だけど、それは無理だと思う。うちの会社、いま大きなプロジェクトの真っ最中で、警備上の理由から会社全体が厳重封鎖の状態なの。パパたちは社内に入れないわ」

「でも、わたしたちはあなたの親よ」母が抗議する。

「そうだけど、でも、もしママたちが社内に入るのを許可したら、ほかのみんなの両親も入れてあげなきゃならなくなるでしょう？　そんなことしてたら、しまいには収拾がつかなくなるもの。うちだけ特別扱いしてもらうわけにはいかないわ」

「まあ、たしかにそうね。迷惑はかけたくないし」母は言った。ねらいどおりだ。彼女は人の迷惑になることと、特別扱いを求めることを、何よりも嫌う。

ああ、どうか、今週いっぱいこの手が有効であり続けますように。


翌朝は、ホテルまで両親を迎えにいった。ふたりはカメラとガイドブックを手に、準備万端といった様子で待っていた。「ガイドブックはいらないわ。わたしがいるんだから」ニューヨークに来て以来、魔法関連以外の災難にはほとんど遭っていなかったが、見るからにおのぼりさんのふたりを連れて歩くとなると、運も変わりかねない。ガイドブックを手に歩き回るのは、自ら犯罪の標的になるようなものだ。

「それもそうね」母が言った。「旅行者だと思われたくないもの。ほら、見て、ちゃんとニューヨーカーみたいな格好をしたのよ。こっちの人はよく黒を着るっていうから」母はコートの下に黒いタートルネックのセーターを着、黒いスラックスをはいていた。たしかに、地元の人に見えなくもなかっただろう——白いスニーカーさえ履いていなければ。わたしはあえて何も言わないことにした。大事なのは母が歩きやすいことだ。スニーカーは通勤靴だと思ってもらえるかもしれないし……たぶん。

ふたりが部屋にガイドブックを置いてくるのを待って、まずはユニオンスクエアへと繰り出した。「マーケットは今日の方が大規模だわ」公園に到着すると、母が言った。「昨日カボチャを売ってくれたあの感じのいい人はいるかしら。ひとり娘がいるからぜひ会ってやってって言っておいたの」止める間もなく、母はマーケットのなかへ入っていく。わたしは急いであとを追った。「おかしいわねえ。今日はいないわ。カボチャを売るなら、感謝祭の前日こそ稼ぎ時だと思うけど」

例のいやな予感がふたたび頭をもたげてくる。母の言うとおりだ。普通に考えれば、カボチャ売りが今日マーケットに来ないのは妙だ。でも、母に魔法使いのマーケットが見えるはずはない。

「ロイス」父が警告めいた口調で言った。「メイシーズとタイムズスクエアを見るんだろう？」

「はいはい。もうカボチャは買ったんだし、ここで時間を費やす必要はないわね。でも、ケイティ、今度ここへ来たら必ず探してみなさい。彼は間違いなく独身よ。しかも家は農場なの。あなたにぴったりだわ」

「ママ、わたしにはボーイフレンドがいるのよ。イーサンっていう名前の、空港までベンツを飛ばして迎えにきてくれた人よ、覚えてる？」

母は笑った。「ああ、そうだった。忘れてたわ、ごめんなさい。習慣て恐ろしいわね。あなたに恋人がいないことが当たり前になっちゃってて。でも、この農家の青年のことも心にとめておいて損はないわ。万が一、彼とうまくいかなくなったときのためにね。人生どうなるかわからないんだから」

ようやくアップタウン行きのバスに乗り込み、降りたバス停からメイシーズまで歩いた。母は感激ひとしおといった様子で店内を歩き回り、最後に値札を見て文字どおり気絶しそうになった。結局、母が買ったのは、自分の妹へのお土産にするロゴ入りショッピングバッグひとつだけだった。支払いを済ませたところで、父とわたしはなんとか母を店の外へ連れ出すことに成功した。

「タイムズスクエアまではそう遠くないんだけど、地下鉄に乗りましょう。タイムズスクエアの真ん前で地上に出るのはなかなか刺激的な体験よ」これは、わたしがはじめてニューヨークに来たときにジェンマとマルシアがやってくれたことだ。

地下鉄の構内に入ると、母はハンドバッグをぎゅっと抱き締め、近づく人を片っ端からにらみつけた。父すらも、心もちわたしの方に寄って立っている。はじめて地下鉄に乗ったとき、わたしもまさにこんな感じだった。いまではすっかり日常の一部になっていて、特に意識することもない。それよりも、頭のいかれた魔法使い野郎とその一味のことの方がよほど心配だ。オーウェンとサムは警備の強化を約束してくれたが、いまのところわたしたちのボディガードらしき人、あるいは生き物の姿は、まったく目にしていない。

電車が到着した。「次の駅で降りるから立ったまま行きましょ」三人で手すりのまわりに立つ。母は不安げに車内の乗客を見回した。

「毎日こんなのに乗ってるの？」

「それほど悪くはないわ。けっこう慣れちゃうものよ」それに、わたしには通勤の友がいる。でも、その件については黙っていた。

四十二丁目に到着した。人の群れにもまれながらなんとか電車を降り、出口へ向かう。「みんなが順番に降りればもっとずっと簡単なのに」母が腹立たしそうに言う。「あんなに押し合いへし合いする必要はないわ」

「それがここのやり方なのよ、ママ」わたしはにやりとして言った。「さてと、いよいよタイムズスクエアに出るわよ。夜はもっと感動的だけど、昼間も捨てたもんじゃないわ」

ニューヨークにはずいぶん慣れたけれど、地下鉄からタイムズスクエアに出るときはいまだに少しわくわくする。ここはまさに、よそ者がイメージする騒がしくて混沌としたニューヨークそのものだ。わたしが住んでいるのは比較的静かな界隈なので、ニューヨークのこうした顔がすぐ近くにあることをふだんはつい忘れてしまう。

旅行者でごった返す歩道で離ればなれにならないよう、鮮やかなライトや点滅する派手なネオンサインを呆然と眺めている父と母の腕をしっかりとつかむ。

「電気代はどのぐらいかかるんだろうな」父が眉をひそめて言う。「エネルギーのむだとしか思えんな」

「まあすごい、ちょっと見て！」母はひたすらその言葉を繰り返した。

わたしは指をさして、『グッドモーニング・アメリカ』（全国ネットのモーニングショー）を放送しているビルや新兵募集センターやいくつかの劇場について説明をする。「ブロードウェイの劇場の多くは、実際は裏通りの方にあるのよ」

「これがあのブロードウェイなのね」母は畏敬の念のこもったまなざしで言った。

「そうよ、これがあのブロードウェイ。すごいでしょ？」

「それにしてもすごい人ねえ。ちょっと、あの人、裸だわ！」

母の言う方を見ると、ブリーフ一丁にカウボーイブーツといういでたちでギターを弾く有名な男性がいた。「ああ、彼は大道芸人よ」

「あれじゃあ風邪を引いてしまうわ。こんなに寒いんですもの」母が彼のところへ「肺炎で死んでしまうから服を着なさい」と言いにいく前に、その腕をしっかりとつかみ直す。

父は別の人物を凝視していた。「ちょっとあれを見ろよ」くすくす笑って言う。「あの少年、釣り道具の箱に顔から突っ込んだに違いないな」

見ると、顔中にピアスをつけたティーンエイジャーが路上でドラムをたたいていた。「じっと見ちゃダメ」小声で言いながら、もう一方の手で父の腕をつかむ。

魔法の存在を知る前、これよりずっと奇妙なものを目にしてひとりあたふたしていたころ、わたしが恐れていたのはまさに、自分がこんなふうに見えることだった。純粋培養のうぶな旅行者——。「ここはニューヨークのなかでも突出して奇妙な場所だといっていいわ。ほかはこんなふうじゃないのよ」本当は、もっと奇妙な場所はいくらでもある——少なくとも、そう聞いている。でも、旅行者は普通そんな場所へは行かないし、両親にそのことについて話すつもりもなかった。

母が突然立ち止まったので、父とわたしも引っ張られて止まった。「彼女、すごいわ」母はそう言って、親の敵《かたき》のようにきつく抱き締めていたハンドバッグの口を開く。「一ドルあげましょう」

見ると、妖精がひとり歩道で宙に浮かんでいた。大道芸人ではない。本物の妖精が妖精らしい行動を取っているだけだ。まさか……。いやな予感はどうやら現実のものとなってしまったらしい。母には妖精が見えているのだ。

知り合いだったら、うまく口裏を合わせてもらうこともできたのだが、残念ながらまったく知らない妖精だった。わたしが呆然としているうちに、母は彼女に一ドル札を差し出した。

「みごとだわ。仕掛けがまったくわからないもの。衣装もとても素敵よ」

妖精はぎょっとして母を見つめ返す。「何よ、あん――」

「ママ！」わたしは急いでふたりの間に割って入り、母の腕をつかんで妖精から引き離した。もし母が免疫者《イミューン》なら、話は恐ろしくややこしいことになる。ほかに説明が必要になる現象はないかとっさに辺りを見回したが、タイムズスクエアは奇妙なものにあふれていて、そのなかから魔法関連のものを瞬時に見分けるのは不可能に近い。

「キャスリーン・エリザベス・チャンドラー、わたしはあなたをそんな不作法な娘に育てた覚えはありませんよ！」母が抗議する。

「シーッ、静かに！　あれは大道芸人じゃないのよ、ママ。そんなことしたら、彼女を侮辱することになるわ」妖精が腹を立てて文句を言いにきたらどうしよう。恐る恐る振り返ると、彼女の姿は見当たらなかった。ほっとして母の方に向き直ろうとしたとき、何か異様なものが視界の隅に入った。見ると、先ほどの妖精がちらちら光る靄に包まれて立っている。こちらに魔法をかける気だろうか。急いで両親の腕を取り、とりあえず目の前にあった店に駆け込んだ。わたしは、そしておそらく母も、影響を受けないが、父についてはわからない。彼女がイドリスの手下だったらどうしよう。偶然そこにいたのではなく、意図的につけられていたのだとしたら最悪だ。

駆け込んだのは、土産物店だった。「見て、ポストカードがあるわ！　ほら、兄さんたちに出さなきゃ！」わたしは努めて朗らかに言った。安価なポストカードを並べた巨大なラックは、五分ほど両親の気をそらすには十分だろう。ふたりが、どの十枚を選ぶべきか、どの摩天楼がより写りがいいか言い争っている間に、状況を確認して次に取るべき行動を考えなければ。

店を出て通りを見渡してみたが、妖精の姿はもうなかった。イドリスの仕業を疑ったのは、少々過剰反応だっただろうか。近くにＭＳＩのボディガードの姿をひとりでも確認できればずいぶん安心できるのだが、それらしき者は、人間もそれ以外のものも、まったく見当たらない。まったく、ガーゴイルというやつは、必要なときにいないんだから――。

さて、あらたにひとつ、難題ができてしまった。母をどうしよう――。最初に頭に浮かんだのは、会社に連絡してアドバイスを仰ぐということだった。ロッドはイミューンのことをよく知っている。きっと何かいい助言をくれるに違いない。しかし、すぐに思い直した。会社はいま、イミューンをのどから手が出るほど欲しがっている。かつてないほどイミューンが必要な状況だというのに、この街ではその数が減る一方なのだ。母をスカウトされたら大変だ。娘がどんな事態に巻き込まれているかを知ったら、母は有無を言わさずわたしを実家に連れ帰ろうとするだろう。今回の滞在はなんとしても無事終了させなければならない。あと数日秘密を守ることができれば、母はそのまま飛行機に乗り、テキサスへ帰って、いままでどおり穏やかな非魔法的人生を送れるのだ。幸い母は、ニューヨークはこのうえなく奇妙な場所だと思い込んでいる。わたしだって、真実を知るまでに一年かかったのだ。ほんの四、五日、母をごまかせないはずはない。

気持ちを落ち着かせるために十数えてから、店内に戻った。母と父は依然としてポストカードの前で議論を続けていた。「この夜景もいいわよ」母が言う。

「ライト以外何も見えないじゃないか。この夕焼けの方がいい」と父。

「両方買いなさいよ」わたしは言った。ふたりは同時に振り返る。わたしが外に出ていたことにさえ気づいていなかったようだ。ようやく十枚のカードが決まったので、どのカードをだれに送るかでもめ出す前に、ふたりをレジカウンターへ連れていく。

店を出るとき、母が言った。「ところで、ケイティ、さっきのはいったいどういうつもり？」

父が長いため息をつく。「ロイス、きみは通りに立っていた女性に一ドル札をあげようとしたんだ。たしかに、変わった身なりをしてはいたが、この街で変わった格好の人を見かけるたびに一ドルずつ渡してたら、あっという間に破産するよ」そう言ってポケットに両手を突っ込むと、わたしたちといっしょにいるのが恥ずかしいとでもいうように先に行ってしまった。父を責めることはできない。というより、できればわたしも父に加わりたい。

「彼女は大道芸人じゃなかったのよ、ママ」

「でも、ケイティ、あの人、羽をつけてたのよ。ハロウィンでもないのに、だれが羽なんかつけるっていうの？　それに、彼女は間違いなく宙に浮いてたわ」

頭のなかで必死に言いわけを探す。運よく、母をかわすにはうってつけのものを思いついた。

「ママ、世の中にはさまざまなライフスタイルが存在するのよ。この街では、自分の個性や主義主張を皆とてもオープンに表現するの。あまり干渉するのはスマートじゃないわ」

母は一瞬はっとし、続いて顔をしかめた。頭のなかでなんらかのイメージを構築しているらしい。やがてそれを振り払うかのように頭を振ると、最後に、「わかったわ」と車の音にかき消されそうな小さな声でつぶやいた。

「さ、パパに追いつきましょ」ある意味本当のことを言って切り抜けられたことにほっとしながら、母の背に手を添える。今後は、魔法に遭遇する可能性のできるだけ低い場所を選んで、彼らを案内しなければ。まあ、そんな場所があればの話だけれど。

まずいことに、セントラル・パークへ連れていくことを約束してしまった。魔法に出くわしたくないのであれば、あそこはなんとしても避けなければならない。ＭＳＩに入社してまもなく、わたしはそのことを身をもって学んだ。魔法でカエルにされた連中については、この時期さすがに冬眠に入っているだろうから、特に問題はない。ただ、マルシアのボーイフレンド、ジェフのようなケースは困る。彼は仲間同士の悪ふざけで、自分をカエルだと思い込むのと同時に、ほかの人の目にも彼がカエルに見える魔法をかけられていた。出会ったとき、彼が池のそばで全裸でしゃがんでいたのはそのためだ。もっとも、池のそばで全裸でしゃがんでいる男については、たぶん頭のいかれた酔っぱらいということで片づけることができるだろう。心配なのは、公園で仕事をしている男の妖精たち——彼らは自分たちを精霊《スプライト》と呼ぶ。その方がゲイっぽく聞こえないということらしい——と地の精《ノーム》だ。精霊の方は再度、〝個性的なライフスタイル〟でごまかせるかもしれないが、ノームについてはどう説明すればいいのだ。

予想したとおり、公園内に入り、両親は映画でいく度となく目にしたプラザホテルと馬車の列に感動していた。ふたりを楡の並木道、ザ・モールへ連れていく。枝葉が天蓋のように頭上を覆う夏の時期ほどではないが、十分に印象的だ。しばし眺めを堪能していた父は、やがて訊いた。「ここは何エーカーぐらいあるんだ？」

「さあ、どのぐらいかしら。とにかく巨大な公園よ。奥の方へ行ったら、自分が都会にいることを忘れてしまうくらい」

父はうなずく。「そうか、それはいい。緑が近くにあるのは大事なことだ」

「ねえ、あれは何？」母の声に、ふたり同時に振り返った。

「何がだい、ロイス」

「あれよ！」母は近くにある像の下を指さす。像のまわりは花壇になっていて、ノームがひとり小さなシャベルを手に花の手入れをしていた。わたしは思わず目を見張った。ノームの顔に見覚えがあるからだ。会社以外に魔法界の知人はほとんどいないし、ましてセントラル・パークの庭園管理スタッフなどひとりも知らない。わたしに気づいてかなり激しくうろたえたところを見ると、向こうもこちらを知っているようだ。そう思ったとき、彼がだれであるかを思い出した。ハートウィック。ＭＳＩの営業スタッフのハートウィックだ。でも、就業時間にこんなところで何をやっているのだろう。おっと、いまはそんなことより、母にこの状況をどう説明するかを考えなければ。おそらく何も見えていないであろう父に不審感を抱かせずに、母を納得させる説明を――。

「何もいないけど」わたしは言った。ハートウィックは憤然とした顔でこちらを見たが、わたしは彼の目を見つめながら、母の方にわずかに頭を傾け、顔をしかめた。彼はただちに状況を察したらしく、母が父をにらみつけている間にすばやく像の後ろに隠れた。

「そこよ！」母は向き直ると、一瞬前までハートウィックがいた場所を指さし、困惑の表情を浮かべた。「い、いたのよ、たしかに。本当よ。ルイーズ・エラーブの家の芝生に置いてあるあの小さな像みたいなやつよ。あんな庭飾り、プラスチックのフラミンゴに負けず劣らず趣味が悪いと思うんだけどね。でも、いまのは動いてたの。花壇の土を掘ってたのよ」

今回は父が母の腕を取り、歩き出した。「そろそろホテルへ戻った方がいいな。きみは疲れているようだ」

母は父の手を振りほどく。「わたしは疲れてなんかいません。先に言っておくけど、ホルモンのせいでもありませんからね！　自分が何を見たかぐらいちゃんとわかります！」母は早足で像に向かっていくと、台座のまわりを歩きはじめた。ハートウィックは母の死角になるよう絶妙な距離を保ちながら、台座のまわりを走る。ひと回りし終えると、母は眉間にしわを寄せ、こちらに戻ってきた。「ふんっ！」父を見あげ、顔の前で人差し指を立てて振る。「いま何か言ったら承知しないわよ、フランク・チャンドラー」そう言うなり、父とわたしを置いてすたすた行ってしまった。

道の先で母が制服姿の公園保護官《パークレンジャー》とぶつかりそうになるのが見えた。それも、羽のついたパークレンジャー、さらに言えば、わたしの友人のひとりとつき合っていた羽のついたパークレンジャーだ。そう、トリックスの元(?)彼、ピピン君だ。ここは世界有数の大都会にある巨大な公園のはず。なぜこうも知り合いばかりに会うのだろう。故郷の町の唯一の食料品店でだってこうはいかない。

母はしばしレンジャーを凝視する。尖った耳、少し垂れた目、背中の羽——順に視線を這わせたあと、最後にこの世の終わりのような悲鳴をあげた。ピピンはぎょっとして、すぐに目を閉じた。自分のめくらましの状態を確認しているようだ。わたしは急いで父の後ろに身を隠す。ピピンに気づかれてトリックスのことを訊かれでもしたら大変だ。公園で働く羽をつけた男性となぜ知り合いなのか問われても、答えようがない。

父はふたたび母の腕をつかむと、ピピンに向かって言った。「どうもあいすみません。セントラル・パークには強盗がいるという話をさんざん吹き込まれてきたもので」

ピピンの顔に安堵の表情が広がる。「気にしないでください。でも、公園の治安はこの二十年でずいぶんよくなったんですよ。昼間は十分安全です。街なかを歩くのとなんら変わりませんよ」彼がそう言って立ち去ると、わたしは止めていた息をいっきに吐き出した。

「彼を強盗だと思ったわけじゃないわ、フランク」母が不満そうに言う。「あの青年には羽があったの。彼も例の個性的なライフスタイルの人ってことなの、ケイティ?」

さて、どう答えたものか。何を言ったとしても、両親のどちらかはわたしが嘘をついているか、頭がおかしくなったかのいずれかだと思うだろう。イミューンでいながら一年もの間真実を知らずにいた自分に、いまさらながら感心する。母はたった一日でこれだ。たぶん、クールに見せようとか、環境に溶け込もうとかいう気がまったくないからなのだろう。

「あのね、ママ」わたしはようやく言った。「わたし、ずいぶん前に、この街で目にする奇妙な事物をいちいち分析しないことに決めたの。それが正気を保っていられる唯一の道だとわかったのよ」


感謝祭の日、母は早朝からアパートにやってきてターキーの準備を始めた。料理をするとき、わたしは母の信頼厚い副官だ。料理が得意でないジェンマとマルシアは歩兵として、わたしたちが料理を続けられるよう使い終わった道具や食器を洗ったり片づけたりしている。自分の立場を心得ている父は、キッチンにはいっさい近寄らない。

メイシーズのパレードが始まると、母はキッチンとリビングルームをせわしなく往復した。もっとも、たいした距離ではない。「自分たちが昨日そこにいたなんて信じられる、フランク?」テレビに映ったパレードを見ながら、母は何度も同じ台詞を繰り返す。

「ああ、そうだな、ロイス」父はそのたびに辛抱強くそう答えた。

何度目かのそんなやり取りを終えてキッチンに戻ってきた母は、ジェンマに向かって言った。

「昨日、タイムズスクエアで何を見たかケイティから聞いた？」

「裸でギターを弾くカウボーイ？」

「ああ、そうね、それも見たわ。ねえ、それより、羽をつけた人たちは見たことある？」

ジェンマは母の頭ごしにわたしを見て、口パクで訊く。「は・ね？」

「昨日のタイムズスクエアは、ちょっと半端じゃなかったわね」わたしは言った。

「この街にはずいぶん変わった人たちがいるのね」母が言う。

「そりゃあもう！」ジェンマが同意する。「わたしが日々どんなものを目撃しているか、たぶんおば様には想像もつかないと思うわ。それでもニューヨーカーたちは振り向きもしないんだから」

表玄関のブザーが鳴った。マルシアが応答し、キッチンに戻ってきて言う。「ジェフよ。いまあがってくるわ」

噂をすれば影だ。ジェフは魔法界の人間だが、マルシアはそれを知らない。わたしはできるだけドアに近いところにいて、彼が部屋に入ってくるのを待った。「いらっしゃい、ジェフ、よく来てくれたわ」大きな声でそう言ってから、彼の耳もとでささやく。「うちのママ、イミューンなの。行動には気をつけてね」ジェフは大きく目を見開くと、黙ってうなずいた。彼をリビングルームへ導き、父に紹介する。「パパ、こちらはジェフ。マルシアのボーイフレンドよ。ジェフ、こちらは父のフランク・チャンドラー」

父は立ちあがると、きわめて礼儀正しく握手をした。ジェフは気圧されたように、「ああ、ええと、よ、よろしくどうも」と言った。

「こちらこそ、どうぞよろしく。マルシアとわたしたちはとても長いつき合いなんだ。家族の一員といってもいいくらいでね」友好的なその言葉には、断固とした警告の響きがこもっていた。ジェフは特に機転の利くタイプではないが、父のメッセージは伝わったらしく、黙って大きくうなずいた。

続いてフィリップがやってきた。わたしは彼のことがいちばん心配だ。フィリップは実際に数十年をカエルとして過ごし、最近人間に戻ったばかりだ。そのため、恐ろしく古風なうえ、ハエに対して異様な執着を見せる。

でも考えてみれば、そう心配することはないのかもしれない。彼の古めかしいマナーはうちの両親にはぴったりだし、この時期もうハエはいない。フィリップは両手いっぱいに花を抱えてやってきた。ジェンマと母にひとつずつ花束をもってきたのだ。母が彼を気に入るのに時間はかからなかった。フィリップは優雅におじぎをして母に花束を渡し、「今夜はお招きいただき、大変光栄に存じます」と言って、その手にキスをした。

「いったいどこで彼を見つけたの?」母は得意満面のジェンマにささやく。

「実はセントラル・パークなんです、信じられます?」

「わたしたち、昨日行ったのよ」母が言う。

フィリップに警告の目配せをしたが、彼はジェンマから視線をそらさない。彼と魔法界との関わりはいまだに判然としないのだが、自分が魔法にかけられていたという事実にそれほど衝撃を受けている様子はない。いまのところカエルだったことをジェンマに知られていないようだから、今夜のディナーもきっと無難に乗りきってくれるだろう。

大きな問題もなく、やがて感謝祭のディナーがテーブルに並んだ。ジェフとフィリップは父に圧倒されて、すっかりおとなしくなっている。高校時代なぜあれほどデートの数が少なかったのかがよくわかった。この父と三人の兄たちがいたのでは、よほど勇敢な男の子でないかぎり、わたしに近づこうとはしないだろう。

ディナーの準備が調ったところで、タイミングよくイーサンが到着した。「遅くなってすみません。仕事を片づけるのにちょっと手間取ってしまって。こんばんは、ミスター・チャンドラー、ミセス・チャンドラー」わたしは彼をジェフとフィリップに紹介する。そのあと、祈りを捧げるために皆でテーブルのまわりに集まった。

父はわたしたち全員に、両手をつないで頭《こうべ》を垂れるよう指示した。ジェフははじめぽかんとしていたが、慌てて皆に従った。ああ、どうか、今日は短い方の祈りで済ませてくれますように。感謝祭では、父はときどき本格的な祈りをやってのける。「主よ、今宵、皆をここに集わせ賜うたことを感謝いたします」どうやら長いバージョンでいくらしい。祈りが半ばにさしかかったところで、輪の向こうから「いてッ」という声が聞こえた。つまみ食いをしようとしたジェフをマルシアが止めたようだ。イーサンは祈りの間ずっと、親指でわたしの手をマッサージしていた。気持ちがいい反面、天から稲妻が落ちてきやしないかと内心ひやひやした。祈りの最中にいちゃつくのは、やはりどこか不謹慎な気がする。ただ、自分が本当に恐れているのが神の怒りなのか、それともふたりに気づいたときの父のそれなのかは定かでない。父がようやく祈りを終わらせると、皆いっせいに、とびきり気持ちの入った「アーメン！」を言った。

さあ、あとは食べるだけだ。各自、テーブルのまわりを回りながら自分の皿に料理を取っていく。イーサンがわたしの皿にターキーをひと切れのせながらささやいた。「どうかしたの？表情が少し硬いけど」

話すべきか迷った。でも、いざというとき、信頼できる味方がひとりはいてほしい。「昨日、母がイミューンだということがわかったの。どうやらわたしは母の血を引いたみたい」

イーサンはうなずいた。「なるほど。それで、彼女が何を見てしまうか気が気じゃないってわけか」

「そういうこと。思いつく言いわけにもかぎりがあるわ。昨日は危うくネタ切れになるところだったのよ。だから、お願い、仕事の話はいっさいしないで。母には何も知らずにテキサスに帰ってもらいたいの。あなたもわたしと同じイミューンだわ。説明が必要になるようなものに気づいたら教えてほしいの。それから、会社には母のことを黙ってて」

「何をそんなに心配してるの？」

「それは……つまり、家族を巻き込みたくないのよ。わたしひとりなら、仕事がどんなに突拍子のないものでも、たとえば、上司があのマーリンだろうが、隣のオフィスに妖精がいようが、なんとか対応できる。デートのたびに虚空からものが現れたり消えたりしても、妖怪に襲われそうになっても、かつて自分をカエルだと思い込んでいた人にセレナーデを歌われても、わたしひとりなら——」イーサンが話が見えないという顔になっているのに気がついた。「まあ、いろいろあってね。とにかく、家族には普通のままでいてほしいの。わたしのためではなく、彼ら自身のために。わたしの人生は変わったけど、彼らのまで変えなきゃならない理由はないわ。ふたりには、このまま家に帰って、いままでどおり普通の幸せな生活を送ってほしいのよ」

「なるほどね、言いたいことはわかるよ」

「そこの熱々のおふたり、ターキーも食べずに何をささやき合ってるの？」部屋の向こう端から母が言う。

「もちろん、うちの家族の場合、普通といっても世間一般の〝普通〟とはちょっと違うかもしれないけど」わたしはため息交じりに言った。

イーサンは笑いながら、母自慢のクランベリーパンチのグラスをわたしに差し出す。「本当に普通の家族なんてないんじゃないかな」

料理を満載したテーブルには座って食事をするスペースはないので、皆それぞれ、自分の皿をもってリビングルームへ行き、床に座ったり、ダイニングチェアやソファに腰かけたりした。会話を促すための安全な話題を探していたら、母に先手を打たれた。

「お口に合うといいんだけど……。東部で食べるものとはずいぶん違うと思うけど、うちの方ではこれが感謝祭の伝統料理なのよ」

非常においしいという趣旨のつぶやきが、もごもごとあちこちから聞こえる。なるほど、料理は安全な話題だ。「去年、コーンブレッドドレッシング（ドレッシング＝ターキーの詰めもの。地方によってスタッフィングともいう）をつくったら、けっこう驚かれたわ」とわたしは言った。

「うちの母はよくオイスタードレッシングをつくってたな。いまでは料理そのものを完全にやめてしまったけどね」イーサンが言った。母はまるで彼が神への冒瀆を口にしたかのような顔をした。どうやら、料理もさほど安全な話題ではなさそうだ。祝日にどんな料理を出すかがお金やセックス以上に夫婦喧嘩の原因になり得ることは、いちばん上の兄の家を見ても明らかだ。コーンブレッドドレッシング派はソーセージスタッフィング派とそう簡単に打ち解けないものだ。牡蠣入りのドレッシングなど、聖戦のきっかけともなりかねない。イーサンがコーンブレッドドレッシングをなんの抵抗もなく食べてくれていることに、ほっと胸をなでおろす。

今宵の女主人《ホステス》役を引き受けたのか、母は会話が続くようふたたび話し出した。「そうだ、イーサン、この前の夜、あなたのお友達に会ったのよ。まあ、〝お友達〟という表現は正しくないわね。あなたのことをずいぶんひどく言ってたから。心配しないで、彼が言ったことは何ひとつ信じてないから」

イーサンはわけがわからないという顔でわたしを見る。こちらも同じような顔で彼を見返した。母がなんの話をしているのかさっぱりわからない。「ぼくの友達?」イーサンが訊く。

「そうよ。月曜の夜に行ったレストランで会ったの。ケイティに話しかけてきたんだけど、とても無礼な青年だったわ。わたしたちの方を見もしなかったのよ。まあ、ちゃんと紹介しなかったケイティもケイティだけど」

母が何について話しているのかやっとわかった。なんてことだ。彼女はイドリスがしていたボーイフレンドの話をイーサンのことだと解釈したらしい。たしかにそう解釈するのもわからないではないが、まさにB級ホームコメディを見ているような勘違いだ。いったいどう釈明すればいいだろう。魔法関連の問題に巻き込まれることばかり心配して、母親の干渉というもうひとつの厄介な問題に対してはまったく無防備だった。

こちらの当惑に気づく様子もなく母は続ける。「あなたが会社の送り迎えしかしないなんて言ってたけど、ケイティをちゃんと素敵な場所に連れていってくれてることぐらい、ふたりを見てればわかりますよ。ほんと、いやな感じだったわ」

イーサンの目に何かを悟ったような表情が表れた。イドリスの言う「ボーイフレンド」がだれのことかわかったようだ。イドリスの戯言《たわごと》だと言って笑って済ますつもりが、不覚にも頰が熱くなる。イーサンは顔をしかめ、小さくうなずいた。気づいたに違いない。彼に魔力がないことはわかっているが、心のなかを見透かされているような気分だ。

イーサンはすぐに冷静さを取り戻した。「もしそれがぼくの考えている人と同一人物だとしたら、彼の言うことは全面的に無視してかまいませんよ。一度、難しい交渉ごとで彼に勝ったことがあって、以来ぼくを恨んでいるらしいんです」そう言うと、唐突に話題を変えた。「ところで、ニューヨークの印象はいかがですか?」なんて素晴らしいの！ いますぐキスしたいくらいだ。先ほどの表情は少々気にかかるが、窮地を救ってくれたイーサンはとても頼もしく見えた。

「なかなか興味深い」父がうなずきながら言う。「あの公園はもっと見てみたいね。最近、店に新しい肥料を入れたんだ。彼らは何を使ってるんだろう」

「その、街は予想したとおりでしたか?」イーサンは質問を具体的にして訊き直す。

「変わったところだとは思っていたけど――」母はそう言うと、わざと声をひそめる。「個性的なライフスタイルの実践者がこんなにいるとは思わなかったわ」

「個性的なライフスタイルの実践者?」ジェンマが訊く。「ケイティ、ご両親をウエストヴィレッジに連れていったの?」

「ううん、タイムズスクエアだけよ」なんとか平静を装う。

「背中に妖精の羽をつけた女の人がいたの。あれには驚いたわ」母が言った。

「それが男性だったら、たしかに驚きだったかもしれませんね」ジェンマが笑いながら言う。

「ピンクのタイツにチュチュでも着てれば、言うことなしだわ」

「ああ、男性も見たわよ。タイツとチュチュは着てなかったけど、羽はつけていたわ」

「あの女性は普通の人だったよ」父が口をはさむ。「ロイスは彼女を大道芸人だと思って、チップをあげようとしたんだ。それから、公園で会った男性は公園保護官で、背中にあったのは羽ではなくバックパックだ」

「フランク、あの女性は間違いなく羽をつけていたし、宙に浮かんでいたの」

「彼女は背が高かったんだ。目の錯覚だよ。だいたい、あそこには彼女よりよほど奇妙な連中がわんさといたじゃないか」

「わたしが何を見て何を見なかったかをあなたに教えてもらう必要はないわ。これ以上人をばかにするようなことを言うなら、もう口をききませんから！」母はそう言うと、腕を組んでぷいと背中を向けた。

「ええと、パンプキンパイの欲しい人は？」わたしは立ちあがって言った。魔法に気づかれずに母をテキサスに帰すことばかり考えて、何かを見た見ないで母と父が喧嘩することになるとは思ってもいなかった。魔法のせいで両親が別れるなんてことだけは、勘弁してほしい。

その後、皆がフットボールを見ている間、イーサンとわたしはいっしょに洗いものをした。

「ふたり、大丈夫だよね？」イーサンが小声で言う。声は水の音にかき消されるので、リビングルームにいる彼らに聞こえる心配はない。

「いちばん上の兄がはじめて家にガールフレンドを連れてきたときほどは、悪くないかな。でも、さっきからずっと口をきいてないわ」

「口をきかないということは、自分たちが見たものを比較することもできないってことだよ」

わたしはイーサンがすすいだ鍋を手に取り、ふきんでふいた。「まあ、そうだけど。いっそのこと、両親がふたりともイミューンだったら楽だったのに。一度にひとつの言いわけですむんだもの」苦笑しながら言う。「本当は父もイミューンなのに、本人が気づいていないだけだったりして。父ならあり得るわ。他人の身体的な特徴なんかにまったく興味のない人だから」

「サムを見たらなんて言うかな」

思わずどきりとする。「どうしよう、サムたち、母から身を隠さなきゃならないってこと知らないのよ。でも、彼には言えないわ。母のことは会社に伏せておきたいんだもの」

「ボディガードの姿はよく見かけるの?」

「ほとんどまったく」

「じゃあ、大丈夫だよ」イーサンはそう言うと、指をはじいてわたしの鼻先に泡を飛ばし、にやっとした。「心配しないで」

彼は何ごともなかったように振る舞っているが、やはりきちんと釈明しておくべきだと思った。「あの、さっき母が言ってたことだけど、あれはその、いつものイドリスの戯言にすぎないから」

「そういうことだと思ったよ」

「彼の目的がなんなのかさっぱりわからないわ、あんなふうにわたしにからんでくるなんて」

「きみを不安にさせたいんだよ」

「たしかにそれは成功したけど、でも、人のボーイフレンドがだれかもわかっていないようじゃ、あまり頭が切れるとはいえないわよね」

「放っておけばいいよ」イーサンは言った。わたしの目を見なかったのが、グラスをすすぐのに忙しかったせいか、それとも何か別の理由があるからかは定かでない。

リビングルームから母の声が聞こえた。「本当にノームがいたのよ。花壇の手入れをしていたの。間違いないわ。この目で見たんだもの」口をきかないといった本人がいちばんよくしゃべっている。

わたしはうめき声をあげた。「お願い、一杯飲ませて」イーサンがいま洗ったばかりのグラスに水道の水を注いで渡してくれる。長い週末になりそうだ。

　翌朝になっても父と母は仲直りしておらず、母は買いものに行って父のお金を使うのだと息巻いた。母とわたしは早朝からアップタウンへ繰り出し、五番街とマディソン・アベニューでウインドウショッピングをした。説明を要するようなものが現れないか気が気でなく、とてもショーウインドウをのぞいている余裕などないが、幸い、いまのところ取り立てて奇妙なものは目にしていない。魔法界には、一年で最大のセール日には街へ出てこないという分別があるようだ。普通はそれでほっとできるはずなのだが、わたしにはまだ、母の相手をするという仕事がある。彼女といっしょに出かけて、くつろげたためしはない。

　母にせがまれてティファニーの前で写真を撮ったあと、数ブロック歩いてブルーミングデールズへ行った。婦人服売り場に到着するなり、母はため息をつく。「ねえ、見て。隣町のウォールマートなんて問題にならないわね」

「たしかにね」

「あなたに何か買ってあげるわ。もう少し都会的な格好をしなきゃだめよ」

「ママ！」わたしは抗議の声をあげたが、母がそう言うのもしかたがないとは思う。ジェンマの熱心な指導にもかかわらず、わたしのワードローブは実用主義一辺倒のいまひとつ垢抜けないスカートやブラウスばかりだし、靴も仕事に履いていける無難なパンプスしかもっていない。

「早めのクリスマスプレゼントだと思えばいいじゃない。イーサンとのデートに着ていける素敵な服を買いましょう。彼のことはとても気に入ったわ」

「わたしも気に入ってるわ」

「そうでしょうとも。ベンツを運転する弁護士で、恋人の両親を空港まで迎えにいくような優しさがあって、しかも皿洗いをやってくれる男性なんて、そうお目にかかれるもんじゃないわ。いい、しっかり捕まえとくのよ」

母はラックから洒落たスーツを一着取り出した。「これはどう?」

「スーツは必要ないわ。会社にも着ていかないし、デートにスーツは着たくないもの」

「ん〜」母はラックとラックの間を縫うように歩いていく。「これ、似合うんじゃないかしら」そう言って、タイトな黒のベルベットのドレスを差し出した。「どうやら大晦日のデートはほぼ確定したようだから、着るものが必要でしょ。これなら、会社のフォーマルなパーティにも着られるじゃない?」

ドレスはたしかに素敵だった。でも、ベルベットがわたしのライフスタイルにどれほど合うかはわからない。「大晦日にデートがある保証はないわ。あったとしても、ベルベットを着るようなところに行くかどうかわからないし」

「念のために用意しておきなさい。さあ、試着して、ほら!」

母は試着室の前までついてきて、わたしが着がえるのを待っている。ドレスはジャストサイズだった。ウエストにぴったりとフィットし、ヒップを優しく覆って、流れるようなシルエットがほぼひざの辺りで終わっている。これを着てデートに現れたわたしを見たときのイーサンの顔が目に浮かぶようだ。母にお金を出させるのは気が引けたが、このドレスは逃したくない。

「まだなの？　はやく見せて」試着室の外で母の声がした。

わたしは試着室から出て、くるっと一回転して見せた。母はうなずく。「決まりね。買いましょう。払うのはあなたのパパよ。目の錯覚だなんて冗談じゃないわ！」

母が支払いを済ませたところで、ふいにひらめいた。「ねえ、来て。見せたいものがあるの」そう言って、母をエスカレーターの方へ連れていく。目指すのは、おそらくニューヨークのどんな観光スポットよりも母の度肝を抜くに違いない場所——そう、デザイナーシューズ売り場だ。この場所を文字どおり崇拝するジェンマほどでないにしても、かなりの衝撃を受けるはず。

「デザイナーもののフロアよ」高級ブティックの前を通りながら小声で言う。

「サリー伯母さんがこれを見たら、死んで天国に来たと思うでしょうね」母も同じように声をひそめる。

「そして、ここが靴売り場。どう、すごいでしょ？」

ジェンマのように恍惚の表情で靴を手に取りこそしないものの、母は予想どおり目の前の光景に息を呑んでいる。ここを眺めて歩くのは、ちょっとした美術館を訪れるのと変わらない体験なのだ。

わたしは母の手をつかんだ。「見せたい靴があるの。二週間前にジェンマと見つけたんだけど——」そう言って、赤いピンヒールが展示されている場所へと向かう。

ふたたび目にしたとたん、わたしはその靴が自分のためにあることを確信した。

10

「これ、買うわ」母にというより、自分に言い聞かせるようにつぶやいた。「やっぱり素敵だもの」

「そりゃあ素敵だけど、あなたにはちょっと派手すぎない？」

「もっと都会的に華やかにしなさいってママが言ったのよ」

店員が近づいてきて言った。「何かお探しですか？」

「これのサイズ七を試したいんですけど」そう言って赤い靴を見せる。

「少々お待ちください」

母は見本の靴をわたしの手から取り裏返すと、息を呑んだ。「ちょっとケイティ、すごい値段よ。これ一足で全身のコーディネートができるわ」

「試すだけよ」そばにあった椅子に腰をおろし、ローファーを脱ぐ。「それにこのての靴にしては決して高くないわ。マノロやジミー・チュウに比べたら半分の値段よ」

店員が箱を手に戻ってきて、足もとにひざまずく。彼が艶やかな赤いパンプスを片方の足にすっと履かせたとき、シンデレラの気持ちがわかった。全身にパワーがみなぎり、世界じゅうの男を虜にできるような気分になる。「わぁ」わたしは思わず、ため息とも感嘆ともつかない声をもらした。

「履き心地はいかがですか？」しゃがんだまま訊く店員の目に、一瞬興奮の色が浮かんだように見えた。ひょっとしたら、彼は足フェチで、毎日女性の足に美しい靴を履かせることのできる理想の仕事を手に入れた幸運な男なのかもしれない。

慎重に立ちあがる。慣れない高さの細いヒールに少しぐらついた。バランスを取り、そっと歩き出すと、自然にスーパーモデルのような歩き方になった。売り場じゅうの人が振り返ってわたしを見ているような気がする。体験したことのない高揚感だ。

「これ、買うことにしたわ」母と店員がいるところまで戻ると、わたしは言った。

「でも、その靴にどんな服を合わせるの？」母が訊く。「赤は着られないわよ。色味が違えばちぐはぐだし、合えば合ったであまりに真っ赤っかだもの」

「この靴を主役にするのよ。ドレスはシンプルなものにして靴を引き立てるの」ジェンマの理論を拝借する。いまなら彼女の言うことがよくわかる。アドバイスを聞き入れて、最初に見たときに買っておけばよかった。そうすれば、いろんなことがもっとずっとうまくいっていたような気がする。

母は同じようなタイプのシンプルな黒を手に取った。「これはどう？　これならもっと応用が利くわ。なんにでも合うし、そんなに人目も引かないし。『ケイティったらまたあの赤い靴を履いてる』なんて言われたくないでしょう？」

「いいわよ。そうしたら、わたしのトレードマークってことにするもの」

母は首を振る。「でも、それはあなたっぽくないわよ。それじゃあ、ほかの人のトレードマークを身につけてるみたいだわ」

わたしは両手を腰に当てる。「どうしてわたしっぽくないの？　ママがわたしを知らないだけかもしれないじゃない。それに、たとえそうでも、この靴に合うようなわたしに変われるかもしれないわ」店員の方を振り返ると、われ関せずという顔をしている。靴売り場では、この手の言い合いはよくあることなのだろう。

「とてもお似合いですよ」と彼は言った。「とても人気のある靴なんです。色違いがありますが、ご覧になりますか？」

「いいえ、けっこうです。これをいただきます」鏡の前に行き、自分の姿を眺める。次のイーサンとのデートに履いていこう。彼のうっとりする顔が目に浮かぶ。デートの流れはもう決まったようなものだ。奇妙なことはいっさい起こらず、すべてが完璧に進行し、彼のアパートへ戻って、あのワインを飲む。そして、そのまま彼とはじめての、そしてわたしにとっては気が遠くなるくらい久しぶりの——考えたくもないが、大学時代に真剣につき合ったボーイフレンドと以来の——セックスをするのだ。

しかし、こんな動機を母に話すわけにはいかない。いまだに自分のひとり娘はバージンだと思っているのだから。もっとも、五年以上前にひとりの男性とたった二度ほど関係をもった程度だから、バージンも同然かもしれないけれど。この年でこんなに経験がないのは、正直いって恥ずかしい。同年齢の多くの女性たちのように、セックスを気軽にとらえられないというのもあるが、ほとんどの男性がわたしとそういうことになるのは妹に手を出すようなものだと感じるらしいことも、大きな原因のひとつだ。

でも、今日でそれも変わる。心の準備はできた——遅まきながら。腰をおろし、名残惜しさを振りきるようにパンプスを脱いで、くたびれたローファーに履きかえる。「本当にそれを買う気なの？」母が非難がましく訊いた。

「買うわ。自分で払うんだもの、何を買うのもわたしの自由よ。それに、これ、あの黒のベルベットのドレスに絶対合うわ」母に止められる前に、そして自分の気が変わる前に、急いで店員にクレジットカードを渡す。しばらく外食をやめて本屋にも行かなければ、おそらく二カ月ほどで靴代分を取り戻せるだろう。そのころにはもう何度かこの靴を履いていて、わたしの人生は劇的に変わっているに違いない。

伝票にサインをし、靴の箱が入った大きなショッピングバッグを受け取る。下りのエスカレーターに乗り、デパートの外へ出るまでに、何度もバッグのなかをのぞき込みたくなった。

「いったいどうしちゃったの、ケイティ」母が言う。「いつもあんなに実用本位だったあなたが——」

「実用一辺倒は退屈なのよ、ママ。いつもと違うことを試したい気分なの。少しワイルドになってみるのは、わたしにとっていいことかもしれないわ。まだ二十六なのに、行動も着るものもまるで中年女性みたいなんだもの。これはマンネリを打破して、新しい自分を見つけるチャンスなのよ」

母は感心と心配が入り交じったような顔でわたしを見つめる。「で、この靴がその鍵だというわけ？」

「靴がわたしに与えてくれる姿勢が、というべきかな。ちょうどドロシーのルビーの靴と同じよ。わたしの場合、家に連れ帰ってもらうんじゃなくて、家から飛び出させてもらうわけだけど」

「ま、あなたがそう思うんならそうなんでしょう」

そうよ！——と心のなかで力強く答えたものの、ふと自責の念が襲ってきた。あらためてショッピングバッグのなかをのぞき込む。わたしはいったい何をしているのだ。この靴にはまるで実用性がない。わたしがこれを履いたら、それこそハロウィンの仮装だ。田舎の女の子が大人っぽくセクシーに見せたくて背伸びしているようにしか見えないだろう。失笑を買うのがおちだ。いますぐ返品してこよう。

「ママの言うとおりよ」深いため息をついて言う。「こんな靴、履く機会なんてどう考えてもないわ」

「ああ、よかった。まあ、そのうち気づくだろうとは思ってたけど」

店に戻るために方向転換したとたん、思わず声をあげそうになった。空中でホバリングするガーゴイルと危うく正面衝突しそうになったのだ。わたしたちが突然きびすを返したので、護衛部隊は不意をつかれたらしく、このガーゴイルだけ隠れ損ねてしまったようだ。もっとも、母が免疫者《イミューン》であることにはまだ気づいていないはずなので、そもそも姿を隠す必要性を感じていなかったのかもしれない。

わたしは母の肩をつかんでくるっと半回転し、逆の方向に向かって歩き出した。「やっぱり、こんなにすぐに戻ったんじゃ、頭の変な客だと思われるわ。少しウインドウショッピングでもして時間をつぶしてから戻りましょうよ」

歩きながら、そっと後ろを振り返り、姿を隠すよう合図を送ろうとしたが、すでにガーゴイルの姿はなかった。

「いまの見た？」気がつくと、母も同じように後ろを振り返っていた。

「見たって、何を？」母を引っ張るようにして歩き続ける。

「なんか変なものが飛んでたわ」

「そういえば、子どもがヘリウム風船をもってたわね。今日は露天商がたくさん出てるから」

母はもう一度後ろを見る。「いいえ、ひもはついてなかったわ」

振り返ってみたが、やはりガーゴイルの姿は見えない。こちらの様子を察して、どこかに隠れているのだろう。護衛部隊についてサムにひとこと言わなければ。あのガーゴイルはちょっとばかり動きが鈍い。「もう何も見えないわ」角を曲がりながら言う。

「ねえ、ケイティ、それ、返してきちゃいましょう。あとでわざわざ戻るのも面倒だし」

ショッピングバッグのなかをのぞき込み、箱のふたを少しだけ開けてみる。赤いピンヒールがちらっと見えた。「やっぱりやめた。返品はしないわ。こんなに美しい靴、いままでもったことないもの」

母はやれやれというように首を振る。「どうぞご自由に。ただし、今日はもう、これ以上のむだ遣いはだめよ」

「もう買いたいものはないわ」

「それじゃあ、お昼にしましょう。映画に出てくるようなデリに行きたいの」

この界隈にはあまり詳しくないが、マンハッタンは石を投げればデリに当たると言っていいくらいだから、ランチの場所を見つけるのは難しいことではない。最初に入ったデリで、すぐに座ることができた。今日みたいな日のお昼時に席があるのだから味の方は期待できないかもしれないが、店を探して歩き回る気分ではなかったので、そこで食べることにした。コーンビーフサンドイッチでも頼んでおけば、さほど大きな失敗はないだろう。母がメニューを見ている間、わたしはあらためて赤いハイヒールを履いた自分を思い描いた。

「こんなに高くちゃ、頼む気になれるのはサンドイッチぐらいね。でも、それで足りるかしら」

「十分足りるわ。きっとふたりで一人前でもいいぐらいよ。この辺りはどこも、すごくボリュームのあるサンドイッチを出すの」

「ん〜、それとも、このマツァボールスープっていうのにしてみようかしら。これってどういうの？」

「そうね、大きなダンプリング（小麦粉を練った団子）の入ったチキンスープみたいなものかな」

「まあ」母は顔をしかめ、あらためてメニューを見直す。そしてふたたび顔をあげると、まばたきした。「あれ、あなたのお友達じゃない？」

母が指さす方を見る。「どこ?」

「あそこで壁に寄りかかってる人」

デリの入口付近は混み合っていて、壁に寄りかかっている人を探すのも、それが知り合いかどうかを判別するのも容易ではない。と思っていたら、背の高い痩せた男が人混みのなかから現れて、こちらに向かって歩いてきた——独善的な薄ら笑いを浮かべて。「ああ、彼ね。お友達ではないんだけど……」

いつもすべてに関して正しいオーウェンだが、今回だけは間違っていたようだ。イドリスのねらいはオーウェンではない。彼は明らかにわたしを標的にしている。もしオーウェンが目的なら、いまごろハドソン川上流のどこかの村で、里親を訪ねている彼の週末を台無しにしていたはずだ。もっとも、里親について語ったときのオーウェンの口調を考えれば、彼はわたしと違って、邪魔者の介入をそれほど迷惑に思わないような気もするけれど。

わたしがにらみつけるのもおかまいなしに、イドリスはテーブルまで来ると、椅子を引き、勝手に腰をおろした。「いっしょにいいかい。席が空くのを待ってたら日が暮れちまいそうなんでね」

さすがのエミリー・ポスト(アメリカで多くのエチケット本を出している礼儀作法の権威)も想定していない状況だ。母親と昼食を取っているテーブルに不倶戴天の敵が勝手に同席してきた場合、どう対処すればよいのか。しかも、母親には自分に不倶戴天の敵がいるということ自体知られたくないのだ。思いつく唯一の答は、ひたすら平気な顔で対応し続けることだ。へたな抵抗を試みるより、おそらく彼にはそれがいちばん効き目があるだろう。わたしたちふたりには魔法が効かないわけだし、これだけ人がいるところでは物理的に危害を加えることもできないはずだ。

「どうぞ」青酸カリ入りのとびきり甘い笑顔をつくる。「ママ、こちらはフェラン・イドリス。覚えてるわよね。先日会ったときは紹介しそびれてしまったけど、仕事関連の知り合いなの」これはある意味本当のことだ。「ミスター・イドリス、こちらはわたしの母、ミセス・チャンドラーです」

「あ……どうも」イドリスは急にそわそわしはじめた。正式なマナーに明らかにたじろいでいる。心のなかで思わずガッツポーズをする。こんなことなら、有閑マダムが集うようなとびきり気取ったレストランに入っておくんだった。母は眉をひそめている。この若者、あまりきちんとした家庭の出ではないわね――わたしに読心力があれば、そんな台詞が聞こえていたに違いない。

わたしはハイソなお茶会の主催者のように振る舞い続けた。オーウェンみたいに魔法で打ち負かすことはできなくても、うんざりするほど南部の淑女《サザンベル》攻撃を食らわすことならできる。

「今日はどうなさったの？　クリスマス用のショッピングかしら」

イドリスは座ったままもぞもぞと動く。「ああ、いや、ええと……」大人だけの食事の席にはじめて連れてこられた六歳児みたいだ。マーリンを指揮官の座に呼び戻し、ＭＳＩが総力をあげて対抗しようとしている相手とはとても思えない。どう見ても、誇大妄想に取り憑かれたただの変人ではないか。

ウエイトレスが注文を取りにやってきた。母とわたしはそれぞれランチを注文し、イドリスはコーヒーをオーダーした。「伝票はひとつでけっこうです」ウエイトレスにそう言ってから、イドリスの方に向き直り、最高に甘ったるい南部なまりで言う。「ごちそうしていただけるなんて恐縮だわ。あのワイナリーのような法人顧客もついて、最近はずいぶん調子がよさそうね」イドリスが言葉を探して口をぱくぱくさせているうちに、ウエイトレスは行ってしまった。動転しているところを見ると、どうやらワイナリーが使っていた魔術の出どころについての推理は正しかったようだ。イドリスが皆の分を払うなどとは端《はな》から思っていないが、彼の反応を見るのは面白かった。これで自分のコーヒー代すら払わずに逃げ出せば、彼に対する母の評価はますます下がるだろう。ニューヨーク滞在中に出会った男性のなかで、母がわたしの結婚相手として検討しなかった唯一の人物となるのは間違いない。

コーヒーが運ばれてきたころには、なんとか気を取り直したらしく、イドリスの顔からヘッドライトに照らされた鹿のような表情は消え、いつもの薄ら笑いが戻っていた。「ボーイフレンドなしでショッピングとは、ずいぶん度胸があるじゃねえか」

わたしが答えるよりはやく、母が食ってかかった。「まーあ、ご冗談を！」わたしのさらに上をいく、べったべたの南部なまりだ。「ボーイフレンドなんか連れてくるもんですか。今日は女同士のお出かけなんですからね！」

いけ、ママ！　イドリスの顔を見れば、これが彼の想定していたリアクションでないのは明らかだ。もっとも、彼がそもそもどういうつもりでここにいるのかはわからない。いまのところ、ただわたしを不安にさせるための嫌がらせにすぎないように見える。だとしたら、思いどおりにはさせない。「そうよ。今日は久しぶりの外出なの。ここのところやけに仕事が忙しくて」そう言って、彼の反応を見る。

「すぐにもっともっと忙しくなるから、音をあげないよう、いまのうちに、せ、い、ぜ、い、休んどくといいぜ」きわめて単純なセンテンスに少しでも重みをもたせようとしているのか、イドリスは大げさなくらいもったいをつけて言った。どうせなら、マントを翻して「ムワッハッハッハ！」とでも言った方が、脅しとしては効果があっただろうに。彼がなんの話をしているのかはさっぱりわからないが、どうもやはり、ただこちらを混乱させようとしているだけのような気がする。

「うちのケイティはどんなに忙しくなったって音をあげやしないわよ」母が言った。「この子はやることはやるの。甘く見てもらっちゃ困るわ」わたしは驚いて母の方を見た。あの母がわたしのことを手放しで褒めている。なんだかイドリスに借りができたような気分だ。

ウエイトレスがサンドイッチとマツァボールスープをもってきた。母はさっそくスプーンを手にしたが、突然金切り声をあげてスープ皿を押しやった。「どうしたの、ママ？」横でイドリスがにやりとする。

母は言葉も出ないようで——母の場合、これはただごとではない——、顔をこわばらせ、スプーンでスープ皿を指している。皿をのぞいてみたが、特に異状はない。「これがマツァボールなのよ、ママ。ごめん、説明が足りなかったわね。うちの方のダンプリングとはちょっと違うの」

「こっちのはまばたきもするわけ？」

イドリスがくすくす笑い出す。彼をにらみつけたとき、視界の隅でたしかにマツァボールがまばたきするのがわかった。というか、それらはマツァボールではなく、目玉《アイボール》そのものだった。わたしは母に負けず劣らず大きな悲鳴をあげた。母とわたしに目玉が見えるということは、それらは単なるめくらまし《イリュージョン》ではない。本物の目玉がスープのなかに浮いているということだ。もう二度とマツァボールスープを食べる気にはなれないだろう。

ウエイトレスがやってきた。悲鳴が聞こえたのだろう。「コーヒーのおかわりはいかがですか？」いや、違ったらしい。たぶん、ニューヨーカーらしく他人の悲鳴など耳に入らなかったか、イドリスがこのテーブルでの出来事をほかの客や店員に見えないようにしているかのいずれかだろう。後者だったら、イドリスもなかなかの心遣いをしたものだが、母に仕掛けた悪戯《いたずら》でせっかくの善行も帳消しだ。

「スープが彼女の考えていたものと違ったようなんです」スープのなかの目玉と目が合わないようにしながら、ウエイトレスに皿を渡す。「ごく普通のチキンヌードルスープか何かありますか？」

ウエイトレスは怪訝そうにスープをのぞき込み、何が気に入らないのかわからないという顔をした。母は相変わらず青い顔で硬直している。マツァボールスープに対する興味は完全に失せたに違いない。

イドリスはくすくす笑いをやめない。怒鳴りつけてやりたかったが、そうすれば目玉の一件が彼の——すなわち魔法の——仕業だということを母に明かすことになってしまう。幸い、母はわたしの助けなど必要としていなかった。「ちょっとあなた、笑うなんて失礼よ。こちらではマナーというものを教えないのかしら。ケイティ、いったいどういう基準でお友達を選んでるの？」

「だから友達じゃないんだってば」ぼそぼそとつぶやきながら、いつでもイドリスのくるぶしを蹴りつけられる位置に片足を置くと、自分のサンドイッチを母の方に押し出して言った。「とりあえず、これを食べてて。あのスープは、ママにはちょっとエキゾチックすぎたわね」

素直に従ったところを見ると、よほど気が動転しているらしい。いつもなら、自ら飢えを選ぶ悲劇の殉教者を——さかんに減らず口をたたきながら——演じ通すところなのに。どうやら、マツァボールスープには本当に目玉を使うのだと信じているようだ。テキサスに帰って皆に言いふらす様子が目に浮かぶ。

母はまるでそれがモーと鳴き出すのを警戒するかのように、こわごわコーンビーフサンドイッチにかぶりつく。どうなるかと息を呑んで見ていたが、彼の次なる悪ふざけは食べものと関係ないことがすぐにわかった。デリにいたほかの客たちが、ひとり、またひとりと立ちあがり、コーラスラインを形成していく。やがて、ザ・ロケッツ（ニューヨークに拠点を置く有名なラインダンスカンパニー）顔負けの一糸乱れぬ正確さでラインダンスが始まった。年配の女性、太鼓腹の中年男性、十代の女の子——お昼時のミッドタウンのデリで見かけるありとあらゆる種類の人たちが、至極当然といった顔でタップを踏み、床の上をシャッフルしていく。

しばし唖然としてその様子に見入っていたが、ふとわれに返り、そっと母の方をうかがう。今度こそ本当に正気を失っていてもおかしくない――もともと彼女は境界線からそう遠くないところにいる。ところが、母はこの即興のコーラスラインを目を輝かせて見つめていた。わたしはふたたびダンサーたちの方を見た。このナンバーの最後にあるはずのハイキックのことが頭に浮かび、ふと心配になる。彼らの大半は、そんなことをしたら一発でぎっくり腰になりそうな人たちだ。

奇妙なのは、音楽はいっさい流れていないにもかかわらず、客たちの踊りに合わせて例の小気味よい旋律が聞こえてくるような気がすることだ。テーブルの下で足がひとりでにタップを踏みはじめてしまう。わたしは椅子の脚に足首をからめて、コーラスラインに加わりたい衝動を懸命に抑えた。

これがイドリスの仕業であることに疑いの余地はない。以前彼が売り出そうとした他人を思いどおりに操る魔術にきわめてよく似ている。オーウェンとジェイクがテストしたやつだ。ワインディナーで使われたのも、おそらくこれだろう。バスビー・バークリー（ミュージカル映画の伝説的振付師・監督）ふうのフォーメーションを形成していくダンサーたちから目を離し――天井から見たらさぞかしみごとだろう――イドリスの方をうかがうと、彼は青白い顔から汗をしたたらせながらも、母以上にショーを楽しんでいるようだった。彼が指を動かすと、それに合わせてフォーメーションが変わる。あとは、店の真ん中に水を高々と噴きあげる噴水か、踊り子たちがおりてくる巨大な階段でも現れれば、言うことなしだ。

トレイに料理を満載して厨房から出てきたウエイトレスが、ぎょっとして立ち止まる。イドリスがわたしの顔を見てにっと笑う。意外なことに、いつもの皮肉たっぷりの冷笑でも、脅しをかけるような薄笑いでもない。「見てろよ!」彼がそう言うと、ウエイトレスのもっていたトレイが一瞬にして羽扇に変わり、彼女は扇を胸の前で揺らしながら驚くほど優雅な動きでダンサーたちの間を縫うように歩きはじめた。

イドリスは楽しそうに笑い声をあげる。「いいぞ、次はこうだ!」まもなく、厨房からダンスに合わせて調理器具を打ち鳴らす音が聞こえてきた。「すげえだろ?」新しいおもちゃを手にした子どものような顔をしている。「あいつらも踊らせようぜ」厨房からコックたちが鍋やフライパンをたたきながら出てきた。

イドリスは例の魔術をかなり改善したようだ。当初のバージョンよりずいぶん効きがいいように見える。母にあっと驚く仕掛けを披露して魔法の存在を事実として突きつけるのを、あるいはそうしないことを条件にMSIを辞めるよう脅迫してくるのを、恐々として待ちかまえているのだが、彼は自作のミュージカルに演出を加えていくのに夢中でいっこうにそうした素振りを見せない。

なるほど、そうなのか——わたしはあることに気がついた。われらが大悪党は、かなり重症な注意欠陥障害《ADD》なのだ。彼の注意力は、興奮時のよちよち歩きの子どもとなんら変わらない。ほかに面白そうなものを見つけるとすぐにそちらに気を取られてしまうため、ひとつの悪事に集中していられないのだ。真に恐れるべきなのは、イドリスが世界を乗っ取ることではない。彼が興味の赴くまま好き勝手に遊んでいるうちに引き起こされる混乱の方だ。

イドリスはついに汗びっしょりになってテーブルの上に突っ伏した。すると客たちも、ダンスをやめてそれぞれの席に戻り、こめかみをもみながら椅子にへたり込む。ウエイトレスの扇はふたたびトレイに変わり、彼女はそれをつかみ損ねてスープ皿が床に落ちた。ウエイトレスは、そのまま近くの椅子にくずれるように腰をおろす。コックたちも同じような状態だ。以前、イドリスの魔術をテストした際、オーウェンはひどい頭痛に見舞われた。あのとき彼が魔術をかけられていたのはほんの数秒間だ。この人たちのいまの状態を思うとぞっとする。

この事態をどう説明すべきか必死に考えていると、母が立ちあがって拍手を始めた。「ブラボー！ 素晴らしかったわ、ありがとう！」客たちは皆、怪訝そうに母を一瞥すると、ふたたびこめかみをもみはじめる。母は満面に笑みを浮かべたたまま腰をおろした。「ほんとに映画と同じだわ！」

わたしは信じられない思いで母を見つめた。店じゅうの人が突然踊り出したというのに、なんの異状も感じていないのだろうか。まあ、たしかに、母のもつニューヨークのイメージの大部分はテレビと映画によってつくられたものだし、彼女は古いミュージカル映画のファンでもある。公共の場所で人々がダンスを踊るというのは、母にとってそれほどショッキングな光景ではなかったのかもしれない。

「ブロードウェイのダンサーをこれだけ雇っておくのは大変でしょうね」母は続ける。「でも、レストランでこうしたショーが楽しめるのはとても素敵だわ」ああ、そういうことか。少しほっとした。ニューヨークでは人々が突然、自発的にダンスを始めるものだと本気で信じていたら、どうしようかと思った。ウエイターたちが歌ったり踊ったりするレストランはたしかに存在する。ここもそうした店のひとつだと思ってくれたのなら、それにこしたことはない。

イドリスが新たなアイデアを思いつく前に、さっさと店を出ることにした。母が横にいるときに、『恋人たちの予感』のあの悪名高いデリの場面なんかを再現されたら、たまったものではない。ハンドバッグとショッピングバッグをもつと、食べずじまいのランチとイドリスのコーヒー、そして素晴らしいダンスを見せたウエイトレスへのチップを払えるだけのお金をテーブルに置いて、母の腕をつかんだ。「ショーも終わったことだし、行きましょう。食事の方はいまひとつだから」

「お友達はどうするの？」明らかに具合の悪そうなイドリスをちらりと見て母が訊く。

「関係ないわ。だいたい友達じゃないし」体力の消耗が激しい、オーウェンいわく稚拙な設計の魔術で悪ふざけをしたあげく、調子に乗りすぎて勝手にダウンしたのだから、まさに自業自得だ。回復してもっと深刻な危害を加えられる前に、さっさと彼から離れた方がいい。

「あの青年にはちょっと妙なところがあるわね」デリを出ると、母が思わせぶりな口調でささやいた。「わたしが思うに、あれは朝からかなり飲んでたはずよ」そう言って、口もとでグラスを空ける仕草をしてみせる。「メイヴィス・アルトンがそうだったもの。教会で開かれる昼食会にいつもあんな感じで現れてたの。彼女が朝からちびちびやってるのは周知のことだったわ。あの青年には、たぶん問題があるわね。少なくともメイヴィスはそうだった。結局、治療のために保養地でひと月過ごすことになったんだから」

「彼に問題があるっていうのは、たしかだわね」わたしは言った。リタリン（ＡＤＤの症状を抑える薬）を服用させるという手もあるが、それが世の中にとって吉と出るか凶と出るかは微妙なところだ。


午後遅くアパートに戻ったとき、父はジェンマ、マルシア、ジェフ、フィリップの四人とコーヒーを飲んでいた。部屋に入るなり、父の笑い声が聞こえた。ジェンマとマルシアが父に何を話したかは知らないが、親向けにある程度内容を編集してくれていることを祈る。まあ、ことわたしに関しては、それほど編集が必要になるエピソードはないはずだけれど。でもこれからは、必ずしもそうではなくなる。

「クリスマス用の買いものを済ませてきたわ」両腕に抱えていた買いもの袋を床におろしながら母が言った。「息子夫婦と孫たちとわたしの妹たちへのプレゼントはすべて買ったわよ。あなたの側の親戚の分は自分で用意してちょうだいね」

父はコーヒーをひと口すすり、しばし味わい、ゆっくり飲み込むと、ようやく言った。「どうやら口をきいてくれるようだな」

「あなたのお金を使うことには癒しの効果があるみたい。それに、とても楽しいランチタイムを過ごしたの」わたしにとっては楽しいとはほど遠い時間だったが、母がそう感じたのなら何も言うまい。

「ケイティは何か買ったの?」ジェンマが訊く。

「まあね」わたしはブルーミングデールズの袋から仰々しい仕草で靴の箱を引っ張り出す。

「それって、まさか——」

「そのまさか」ふたを開けてなかを見せる。

「うっそー!」ジェンマは甲高い声をあげた。「すごいじゃない、ほんとに買ったのね!」

マルシアが身を乗り出す。「見せて」

わたしは箱から片方の靴を取り出し、目の高さに掲げた。「どう、素敵でしょ?」

「ん〜」マルシアは感嘆のため息をもらす。「ねえ、履いてみせてよ」

母はあきれたというように目玉を回すと、コートを脱いでソファのアームにかけた。「まったく、この娘《こ》たちときたら——。ケイティ、靴を見せびらかすんなら、ついでに新しいドレスも披露してあげなさいな」そう言ってから、父の方を向く。「ケイティに早めのクリスマスプレゼントを買ってあげたの」

ジェンマがわたしをベッドルームの方へ追い立てる。「ほら、はやく全部見せて」

ベッドルームへ行ってドアを閉め、ドレスに着がえてから、最後に赤いハイヒールに足を滑り入れる。はじめて履いたときと同じように、パワーがみなぎってくるのを感じた。実用主義にむりやりふたをしたのは正解だった。

リビングルームに戻る前に、ベッドルームのドアについている姿見で全身を映してみる。自分が自分でないみたいだ。鏡のなかのわたしはとても大人っぽく、都会的に見える。セクシーとさえいえるかもしれない。わたしにはほぼ無縁だった言葉だ。ひとつ大きく深呼吸して、ドアを開けた。

ジェフが低く口笛を鳴らす。フィリップは目を大きく見開いて、ゆっくりと椅子から立ちあがった。男性からこんな顔で見つめられたことはいまだかつて一度もない。ジェンマは感嘆の声をあげ、マルシアは感心したように首を左右に振った。父はごくりと息を吞むと、ひとことぼそっと言った。「なかなかのもんだな」

母だけが冷静だった。わたしの姿をしばし見つめてから、「あなたの言うとおり、たしかにその靴はそのドレスと合うわね。組み合わせとしては悪くないわ。でもやっぱり、靴にそれだけの金額を払うなら、毎日履けるようなものにすべきだと思うわね」と言った。

「毎日履いたら特別な靴じゃなくなっちゃうわ、ミセス・チャンドラー」ジェンマが言う。そしてフィリップが依然としてわたしに見とれていることに気づき、彼の脇腹をひじ打ちした。フィリップはまばたきをし、慌てて腰をおろす。

「大晦日はイーサンに相当素敵なプランを用意してもらわないとね」マルシアが言った。「じゃなかったら、こんなケイティを拝む資格はないわ」

「その前に靴だけでも履いてみたいと思ってるの。ドレスは大晦日に取っておくとしても、次のデートにはこの靴を履いていこうかなって」

ジェンマがうなずく。「そうね。どこへ行くかによるけど、リトルブラックドレスか、黒のスカートに白いブラウスなんかと合わせるといいんじゃない?」

「どこへ行くかが事前にわかればの話だけどね」マルシアが鼻を鳴らす。

「たしかに、彼はデートプランを極秘にしたがるわね。わたしを驚かすのが楽しいみたい」

「じゃあ、うんと素敵なプランで驚かせてもらいましょうよ」とジェンマ。

ジェフが、かつて魔法のせいでわたしに夢中だったときのような目でこちらを見つめながら言った。「たとえ特別なことを考えていなかったとしても、彼女をひと目見れば気が変わるさ。自分のカノジョがこんなに素敵だったら、絶対特別な場所に連れていきたくなるはずだよ」

「同感です」フィリップがしみじみと言う。「ご婦人《レディ》がこれだけの装いをしたからには、それ相応の扱いを受ける権利がありますよ」

わたしは勝ち誇った顔で母の方を見た。男性たちからお墨つきをもらったのだ。わたしに欠けていたのはきっとこれだ。実用的かどうかばかり考えて、自分を特別な存在にする努力を怠っていたのだ。本人が自分を特別だと思わなくて、だれが思ってくれるだろう。

実際、わたしは十分に特別な存在だ。魔法に対する免疫という、非常にめずらしい特性をもっているのだから。そのおかげで、重要な仕事を手に入れることもできた。たまにはこのぐらい着飾っても罰は当たらないだろう。

母はため息をつき、首を振る。「レディはたとえどんな格好をしていてもレディであることに変わりないわ」そう言ってキッチンへ行くと、冷蔵庫から清涼飲料水の缶を取り出した。

「レディが美しく着飾ると、同伴する男性は自分に対する賛辞と受け止めるものです。それだけ自分を評価してくれているのだと」フィリップが反論する。驚いた。彼がこれだけしゃべるなんてめずらしい。ふだんあまりに無口なので、カエルでいた月日が長すぎて人間としてのコミュニケーションの仕方を忘れてしまったのではないかとなかば疑っていたくらいだ。ジェンマには、特に気づいている様子も、気にしている様子もないけれど。

「彼の言うとおりだ」父が言った。「自分の娘にそうけちばかりつけるもんじゃない。ドレスも靴もよく似合ってる。ケイティはもう大人なんだ。だいたい、きみが夢見てやまない結婚式を実現させるには、ケイティはそれなりに着飾って男にアピールする必要がある」

父がわたしの味方になってくれたのはうれしいが、着飾らなければ男を射止められないというニュアンスはどうも気にくわない。まあ、たしかに、わたしのこれまでの男性経歴はお世辞にも華やかだったとはいえないけれど。

「はい、ファッションショーはこれで終了。シンデレラに戻る時間よ」わたしはそう言って、ベッドルームに入りドアを閉めた。最後にもう一度だけ鏡に映った自分の姿を堪能する。「鏡よ鏡、この世でいちばんホットなのはだあれ?」小さな声でそう言ってから、ドレスを脱いでハンガーにかけ、セーターを着た。最後に赤いハイヒールを脱ぎ、ジーンズをはく。靴は包んであった薄紙で丁寧にくるみ直し、箱に収めてクロゼットの棚にしまった。幸い、ジェンマもマルシアも靴のサイズが違う。トップスやスカートはときどき貸し借りするが、ふたりともわたしより背が高く足のサイズが大きいため、靴だけは共有できない。これまではそれが残念だったが——ジェンマは素敵な靴をたくさんもっている——、今回ばかりはラッキーに思えた。この靴はわたし専用だ。

リビングルームに戻り、「パンプキンパイはまだ残ってたっけ？」と訊いた。

「ひとつ余分につくったからあるはずよ」母が言う。

わたしが、「欲しい人は？」と訊くと、皆うなずいたり、片手をあげたりした。キッチンへ行き、コップに水を注ぐ。そして冷蔵庫からパイを取り出し、人数分を切り分け、ホイップクリームをのせて皆に配った。

キッチンカウンターのそばに立ち、水を片手にパイを頬張りながら、皆の会話を聞くともなく聞いている。そこに父と母がいることがうれしかった。さんざん気をもんだけれど、やはり来てくれてよかった。

「それで、明日はどこへ連れていってくれるの、ケイティ？」ふいに声をかけられて、われに返る。母が皿をもってキッチンにやってきた。

「何か見たいものはある？」

「あなたの職場を見てみたいの」わたしが異議を唱える前に、母はちょっと待ちなさいと片手をあげる。「オフィスのなかに入れないのはわかってるわ。土曜日でもあるし。でもせめて建物だけでも見たいの。そしたら、あなたから仕事の話を聞くとき、場所を思い浮かべることができるでしょう？」

「いいアイデアだわ」マルシアが言う。「たしかシティホールの近くだったわよね、ケイティ？」

「ええ、ウールワースビルも近いわ」

「よし、じゃあ、明日はダウンタウン観光よ」ジェンマが言った。「皆で行きましょう。わたしたちだってまだケイティの会社を見てないんだもの」

「土曜日は比較的人も少ないはずよ」とマルシア。「ウォール街で証券取引所を見て、バッテリー・パークにも行きましょうよ」

もはやそうするしかないようだ。皆でダウンタウンへ繰り出してわたしの会社を見るという案を却下できるだけの、もっともな理由は何もない。少なくとも、皆に説明できるもっともな理由は。そのかわり、明かせない理由なら山ほどある。まず、オフィスビルがあるのは地図に載っていない通りだということ。それから、建物が周囲の街並みにまったく調和していないということ。MSIの社屋はまさに、ロウアーマンハッタンに突如出現した中世の城だ。これだけでも、友人や家族を連れて会社見学をしたくない十分な理由となるが、さらに、守衛が口をきくガーゴイルときている。サムが週末、教会の方でアルバイトしていることを祈るしかない。お小遣い稼ぎにセントパトリック教会でほかのガーゴイルの穴埋めでもしていてくれれば助かるのだけれど。

「それじゃ、明日はダウンタウンね」精いっぱい明るい声で言っておく。隠しごとをしていると思われたら、それこそ厄介だ。わざわざ増やさなくても、厄介な問題はすでに十分すぎるほど抱えている。ああ、どうか、イドリスの土曜日のスケジュールが、わたしをストーキングする必要がないだけ詰まっていますように――。

翌朝、ジェンマとマルシアとわたしは両親をホテルまで迎えにいき、市営バスでダウンタウンへ向かった。バスはジェンマのアイデアだ。移りゆく街並みを楽しむには地下鉄よりバスの方が断然いい。ウールワースビルの前でバスを降り、正面入口から豪奢なロビーをのぞき見る。

「あなたの会社はどこ?」母が訊く。「たしかこの近くなんでしょ?」

その気になれば、ここからでも見えるのだが、避けがたきをできるだけ先延ばしすべく、悪あがきを試みる。「見るべきものを全部見てから、また戻ってきましょうよ」

金融街に入ってからは、マルシアにガイドを任せた。ここは彼女の領域だ。マルシアが通りに並ぶビルについて次々にうんちくを述べる間、わたしは魔法の関わりを疑わせるような現象が見当たらないか目を光らせた。魔法の存在を知る前、この辺りは奇妙な光景を目撃することが特に多い場所だった。魔法界の住人の多くが働くMSIの本社がすぐ近くにあるのだから、当然といえば当然だ。幸い、連休中は皆、この界隈に出てきていないらしい。羽のついた生き物も、動くはずのないものが動いていたり、だれかが虚空からものを出したり消したりしているといった類の光景も、いっさい見当たらない。考えてみると、この街へ来て以来、今日ほど普通のニューヨークは見たことがないかもしれない。

グラウンドゼロに立ち寄ってから、バッテリー・パークまでいっきに下って、公園から海の向こうにそびえる自由の女神を眺める。そのままマルシアの先導でウォール街へ行き、証券取引所の前で記念写真を撮った。サウス・ストリート・シーポートに到着したときには、ランチタイムになっていた。

皆歩き疲れたのか、会話は途切れていた。この調子でいけば、奇妙な社屋を披露してもあれこれ質問されずにすむかもしれない。いっそのこと、このまま地下鉄に乗って帰ろうと言い出してはくれないだろうか。

昼食のあと、わたしが先頭になり、シティホールの方へ向かった。社屋の小塔が見えてきて、思わず固唾を呑む。わたしが見えるということは、母にも見えるということだ。ただ、ほかの面々の目にどう映るのかはわからない。母の見たものが目の錯覚か否かを巡って、またもや夫婦喧嘩が始まったらどうしよう。

「あれはまた、ずいぶん変わった建物だな」父が言った。

「え、どれ?」平静を装うためとはいえ、さすがにちょっとわざとらしかったか。

「あの城みたいな建物だよ」

「ああ、あれ、実は何を隠そう、あれがうちの会社なの」

「こんな建物がここにあったなんて知らなかったわ」マルシアが顔をしかめる。「この辺りは何百回も来てるはずなのに、全然気づかなかった」

「通勤時ってすごく視野が狭くなるっていうからね。わたしも面接に来るまで、まったく気づかなかったの」

近づくにつれ、建物の全貌が見えてきた。幸い、サムは非番のようだ。正面玄関の日よけのうえに異様な生き物の姿はない。

「これに気づかなかったなんて、信じられないわ」マルシアは相変わらず顔をしかめたまま首を振った。

ジェンマはバッグのなかからガイドブックを取り出す。「絶対載ってるはずよ。これだけ変わった建物なんだもの。きっとビクトリア朝時代のゴシックリバイバルね」

一日じゅうページをめくり続けても決して見つからないことはわかっていたが、わたしは何も言わなかった。

彼らが立ち止まってじっくり見はじめないよう、建物の前まで来てもスピードを緩めず歩き続ける。「はい、これがわたしの会社。じゃ、行きましょうか。地下鉄の駅は公園の向こう側よ」

皆はわたしの言葉を完全に無視して立ち止まると、正面玄関の横の社章に描かれたロゴをじっくりと眺めはじめた。「MSIっていうのはなんの略だ?」父が訊く。

わたしは肩をすくめた。「さあ、特に意味はないんじゃないかしら。昔はどうか知らないけど、とにかくいまはないわ。IBMのようなものよ。IBMがなんの略か知ってる人なんている?」

「インターナショナル・ビジネス・マシンズ」父が即答する。

「ああ、まあ、とにかく、オリエンテーションのときも社名の由来については特に説明はなかったわ。おそらく創業者の名前か何かから取ったんだと思うけど、いまはただMSIとして通ってるみたい」うん、これはなかなか使える言い逃れだ。今後のために覚えておこう。

「なんの会社だと言ったっけ?」父が訊く。

覚えていなくて当然だ。まだ説明していないのだから。「ソフトウエアみたいなものをつくってるんだけど、正直いって詳しいことはよくわからないの。わたしの仕事は経営管理の方だから」これはある意味、本当のことだ。魔術はいわば魔法界におけるソフトウエアのようなものだし、わたしは魔法の仕組みはよくわからない。それに実際、経営業務に携わっている。皆がついてきてくれることを祈りつつ、わたしはふたたび歩き出した。「公園を抜けたところに地下鉄の駅があるわ。そろそろアパートに戻ってパイでも食べましょう」パイの力はたいしたものだ。ジェンマとマルシアがわたしのあとに続いたので、父と母もしぶしぶ歩きはじめた。

パークロウを渡って公園に入り、途中で噴水に小銭を投げ入れる。「ほら、ガス灯よ」ごく普通の観光案内に戻れたことにほっとしながら指をさす。大騒ぎになることもなく、無事、両親に会社を見せ終えたいま、最大の難関は突破したといえるだろう。

地下鉄の駅に向かっていると、三十歳前後のハンサムな男性が通りを渡ってこちらにやってくるのが見えた。ジェンマとマルシアの頭が同時に彼の方を向く。わたしも思わず目を奪われた。どこか危険な香りの漂うバッドボーイふうで、ふだんわたしが惹かれるタイプではないが、ちょっとぐらいならつき合ってみたい気もする。なんとなく見覚えがあるのだが、思い出せない。彼ほどのハンサムなら一度会っていれば絶対忘れないはずだ。母の方をちらっと見ると、あまり感心した顔はしていない。不良っぽいタイプには警戒するのだろう。たしかに彼は、母がひとり娘の相手に選ぶ類の男性ではない。まあ、二日後にはテキサスに帰るのだし、気にすることはないか。

男性はにっこり笑ってこちらに近づいてくる。わたしは指に髪の毛を巻きつけながらほほえみ返した。ジェンマがそばに寄ってきて、彼にお得意のキラースマイルを見せると、わたしの脇腹をひじでつつく。「ねえ、あれって、あなたをヘッドハントした彼じゃない？　たしか、あのとき、好みじゃないって言ってたわよね」

彼氏もちは黙ってて——と言おうとしたところで、男性がわたしに向かって言った。「やあ、ケイティ、土曜日にこんなところで何してるの？」

心臓が凍りついた。ロッドの声だ。その瞬間、彼の顔になぜ見覚えがあるのかがわかった。それはロッドのめくらまし、つまり、彼が世間一般に見せている顔だった。めくらましを確認するための鏡、イメージチェッカーで一度だけ見たことがある。わたしはふだん、ほかの人たちが見る彼の顔を見ることができない。めくらましは、人々に自分の見せたい姿を見せるための魔術なので、イミューンのわたしには効かないのだ。だからわたしはいつも真の姿だけを見ることになる。

ところが、いま、目の前にはめくらましをまとったロッドがいる。考えられる理由はただひとつ。

わたしは魔法に対する免疫を失ったのだ。

11

突然、世界が逆転したような感覚に襲われた。もし免疫者《イミューン》でなくなったのだとしたら、もはや自分の五官が感知するものをいっさい信用できないということになる。どうしてこんなことになってしまったのだろう。そして、いつから——。最後に魔法がらみの現象を見たのはいつだっけ。たしか、昨日、ガーゴイルを見た。ほんの一瞬ではあったけれど。デリでもイドリスの魔法にはかからなかった。でも、いまあらためて振り返れば、あのときたしか、テーブルの下でタップを踏みそうになった。それ以降、何かを目撃した記憶はない。妙な場面に出くわさなくてほっとしていたのだが、ひょっとすると単に妙なものが見えなくなっていただけなのかもしれない。わたしが気づかない間に母が何を見ていたかは、神のみぞ知る、だ。

でもいま、それについて考えている暇はない。横には両親とルームメイトがいるし、ロッドはわたしの返事を待っている。「ハーイ!」沈黙していたのがほんの一、二秒であることを祈った。「両親に会社を見せてきたの」そう言って父と母の方を向く。「ママ、パパ、こちらはロッド・グワルトニー。彼がいまの会社に誘ってくれたの。ロッド、こちらは両親のロイスとフランク・チャンドラー。ジェンマとマルシアは覚えてるわよね」

「こんにちは、ロッド」ジェンマとマルシアが同時に言う。ふたりともあきれるぐらいあからさまな猫なで声だ。ちょっと、この娘《こ》たち、ボーイフレンドがいるくせにどういうこと？　ふたりに負けじと、肩にかかった髪を後ろに払い、まつげをぱたぱたさせながら彼を見て、ふと気づく。いけない、わたしにもボーイフレンドがいたんだっけ。

　ロッドは両親と握手をする。「はじめまして。ケイティに来てもらって、わが社は大助かりです」

　母はロッドのことをしばし見つめると、わたしたち三人の方を向き、顔をしかめてから、ふたたび彼を見た。いったいこの娘《こ》たちはどうしちゃったのかしらと言わんばかりに。危うく忘れるところだった。これはロッドのめくらまし《イリュージョン》にすぎないのだ。それにおそらく、例の誘惑の魔術も使っているに違いない。日常的に使用しているとは知らなかった。彼の女性関係があれだけ華やかなのもうなずける。

　ロッドがめくらましと誘惑の魔術を使っているということを、しっかり意識しておかなければ――。彼の新たな戦利品となるのはご免だ。わたしはロッドとカンケイをもっていない社内でも数少ない女性のひとりだ。その地位を失うつもりはない。冷静さを保つために、頭のなかで彼とデートした女性たちのリストをつくってみる。社内の女性陣のほとんどと、マンハッタンの女性人口のかなりの割合がそこに含まれるはずだ。

　ジェンマとマルシアが猛アタックを開始する前に、とりあえずこの場を離れた方がいい。そうすれば、あとで彼をひとり占めできる……って、そうじゃないでしょ！　頭を振って妙な考えを振り払い、かわりに経理部の女性スタッフの顔を思い浮かべて、ロッドのお遊びの相手となった人を数えあげていく――二十四人、二十五人、二十六人……。「それじゃあ、わたしたち、そろそろ行くわ。また月曜にね！」

「月曜日に。では皆さん、失礼します」

ついていこうとするジェンマとマルシアの腕を慌ててつかむ。わたしがついていかずにすんだのは、彼女たちを彼から遠ざけようと必死だったのと、ロッドを知ってからのこの短い期間に、わたしが把握しているだけでも彼の二十七人目のデート相手となった、カフェで見かけたブロンド女性のことが脳裏をよぎったからにすぎない。まあ、いいではないか、月曜になれば、だれにもじゃまされずに彼に会うことができるのだから……っと、いけない、いけない、油断すると、すぐこれだ。研究開発部のラボで働くふたりの女性が同じ週末にともにロッドとデートしたことを知って泣いていたというアリの話を思い出し、自分を戒める。彼女たちの二の舞にだけはなりたくない。

「彼はもう少し身だしなみに気を配るべきね」地下鉄のホームで電車を待っているとき、母がおもむろに言った。「試供品をバッグに入れておけばよかったわ。あの肌は改善の余地大ありよ」

父とジェンマとマルシアが、ぎょっとして母の方を見る。ロッドに対する日ごろの人々の態度が、ようやく理解できた。いつもはわたしひとりが、大騒ぎする女性たちに首をかしげ、めくらましなど使わずにもって生まれたよさをきちんといかせばいいのになどと思っているのだが、いまのわたしは多数派の側にいた。

そのとき、母がものすごい叫び声をあげた。空中でハンドバッグを振り回している。「あっち行け、この化けもの！」大ぶりの旅行用ハンドバッグでひとしきり空を切り終えると、今度はトンネルの方に向かって言い放った。「そうよ、さっさと消えなさい。二度と近づくんじゃないわよ！」

父は不安げにわたしたちを見ると、母に向かって言った。「ロイス、そこには何もいないよ」

「いまはね。あっちに飛んでいったわ」

「きっとトンネルに棲息してるコウモリね」わたしは言った。母が気の毒になった。おそらく、本当にわたしたちには見えない何かを見たのだろう。わたしはいま、これまでとは正反対の立場にいる。感覚をひとつ失ったような気分だ。

「あんな大きなコウモリ見たことないわ。しかも石みたいに硬いの。バッグが破けていないといいんだけど」

「地下鉄のトンネルにコウモリなんかいたっけ？」ジェンマが小声でマルシアに訊く。横では父が、母を療養所に入れるべきか思案しているような顔をしている。

がらがらの電車がホームに入ってきて、話はそこで中断した。アップタウンに向かう電車のなかで、自分に言い聞かせる。これは一時的な不調に違いない。たぶん、パワーの両極が逆転するような変なゾーンに入り込んだとか、そんなようなことだろう。社屋には魔法を使う際のエネルギー源として特別に強力なパワー回路があるそうだから、建物を囲む一帯になんらかの影響を与えているのかもしれない。考えてみれば、先ほどロッドに会った場所でも、シティホールの駅でも、これまで奇妙な現象を目にしたことは一度もないではないか。

いずれにせよ、昨日はボディガードのガーゴイルに気づいたのだから、それほど長い間この状態が続いているわけではないはずだ。考え方によっては、これはよい学習体験といえなくもない。一般の人たちが何を見ているかについては日ごろから気になっていたわけだし、少しの間めくらましを見てしまう側に身を置いて比較の基準を知ることは、今後の仕事にもきっと役立つはずだ。

ユニオンスクエアで電車を降りたとき、ふと、あることに気づいて戦慄が走った。めくらましが見えるということは、ほかの魔術の影響も受けるということだ。もしいまミスター・ガイコツやその一味に襲われたら、きっとあの火の玉の威力をまともに受けることになる――投げつけられたことにすら気づかないまま。イドリスの手下たちにとって、わたしはいまや動かぬ標的も同然だ。魔法除《よ》けの施されたわが家へ一刻も早く逃げ込みたくなった。月曜の朝この状態で会社へ行くことを考えると、思わず身がすくむ。


日曜日はこのうえなく平穏に過ぎた。母が妙なものについて一度も言及しなかったことを考えると、魔法界の連中は、少なくともこちらの目の届くところには姿を現さなかったようだ。もっとも、母が何かを目撃してもいちいち騒ぎ立てなくなっただけだという可能性もある。月曜の朝がやってきた。両親がテキサスに帰ればストレスが大幅に軽減されるのはわかっているが、別れのあいさつをするためにホテルに立ち寄って、いざふたりを目の前にすると、寂しさで胸がいっぱいになった。

「来てくれてほんとにうれしかったわ」最後にもう一度ふたりと抱き合う。来る前はあれほど気が重かったのに、今度は別れるのがこんなにつらい。

「とても楽しかったわ」母が潤んだ目をしきりにまばたきさせながら言う。「あなたがこの街を好きな理由がよくわかったわ」

「じゃあ、家に連れ戻したりはしないのね？」

「そのために来たと思ったのか？」父が笑いながら言う。

「ここに来ることを反対してたから」

「あなたなりの考えがあってしたことですもの」母が言う。「成果はちゃんとあったようね。本当に大人になったわ」

「実際に自分の目で見て、それほど悪いところじゃないってことがわかったよ。おまえがここでちゃんと生活できているということもな」父がつけ足す。

「でも、変わった街だというのはたしかね」母が言う。「わたしがこの目で何を見たかは、話してもきっとだれも信じてくれないと思うわ」

「おれは信じてないぞ」父がぼそっと言うと、母はわざと怒った顔をして父の肩をパンチした。

「じゃ、仕事に行かなきゃ」ふたりが喧嘩を始める前に、わたしは言った。「ほんとにふたりだけで空港まで行ける？」

「大丈夫だよ」父が言う。「フロントでシャトルバスの予約をしてもらったから」

「そう、よかった。シャトルバスなら時間も正確だし、心配ないわ。家に着いたら電話してね」

何度か振り返ってふたりに手を振ったあと、ユニオンスクエアに向かった。ホテルはアパートよりユニオンスクエア寄りにある。オーウェンがいつものようにアパートの前でわたしを待っていないといいのだけれど。心配は無用だった。こちらの心を読んだかのように、あるいはわたしがどこに現れるのか知っていたかのように、オーウェンは次の通りの角で待っていた。彼のことだ、おそらく知っていたと考えるのが妥当だろう。

「ご両親との休暇はどうだった？　どうやら、むりやり連れて帰られはしなかったみたいだね」

「ええ、そうなの。この街が思ったほど恐ろしいところではなくて、わたしがちゃんと暮らせているってことが確認できたことで、ずいぶん安心したみたい」両親が街を去ったいまなら、母がイミューンであることを明かしてもいいような気がした。その相手としてオーウェン以上に信頼できる人はいないし、彼がどう思うか興味もある。近くにだれもいないことを確認してから、声をひそめて言った。

「実は、ひとつとんでもないことが発覚したの。うちの母、イミューンだったのよ。母が妙なものを目撃するたびに、あることないことでっちあげてなんとか取りつくろったんだけど、おかげでいまじゃ、ニューヨークには本当に突拍子もなく変わった人たちがいるって思い込んでるわ」

予想に反して、オーウェンは驚いた様子もなくうなずいた。「やはりね。魔法に対する免疫は遺伝的なものなんだ。だから普通、両親の少なくともどちらか一方はイミューンのはずだよ。

テキサスのようにほとんど魔法界の活動が見られない場所では、魔法による現象をいっさい目にすることなく一生過ごすことも十分にあり得る」

「それに母のキャラクターを考えると、たとえ何かを見たとしても、父が相手にしなかったでしょうね。またわけのわからないことを言い出した、ぐらいにしか思わなかったと思う。考えてみれば、そういうやり取りはしょっちゅうやってるわ。でも、お願い、このことはだれにも言わないで。母と同僚になることだけは避けたいの」

オーウェンは笑った。「そんなこと心配してるの？　きみのお母さんぐらいの年齢の人を採用することは普通ないから大丈夫だよ。これまでずっと魔法に無縁の人生を送ってきて、いまさら真実を知らされるのは、さすがにショックが大きすぎるだろうしね」

「それを聞いてほっとしたわ。会社がどれだけ必死にイミューンを探してるか知ってるものだから……」

「たしかにそうだけど、秘密を打ち明けることになる以上、採用者の選択にはそれなりに慎重なんだよ」そう言ってから、ふと不安げな顔になる。「きみのお母さん、ほんとに気づかなかったかな」

「気づいてないわ。ニューヨークには予想以上に個性的なライフスタイルがあったと思ってるだけ。父は母のことを少しおかしいと思ったかもしれないけど、まあ、それはいまに始まったことじゃないし。そうそう、イドリスのことはアルコール依存症だと思ってるわ」

「なるほど、もしそうだとすればいろいろ納得がいくな」オーウェンはにやりとする。そしてすぐに心配そうな表情になった。「イドリスに何かされたの？」

「ちょっとした悪戯《いたずら》よ。たいしたことはされなかったわ。彼があれほど古いミュージカルに入れ込んでるとは驚きだったけどね」

オーウェンの眉がひゅんとあがる。「ミュージカル？」

「今度話すわ」

交差点まで来たとき、ちょうど歩行者用の信号が青に変わった。歩き出そうとしたとたん、オーウェンが腕を出してわたしを止めた。とっさに頭に浮かんだのは、魔法による攻撃のことだった。何か見逃したのだろうか。歩く骸骨やハーピーや頭のいかれたおたく魔法使いの姿を急いで探したが、それらしきものは見当たらない。次の瞬間、小型トラックが赤信号で交差点を突っ切っていった。冷や汗がにじんでくるのを感じながらオーウェンを見あげると、彼も血の気のない顔をしていた。「ありがとう」なんとか声を絞り出す。トラックにひかれなかったことにほっとしているのか、危うく衝突しそうになったのがトラックのようなごく普通のものだったことにほっとしているのか、自分でもよくわからない。

「どういたしまして」オーウェンの声にもいくぶん緊張が感じられる。わたしたちは慎重に左右を確認してから、交差点を渡りはじめた。反対側の歩道にたどり着くと、オーウェンは長いため息をつき、苦笑いを浮かべた。「ときどき、この能力を授かって本当によかったと思うよ」

彼の言葉は、自分が失ってしまったものをいやおうなしに思い出させた。わたしの授かった能力——魔力をこれっぽっちももたないこと——は、オーウェンの才能ほど華々しいものではないかもしれないが、彼がそうであるように、わたしもいつしかそれをもつことに慣れてしまっていた。彼に話そうと思って口を開きかけたが、そのまま閉じた。自分の身に何が起こっているのか、まだよくわかっていない。いまも免疫が失われたままなのかさえわからないのだ。話すのはもう少しきちんと状況を把握してからの方がいい。わたしの仕事はイミューンであることが大前提となっている。免疫がなくなったら、わたしはただの事務員だ。ただちに解雇されるとは思わないが、絶対そうならないとも言いきれない。彼らがわたしを採用したのは、魔法に対して免疫をもつからだ。イミューンでなくなったわたしを雇い続ける理由はない。

「ところで、あなたの連休はどうだったの?」気を紛らわすために訊いてみる。

「よかったよ。思っていたよりずっと。これまでで最高の感謝祭《サンクスギビング》だったかもしれない」

「本当? どんなふうに?」

オーウェンは無造作に肩をすくめたが、話しはじめると目がきらきら輝いた。それは彼にとって、本人が認める以上に大きな意味をもつことだったようだ。「なんていうか、別にいままでうまくいってなかったというわけじゃないんだけど、今回はこれまでになく心が通じ合ったような気がしたんだ。まあ、うちの場合は、それでもいわゆる普通の親子関係とは違う気がするけどね。ただ、彼らなりにぼくのことを思ってくれているのが感じられたというか……」

「たぶん、あなたをひとりの人間として見るようになったんじゃないかしら。世の中には子どもとどう接したらいいかわからない人たちもいるわ。あなたが成長して大人になったので、きっと彼らも肩の力を抜いてあなたと向き合えるようになったのよ」

「そうかもしれないな。彼らには子どもがいなかったから、小さい子どもをどう扱っていいのかわからなかったと思う。いずれにしても、悪くない変化だよ。まだ家族の一員というよりはお客さんて感じだけど、少なくとも歓迎されているという実感はあった」オーウェンはそう言ってにやりとする。「クリスマスにも帰ってみようかという気になってるんだ。これって、以前はあり得ないことだったんだけどね」

「すごいわ、よかったわね」クリスマスは家族と離れて過ごすことを思い出し、急に家が恋しくなった。去年も帰らなかったが、あのときはまだニューヨークに来たばかりで、何もかもが目新しく、ホームシックになる暇もなかった。感謝祭を両親と過ごしたことで、実家でのクリスマスの思い出がより鮮明に脳裏に浮かんだ。

オーウェンはわたしを横目でちらっと見ると、地面に視線を落として言った。「お願いがあるんだけど」

「何？」

オーウェンの頰がうっすらとピンクに染まる。「クリスマスに何か特別なものを彼らに贈りたいと思ってるんだけど、買いものは大の苦手で。もしよかったら、その、仕事のあとか土曜の午後にでも、つき合ってもらえないかな」

「あー、残念。母がいるときに言ってもらえたらよかったのに。彼女こそ、まさに買いもののプロよ。でも、わたしでよければ喜んでお手伝いするわ」

「少なくとも、ぼくよりははるかにましなはずだよ」

魔法に対する免疫がなくても、役に立てることはまだあったようだ。魔法界におけるわたしの利用価値も、完全に消滅したわけではないらしい。社交の苦手な魔法使いのショッピングアシスタントとして生計を立てるのは、まあ、無理だろうけれど。

シティホールに到着し、地上にあがったとき、心臓の鼓動がにわかに激しくなった。まもなく、本当に免疫を失ったのかどうかが明らかになる。朝の出勤時、会社の正面玄関の日よけの上に守衛のガーゴイルがいなかったことは、いまだかつて一度もない。今朝、そこにガーゴイルの姿が見えなかったら、わたしは本当に免疫を失ったということになる。

果たして、日よけの上のいつもの場所にサムはいた。肩の力がいっきに抜けて、思わずオーウェンに抱きつきたくなる。まあ、そういうことはちょくちょくあるのだが、今回にかぎっては彼がたまらなくキュートだというのが理由ではない。「おはよう、サム！」上機嫌にそう言ってから、ふと、サムの目のまわりが青黒くなっているのに気づいた。

「どうしたの、それ」オーウェンが訊く。

「ケイティのお袋さんの右フック、なかなか強烈だったぜ。検証人としては難しいが、おれのセキュリティチームで使えそうだな」

なるほど、母がバッグを振り回していた相手はサムだったんだ。「ごめんなさい」サムには申しわけない気持ちでいっぱいだが、彼が見えるという事実は飛びあがりたいほどうれしかった。

「いや、おれがとろかったんだよ。お袋さんがイミューンであろうがなかろうが、見られたのはこっちの落ち度だ」

背中に羽が生えたような気分でオフィスへ向かう。やはりあれは一過性のものだったのだ。わたしのイミューンとしてのキャリアは終わっていなかった。免疫はしっかり保たれている。

「月曜の朝にしては、ずいぶんはつらつとしてるじゃない？」社長室のレセプションエリアに到着すると、トリックスが言った。彼女の背中には羽があり、耳の先は少し尖っていて、座面からわずかに浮いた状態で椅子に座っている。すべていつもどおりだ。

「両親との一週間を無事生き抜いたの。こうしてまた通常の生活に戻れるのはうれしいことだわ」いろんな意味で通常の生活に――。自分のオフィスに向かって歩きはじめたところで、ふと一抹の不安が頭をよぎって立ち止まった。「ねえ、ちょっと訊きたいんだけど、あなたたちが本当の姿を隠すために使うカモフラージュ用のめくらましって、どういう仕組みになってるの？ すべての人に例外なく魔法をかけるの、それとも、ある程度相手を限定するもの？ たとえば、魔法界の人たちにはあなたの真の姿が見えるのかしら。それとも、公共の場にいるときは、彼らもめくらましの方を見るの？」

「めくらましのかけ方や使う魔術によるわね。魔法を使う生き物のほとんどは、一般の人だけを対象にカモフラージュ用のめくらましを使うわ。だから普通は、魔法使い同士は自分たちのありのままの姿を見て、一般の人はわたしたちがまとっている人間としてのめくらましの方を見るの。魔法使いにも効くめくらましはエネルギーの消耗も大きいの。だから通常は、そこまでめくらましのレベルをあげないのよ。必要なら、完全に姿を隠すこともできるわよ。もちろん、あなたのようなイミューンには通用しないけど。あと、その気になれば、特定の相手だけにめくらましを使うこともできるわ。ただ、特殊性が高くなるほど、魔術の値段もあがるんだけどね」

「なるほど、つまり、ロッドのめくらましなんかは、イミューン以外の全員を対象にした、かなり普遍的なタイプなのね？　サムはどう？　正面玄関にいるサムのことは、魔法使いならだれでも見えるの？　それとも見えるのは一部の人だけ？」

「彼の場合、正面玄関で警備に当たっているときは、社員と約束のある来訪者にしか姿を見せないわね。どんなに能力の高い魔法使いでも、通りすがりに彼の姿を見ることはないわ。社員が新規に採用されると自動的に魔術がアップデートされて、新しいスタッフにも彼のことが見えるようになるの。あなたはイミューンだけど、同じ措置が取られてるはずよ。たぶん社員名簿をそのまま魔術に入力するんだと思う。ロッドみたいな意気地なしは別として、わたしたちのほとんどは、公共の場以外ではめくらましを外すわ。エネルギーの浪費だもの」

落胆が顔に出ないよう懸命にこらえる。これでまた、免疫が戻ったかどうかわからなくなってしまった。結論を出す前にもう少し情報が必要だ。「ありがとう。とても参考になったわ」

「おやすいご用よ。でも、どうして？　何か気になることでも？」

「実は、母がイミューンだったの。おかげで、なかなかスリリングな連休を過ごせたわ。母が父に見えないものを見るたびに、つじつまを合わせなきゃならないんだから。そんなわけで、めくらましがどういう仕組みになってるのか訊いてみたくなったの」

「本当？　ママがイミューンだってこと、いままでずっと気づかなかったの？」

「自分がイミューンだということさえ、つい最近まで知らなかったのよ。とにかく、うちの田舎はおよそ魔法とは縁遠いところなの」

そのとき、マーリンがオフィスから出てきた。「よかった、来ていましたか」彼はそう言ったが、わたしが到着していることはとっくに知っていたに違いない。マーリンは常にすべてを知っているように見える。「話をしたいので、準備ができたら来てもらえますかな？」

「わかりました」朗らかに答えたものの、内心は校長室に呼び出された小学生のようだった。自分のオフィスへ行き、荷物を置いて、eメールの受信トレイをざっとチェックする。なんの話だろう。賞状でももらえるのだろうか。それとも、何かお咎めがあるのだろうか。ふと背筋に冷たいものが走る。マーリンのことだ。わたしが免疫を失ったことをすでに知っているのかもしれない。彼には言わなければならないだろう。でも何をどう言えばいいのだ。トリックスの話を聞くかぎり、サムの姿が見えたことはなんの裏づけにもならない。

メモ帳とペンをもってマーリンのオフィスへ行く――彼が単にメモを取らせたいだけであることを祈りながら。「さあ、かけてください」部屋に入ると、マーリンはソファを指して言った。機嫌は悪くなさそうだ。

マーリンはティーカップをふたつもってきて、ひとつをわたしに手渡すと、そのまま隣に腰をおろした。「ご両親との休暇はいかがでしたか？」ごく普通の口調で話しはじめる。

「楽しかったです。いまトリックスにも話したんですけど、わたしの免疫は母譲りのようです。

おかげでなかなか面白い体験ができましたけど」

「ご両親はあなたがここで暮らすことを納得されましたか?」マーリンは心配そうに訊く。

「はい、おかげさまで。意外にも、けっこうニューヨークが気に入ったみたいで、わたしを連れ戻そうとはしませんでした」

「よかった、よかった。さて、では捜査の状況を聞いておきましょうか」

わたしは大きくため息をついた。「残念ながら、報告できるようなことはほとんどありません。容疑者候補から完全に外せる人さえひとりも見つからない状況です。あらたに調べなければならないことも二、三出てきましたし……」たとえば、営業部の地の精《ノーム》、ハートウィックが、平日の午後にセントラル・パークで何をしていたのか、とか――。ただし、それについて報告するのは、まず本人と話をしてからだ。「それから、イドリスがわたしのストーキングを始めました。それが何を意味するのかはよくわかりませんけど。正直なところ、今週あたりスパイが新たな動きを見せてくれることを願ってるんです。でないと、こっちにはもう打つ手がありません。どうも、敵の真のねらいは社員たちを疑心暗鬼にすることではないかという気がするんです。情報収集は二の次なんじゃないかと。イドリスについても、わたしに危害を加えようとか、追い払おうとしているというより、動揺させることが主な目的のように思えて――」

マーリンはうなずく。「それは十分あり得ますな。モードレッドがキャメロットを分裂させたのも、噂と中傷によってでした。当時わたしはその場におらず、阻止することができなかった。ここでふたたびそのようなことが起こるのを、許すわけにはいきません」

「こんなことしか報告できずに申しわけありません」仕事を失う理由は、免疫の喪失だけではないのだ。ちっとも結果が出せなければ、降格だって解雇だって当然あり得る。何か考えなくては——状況を改善できるなんらかの方法を。ふと、あるアイデアが浮かんだ。「もし彼らの目的が社内を分裂させることだとしたら、社員の結束を高める対策を施すことが一種の反撃になるかもしれません」

マーリンの目がぱっと輝き、一瞬、何世紀分も若返ったように見えた。「なるほど、それはいいアイデアですな。最近、士気の高揚と生産性に関する本をいくつか読んでいましてね。そのなかに〝楽しい職場〟について書かれた本が一冊ありました」そう言って立ちあがると、自分のデスクへ行き、本や書類の山をかき回す。「ええと、あれはどこでしたかな」やがて彼は最新のマネジメント本を山ほど抱えて戻ってきた。マーリンのパソコンからは、毎日、バーンズ&ノーブル（ニューヨークに本社をもつ大型チェーン書店）のオンラインカタログへ相当な量のアクセスがあるはずだ。「さてと。ああ、これが楽しい職場環境をつくることで生産性を高める方法についての本ですな」マーリンは本を一冊差し出した。「そしてこれがチームビルディングについての本です」そう言って別の本を手渡す。わたしの両腕には、まもなく高々と本が積みあがった。「何かよい活動を考えてもらえますかな？」

はっきりいって、とてもそんな時間はない。とはいえ、チームビルディングやスタッフの士気高揚は重要なことだし、おそらく現時点ではスパイを追いつめる最もよい方法だろう。「わかりました。クリスマスも近いですし、やれることはいろいろあると思います」そう言ってから、すべきことを猛スピードで考える。まず、免疫がどうなっているのか早急に確認しなくてはならない。先日はロッドのめくらましが見えた。彼のめくらましはイミューン以外のすべての人に作用するものらしいから、いま彼に会えば、免疫が本当に失われたかどうかがはっきりするはずだ。それに、全従業員の雇用記録にアクセスできるロッドなら、何か捜査に役立つ情報をもっているかもしれない。「この件はロッドと協力して進めたいと思います。人事の範疇に入ることでもありますし」

マーリンはうなずく。「そうしてください。では、よろしく頼みます」

その言葉を退去勧告と理解し、わたしは本の山を抱えて自分のオフィスに戻った。社員たちの懐疑心はどうすれば払拭できるだろう。重要なのは協力し合う意欲を芽生えさせることだ。いったん社内にそういう空気が広まれば、おのずとスパイは見えてくるはず。協力を拒む人に焦点を絞ればいいのだから。あるいは、アクティビティのなかになんらかの罠を仕掛けるという手もある。

イザベルに電話をして、ロッドの午後のスケジュールにミーティングを一本入れてもらう。今回の危機に際して重要な役割を担うのは、彼にとってもよいことだろう。ようやく上層部に自分の存在を認めてもらえたと思えるだろうし、わたしは彼の頭脳を拝借できる。

ビジネス本をぱらぱらとめくってみたが、結局、魔法使いの会社で役立ちそうなアイデアはあまりないという結論に至った。二十一世紀のビジネス界に順応しようというマーリンの意気込みには敬意を表するが、果たして彼が、シアトルのパイクプレイス・マーケット（観光名所のひとつで、さまざまな小売店やカフェ、レストランが集まる総合市場）を楽しい職場づくりのメタファーとして理解できるかは疑問だ。

ふと電話を見ると、ボイスメールの着信ランプが点滅していた。マーリンと話をしている間に、だれかがメッセージを残したようだ。受話器を取り、ボイスメールシステムにダイヤルする。メッセージはイーサンからだった。

「やあ。その後、ご両親との休暇はどうだったかなと思って。感謝祭のときはありがとう。きみのお母さんにもあらためてぼくがお礼を言っていたと伝えてほしい。それと、明日のお昼、会えないかな。時間ができたら電話して」

突然、赤いハイヒールと、それを買ったときに想像したイーサンとのデートのことが頭に浮かび、背筋がぞくぞくした――ただし今回は、心地のよい〝ぞくぞく〟だ。もちろん会えますとも。早ければ、早いほどいい。まあ、ランチはわたしが思い描いているデートに最適な時間帯とはいえないけれど。

顔が自然ににやけるのを感じながら、彼の事務所に電話をする。

「イーサン？　わたしよ」

「ケイティ！　ご両親は無事帰路についたの？」

「ええ、今朝発《た》ったわ」

「あれから連休はどうだった？」

「まあちょこちょこ問題はあったけど、とりあえずなんとかなったわ。ふたりともまた口をきくようになったし」

「それはよかった。で、明日のランチ、大丈夫？」

「特に予定は入ってないわ」

「じゃあ、十二時にきみのオフィスに行くよ。ちょうど社長に渡すものがあるから」

最高にロマンチックなランチへの誘い方とはいえないが、まあいいだろう。「オーケー。じゃあ、明日ね」

電話を切ったあと、昼休みに赤いハイヒールはちょっとやりすぎかなと思った。うん、やはりやめておこう。あの靴は特別な夜に取っておくべきだ。然るべき方法でわたしのことを堪能する時間のないランチデートで披露してしまうのはもったいない。でも、だからといっておしゃれをする必要がないということではない。イーサンに週末を待ち遠しくさせるような服装をジェンマにコーディネートしてもらわなければ。

頭のなかをなんとか仕事モードに切りかえると、マーリンの本から書き出したメモをかき集めて、士気高揚作戦を話し合うべくロッドのオフィスへ向かう。レセプションエリアに到着すると、いつものようにイザベルの熱烈な歓迎があった。

「ハーイ、ケイティ！　感謝祭はどうだった？」

「楽しかったわ。あなたは？」

「まあまあね。パレードで風船（巨大な風船の人形はパレードの名物のひとつ）をもつのを手伝ったわ。自分で言うのもなんだけど、わたしって重し役にはぴったりなの」

「へえ、すごいわ、楽しかったでしょう」

「そりゃあね。ちょっと待って、ロッドに知らせるから」イザベルはインターホンの機能を果たす水晶玉に片手をかざす。「入っていいそうよ」

ロッドのオフィスのドアを開けたとたん、この身に起こっていることがなんであるにせよ、一過性ではなかったことが明らかになった。デスクの向こうには、いつものロッドのかわりに、土曜日に見たあの少し危険な香りのするとびきりハンサムな男性が座っていた。

どうしよう。かなりまずいことになった。

12

免疫を失ったことがついに確実になってしまった。そして、それはつまり、ロッドの誘惑の魔術にかかってしまうということでもある。目の前の彼に抱きつきたくなるたびに、いまランチの約束をしたばかりのイーサンのことをむりやり頭に思い浮かべる。週末には一線を越えたいとすら思っているのに、こんなことでどうする。でも考えてみれば、赤いハイヒールはだれのために履いてもいいのだ。あの靴を履けば、きっとロッドだってメロメロになるはず。この際イーサンなんかやめて、あれでロッドを悩殺し——。

おっと、危ない、危ない。彼が最近デートした女性たちのリストを慌てて頭の隅から引っ張り出す。それにしても、オフィスでまでこの魔術を使うとは、どういうつもりだろう。そうまでして偽の魅力に頼ろうとするなんて、自信がないのにもほどがある。もてるためなら、自尊心などかなぐり捨てるということなのか。わたしは密かに、容疑者候補リスト上の彼の位置を上方修正した。

「やあ、ケイティ」ロッドは屈託なく言ったが、その目はどことなくわたしの表情をうかがっているように見えた。「話ってなんだい？」

「ケイティ様が、またまたいかれたプランを思いついたのよ」そう言って、デスクの前の椅子に腰をおろす。脚を組み、スカートのすそをひざの上までずらしたところで、自分のやっていることにはたと気づき、慌てて引き下げた。

「で、そのプランにぼくも関わっているわけ？」ロッドはいったん視線をそらし、あらためてわたしの方を見た。

「というか、完全にあなたの専門分野になるの」そう言って唇をなめる。歯に口紅ついてないわよね。来る前にリップグロスを塗っておくんだった。今日、香水はつけてたっけ？　ダメダメ！　仕事よ！「スパイの真の目的はスパイ行為そのものというより、会社を混乱させることなんじゃないかと思うの。お互いを疑惑の目で見ていては、力を合わせて仕事をすることなんてできないでしょう？　そんな状態では、当然ながら、イドリスの企んでいることに一丸となって立ち向かうこともできないわ」

「つまり、スタッフの士気を高めてその試みを頓挫させるということだね？　うん、いいアイデアだ。具体的にはどんなことを考えてるの？」

「かなりばかげたことに聞こえるかもしれないけど――」わたしは警告した。「まず手はじめに、シークレットサンタ・プログラムはどうかしら」

「何それ？」

果たしてアメリカに、さまざまな政治的に正しい名称を与えて、この拷問のような儀式を従業員に課したことのない企業が一社でもあるだろうか。わたしは去年、悪魔のような元上司ミミのサンタクロース役を演じるという辛苦をなめた。本来なら手づくりの毒入りブラウニーでも食らわせてやりたい相手に、心づくしのプレゼントを贈るというのは、毎回、かなりの自制心を必要とした。

「まあ、言ってみれば、シークレットパル《秘密の友達》・プログラムのようなものよ。皆が一枚ずつ名前の書かれたくじを引いて、自分が引いた人にこっそり小さな贈りものをするの。プログラムによって、プレゼント交換は一回きりっていう場合もあるし、十二月のほぼひと月間、何度もちょっとしたものを贈ったり、気の利いたヒントを残したりしたあと、最後にシークレットサンタの正体を明かす場を設けて、そこで本格的なプレゼント交換をするっていうやり方もあるわ。このプログラムはわたしたちにとってふたつの効果があると思うの。ある特定の人物に対して、その人に悟られないよう親切にしなければならないわけだから、好みやプレゼントを置いてくるタイミングを知るために、皆がそれぞれ自分の相手に特別な注意を向けることになる――」

「つまり、実質的に一対一の監視システムの機能も兼ねるわけだ。なるほど、うまいこと考えたね」

「それと同時に、自分のもとにプレゼントが贈られるようになったら、たとえささいなものでも、それなりにうれしいと思うの。でも、贈り主がだれかはわからないわけでしょう？　皆、周囲の人に対して、少しは感じよく接するようになるんじゃないかしら」

ロッドはコンピュータの横のノートにメモを取った。「イザベルとぼくで、シークレットサンタの組み合わせを決めて、皆に通達するよ。ひと月やるパターンの方がいいよね」

「そうね。クリスマスのころには何か会社の方でパーティはあるの？」

「ああ、毎年恒例の全社あげてのパーティがあるよ。プレゼント交換はやったことがないけど、シークレットサンタの正体を明かすときにプレゼントを交換してもいいな。スタッフ同士がもっと打ち解けるきっかけにもなるだろうし」ロッドはふたたびノートに何か書きつけると、こちらを向いて悪戯《いたずら》っぽく笑った。思わずクラッときそうになり、急いで、ロッドの魔術に落ちた数多《あまた》の女性たちのことや、容疑者リスト上の彼の位置を思い浮かべる。「マッチアップは完全に無作為である必要はないよね。ランダムにやったように見せかけて、解消すべき個人的なわだかまりを抱えている人同士を組み合わせたっていいわけだろう？」

「天敵同士を組み合わせるのはどうかと思うわ。へたをすると、きな臭い事態になりかねないもの。まだあまり親しくない人同士を組み合わせるのがいちばんいいんじゃないかしら。いやがおうでも相手を知ることになるから」

「そうだね。ほかに何かアイデアは？」

「いまのところは以上よ。とりあえず、これがいちばん簡単に実行できそうだったから。ほかに何かチームビルディングのための活動を考えてもいいわね。異なる部署の人たちでグループを結成して、協力して問題解決に取り組むような」

ロッドはにっこりした。心臓の鼓動がいっきに加速する。「大学で人的資源の勉強をしていたときのことを思い出すな。うちみたいな会社では何ひとつ実践することはないと思っていたけど。少し時間をくれる？　ぼくも何か考えてみるよ」ロッドの目がきらきらしている。めくらまし《イリュージョン》のせいもあるだろうが、それ以上に、彼がようやく自分の必要性を、組織における自分の存在意義を実感できたことが、より大きな要因ではないかと思えた。

彼はきっとわたしに感謝しているはずだ。なんらかの形でお礼をしたいと思っているに違いない。彼がいい方法を思いつかないなら、わたしから二、三提案してあげてもいい。ヒントを与えようと軽く咳払いをしたところで、ふとわれに返った。ひと月に二十人の女性とデートするような男とどうにかなるなんて、絶対にご免だ。「じゃ、今日はこんなところかな」そそくさと立ちあがる。「何か思いついたらメールしてね」早口にそう言うと、逃げるようにオフィスを出た。

やらなければならないことがどんどん増えていく。免疫が消えた理由を解明して、取り戻す方法を――そんなことが可能だとして――見つけ出さなければならない。もちろん、スパイも捜さなければならない。それから、なぜハートウィックが平日の勤務時間にセントラル・パークにいたのか、スパイ事件と何か関係があるのかを調べなければならない。

廊下の先で、男性が閉じたドアを激しくたたいている。「開けろ！　おれはその会議に出ることになってるんだ、ちくしょう！」男性はノブをつかんでがたがた揺すりながら叫んだ。「いい加減にしろ、おれはスパイじゃない！　開けないと壁に穴を開けるぞ！」

そうそう、社内の疑心暗鬼レベルを下げるという仕事もあったっけ。自分自身がこれほど疑心暗鬼になっていなければ、それももう少しやりやすかっただろう。イドリスとその一味がたびたび目の前に現れるうえ、免疫が機能不全に陥ったときては、びくびくせずにはいられない。

突然、恐ろしい考えが浮かんだ。ロッドのわたしを見る目が思い出される。ひょっとして、彼は知っていたのだろうか。ロッドがスパイだという可能性は完全に消えたわけではない。もし、わたしから免疫を奪ったのが彼だとしたら――。そういえば、免疫が消えていることにはじめて気づいたのは、ロッドのめくらましを見たときだった。だいたい彼は、連休中の土曜日になぜ会社に向かっていたのだ。たしかに、わたしがイミューンでなくなれば、魔法で誘惑し、任務に集中できなくさせることも可能だ。先の侵入事件にロッドが関わっている可能性を、あらためて調べてみなければ。でもその前に、ひとつやっておくべきことがある。

営業部に立ち寄り、ハートウィックのオフィスへ行く。わたしの姿を見たとたん、彼は柄にもなく恥ずかしそうな顔をした。「なぜ公園にいたのか知りたいんだろう？」トイレで爆竹を鳴らして先生に叱られた小学生のように、ふてくされて言う。「あんたの目にはずいぶん怪しく見えただろうな」

「まあね。でも最近はあらゆることが怪しく見えるわ」

「休憩してたんだよ」

「休憩？」

「あんたらも、外で打ち合わせをしたあと少し時間があったら、スターバックスに寄ってラテかなんか飲んだりするだろう？　会社に戻ってもう二、三時間仕事をする前のちょっとした気分転換に」

わたしはたぶんしないだろう。すっかり身についた倹約癖のせいで、気分転換のためにデザイナーコーヒーを買うことなど、まずあり得ない。でも彼の言いたいことはわかるので、「ええ、まあ」と答えた。

「おれたちの種族にとっては、土いじりがちょうどチョコレートパウダーをまぶしたダブルラテみたいなものなんだ。もともとオフィスで働くような体質じゃないのさ」

「じゃあ、あなたはどうしてここで働いてるの？」

ハートウィックは赤くなった。その瞬間、彼が少しだけかわいらしく見えた。「つまり、その、おれはおそらく世界で唯一の園芸べたな地の精《ノーム》なんだ。土いじりは大好きなんだが、どういうわけか、おれが触ったものはみんな枯れちまう」

わたしは懸命に笑いをこらえた。彼にしてみれば、おかしなことを言ったつもりはないだろう。「なるほど。事情はわかったわ」

「じゃあ、もう、おれがスパイだとは思ってないんだな？」

「あなたをスパイだと思うような理由がほかにないかぎりね」彼のことは信じてもいいだろう。真実でないかぎり、こんなきまりの悪いことを自ら告白するとは思えない。どうせ嘘をつくなら、もう少しましな話をでっちあげるはずだ。

とりあえず、これでひとつ懸案事項が片づいた。残るはあと三つ。おっと、もうひとつ大事な仕事があったっけ。熱～い週末を迎えるために、明日のランチでイーサンをメロメロにしておくという仕事が。


翌朝は、いつもより早く起きて身支度をした。ジェンマとマルシアが考えてくれた、セクシーで、かつ職場でも浮かないコーディネートに身を包むと、最後に幸運のおまじないとして赤いハイヒールの入った箱をぽんとたたく。今日は履いていかないが、オーラだけでも拝借したい。

レセプションエリアに到着するなり、トリックスが口笛を吹いた。「今日はずいぶんイカしてるじゃない？　ひょっとして、ランチにどこかの弁護士さんと会ったりするのかしら？」

「さあ、どうでしょう」ポーカーフェイスを気取ろうとしたが、あえなく失敗した。自分でも気恥ずかしいぐらいの笑顔になって言う。「実は、彼が十二時に迎えにくることになってるの」

「幸せ者ねえ」トリックスはしょんぼりとため息をついた。

「どうしたの？　ピピンと仲直りしたんじゃなかったの？」

「全然。電話を無視してたら、彼怒っちゃって、今度はわたしの方が電話をかけて謝ってる始末よ。駆け引きなんかするんじゃなかった。そもそも、ひとりの男と長続きしたためしのない人から恋愛のアドバイスを受けたのが間違いだったわ。今度アリの言うことを聞こうとしたら、わたしをひっぱたいてね」

「まあ、どうしてもと言うなら。でも、彼だってそのうち機嫌を直してくれるわよ。いまは男のプライドを傷つけられて、少しすねてるだけだと思うわ」

オフィスに入ると、さっそくロッドからシークレットサンタ・プログラムの通知が届いていた。わたしはオーウェンのシークレットサンタになっていた。この人選にはイザベルがからんでいるに違いない。彼女はことあるごとに、オーウェンはケイティにばかり妙に親切だと言ってわたしをからかう。以前なら、オーウェンのサンタになれてラッキーだと思っただろう。でもいまは、むしろ懸念の方が大きい。オーウェンとは少しずつ親しくなれているような気はする。現時点では、社内でいちばん身近に感じられる人かもしれない。この会社で最も心を許せる友人だとすらいえるだろう。でもその一方で、彼にプレゼントを届けるためにちょくちょく研究開発部に忍び込めば、社内ゴシップのネタになるのは必至だ。

「だれになった？」顔をあげると、トリックスがオフィスの入口でホバリングしていた。

「内緒よ。シークレットサンタなんだから」素知らぬ顔で答える。

「ごもっとも。この会社の場合、だれかひとりにしゃべったら、一時間もしないうちに会社じゅうが知ってることになるものね。壁に耳あり障子に目あり――」

「MSIにかぎっては、それもあながち言葉のあやではないかもね」

トリックスは人目がないか確かめるように一度後ろを振り返ると、小声で言った。「じゃあ、せめて、いい人が当たったかどうかだけでも教えてよ。サンタを演じるのが楽しくなるような相手か、それとも、毎回、歯ぎしりしながらプレゼントを贈らなくちゃならないような相手か」

思わず笑みがこぼれた。「いい人が当たったわ。まあ、若干問題がないわけじゃないけど。でも、サンタをするのは楽しめそうよ。そっちは？」

トリックスはため息をついて肩をすくめる。「よくもなく悪くもないってとこかな」そのとき、受付デスクの電話が鳴った。「おっと、いけない。じゃ、あとでね」彼女はそう言うと、レセプションエリアに戻っていった。

そういえば、わたしのシークレットサンタはだれになったのだろう。魔法使いなら、だれかのオフィスにプレゼントを届けることなど手首をひとひねりすればできてしまうだろう。その点で、わたしはかなり不利だ。現在社内で最も警備の厳しい部署に物理的に忍び込む必要があるのだから。おまけに、ふだんわたしがあの部署に行くのは基本的にオーウェンに用事があるときだけなのに、その彼の留守をねらわなければならないのだ。今後しばらくは、アリとおしゃべりする機会が増えることになるだろう。研究開発部を訪れる口実として思いつくのは、いまのところそれぐらいしかない。

何はともあれ、いまは、お昼のデートが何よりの重要事項だ。仕事に集中しなければと思うのだが、つい五分おきに時計を見てはランチの展開をあれこれ想像してしまう。ふと冷静になり、なんだか可笑しくなった。魔法界の運命がかかっていた初デートのときの方が、もう少し落ち着いていたような気がする。自分自身の運命がかかるとなると、こうも力が入るものなのだろうか。

時計の針が十二時を回ったとき、レセプションエリアの方でイーサンの声が聞こえた。飛び出していきたいのをぐっとこらえ、彼の到着を知らせるトリックスからの電話を待つ。すると、ノックの音がしてドアのすきまからイーサンがいきなり顔を出した。「準備はいい？」

「ちょっと待って」開いていた書類をわざとらしく片づける——実際は手が震えていたのだけれど。デスクの引き出しからハンドバッグを出し、立ちあがってドアのフックからコートを取った。「はい、準備オーケーよ」そう言って、とびきりチャーミングな——はずの——笑顔を見せる。イーサンといっしょにエスカレーターへ向かうわたしに、トリックスがウインクをして親指を立てた。

イーサンはわたしを近くのレストランに連れていった。ビジネスランチ向きの店で、テーブルはすべてボックス席になっている。高い背もたれのおかげで話し声が隣のテーブルに漏れることはほとんどない。これなら、競合相手に盗み聞きされる心配をせずに仕事の話ができるだろう。店内を見て最初に浮かんだのがこんな考えだというのは、わたしの昨今の仕事がどういう性質のものであるかをよく物語っている。もちろん、暗めの照明と高い背もたれのボックス席は、人目を忍ぶ逢引にぴったりだという見方もできるが、イーサンがこの店を選んだ動機がなんなのかはわからない。単純に料理がおいしいというだけのことかもしれないし――。

「ご両親は無事帰ったんだね」席につき、飲みものの注文を済ませると、イーサンは言った。

「ええ。おかげさまで、母は魔法の存在を知らないままよ」

イーサンはくすくす笑う。「感謝祭《サンクスギビング》のディナーはなかなか面白かったな」

「まったく！　親っていうのは、子どもを赤面させることにかけては天才的ね。わたしがあなたの家族を訪ねたとしても、きっと同じぐらい可笑しな事態になったはずよ」

「たぶんね」

イーサンに適度に色っぽい――はずの――流し目を送る。「両親はあなたにかなりいい印象をもったみたい。空港まで迎えにきてくれるし、ディナーでは申し分のない紳士だったし。親受けは完璧だったわ」マスカラを二度塗りしたまつげを、少し大げさにぱたぱたさせてみる。

「ちなみに、ケイティ受けもなかなかのものだったけどね」

薄暗い照明の下でも、彼が赤くなったのがわかる。ただ、オーウェンほどキュートでなかったし、どこか居心地が悪そうにすら見える。イーサンはメニューを手に取って言った。「何にしようか。ここにはよくクライアントといっしょに来るんだけど、これまでのところハズレはなかったよ。出てくるのもはやいから、あとに仕事が控えているときにはちょうどいいんだ」

わたしはふざけてふくれっ面をして見せた。「じゃあ、食事のあとわたしを連れ出して悪さをするなんてことは企んでいないわけね」

「残念ながら、クライアントが待ってるんだ。それに、そんなことをしたらきみのボスに怒られちゃうからね。ええと、ぼくは豚ヒレ肉にしよう」

何か変だ。それとも、わたしの思い過ごしだろうか。ランチのあとお互いに仕事に戻らなければならないことぐらいわかっている。だとしても、もう少し希望がもてるような態度を見せたっていいではないか。心から残念そうにするとか、次の機会をほのめかすとか。いまのは週末のデートを申し込むのに絶好のタイミングだったはず。テーブルの上のパンかごからフラットブレッドをひとつ取り、半分にちぎる。「鶏の胸肉がいいかな」内心の不機嫌が声に出ないよう気をつけながら言った。やはり、問題はわたしなのだろうか。こちらがその気になっていることがちっとも伝わらないのは、やはりまだ男の気を引く振る舞いがへただということなのだろうか。

ウエイターが飲みものを運んできて、わたしの前にアイスティーを置いた。このあとオフィスに戻らなければならないのはわかっているが、なんだか急に一杯やりたくなってきた。イーサンはウエイターに食事の注文をすると、かごからブレッドスティックを取っておもむろにかじりつく。わたしはフラットブレッドについている種を親指の爪でパン皿に落としはじめた。種が嫌いだからではない。次第に膨らんでくる不安をなんらかの形で発散する必要があるからだ。

これまで何度かとんでもなく奇妙なデートを経験したけれど——そのほとんどがここ二カ月以内のことだが——、こういう奇妙さははじめてだ。相反するメッセージに脳が大混乱を起こしている。彼はわたしをランチに誘った。事前にプランを立て、決して安くないであろうなかなかシックなレストランに予約までして。「ついでに食べてっちゃう?」的ランチとはわけが違う。これがデートでなくてなんだというのだ。

でも、イーサンの態度はおよそデート中の男性のそれとは思えない。いつもの熱意や優しさがまったく感じられない。そういえば、今日はキスさえしていないではないか。会社を出たあともそういう素振りはなかったし、わたしのへたな色仕掛けにもまったく反応を示さない。まるでクライアントを相手にしているかのようだ。いまにも書類を取り出して、「ここにサインを」などと言い出しかねない雰囲気だ。なるほど、そうか。きっとまだ仕事のテンションを引きずっていて、頭のなかが弁護士モードのままなのかもしれない。

それなら、わたしが気分をほぐしてさしあげよう。つま先を彼の脚の内側に当て、くるぶしからひざへと滑らせていく。イーサンはびくりとして目を見開いたが、すぐにほっとしたような顔になった。「なんだ、きみか。このテーブルの下、あまりスペースがないんだよね」テーブルの下で足をからませてきた女性にこんな反応を示す健康なアメリカ人男性がいったいどこにいる。腹の探り合いは職場だけで十分。いまのわたしに私生活でまでそんなことをする精神的、感情的余裕はない。「ねえ、何かあったの？」

まさに絶妙のタイミングで、ウエイターがランチを運んできた。彼らはどうしていつも、食べものを口に入れた瞬間に味はどうかと尋ねてきたり、話が本題に入ろうとしているときに料理をもってきたりするのだろう。「ね、この店ははやいだろう？」イーサンはそう言うと、わたしの質問を完全に無視して食べはじめた。

間違いなく、何かある。しかも、それに対処するのは食べてからにしたいらしい。もし、先週末ふたりきりになれなかったために、次の週末を待ちきれずにデートに誘ったのだとしたら、こんなムードにはなっていないはずだ。イーサンはこれまで、わたしを誘うのに照れたりためらったりしたことはないから、この妙な態度が、週末、自分の家にわたしを招待しようと考えていることからくる緊張のせいだとは思えない。このびくつき方はむしろプロポーズを切り出す前の男性を思わせるが、いくらなんでもこの段階でそれはないだろう。

ジェンマが以前、男はなぜかレストランで女をふりたがると言っていたのを思い出す。わたしは、電話でふるより誠意が感じられるし、洒落ているからだろうと言ったが、マルシアの分析によると、女性に泣き叫ばれたり、ものを投げつけられたりするのを避けるためだという。公共の場で別れ話を切り出された女性は、感情をぶちまけるわけにもいかず、必死に涙をこらえようとする。あとでどんなに泣き崩れようと、男はそれを目の当たりにしなくてすむというわけだ。

「おいしい」チキンをひと口食べて、そう言った。

「だろう？　シンプルでおいしいから、たいていの人が気に入るんだ」

ああ、なんて生気にあふれた会話。週なかばのランチタイムにふられる確率というのは、どの程度あるものだろう。ランチの席で職場に戻るのがつらくなるようなことをするほど、イーサンが非情な人だとは思いたくない。でも、週なかばという点については、週末の前に懸案事項を片づけてしまおうと思えば、あり得る選択だ。

すっかり食欲がなくなり、チキンの皿を横にずらしてあらためて訊いた。「どうかしたの？」

イーサンはこちらを見たが、きちんと目を合わせない。「どうして？」

間違いない。絶対に何かある。免疫などなくても、彼のめくらましを見抜くのは簡単だ。

「様子が変だわ」

「変て？」

「なんだか上の空よ。わたしの目を見ようとしないし、こっちがいくらモーションをかけてもことごとくかわしてしまうし……。ランチに誘った側の態度としては、かなり変だと言わざるを得ないわ。わたしがむりやりつき合わせたのならそれもわかる。でも、誘ってきたのはあなたよ。仕事で何か問題でも起こったの？　もしそうなら、今日のランチはキャンセルしてもよかったのよ」そう言ってから、最後にもう一度悪あがきを試みる。「もちろん、あとでちゃんと埋め合わせをしてもらいますけどね」

その試みは、他のすべての試み同様、あっさりと無視された。「いや、仕事にはなんの問題もないよ」その口調はあいまいでよそよそしい。

「じゃあ、MSIの方で何か問題でも？　わたしにできることなら力になるわ」自分が藁にもすがろうとしているのがわかる。最後にいちばん認めたくないものが残るまで、思いつくかぎりの理由を試そうとしているのだ。

「MSIにも問題はないよ。彼らとの仕事は楽しんでる。スケジュール調整もいまのところスムーズにいってるし」

わたしは背もたれにもたれて腕を組んだ。「わかったわ。じゃあなんなの？　あと二十分でオフィスに戻らなくちゃならないの。推測ゲームをやってる時間はないのよ」自分の口調が思いのほか毅然としていることに驚く。

イーサンは料理を食べ終えると、空になった皿を横にずらした。「実は話したいことがあるんだ」

「聞くわ」

「きみはときどき、その、ひどく魔法を怖がることがあるよね」

「そう？　そんなことないと思うわ。少なくとも、会社では。たしかに、魔法が私生活に介入してくるのは好きじゃないけど。特に、友達や家族に影響が及ぶのはね。でも、別に頭の固い反魔法主義者ってわけじゃないわ」

イーサンは首を振る。「いや、そういう意味じゃないんだ。でも、そうだね、たしかにきみは魔法を私生活にもち込みたがらない」

「魔法がどんなふうにわたしの私生活に介入してきたかを知れば、どうしてかわかると思うわ。デート中に突然、魔法にかけられた人物が現れてアリアを歌い出したらどうする？　しかも、ものすごく音痴なの」

イーサンは笑った。「本当？　そりゃ笑えただろうな」

「いまは笑い話かもしれないけど、そのときはとても笑えるような状況じゃなかったわ。わたしのデート相手も面白いとは思わなかったようね。おかげで彼とはそれっきりよ」

「もともと合わない相手だったってことだよ」

わたしは顔をしかめた。「デート中に相手の女性にそういうことが起こったら、どう思う？」

「魔法のせいだと思うだろうね」

「あなたは魔法の存在を知ってるからいいけど、彼は知らなかったのよ」

「つまりそこだよ。ぼくらはふたりとも魔法のことを知っている。お互いに何も隠す必要はない。だから、そういう状況を楽しんでいいはずなんだ」

なんとか胃に入れたわずかばかりの料理が、のどを逆流してきそうだ。彼が次に何を言い出すかが、すでにわかったような気がする。

予感は的中した。「ケイティ。どう話せばいいかわからないから、単刀直入に言うことにするよ。きみはとても素敵な女性だけど、ぼくたちうまくいかないと思うんだ」

気の利いた台詞を返したいところだが、呆然として彼を見つめるのが精いっぱいだった。

「うまく……いかない？」彼の言葉をそのまま繰り返す。

イーサンは見るからに気まずそうな顔になった。いいぞ、もっと困れ——。「普通はここで、きみにはなんの問題もない、すべてぼくのせいだって言うべきなんだろうけど、実際は、きみの問題でもあり、ぼくの問題でもあるんだ」

「いまの文章、図にしてもらえる？　ちょっと混乱してきたわ」

「ごめん、じゃあ、こう言おう。さっきも話していたように、きみはできるだけ普通の生活をしたいと思っている。でも、ぼくは違う。まったく別の世界が存在することを発見したんだ。可能なかぎり探究したいし、活用できることは最大限に活用したい。でもきみは、魔法が日常生活に入ってくるのをいやがる。つまり、ぼくらは正反対のものを求めているんだ。きみが最悪のデートと思うものが、ぼくにとっては楽しいデートになる」

「パーティに行く途中で悪の手先に奇襲されるのが楽しいってこと？」

「ぼくたち無事に逃げられただろう？」

「あのときはね。でも、決して楽しかったとは思えないわ。魔法や魔法を使う人たちにはなんの恨みもないけど、たとえつき合っている相手が魔法使いや精霊《スピリット》やエルフや地の精《ノーム》だったとしても、わたしはやっぱり普通のデートがしたい。彼らはたまたまわたしたちとは異なる能力をもつだけで、普通に生活している市民よ。娯楽のための見世物じゃないわ」

イーサンは天を仰ぎ、首を振る。「違う、そういう意味で言ったんじゃないよ。ぼくはただ、その異なる部分をもっと探究したいんだ。でも、きみからそうした意欲は感じられない」

「つまり、わたしは普通すぎるってわけ?」またここに戻ってきた。

「さっきも言ったように、きみは素敵な女性だよ。もし魔法のことを知らなかったら、きみとつき合えてすごくうれしかったと思う。でも、魔法界のことを知れば知るほど、彼らに対する興味が大きくなっていくんだ」

「要するに、羽のついた女の子とつき合いたいのね」

「違うよ!」イーサンは首を振ったが、赤くなったところを見ると、かなり図星に近かったようだ。「まあ、そうだとしても、それだけじゃない」イーサンはそう言うと、テーブルの上に視線を落とし、自分のフォークをいじりはじめる。「きみが本当に求めているのは、ぼくじゃないんじゃないかな。少なくとも、本命ではないだろう?」

一瞬、言葉に詰まった。なにしろ、いままさに、どうせあなたは第二希望で、本当に好きな人には振り向いてもらえないと思ったからつき合ったのよ、とでも言ってやろうかと思っていたのだ。でもこうなっては、たとえ真実でも、いまここでそれを認めるわけにはいかない。

「ちょっと待って。イドリスが言ったことを本気にしたの? 彼がわたしをオーウェンのガールフレンドだと言うのは、オーウェンをうんざりさせるための手口のひとつなのよ。それをうちの母が勝手に誤解したの。わたしは二股なんかかけてないわ」

イーサンはテーブルごしにまっすぐわたしを見た。すべてを見透かされているような気がして落ち着かなくなる。「正直になりなよ、ケイティ」イーサンは優しく諭すように言った。「ぼくに対してなれないなら、せめて自分に対して。何かを欲しいと思ったら、自分にはそれを手に入れるだけの価値があると思わなくちゃだめだよ。自分はこの程度でいいというような考えでぼくといっしょにいるとしたら、ぼくだって心中穏やかじゃない。それで平気でいられるほど、いい加減な気持ちできみとつき合っているわけじゃないんだ」

「へえ、じゃあ、これはすべて、わたしのためだと言うのね？」

「ぼくたち双方のためだよ。つき合いが深くなれば、それだけ傷つくことになる。そうなる前に終わらせた方がいいと思うんだ。いまならまだ、友達に戻ることができるだろう？」

たしかに、冷静に考えれば、このタイミングで別れを切り出してくれたのはありがたいことかもしれない。もしそういう関係になったあとだったら、落ち込み方は半端ではなかっただろう。わたしの計画どおりにことが運んでいれば、ふたりはこの週末、まさにそういう関係になっていたのだ。のどの辺りが痛くなってきて、涙がこみあげてくるのがわかった。彼に泣き顔を見せるわけにはいかない。

「ごちそうさま」必死に感情を抑えながら言った。震える手でひざの上からナプキンを取り、テーブルに置く。「もう行かないと。別れ話をランチの席でするというのは、なかなか賢いアイデアだったわね。ぐずぐず話をしたり口論したりする時間はないもの。でも、今後のために言わせてもらうと、これは少々残酷な作戦でもあるわ。あなたにふられた気の毒な女の子は、そのあと職場に戻って仕事をしなきゃならないのよ。次回は、せめて仕事が終わってからにしてあげて。そうすれば、その娘《こ》は涙をこらえて仕事に没頭するふりをするかわりに、家に直行してアイスクリームのやけ食いができるわ」わたしはボックス席から滑り出ると、スカートのすそを直し、コートをつかんで、出口に向かって歩き出した。

「ケイティ！」イーサンが後ろで叫んだ。「ごめん、そこまで考えなかった」

振り返ることはできなかった。すでに涙があふれ出し、頬を伝っていた。彼を無視し、そのまま店を出る。なぜ泣いているのか自分でもよくわからない。イーサンにそこまで夢中だったわけではないし、心の奥では、彼の指摘がある程度正しいこともわかっていた。わたしはたしかに〝普通〟を求めている。ＭＳＩに入るまでは、あれほど普通すぎる自分がいやだったというのに。そもそも、普通の世界と魔法界がそれほど相容れないものだとも思えない。オーウェンといっしょに食事をしたときのことが頭に浮かぶ。あれは素晴らしく普通のひとときだった。オーウェンほど普通の対極にいる人もそういないはずなのに。イーサンは、わたしの心が本当はだれを見ているかという点についても正しかった。でもだからといって、気持ちが軽くなるわけではない。わたしはオーウェンと友達以上になれないだけでなく、イーサンまで失ってしまったのだ。

ハンドバッグからティッシュペーパーを取り出そうと立ち止まったとき、突然、ビリッという刺激を感じた。魔法そのものは見えなくても、魔法が使われているときに感じるあの独特の刺激は覚えている。刺激はすぐ近くで感じられた。でも、免疫を失った状態では何が起こっているのかまったくわからない。わたしはいまや盲目同然で、きわめて無防備な状態にあった。

13

残念ながら、この刺激は方向を示してくれるものではない。魔法がどの方角で使われていようが、同じように首の後ろの産毛が逆立つのだ。いろんな方向に歩いてみて、刺激が強くなるかどうかを試すという手もあるが、いまはそんなことをしている気分ではない。わたしはまっすぐ前を向き、見えない相手をにらみつけた。「何を企んでいるのか知らないけど、いまはやめておいた方がいいわ。こっちはものすごーく疲れてて、ものすごーく機嫌が悪いの。さっさと消えた方が身のためよ」

魔法を操る生き物でさえ、ふられたばかりの女を怒らせるのがどれほど無謀な行為か知っていたようだ。刺激はすぐに小さくなり、やがて消えた。早足で歩き出す。姿の見えないストーカーの気が変わらないうちに、さっさと会社に戻ってしまおう。

MSIの建物が見えてきたところでいったん立ち止まると、バッグのなかからティッシュペーパーを取り出した。涙をふき、鼻をかんで、手鏡で自分の顔をチェックする。いい表情だとはお世辞にもいえないが、少なくともマスカラが取れて頬に黒い筋をつくってはいない。目のまわりが赤いのは、外で冷気に当たったせいだと思ってもらえるだろう。ひとつ大きく深呼吸し、むりやり胸を張ると、精いっぱい堂々とした足取りで正面玄関を目指した。

守衛のガーゴイルに軽くうなずき――幸いわたしの知っているガーゴイルではなかった――、急いで自分のオフィスに向かう。社内に渦巻く疑心暗鬼のおかげで、途中でだれかに話しかけられる心配はない。それどころか、だれかと目が合う心配すら無用だろう。社長室のレセプションエリアに到着したところで、トリックスがコンピュータから顔をあげずに言った。「おかえり。熱々のランチデートはどうだった？」

自制の糸が、そこでついに切れた。抑えていた感情とともに涙がいっきにあふれ出す。「ふられたわ」

トリックスははじかれたように立ちあがると、デスクの上を飛び越えてきて、わたしの肩を抱き、そのままオフィスのなかへ入っていく。ドアを閉め、わたしをデスクの椅子に座らせると、手首をひとひねりして、いれたての紅茶とティッシュペーパーの箱とチョコレートの並んだ皿を出した。「さあ、すべて話して」そう言いながら、自分もデスクの横の椅子に腰をおろす。「どうしてそんなことになったの？　あなたたち、あんなに順調そうだったじゃない。さっき彼が迎えにきたときだって、問題があるようには全然見えなかったわ」

肩をすくめようとしたが、ひどく震えていてうまくいかなかった。「わたしが退屈な女だからよ」ティッシュペーパーを一枚取り、思いきり鼻をかむ。

「彼、そんなこと言ったの？」

「彼は普通すぎるって言ったんだけど、それはつまり、退屈だっていうことよ」なんとか苦笑いをして見せる。「新しく発見した世界を思う存分体験したいんですって。わたしは普通を求めすぎるらしいわ。お互いに正反対のものを楽しいと思う以上、ふたりはうまくいかないそうよ」チョコレートをひと粒かじり、唇についたキャラメルをなめる。

デスクの上の電話の、トリックスのラインに外線が入ったことを示すランプが点滅した。「ちょっと待ってて」トリックスはデスクに身を乗り出し、受話器を取った。「ミスター・マーヴィンのオフィスです」歯切れよく応答すると、数秒の間を置いて、「おつなぎします。少々お待ちください」と言い、いくつかボタンを押して受話器を置いた。そしてすぐにまた受話器をあげ、さらにいくつかボタンを押す。「アリ、ケイティのオフィスで緊急首脳会議よ。イザベルも連れてきて」

トリックスが電話を切り、ふたたび椅子に座ったところで、わたしは訊いた。「アリを呼んで平気かしら」

トリックスは心配しなさんなというように片手を振った。「彼女から恋のアドバイスを受けようとは思わないけど、男をこきおろしたいときには彼女に勝る話し相手はいないわ。ある程度怒りを発散させたら、あらためて今後の対策を考えましょう。あなたがそれほど普通じゃないってことを彼に思い知らせるのは、そう難しくないはずよ」

「でも、彼の言うことも正しいのよ。わたしはたしかに普通を求めてる。誤解しないで、あなたたちのことは好きよ。でも、仕事以外のときはなるべく普通のことがしたいの。私生活に魔法が介入してくると、なぜかいつもろくな展開にならないのよ」

「もし彼が魔法に刺激を求めているなら、遅かれ早かれがっかりするはずよ。わたしたちは別に、年がら年じゅう魔法を使って突拍子もないことをやってるわけじゃないんだから。魔法はあくまで利便のための道具であって、ライフスタイルそのものではないわ。まあ、一部の過激派についてはそのかぎりでもないけど」トリックスはそう言って、鈴の音のような笑い声をあげる。「でも、彼がそうした連中とつるんでるところは想像できないわ。普通すぎて、まず相手にしてもらえないでしょうからね」

わたしは思わず吹き出した。「皮肉な話とはまさにそのことね」

ノックの音がし、トリックスが「どうぞ」と言うと、ドアが開いてイザベルとアリがなだれ込んできた。

「どうかしたの?」アリはそう言うと、わたしの顔をまじまじと見つめた。「まさか、もうふられたなんて言うんじゃないでしょうね」

わたしはしょんぼりとうなずき、トリックスに説明を任せる。「嘘みたいな話だけど、彼、自分からケイティをランチデートに誘っておいて、レストランで彼女をふったのよ。自分は魔法の世界を堪能したいのに、彼女が普通《ノーマル》にこだわるからですって」

アリが茶目っ気たっぷりに舌なめずりをする。「で、彼は具体的にどういうアブノーマルな行為がお望みなわけ?」

「もうアリったら、やめなさいよ」イザベルがアリの肩をこづくと、アリは大きくよろめいた。

「そういうことじゃないの」わたしは力なく言った。「私生活ではできるだけ魔法がらみの妙な出来事には関わりたくないっていうのがわたしの考えなんだけど、彼には逆にそれが刺激的で楽しいらしいの」

「もっと早くわかってたら、彼を誘惑する手として使えたのに」アリが言う。

「誘惑する予定だったわ、今週末。ただし、魔法じゃなくて、先週買った赤い靴でメロメロにするつもりだったんだけど」

トリックスがうれしそうに手をたたく。「あの靴、買ったのね！」

イザベルがわたしの肩をぎゅっと抱き寄せた。一瞬、息が詰まる。「かわいそうに。それじゃあ、落ち込むわよね。どうして男ってそうなのかしら。こっちが次の段階へ進む気になると、決まって逃げ出すんだから」

「まあ、普通はその次の段階とやらにいった直後に逃げ出すものだけどね。直前じゃなくて」アリが口をはさむ。「で、どんな仕返しをしてやるの？」

わたしは首を振った。「仕返しなんかしないわ。現実を受け入れて、流れに身を任せるだけよ」

「そうよ。今度は彼が、どこかの魔法使いの女の子に普通すぎるって言われてふられるわ」トリックスが言う。「で、そのころケイティには最高に素敵な彼氏がいるの」

もう一枚ティッシュペーパーを取り、涙をふいて鼻をかむ。気持ちはすでにだいぶ落ち着いていた。「考えてみれば、おかしな話ね」わたしは言った。「別に、彼に夢中だったわけじゃないのよ。そもそも、最初に誘ったのだって、知的所有権専門の弁護士が必要だったからだし。そりゃあちょっといいなとは思ったけど、ひと目惚れとはほど遠かったわ。彼に何度か誘われるうちに、だんだんつき合ってもいいかなと思うようになったのよ。いい人そうだし、けっこう素敵だし、条件も悪くないし……」

「たしかに肩書きは申し分ないわね」トリックスが大仰にため息をつく。「でもいくら条件がよくたって、相性が悪くちゃ始まらないわ」

「相性、悪くないと思ったんだけどね。でも、そう思い込もうとしていただけかもしれない」

彼女たちに、イーサンを好きだと思い込もうとしていた本当の理由を話すわけにはいかない。自ら社内ゴシップの標的になるようなものだ――オーウェンを道連れに。「たぶん、だれかとつき合いたかったんだと思う。たまたま彼がほかの選択肢よりよかったってことなのよ、きっと」

「だからって、彼を無罪放免にしていいってことにはならないわ」アリが言う。「よりによって、彼はあなたをランチタイムにレストランでふったのよ」

「少なくとも、彼は面と向かってはっきり言ってくれたわ。突然電話をくれなくなって、こっちがふられたことを悟るまでひたすら逃げ回る男は、いくらでもいるもの」

「たしかにケイティの言うことにも一理あるわね」イザベルがため息をつく。

「でも、ランチタイムよ！」アリはあとに引かない。「こっちはそのあと職場に戻って半日耐え忍ばなきゃならないのよ。別れ話をするのに、ディナーじゃお金が惜しいってわけ？　それとも、夜はすでに先約があるってことかしら」

「わたしは大丈夫よ」鼻をすすりながら言う。

「今夜、飲みにいく?」とイザベル。

わたしは首を振った。「ううん、今日はまっすぐ家に帰って、アイスクリームを食べまくるわ。ルームメイトが面倒みてくれるから大丈夫」彼女たちがボーイフレンドと出かけていなければの話だけれど。ああ、これでまた、わたしだけが寂しい彼氏ナシだ。

「じゃあ、金曜日はガールズナイトよ」トリックスが宣言する。「この際、みんなそろって気晴らししましょう!」

大丈夫だろうか。はじめて彼女たちと出かけたときは、セントラル・パークでカエルにキスするはめになった。まあ、フィリップとジェフが今日《こんにち》あるのは、そのおかげなのだけれど。もっとも、その後何度か飲みに出かけた際には、ごく普通の——またこの言葉だ——時間を過ごしている。トリックスとアリの背中の羽が、唯一の普通ではない要素だったぐらいで。

「例の赤い靴を履いてきなさいよ。それでほかの男たちをメロメロにしてやればいいわ」アリが言う。

「少し考えさせて。二、三日様子をみて、そういう気持ちになれたら参加するわ。いまは、しばらく冬眠でもしたい気分よ」

アリとイザベルがオフィスを出ていったあと、トリックスが言った。「今日はもう帰ったら? あとはわたしがカバーするわ」

「あなたにそこまでさせられないわ。感謝祭《サンクスギビング》の前にも一日休暇を取ってるんだから」

トリックスは鼻を鳴らす。「あの日はすっごく暇だったから、気にすることないわ。時間をもてあまして、マニキュアのあとペディキュアまでしちゃったくらいよ。言っとくけど、わたしなんてピピンと喧嘩したとき、まる一日休んだのよ」

「でも、やらなきゃいけないことがあるし——」

「そんな調子でどれほどの仕事ができるっていうの？　コンピュータに向かったたって、いつの間にか空を見つめて、ああ言えばよかったこう言えばよかったって、うじうじ考えてるのがおちよ」

わたしは大きくため息をつく。「そうね。あなたの言うとおりかもしれない。でも、早退したってことが彼に知れたら、ちょっとしゃくだわ」

トリックスはウインクした。「早退したなんてわかりっこないわ。万が一探りを入れてきたら、午後じゅう重要な会議に出てるってことにしておくから大丈夫よ。さ、家に帰るなり、ショッピングに行くなり、好きにしなさい。あなたのシークレットパルに何かつくってあげるのもいいじゃない？　それって、ある意味、仕事だもの。このプログラムはあなたの発案なんだから、率先して模範を示すべきでしょ？」

「わかったわ。追い出されないうちにさっさと帰ることにする」ひどく無責任で意気地のない行為にも思えたが、やはり会社にはいたくなかった。いまだかつて、ボーイフレンドにふられたという理由で仕事を休んだことは一度もない。ただ、仕事をするようになって以来ボーイフレンドと呼べる人自体がいなかったのも事実だ。ニューヨークに来たあと何度かデートはしたものの、本格的な交際に発展した人はひとりもいない。大学卒業後、両親の店で働いていたときには、だれともつき合っていなかった。半信半疑のままイーサンを好きになろうとしたのも不思議ではない。わたしは孤独で、惨めで、ボーイフレンドという存在に情けないほど飢えていたのだ。

家に帰る途中で近所の食料品店に立ち寄り、わたしのいちばん好きなクリスマスクッキーの材料を買った。アパートの近くまで来ると、ミセス・ジェイコブスがネズミのように小さい飼い犬をつれて——はじめて見たとき、本当にネズミにリードをつけているのかと思った——表玄関のドアを開けているのが目に入った。ここで急いで追いつこうとするのは、むだな行為だ。もちろん、両手に買いもの袋を抱えたまま鍵を開けずにすむならそれにこしたことはないが、どうせ、鼻先でドアをバタンと閉められて、ひとりずつ鍵を開けて入るのが規則だと取り澄ました顔で言われるに決まっている。

ところが、信じられないことに、ミセス・ジェイコブスはドアを押さえて待っていてくれた。部屋に戻ったら、ただちにタイムズ紙に電話をしなくては。そればかりか、彼女は笑顔まで見せて、わたしにあいさつした。「今日は早いのね。何かあったの?」これは一面記事ものだ。宇宙人がやってきて、彼女の体に乗り移ったに違いない。

「半休を取ったんです。ドア、ありがとうございました」

わたしがアパートのなかに入るのを待って、ミセス・ジェイコブスはドアを閉めた。「両手がふさがっているのが見えたのでね。行くわよ、ウィンキー」そう言って、ネズミのリードをくいと引くと、階段をのぼっていく。

わたしはその後ろ姿を呆然と見送り、彼女が自分の部屋に消えてから、ようやく足を踏み出した。理由はわからないが、彼女の機嫌が異常によくて助かった。もし今日、彼女がいつもの彼女だったら、わたしはきっと泣き崩れていただろう。

部屋に入り、卵とバターを片づけてから、さて、何をしようかと考えた。いざ家に戻ってみると、だれもいない部屋にひとりでいることがそれほどよいアイデアだとは思えなかった。会社で仕事をしていた方が、かえって気を紛らわすことができたような気がする。ベッドに座って思いきり泣けば、ある程度気がすんで、ルームメイトたちが戻るころにはいつもどおりに振る舞えるようになっているかもしれない。そうしよう。ふたりに哀れな姿をさらすのはいやだ。

寝室に行き、ジーンズとスウェットシャツに着がえてから、靴箱にそっと触れてみる。いまやそれを履いて魅了する相手もいないと思うと、とてもふたを開けてなかを見る気にはなれない。

ふたたび涙がこみあげてきた。きっとわたしは一生ひとりなんだ。こんな普通きわまりない退屈な女を好きになる男なんかいるわけがない。わたしをデートに誘う人などもう二度と現れないだろう。だから一生、この素敵な赤い靴を履くこともないのだ――。

ひとしきり泣いて、ようやく嗚咽が収まると、今度は無性に笑いたくなった。わたしはなんてばかなんだろう。たしかに、いまの仕事を手に入れた最大の理由である魔法に対する免疫を失い、ようやくできたボーイフレンドにもふられた――ほんの一週間のうちに。でも、だからなんだというのだ？　わたしの人生はそれだけじゃない。いまはちょっと思いつかないけれど、ほかにも絶対何かあるはずだ。

バスルームへ行き、顔を洗う。リビングルームに戻ったところで、留守番電話のランプが点滅しているのに気づいた。再生ボタンを押すと、スピーカーから母の声が聞こえてきた。「えー、これはケイティへのメッセージです。こちらは母です。メイヴィスが断酒のために行った施設の資料が手に入ったの。パンフレットを郵送しておいたわ。今度あのお友達がからんできたら、渡してあげなさい」これが最後の仕上げとなった。ベティ・フォード・センター（ベティ・フォード元大統領夫人が設立したアルコールと薬物依存症の専門治療施設）に送り込まれるフェラン・イドリスを想像したら、いじけた気分はすっかり消え失せた。

ひとり大笑いしたあと、ラジオをつけて、早くもクリスマスソングを流している局にチューニングし、クッキーづくりに取りかかった。お菓子づくりはいつもわたしを前向きにしてくれる。ルームメイトたちが帰ってきたとき、キッチンは散らかり、わたしは粉まみれだったが、少なくとももう泣きべそをかいてはいなかった。ふたりにいつものようにあいさつし、ジェンマが「デートはどうだった？　詳しく聞かせてもらうわよ」と言ったときにも、泣き出すかわりに、やれやれという顔をして肩をすくめることができた。

「デートなんかじゃなかったわ。驚くなかれ、ランチに誘ったのは別れ話をするためだったの」

「ウソ！」

「だからあの男はろくでもないやつだって言ったのよ」マルシアがつぶやく。「これ、ひとつ食べていい？　それとも、どこかにもっていくの？」

「向こうにある形が変なやつを食べて」砂糖衣《アイシング》のついたへらで指しながら言う。「それから、彼は別にろくでなしってわけじゃないわ。ただ、わたしとはこれ以上先に進みたくなかっただけ。少なくとも、そのことをきちんと話してくれたんだし、こっちと意見が違うからって責めることはできないわ」

「別れた当日ぐらい好きなだけ責めればいいのよ。理性的になるのは翌々日ぐらいからで十分よ」ジェンマがクッキーをつまみながら言う。

わたしはアイシングをかき混ぜながら言った。「本当に好きじゃないなら、無理してつき合ってほしくはないもの。なんの説明もなく、ただ、忙しいって言って避けられるよりずっとましよ」

「あなた、ものわかりがよすぎよ」マルシアが言う。「わたしなら、徹底的にこきおろしてるわね」

「彼はよりによってランチの席であなたをふったのよ」ジェンマがあとに続く。「クッキーが焼きあがってるということは、今日は早引きしたんでしょう？」

「同僚の娘《こ》が帰りなさいって言ってくれたの。それに、会社でシークレットサンタ・プログラムをやることになって、シークレットパルにプレゼントを用意する必要があったのよ」

ジェンマはテーブルの上に積みあがったジンジャーブレッドに目をやる。「ふうん、ずいぶんそのシークレットパルのことが気に入ってるみたいね。ちょっと待って、まさかこれでジンジャーブレッドハウス（クリスマスにジンジャーブレッドと呼ばれるクッキーでつくるお菓子の家）をつくる気じゃないでしょうね」

思わず視線をそらす。さすがにちょっとやりすぎだろうか。「ハウスは彼のためとはかぎらないわ。自分たち用にしたっていいんだし。ツリーを飾るとなると、レンタルしなくちゃならないでしょう?」

「なるほど、彼、なんだ」クッキーを口いっぱいに頰張りながらマルシアが言う。「話がややこしくなってきたわ。ねえ、ミルクあったっけ?」

冷蔵庫をのぞきにいったマルシアにかわって、ジェンマが尋問を引き継ぐ。「ひょっとして、前に言ってた例のキュートな彼だったりするわけ?」

「さあね」あいまいに答える。

「あー、赤くなった。マルシア、ちょっとケイティの顔見て。この娘《こ》、早くも新たなターゲットを見つけたみたいよ」

「彼はただの友達よ。わたしのことを友達以上に思ってないのは明らかだもの」

「それにしちゃあ、ずいぶん本格的な菓子職人ぶりじゃない」

「だって、彼、なんだかかわいそうなのよ」

マルシアは全員にミルクをつぎ終え、ボトルを冷蔵庫にしまった。「ちょっと、まだ水買ってないの?」

「だって、あなたが買う番でしょう?」ジェンマはすかさず言い返す。「もう、勝手に話を変えないでよ。いまはケイティの恋愛問題を討議してるんだから。で、そのキュートな彼はどうしてかわいそうなの?」

「孤独だと思うの。彼、実は孤児なんだけど、育ての親と心理的に距離があるみたいなのよ。だからこの時期、何か手づくりのものをもらうのは、うれしいんじゃないかと思って」

マルシアがバイオリンを奏でるジェスチャーをし、ジェンマがわざとらしく目頭を押さえる。

「ディケンズの小説みたいね」ジェンマはそう言って、大げさにため息をついた。「言っとくけど、彼の孤独を癒す方法はほかにもあるのよ」

「デートに誘いなさい!」マルシアが言う。「それが、彼があなたに興味をもっているか、ただシャイなだけなのかがわかる、唯一の方法よ」

わたしは鼻を鳴らし、アイシングをかき混ぜる。しゃべっている間に固くなってしまった。

「彼をデートに誘う前に、心肺蘇生術を学び直さなきゃ」腕を勢いよく動かしながら言う。「心臓発作を起こして死なれちゃ大変だもの。それに、失恋の反動でそういうことをするのはいやよ。ちゃんと心の準備ができるまで、無理はしないわ」

ふたりは顔を見合わせる。「五年間だれとも寝てないのも無理はないわね」マルシアが言った。

翌朝、クッキーをもって厳重警備の部署に忍び込む前に、ひとつ大きな難関をクリアしなければならないことに気がついた。まずは、オーウェンに悟られることなくプレゼントを会社にもっていかなければならない。彼は毎朝アパートの前で待っていて、そのままいっしょに会社へ行くのだから、細心の注意が必要だ。

もっとも、何か見慣れないものを携えて会社に行くことは、決して怪しい行為ではない。シークレットサンタは全員参加のプログラムなのだから、当然、わたしだってだれかのためにプレゼントを持参することはある。重要なのは、わたしが手にしているものと、オーウェンが受け取るものとが、まったく違って見えることだ。そこで、ジンジャーブレッドをクリスマス用のプラスチックの皿に並べてラップでくるみ、リボンをかけ、それをケーキ用の箱に入れてさらにリボンをかけた。これできっとオーウェンは、ケーキの箱がわたしの用意したプレゼントだと思い、自分に届けられたクッキーを見ても、ふたつを結びつけはしないだろう。

　事前に対策を講じておいて正解だった。案の定、オーウェンはすぐにわたしの荷物に興味を示した。会社が見えてきても、彼は相変わらずケーキの箱の中身について推測ゲームを続けていた。「ぼくを信用してよ。絶対にだれにも言わないから」

「悪いけど、この会社の情報網のすさまじさを考えたら、だれのことも信用できないわ」

「じゃあ、せめて、余った分のお裾分けはないの？」

〝お裾分け〟が彼に贈られたものと同じであれば、シークレットサンタがだれなのかすぐにわかってしまうだろう。でも、彼のおねだりはあまりにキュートで、とてもだめだとは言えなかった。しかたない、何かまったく違うものを焼いて、余った分だということにしよう――。

「そうね、じゃあ、覚えてたら明日もってくるわ」

　オーウェンの顔がぱっと輝いた。はじめてクリスマスツリーを見た子どものような目をしている。両手がケーキの箱でふさがっていてよかった。でなければ、思わず彼を抱き締めていただろう。昨日イーサンにふられたことさえ、一瞬、忘れそうになった。

　正面玄関のドアが勢いよく開き、オーウェンをも凌ぐほどのハンサムな男性がわたしたちを出迎えた。それがめくらまし《イリュージョン》をまとったロッドであることに気づくのに数秒かかった。「おう、ちょうどよかった。待ってたんだよ」

　オーウェンとわたしは顔を見合わせる。「どうして?」オーウェンが怪訝そうに訊いた。

ロビーをひと目見て、その理由がわかった。玄関ロビーは、ロープクライミング・コースと化していた。たくさんのロープが宙に垂れ下がっている。「きみたちが最初の挑戦者だよ」ロッドが言う。

　チームビルディングの試みはすでに始まったらしい。少々鼓舞しすぎてしまっただろうか――。

14

「ぼくはパスするよ」オーウェンが言った。彼が先に断ってくれてほっとした。

ロッドはがっかりした顔をし、一瞬、めくらまし《イリュージョン》の下の本来の彼が見えたような気がした。

「どうして?」

「まだ肩が完全じゃないんだ。無理はしたくない」

「わたしは今日、スカートだから」急いであとに続く。「それに、もう少し小規模なものから始めた方がよくない? 皆がこれだけぴりぴりしているときに、こんなにたくさんロープをぶら下げておくのは、少々危険じゃないかしら」

ロッドは顔をしかめた。「たしかに、それは言えるな。大丈夫、ほかにもアイデアがあるから」彼が片手を振ると、一瞬でロープコースは消えた。オーウェンは見るからにほっとした様子だ。わたしはわたしで、高校時代の体育のいやな思い出を再現させられずにすんでほっとしていた。それに、容疑者候補リストから完全に外れたわけではない人が設置したロープでがんじがらめになるのも、あまり気持ちのいいものではない。新たなアイデアの実験台にされる前に、オーウェンとわたしは多忙を理由にそそくさとロビーを立ち去った。

オフィスに到着すると、さらに目を見張る光景が待っていた。オフィスには、一夜のうちにみごとな飾りつけが施されていた。部屋の隅に置かれた小さなクリスマスツリーには雪が静かに舞っている。雪は床に落ちる寸前にすっと消えた。天井付近では星が瞬いているが、コードらしきものは見えない。

入口に立ってその光景に見入っていると、トリックスが後ろで言った。「気に入った?」

「ええ。だれがやったの?」

トリックスはウインクする。「内緒よ。気分はどう?」

「だいぶいいわ。というか、もうほとんど立ち直ったみたい」

「よかった。ありのままのあなたを受け入れられないような男のために、涙を流す必要なんかないわ。じゃあ、金曜のガールズナイトは参加ってことでいいわね?」

「ええ」

「ねえ、あのセクシーな赤い靴、もってらっしゃいよ。あれを履いてとことん楽しんじゃいなさい」

やることは山のようにあるのだが、仕事に取りかかる前に、まずは、だれにも目撃されずにオーウェンにクッキーを届ける方法を考えなければならない。マーリンのスケジュールをチェックすると、午後にオーウェンとのミーティングが入っていた。ふたりがそろうときはしばしばわたしも呼ばれるのだが、幸いにも、今日は声をかけられていない。呼ばれるときは、たいてい検証人という立場で参加するが、免疫がなくてはその機能を果たすこともできないのだ。オーウェンがミーティングに出ている間に、彼のオフィスにクッキーを置いてくることにしよう。

検証作業については、完全に責務を免れたわけではなかった。十時半を回ったころ、マーリンに呼ばれた。「五分後にコーポレートセールスの新しい顧客候補に会うことになりました。急なことで悪いのですが、あなたも出席してください。まだ契約を結ぶ段階ではないので、通常の検証人を同席させては先方に失礼になります。わたしのアシスタントとして出席したあなたが、たまたま免疫者《イミューン》だということであれば、相手の気分を害さずに、へたな小細工を思いとどまらせることができますからね」

のどの辺りが苦しくなってきて、息が詰まりそうになった。正式な検証作業のために呼ばれたのではないとしても、果たしてはったりだけで切り抜けることなどできるだろうか。「了解しました」声がうわずったのが、意気込みの表れとして解釈されたことを切に願う。

やってきた顧客候補には、特に変わったところは見受けられなかった。もっとも、たとえ彼が角や割れた蹄や尖ったしっぽをもつ悪魔の化身だったとしても、普通の人間のめくらましをまとっていれば、いまのわたしにはそのようにしか見えない。ただ、彼には何かを企んでいるような雰囲気はなかった。これまでの経験からいって、人は相手にばれないのをいいことに何かずるを働こうとするとき、たいてい独特のしたり顔をする。よからぬことを目論んでいるときほど、妙ににこやかだったりするのだ。

コーポレートセールスのスタッフ――たしかライカーという名前だったと思う――がマーリンに顧客を紹介したあと、マーリンがわたしを顧客に紹介した。「ミス・チャンドラーはミーティングのオブザーバー兼記録係として出席します」〝オブザーバー〟の部分を若干強調して言う。わたしが特殊な能力を用いてミーティングを観察するということを暗に伝えたのだろう。ふいに罪悪感に襲われた。マーリンには話しておくべきだった。彼は自分のアシスタントがイミューンであるということになんの疑いももっていない。これでは彼をだましていることになる。

顧客はまばたきひとつせずに、平然と席についた。ほかの面々もそれに続く。わたしはマーリンの後ろに座り、相手の一挙一動を見逃すまいと目を皿のように見開いた。言葉そのものでなく、声のトーンや抑揚に表れる真意を聞き取ろうと耳を澄まし、嘘やごまかしを感じさせるものはないか、ちょっとした仕草にも神経を集中させた。ミーティングが終わるころには、頭が割れるように痛くなっていた。幸い、問題はなかったように思える。もちろん、確信はもてないけれど。

マーリンは顧客をオフィスの外まで送ると、メモを集めているわたしのところへ戻ってきた。

「どうやら不正な行為はなかったようですな」

「見たかぎりでは、そのようですね」一応、嘘ではない。実際にどれほど見えていたかを明らかにしていない点を除けば。

マーリンはうなずく。「わたしも魔法の使用は感じませんでした。あなたの存在自体が抑止力になったのかもしれませんな。あるいは、きわめて正直なビジネスマンだったのか――」

「だとしたら、彼を捕まえて博物館に収めなければなりませんね」冗談を言ってみる。

「ところで、あなたのシークレットサンタ・プログラムは早くも効果をあげているようですな。社内の雰囲気が明るくなりました。皆、不審の目で互いを監視し合うかわりに、ちゃんと言葉を交わしているように見えます」

「よかった。ほかにもまだ検討中のものがあるんです」

「これはぜひとも、特別対策委員会《タスクフォース》を結成すべきですな！」相変わらずビジネス書を読みあさっているようだ。

「そうですね、考えてみます」言葉を濁す。これまで、タスクフォースが実際になんらかの成果をあげた例をほとんど見たことがない。せいぜい山のような議事録とバインダー二、三冊分のプレゼン用スライドができあがるぐらいだ。マーリンが当分の間パワーポイントの存在を知らずにいてくれることを密かに祈った。

午後、オーウェンとマーリンのミーティングが始まって五分ほどたってから、実用魔術課のアリのラボに電話をした。「もしもし、ケイティよ。研究開発部に届けなきゃならないものがあるんだけど、入口を開けてもらえるかしら」

「ははあん、さては、シークレットパルがいるのね？　それなら、仲良しの彼に開けてもらえばいいんじゃない？　あなたに会える口実はなんだって歓迎するはずよ」

だれのことを言っているのかは訊かなくてもわかる。「彼いま、こっちでミーティング中なのよ」

「あら、そう。わかった。じゃあ、ドアのところで待ってるわ」

「ありがとう！　助かるわ」電話を切ったあと、机の引き出しに入っていたショッピングバッグにケーキの箱を入れ、オフィスを出た。「ちょっと届けものをしてくる。すぐに戻るわ」トリックスにそう言って階下へ向かった。

研究開発部へと続く廊下の角で、危うくグレゴールと衝突しそうになった。彼も同じ方向に向かっていたようで、手にトナカイの絵がプリントされたギフトバッグをもっている。彼は例によってわたしをにらみつけた。「これはあんたの思いつきらしいな」

今回にかぎっては、免疫を失ったことがありがたく思えた。たとえ彼が鬼に変身したとしても、わたしにはわからない。「そうなんです。なかなか楽しいでしょう？」朗らかに言ってみる。顔の色が濃くなったところを見ると、おそらくいま彼の肌は緑に変色しはじめていて、角や牙が生えつつあるに違いない。

わたしが反応しないことに気づくと、彼はいつもの赤ら顔に戻り、「ふんっ」と鼻を鳴らした。

約束どおり、アリは研究開発部の入口で待っていた。グレゴールはドアの方をちらっと見て、そのまま行ってしまった。「やっぱりね！」とアリ。「この部署にシークレットパルがいるんでしょう。さあて、だれかしら」

「ここは会社でいちばん大きな部署よ。可能性のある人は大勢いるわ。さ、はやくラボに戻って。のぞき見はだめよ」

アリは自分のラボの前までわたしの横をぱたぱた飛んでついてきた。「中身が何かぐらい教えてよ」

「だーめ。〝秘密《シークレット》〟がどういう意味か忘れたの？」

アリは方向転換してラボのなかへ入っていくと、肩ごしに言った。「悪いけど、秘密はわたしの得意分野よ。わたしの秘密をすべて知ったら、かなり驚くと思うわ」

苦笑しながら首を振り、理論魔術課に向かってそのまま廊下を歩き続ける。アリの秘密好きも相当なものだ。秘密と名のつくものにはすかさず食いついてくる。そして手に入れた情報は、だれかに伝えずにいられないのだ。

幸い、オーウェンのラボにはだれもいなかった。これで、ジェイクを買収しなくてすむ。いまのうちにオーウェンのオフィスに忍び込んで、ケーキの箱からクッキーの皿を取り出し、デスクの上に置いて、ショッピングバッグとケーキの箱をもって立ち去れば、わたしが何をどこへ置いてきたのかはだれにもわからない。

最後にもう一度周囲を確認し、オーウェンのオフィスに足を踏み入れようとした瞬間、ふいに見えない力に押し戻されて、尻もちを突きそうになった。そうだ、彼のオフィスのドアには魔法除《よ》けが仕掛けられていたんだ。免疫があったときにはなんの影響も受けなかったが、いまのわたしはほかのみんなと同じように、締め出しを食らってしまうのだ。

しかたなくラボのテーブルにクッキーを置き、オーウェンの名前を書いたカードをよく見える位置に添える。考えてみれば、かえってこれでよかったのかもしれない。もしクッキーがオフィスのデスクに置かれていたら、イミューンによってもち込まれたものだとすぐにわかってしまっただろう。魔法除けが施されているかぎり、魔術を使ってオフィスのなかに何かを届けることもできないはずだ。

任務を終え、オフィスに戻ろうと歩き出したが、ラボを出る前にあることを思いついて立ち止まった。この会社に、わたしの免疫に何が起こったのかを知る手がかりを得られる場所があるとすれば、それはまさにオーウェンのラボだ。彼のオフィスの方が蔵書はさらに充実しているが、このラボにも本はたくさんある。

あいにく、オーウェンは緻密で何ごとにも正確を期すところがあるわりに、整理整頓はかなり苦手なようだ。おそらく本人は何がどこにあるかを完璧に把握していて、必要なものは瞬時に見つけられるのだろうが、わたしにとっては無秩序なごちゃ混ぜ状態以外の何ものでもない。それでも、ぐずぐずしてはいられない。本棚に並ぶ本の背表紙に急いで目を走らせる。とりあえず、英語以外の本は無視していい。たとえ有益な情報が書かれていたとしても、読めなくてはなんの意味もない。

魔法関連の疾患について書かれたものらしい、比較的モダンな装丁の本を見つけた。本棚から取り出し、目次を開いてみる。驚いたことに、魔法に対する免疫についての章があった。しかしもっと驚いたのは、その章の一ページ目に付箋が貼ってあったことだ。しおりのように突き出してはいないが、明らかにだれかが貼ったものだ。オーウェンはわたしのことを調べていたのだろうか。それとも、ほかの人が？

急がなければ。マーリンとのミーティングはそろそろ終了するはず。免疫の章のセクション見出しをざっと見ていく。ほとんどはすでに知っていることで、それがやたらと難しい言葉で書いてあるだけだった。さらに見ていくと、ようやく〈免疫の途絶〉というセクションがあった。何ページにもわたる長い記述で、知らない魔法用語のオンパレードだ。専用の用語辞典がなくてはとても理解できそうにない。腕時計を見る。ミーティングはいつ終わってもおかしくない。このまま借りていくことも考えたが、最近のオーウェンの用心深さを考えれば、この部屋に入った瞬間に異変に気づくことだろう。しぶしぶ本を棚に戻す。どこにあるかはもうわかったし、見たい章にはすでに付箋が貼ってある。何か口実を考えて、出直してくるしかない。

アリのラボの前を通り過ぎようとしたとき、彼女が顔を出した。「で、何か置いてきたわけ？」ショッピングバッグとケーキの箱を見ながら言う。

「いいえ。ここにはスパイをしにきただけよ」厳重警備エリアに入れてもらえて、助かっちゃったわ」

「ムリムリ。あなたがスパイじゃないことぐらいわかるわ」

「あら、どうして？」

「いい人すぎるもの。それに、あまり長い間隠しごとはできないタイプね。態度でわかるわ」

アリの横をすり抜け、出口に向かう。「それも演技かもしれないわよ」隠しごとがへたかどうかは、今後のなりゆきを見る必要があるだろう。いまのところ、免疫を失ったことはだれにもばれていないようだ。それにしても、実際に免疫の活用を求められることがこんなに少ないとは、ちょっと驚いた。いまのわたしにとっては実に好都合だけれど。

しかし、免疫の戻らない状態が長引けば、それだけ慢性である可能性が高いということになる。一過性のものなら、そろそろ回復してもいいはずだ。まさか、わたしの免疫が母に移ってしまったんじゃないわよね――わたしが母から譲り受けたのではなく。とにかく、近いうちにオーウェンのラボへまた行って、あらためてあの本を読んでみなければならない。

オフィスに施された飾りつけに刺激を受けて、会社の帰りにクリスマス用のオーナメントを買った。金曜日はガールズナイトのために着がえをもっていくので、いっしょに運べば、オーウェンの目をごまかすことができる。あとはタイミングを見計らってラボに忍び込み、こっそり飾りつけをすればいいだけだ。わたしが買ったのは思いきりB級なクリスマス飾りなので、これなら魔法使いがあえて世俗的なものを選んだと思ってもらえなくもないだろう。

金曜日は、アリの誘いで彼女のラボでランチをすることになった。おかげで、うまい具合にオーナメントをもって部署内に入ることができた。「ひょっとして、それもシークレットサンタね」わたしの荷物を見てアリは言った。

「これはわたしのアイデアだもの。率先していいサンタにならなきゃ」

「シークレットパルがだれだか教えてくれたら、いろいろ協力してあげられるのに」

「それじゃあ、シークレットじゃなくなるでしょう?」

ランチのあとアリに電話がかかってきたのを機に、廊下に出てオーウェンのラボへと急いだ。

途中でジェイクとぶつかりそうになる。「あ、彼、ついさっき出ちゃいましたよ。ミーティングがあるとかで」

「いいの。オフィスに書類を置きにきただけだから」

「了解」ジェイクはなぜ書類を届けるのにショッピングバッグが必要なのかを疑問に思う様子もなく、ｉＰｏｄを手に体をくねらせながら、そのまま行ってしまった。ラボの中央の大きなテーブルに陳腐なプラスチックのサンタクロースと銀色のモールを広げ、デコレーションの最中であるように見せかけたうえで、本棚から例の本を取り出し、付箋の貼られたページを開いた。

医学の専門書で普通の風邪の治療法を調べているような気分だ。字面《じづら》は追えても、内容はさっぱり理解できない。それでも、イミューンを魔法にかかるようにする方法があるらしいことはわかった。聞いたことのない薬品名がリストアップされている。どうも、薬がいったんイミューンの体内に入ったら、魔術によって免疫の喪失を定着させる、ということのようだ。

なるほど。でも、わたしはいま、市販の頭痛薬を含めて薬はいっさい飲んでいない。生活パターンに変化はないし、特に変わったものを食べたり飲んだりした覚えもない。免疫が消えたのはシークレットサンタ・プログラムが始まる前だから、もらったプレゼントが原因だということもないだろう。はっきりしたことがわかるまで、無菌室のなかにでも閉じこもる以外、具体的な対策はなさそうだ。

本を棚に戻して、急いでラボの飾りつけを済ませ、部屋を出る前に、無記名のシークレットサンタ・カードをオーウェンのオフィスのドアにはさむ。アリのラボの前を通ったとき、彼女はまだ電話中で、わたしに気づいた様子はなかった。

オフィスに戻ったときには、すっかり息が切れていた。スパイはよくこんなことに耐えていられるものだ。相手を喜ばせるためにこそこそ動き回ることでさえ、これだけストレスになるのだ。たとえばれても、ちょっと照れくさいだけで、笑い合ってすむことがわかっているのに。本人に頼めば喜んで貸してくれるであろう本を盗み見ただけで――まあ、理由は訊かれるだろうけれど――心不全を起こしそうになっているようでは、やはり素質はないと言わざるを得ないだろう。

任務を無事終了したご褒美に、箱から赤い靴を取り出すと、仕事用の実用本位の靴を脱いで、そっと足を滑り込ませた。例によって自信とパワーがわいてきて、何もかも思いどおりにできそうな気分になる。ジェンマがそういうことを言うたびに、わたしは笑い飛ばしたものだが、真に素晴らしい靴が人の運命を変えるというのは、あながち嘘ではないかもしれないと思いはじめていた。

その後は赤い靴を履いたまま仕事をしたので、出かける前の身支度は、少し濃いめにメイクを直し、ブラウスを着がえるだけでよかった。待ち合わせ場所のイザベルのオフィスへ行くと、まだだれも来ておらず、イザベルも席を外していた。待っていると、ロッドがオフィスの入口に現れた。だれだったか思い出す必要がなかったことを考えると、彼のめくらましにもだいぶ慣れてきたようだ。

ロッドは低く口笛を吹く。「すごく素敵だよ。今夜は注目の的だね」体にしびれるような火照りが広がっていく。この際、ガールズナイトはキャンセルしようか。別に注目なんか浴びなくたってかまわない。注目してほしい人はいま目の前にいるのだから。ロッドの表情が少し深刻になったのを見て、こちらも誘惑の魔術の影響と思われるものから、ふとわれに返る。「ちょっと話をしたいんだけど、いいかな」

なんとか意識を集中する。「もちろんよ」

ロッドはオフィスに入るよう手招きした。「どうぞ、座って」そう言って、デスクの端に浅く腰かける。わたしは客用の椅子に座り、ストッキングの広告モデルのように脚を組んだが、彼の真剣な目を見てふたたびわれに返った。少しの間でいいから誘惑の魔術を止めてくれれば、ずいぶん助かるのに。まあ、彼はわたしが影響を受けていることを知らないのだから、しかたがない。もちろん、意図的に魔法をかけようとしているのなら別だけれど。「よけいなお世話かもしれないし、たぶん、まったくの取りこし苦労だとも思う。それから、これは仕事とは関係なく、友人としての発言だということも理解してほしい。きみのことは友達だと思ってるし、オーウェンは子どものころからの親友だからね。でも、気をつけてほしいんだ」

両腕にいっきに鳥肌が立って、一瞬、ロッドの魔術の影響は完全に消え去った。「気をつけるって、何を?」

「最近、きみとオーウェンはいっしょにいることが多いよね」

「たしかに、朝はいっしょに会社に来てるわ。でも、あとは一度夕食を食べただけよ。いっしょにいることが多いとまではいえないと思うけど」

「オーウェンにとっては十分に多いんだ。少なくとも、忠告が必要だと思えるほどにはね。オーウェンはすごくいいやつだよ。でも、危険でもある。意図的にだれかを傷つけるようなことは決してしないだろうけど、あいつの場合、その気がなくても結果的にそうなってしまうことがあるんだ。それに、オーウェンは、その、ラボの外での経験がさほど豊富じゃない。きみに傷ついてほしくないというのもあるけど、それ以上にオーウェンが傷つくことが心配なんだよ。もしそうなったら、どんなことになるか……」

ロッドの言わんとすることは、なんとなくわかる気がした。「つまり、わたしがオーウェンを傷つけたら、悲しみのあまり正気を失って、無意識のうちにマンハッタン島を吹き飛ばしかねないってことね」

ロッドはうなずく。「まあ、そんなようなことだね」ジョークのつもりでいったのだが、彼はにこりともしなかった。「わかってくれてよかったよ」

恋愛経験は決して豊富な方ではないが――つき合った男性の数は、正直いって片手でも多すぎる――、兄やその友人たちを見て育ったので、男という生き物について二、三知識がないわけではない。わたしの経験からいうと、男性が女性に対して、別の男性の警告をするときは、心配そのものより嫉妬の方が大きい場合が多い――本人に自覚があるかどうかは別として。ロッドがオーウェンのことを心配しているのはある程度本当だと思うが、そこに多少嫉妬がからんでいるのは間違いないような気がした。

ただし、だからといって、わたしに気があるということではない。わざわざめくらましを使って真の姿を隠しているのに、わたしが彼の本当の顔と、生まれながらに絶世の美男である幼なじみの親友を見比べることができるとしたら、心中穏やかでなかったとしても意外ではない。もし彼が犯人だとしたら、オーウェンをスパイしたり、わたしの免疫を操作したりした動機は、それなのだろうか。

彼が犯人であろうがなかろうが、男性に面と向かってやきもちだと指摘することが御法度であることぐらい心得ている。とりあえず、「心配する必要はないわ」と言った。

「そう?」

「そうよ。オーウェンとは長いつき合いなんでしょ?」

「ああ、子どものころからね」

「じゃあ、彼がだれかを好きになったときどうなるかも知ってるわよね。わたしの見立てでは、彼、好きな人の前では完全に固まってしまって、まともに話すことができなくなるんじゃないかと思うんだけど、どうかしら」

「まあ、そんな感じだね」

「でしょ? でも、わたしとは普通に話ができるわ。それは、彼がわたしを〈友達〉のカテゴリーに分類している証拠じゃないかしら。まあ、彼の整理べたを考えれば、わたしは〈友達〉の山《パイル》のどこかに入ってるってとこかな」

ロッドの表情が見るからに明るくなる。こっちは自分の言葉の真実味にあらためてがっくりきているというのに。〝妹ケイティ〟の呪いは、ここでも健在だった。「きみの言うとおりかもしれない。ちょっと過剰反応だったかな」ロッドは言った。

「気にしないで」わたしは肩をすくめる。そうだ、このチャンスに彼にも少し探りを入れておこう。「ついでだからちょっと聞いておきたいんだけど――」努めてさりげなく切り出す。「例の捜査に関連して、いくつか確かめなきゃならないことがあって。ま、形式的なことなんだけどね。まず、週末に会社に来ることはどの程度あるの？」

ロッドは顔をしかめた。「この前の土曜日、会社の近くで会ったときのことを言ってるの？」

特に大きな反応は見られない。質問に驚いた様子もないし、なぜそんなことを訊くのかとひどく衝撃を受けたような態度を取るわけでもない。ロッドの振る舞いは、後ろめたいところの何もない人がこうした質問をされたときに見せるそれ以外の何ものでもなかった。

「そうなの。例の侵入事件が起こったのが週末だったから、一応、週末に会社のそばであなたを見たという事実との関連を断ち切っておきたいと思って」

「そうだね」ロッドはうなずく。「週末に会社に来ることは普通ないよ。やることがたくさんあって忙しいからね」彼の目がきらりと光った。忙しさの理由は訊かなくてもだいたいわかる。「でもあのときは、デートすることになってた女の子の電話番号をオフィスに置いてきちゃってね。約束の最終確認をしようとしたとき、ようやくそのことに気づいてオフィスまで取りにいったんだ」

ロッドの私生活を考えれば、十分にありそうな理由だ。容疑者候補リストから完全に外せるかどうかはまだわからないが、少なくともいまのロッドに怪しいところは見られない。「わかったわ、ありがとう」別の女性とデートをする彼を想像してひどく嫉妬している自分に驚く。

「つまり、侵入事件のあった週末には、会社にいなかったってことね?」

「ああ。それに、あの週末には鉄壁のアリバイがある。オーウェンのベビーシッターをしてたんだから」

「ベビーシッター?」

「あの週末、オーウェンは休養が必要だった。でも、あの性格だろ? 気になる問題があると、とてもじっとなんかしていられない。だから、ぼくの家のケーブルが壊れたことにして、週末はずっと彼の家でフットボールを見てたんだ。そうすれば、オーウェンも必然的にカウチポテトにならざるを得ないからね」

心底ほっとした。ロッドには敵になってほしくない。いろいろ欠点はあっても、彼は友達だ。いや、ひょっとしたら、友達以上になれるかも。めくらましと誘惑の魔術のせいだとわかっていても、ロッドはたまらなく魅力的だ。それに、彼の方も、明らかに熱いまなざしでわたしを見つめている。イザベルはまだ来ないのかしら。唇をなめる。もちろん乾いていたからで、ほかに理由はない。ロッドが腰をあげて、わたしに一歩近づいた。

そのとき、イザベルのはじけるような声が聞こえた。「さーあ、出かけるわよ! 準備はい い?」胸もとからひざまでスパンコールのびっしりついたドレスを着た彼女は、さながら歩く電飾塔のようだ。

わたしはほっとして椅子から立ちあがり、レセプションエリアへ出ていった。「ん〜、なかなか……印象的な衣装ね」

イザベルはつま先立ちでくるっと回転して見せる。わたしより一フィート近く背が高く、横幅が倍もある人にしては、驚くほど優雅な身のこなしだ。「いいでしょう、これ。ようやく着る機会が巡ってきたわ」彼女はそう言うと、わたしの足もとを見て息を呑んだ。「まあ！　すっごく素敵じゃない、その靴！」

まもなくアリとトリックスもやってきた。ふたりとも露出度の高い大胆なドレスを着ている。ふたりの服の生地を合わせてようやくわたしのスカートが一着つくれるかどうかといった感じだ。仕事用の黒いスカートにシルクのブラウスを合わせ、赤い靴を履いただけの自分が、ひどく野暮ったいような気がしてくる。しかし、彼女たちの反応は思いのほかよかった。「素敵な靴じゃない、ケイティ」アリが言う。

トリックスがすぐそばまでぱたぱた飛んできた。「ほんと、すっごく決まってるわ。今夜じゅうにもイーサンのかわりが見つかりそうね」

「間違いないわ」アリが大きくうなずく。

イザベルがデスクの上の紙を手に取って言った。「ネットでちょっと調べてみたの。今夜の予定はこんな感じよ。まず、ハッピーアワー（ディナー前の特別割引タイム）はソーホーのおしゃれピープルが集まるバーで。だってわたしたちは今夜、間違いなくおしゃれピープルですからね。そのあと、ヴィレッジに移動してディナーよ」

「ディナーのあと、行きたいクラブがあるの」アリが言う。「いますっごく話題で、すっごく人気があるクラブよ。なんとか入れると思うわ」

トリックスが茶目っ気たっぷりに言う。「ドアマンを誘惑しなきゃならないかもね、奥の手を使って」

華やかなニューヨークの夜へ繰り出すべく、女四人で会社をあとにする。なんだか、『セックス・アンド・ザ・シティ』の登場人物になったような気分だ。ふとアリとトリックスを見て、思わず自分の赤いハイヒールに足を取られそうになった。会社を出たときに、ふたりともカモフラージュ用のめくらましをオンにしたらしい。免疫を失って以降、彼女たちと社外で会うことはなかったから、ふたりがふだん妖精の姿を隠すためにまとっているめくらましを見るのは、今夜がはじめてだった。彼女たちだということはわかるものの、完全な人間としてのふたりを見るのはなんとも奇妙な感じだ。わずかに尖った耳と薄織のような羽のなくなったアリは、短いブロンドの巻き毛が、パンキッシュなメイクや挑発的な服装と、いつもにも増して強烈なコントラストを放っている。一方、ストロベリーブロンドをベリーショートにしたトリックスは、とてもキュートで快活な女の子という印象だ。イザベルの姿にはまったく変化がなかった。公共の場で自分のサイズを隠す必要性は特に感じていないらしい。

イザベルはその体格をいかし、道をふさぐようにしてタクシーを止めた。「こんなに素敵にキメてるわたしたちが公共交通機関を使うなんてあり得ないでしょ？」そう言ってウインクする。

わたしたちはソーホーの一角のネオンの輝くバーの前でタクシーを降りた。バーの客の半分はファッションモデルのように見えた。なかにはイザベルと同じぐらい背の高い人たちもいるが、横を向くと消えてしまったのかと思うくらい厚みがない。イザベルは人混みを難なくかき分けて進み、テーブルをひとつ確保した。吹けば飛ぶような痩身の客たちに、彼女を止めることはできない。

飲みものをオーダーし――四人ともモデルふうの人たちが飲んでいるストローのついた小さなボトル入りのシャンペンを頼んだ――、店内の客たちを観察する。「こんなモデルだらけのところじゃ、わたしたちにチャンスはなさそうね」しゅんとしてつぶやく。

「さあ、どうかしら」アリが言う。「こっちにはとっておきの方法があるわ」

「そりゃあ、あなたたちはいいわよ」

トリックスがわたしの腕をぽんとたたく。「大丈夫。任せといて」

彼女たちはさっそく何かをしたようだ。数秒とたたないうちに、なかなかハンサムな男性がわたしの横にやってきた。「やあ。ここで会ったことはないよね」わたしはまわりを見回し、ほかの人に話しかけているのではないことを確認する。「そう、きみだよ」彼はにっこりして言った。「こんなキュートな子に会ったの、久しぶりだな」

わたしはもう少しで椅子から落ちそうになった。「わたしが?」

「ほらね。きみはほんとにキュートだ!　ここにいるモデル連中は、みんな自分が美人だってことを鼻にかけてて、ちやほやされて当然だと思ってる。でも、きみは違う。そういうとこ、むちゃくちゃかわいいよ」

アリの方を見る。この気の毒な男性に何か魔法をかけたに違いない。しかし、彼女は無邪気な表情で肩をすくめた。「ありがとう」彼の精神状態に疑念を抱きながらも、一応礼を言っておく。

「きみの話し方、すごくいいなあ。どこの出身？」

「テキサスよ」

「やっぱり！　だからこんなにチャーミングで感じがいいんだ」彼は片手を差し出す。「ぼくはマット」

ここまで褒められると、さすがに悪い気はしない。わたしは彼と握手をした。「はじめまして、マット。ケイティよ」

マットはテーブルに片ひじをつき、もう一方の手をわたしのひざの上に置いた。「ケイティはニューヨークに来てどのぐらいになるの？」

「一年ちょっとかな」友人たちの方にちらりと目をやる。皆、こちらの様子をじっと見ている。わたしだけが声をかけられて、なんだか悪い気がした。「会えてうれしいわ、マット。でも、今日は友達と来てるから、なるべく勝手な行動はしたくないの」

マットはにっこりした。「やっぱりなあ。きみはそういうところが素敵なんだ」彼はお尻のポケットから名刺を取り出す。「友達といっしょじゃないときに、ぜひ電話して」

「わかったわ」名刺を受け取り、ハンドバッグにしまう。

マットはひざにのせていた手にぎゅっと力を入れると、「そのまま変わらないでね」と言い残し、人混みに紛れていった。

友人たちの方に向き直る。「なんであんなことしたの?」アリが言った。

「あんなことって?」

「あなた、せっかくのイケメンを追い払っちゃったじゃない。あなたにかなり気がある感じだったのに、もったいない!」

「だって、あなたたちがいるじゃない。ちょっとばかり男に話しかけられたからって、あなたたちを無視するようなことはしたくないわ。それに、一応電話番号はもらったし」

「絶対電話するのよ」とトリックス。

イザベルがわたしの肩に腕を回す。「女友達を大切にするのはいいことよ。なんたって今夜は、ガールズナイトなんだから」

アリが鼻を鳴らす。「もしあのレベルのイケメンがわたしに言い寄ってきたら、わたしをディナーの頭数には入れないでね」

ウエイトレスがやってきてテーブルに四人分のドリンクを置き、「マットからよ」と言った。人混みの向こうで彼がわたしに向かってグラスをあげているのが見える。見ず知らずに近い人からドリンクをおごられたことはこれまで二度ほどあるが、いずれも魔法がからんでいた。男性が純粋にわたしを気に入ったという理由でドリンクをおごってくれるのは、おそらくこれがはじめてだろう。まあ、悪い気分ではない。

最初に飲んだシャンペンがかなり効いていたので、二杯目を空けると、イケメンをその気にできたという気分のよさも手伝って、いっきに酔いが回った。この先どこまでもつか少々不安になっていると、アリが言った。「そろそろディナーにしない？　この場所、いまいち反応が鈍いわ。ケイティのファンは別として。それに、もうおなかがぺこぺこよ」

立ちあがった瞬間少し足もとがふらついたものの、とりあえずちゃんと歩けたのでほっとした。出口へ向かうときマットと目が合ったので、にっこり笑ってウインクする。見たか、イーサン！　心のなかで思わずそうつぶやいた。

人いきれでむんむんとしていた店内を出ると、外の冷気が気持ちよく感じられた。寒くて震え出すのは時間の問題だろうけれど。イザベルがタクシーを止めるのを、残りの三人は建物のそばで待った。アリは折りたたみ式の携帯電話をぱちんと開き、だれかとおしゃべりを始めた。ちょうど歯がガチガチ震えはじめたとき、イザベルがわたしたちを呼んだ。「来たわよ！」

皆いっせいにイザベルのもとへ駆け出す。わたしを易々《やすやす》と置き去りにしたところを見ると、おそらくトリックスとアリは羽を使っているのだろう。あるいは、わたしがヒールの高い靴に慣れていないだけかもしれないけれど。イザベルのところに行き着く前に、なぜかふたりは突然立ち止まった。彼女たちに追いつこうと足をはやめる。そのとたん、背中の真ん中に強い衝撃を感じ、寒さは一瞬にして吹き飛んだ。

15

トリックスがすかさず支えてくれて、なんとか転倒せずにすんだ。彼女はわたしにぴったりと体を寄せる。すぐにイザベルもやってきた。さながら、体じゅうにスパンコールをちりばめた復讐に燃えるワルキューレだ。肌にピリピリと静電気のような刺激を感じ、何かがわたしたちの周囲を猛烈な勢いで旋回しているのがわかる。通常なら、実況中継をしながらほかの人には見えない相手に石を投げつけるぐらいのことはできるのだが、今夜のわたしはまるで役に立たなかった。腕をつかむトリックスの手に力が入る。怯えているようだ。尖ったヒールが急所にでも当たってくれればと、闇雲に宙を蹴ってみる。

気がつくと、三人は額の汗をぬぐって大きなため息をついていた。どうやら戦いは終わったようだ。イザベルが立ったまま静止している。おそらく、わたしには見えないだれかと話をしているのだろう。「大丈夫?」トリックスがわたしの腕から手を離して訊いた。

自分の体をひととおり調べてみる。背中が痛むだけで、特に怪我はないようだ。靴も無傷だ。トリックスが最初の一撃の直後にシールドを張ってくれたのだろう。「ええ、大丈夫みたい。ちょっと震えてるだけ」

「あとはサムたちに任せて、早いところタクシーを捉まえましょう」イザベルはそう言って歩道の端まで行った。先に止めた一台は、騒動の間に行ってしまったのだろう。

「どんなやつらだった？ パーティに行く途中で襲ってきたのと同じ連中？」トリックスが訊く。

何も見えなかったのだから わかるはずもないが、そんな気はした。背中に感じた衝撃と熱は、前回、あの骸骨が投げつけようとした火の玉を思い出させた。「ええ。たぶんそうだと思う。あまりよく見えなかったけど」かなり控えめな言い方だ。目の前でまだ戦いが続いていたらどうしよう。

「それ、たしか？」アリが訊く。

「もちろん百パーセントとは言えないけど。骸骨なんて、わたしにはどれも同じように見えるから」なんとか冗談に変えてみる。はったりで乗りきるのがますます難しくなってきた。実際に身体が危険にさらされるとなるとなおさらだ。

タクシーが捉まると、トリックスはわたしを車の方に促し、後部座席に座らせた。「このまま家に帰る？」イザベルが訊く。

わたしは首を振った。「ううん、こうなったら、かえって少し気晴らしがしたいわ」

「あと二、三杯ひっかける必要があるわね」アリが言う。「ついでに思いきりいい男が見つかれば、完全に気分は晴れるわ」

「まずはディナーよ」イザベルはそう言うと、運転手に住所を告げた。

「やつらがこんなふうに攻撃してくるなんて、スパイの件はよほど核心に近づいてるのね」

わたしは弱々しく笑った。「あいつら何もわかってないわ。こっちは手がかりすらつかめてないのに」

「そうなの？」アリが言う。「かなり絞り込めてるのかと思ってた」

「全然。一応考えてることはあるけど、依然として暗中模索の状態よ」

「でも、すごくいい対抗策を思いついたじゃない」アリが元気づけるように言ってくれる。

「もしかしたら、自分でも気づかないうちに、かなり相手を追いつめてるのかもしれないわ」

グリニッチヴィレッジの狭い通りでタクシーを降り、レストランに入った。席につくと同時に、イザベルがわたしのために紅茶をひとつオーダーする。「お酒はあとでね。ああいうことの直後は、濃くて甘い紅茶がいちばんいいの」

自分がひどく無力な存在になったようで情けなかったが、実際、いまのわたしはかなり無力なので、あえて強がりを言わず、皆の指示に従うことにした。

三人が一杯目のグラスを空け、わたしが南部生まれの超甘党の祖母さえ満足させそうなとびきり甘いお茶を飲み干すと、アリが場を明るくしようと取ってつけたように話題の転換を試みた。「さて、と、ケイティとトリックスがそろってフリーに戻ったわけだから、そろそろ次の作戦を練らなきゃね」

「わたしは外しといて」トリックスがぼそっと言う。「まだあきらめたわけじゃないんだから」

「わたしも、まだ新しい関係を始める気分じゃないわ」とりわけ、免疫を失っているいまは――。好きになった男が、ロッドみたいにめくらまし《イリュージョン》をまとっていたらどうする！

「何言ってるのよ」アリが言う。「すでにひとつ電話番号をゲットしたじゃない。それに、彼とは破局したといえるほど長いつき合いでもなかったんでしょう？　さっさと新しい男を見つけて、逃した魚がいかに大きかったか、思い知らせてやればいいじゃない」

「彼を見つけるのに一年かかったのよ。きっと当分の間、またひとり身のままよ」涙がこみあげてきて、慌ててまばたきをする。さっきのシャンペンと、そのあとの襲撃のショックと、みんなから優しくされたことで、妙に感傷的になってきた。

「オーウェンはどう？」イザベルが言った。「あなたのことかなり気に入ってるみたいじゃない」

「そうよ。なんだかいつもいっしょにいるし」アリが言う。「あなたたち、どうなってるの？」

「ただの友達よ」

「でも、あの男、あなたとは話をするわ」とアリ。「わたしなんてもう何年もトライしているけど、仕事以外のことをふたこと以上しゃべらせることができたためしがないもの」

「わたしたちが話すのも、ほとんどが仕事のことよ。いっしょに通勤しているのは、彼がボディガード役を課せられているからにすぎないわ。二、三度仕事以外の話をしたかもしれないけど、およそ個人的とはいえない内容だったし」

「あら、それだけでも社内のだれもできなかったことをやってのけたことになるわ。あの男、ほんと手のつけようがないわね。ハンサムで、リッチで、パワフルで、でも、女に関してはまるで絶望的」アリはお手あげだとでもいうように首を振る。

「そんなにたいしたことじゃないわ」わたしは肩をすくめる。「よく言われるんだけど、わたしって話しやすいらしいの。きっと彼も、わたしが相手だと楽なんだと思う。言っとくけど、それって男女の間ではあまりいいことじゃないのよ。行き着く先はいつも、きみはいい友達だ、妹みたいだ、なんだから」

　イザベルはグラスの縁に添えてあったフルーツをつまんで口に入れた。「オーウェンにその気がないと言うんなら、確実にその気がありそうな人をひとり知ってるわ」

　ほかのふたりがくすくす笑い出す。顔がかっと熱くなった。早いところ、テーマをほかのだれかの恋愛話に切りかえなくては。

「へえ、だれなのかしら」アリが面白がる。

「ロッドはかなりときめいちゃってるみたいね」イザベルが言った。

「冗談でしょ？」わたしは男性にときめかれるタイプの女ではない。わたしが男性と知り合える唯一の方法は、お膳立てしてもらったブラインドデートだ。一度にふたりの男性が社内ゴシップのネタになるほどの関心をわたしに寄せるなんて、どう考えてもあり得ない。でも、言われてみればたしかに、さっき話をしたときのロッドは、妙に熱っぽいまなざしでわたしを見つめていた。オーウェンに気をつけるよう警告してきたのは、ひょっとするとそういう意味での嫉妬だったのだろうか。

「ロッドって、めくらましをまとってるんでしょ？」アリが訊く。「あなたは、わたしたちとはまるで違う彼を見ているのよね」

「ねえ、彼ってほんとはどんな顔してるの?」イザベルがテーブルに身を乗り出す。トリックスも興味津々といった顔でこちらを見ている。

真の姿とめくらましとの衝撃的な違いを知ったいま、彼女たちの好奇心は理解できる。たしかに彼のめくらましはものすごく魅力的だが、偽りは偽りだ。わたしはやはり本物の方がいい。めくらましをまとった彼を前にしても、どうもロッドだという感じがしない。「彼、そんなに悪くないわよ」本人のいないところでこんな話をするのを後ろめたく思いながら言う。「すごくハンサムってわけじゃないけど、人柄が顔に出てるっていうか、笑うとなかなかキュートよ。めくらましなんか使わないで、もって生まれたものを磨く努力をした方がいいと思うんだけどね。ああいうごまかしはあまり好きじゃないわ」そう言って肩をすくめたあと、彼女たちの表情を見て慌ててつけ加える。「ちょっと、わたしがこんなこと言ってたなんて彼に言わないでよ」

「でも、言ってあげた方がいいんじゃない」トリックスが言う。「本人のためにも」

「言うとしても、もう少し彼を知ってからね」

イザベルが首を振る。「ロッドは絶対にめくらましをやめやしないわ。なんでも十代のころからずっと使ってるって話だから。たぶんオーウェンをライバル視しているんだと思うけど、実際、オーウェンなんかライバルでもなんでもないのよ。女の子を手に入れるのは、いつもロッドなんだから」

「当然よ。女の子を手に入れるには、まず声をかけなきゃならないんだから」アリが言う。

「自分に抱きついてくる女でさえものにできない人には、とうてい無理ね」

「あらあら、ずいぶん手厳しいこと」イザベルが片方の眉をあげる。

アリはきまり悪そうな顔をした。彼女が狼狽するのを見たのは、たぶんはじめてだ。それでも、すぐに態勢を立て直して、「トライするのは悪いことじゃないでしょ。少なくとも、わたしはトライしたわ。社内のほかの女性たちとは違ってね」と言うと、わたしを横目で見る。

「ま、ケイティは別だけど。彼女の〝お友達でいましょう作戦〟がどんな展開を見せるか楽しみだわ」

「作戦じゃないってば」話題を変えるためにテーブルの中央にあったメニューを手に取った。

「ほかにチョコレートが必要な人は?」

デザートのあとは家に帰るつもりでいたのだが、アリが例の新しいクラブに行こうと言って聞かなかった。彼女に連れていかれたのは、さびれたエリアの一角に立つ倉庫のような建物だった。看板さえ出ていない。アリによれば、それこそが超ホットな店の証しだという。情報通でなければ、それがクラブであることすらわからないだろう。どうやら、情報通の人はかなり大勢いるようだった。建物を囲むようにして長い列ができている。列の先頭付近を通ったとき、入口で入場者の選別をしている屈強そうな男が、だいたい四人に三人の割合で門前払いを食らわせているのがわかった。アリとトリックスなら、思いきり愛想を振りまくことで、おそらく入れてもらえるだろう。イザベルには魔法という奥の手がある。問題はわたしだ。入れてもらえる可能性は限りなくゼロに近い。屈辱を味わうためだけに長時間列に並ばなければならないなんて、あんまりだ。

列はかなりはやく進んだ。ドアマンが軽く一瞥するだけでほとんどの客を断っているからだろう。おかげで、寒いなかそれほど長く待たずにすんだ。わたしはグループの最後尾につき、イザベルの後ろに身を隠す。わたしのせいでほかの三人のチャンスがつぶれては申しわけない。ニューヨークの流行《はや》りのナイトクラブが平凡に寛容なはずはない。

ドアマンがトリックスとアリに首を振ったのを見て、思わずほっとした。これでわたしひとりがのけ者になることはなくなった。皆でどこか別の店へ行けばいい。わたしはイザベルの背後から出ていき、三人の横に並んだ。ドアマンはわたしを見ると、一瞬はっとしてから、厳《いか》ついバーの用心棒にしてはかなり優しい笑顔を見せると、「彼女たち、あんたといっしょかい？」と訊いた。

後ろを振り返り、別のだれかに話しているのではないことを確認してから答える。「ええ、そうだけど、どうして？」

ドアマンは慇懃な動作でベルベットのロープを外すと、なかへ入るよう手で合図した。前を通り過ぎるわたしにウインクまでする。店内に入るやいなや、トリックスが歓声をあげてわたしの背中をたたいた。「やったじゃない、ケイティ！」

「わたし、何をしたの？」

「あなたが何をしたのか、さっぱりわからないわ」イザベルが言う。「でも、あなたといっしょにいたからわたしたちが入れたことはたしかね」

「店内にひとりぐらい平凡な女の子がいた方が、ほかの客の見栄えがよくなるってことかしら」だれにともなく言ってみる。わたしたちは、ダンスフロアを見おろす大きなソファに席を取った。ニューヨークのクラブにとってはまだかなり早い時間だが、店内はすでに人でごった返している。客のほとんどは、ソーホーのバーにいた人たちと同類といった感じだ。

ソファに腰をおろし、注意深く脚を組んで数秒とたたないうちに――ソファはとても低くて短いスカートで座るとかなり危険な体勢になる――、黒いスラックスに白いシャツといういでたちのハンサムな男性が、わたしの左側のアームに腰かけた。「やあ」

例によって、まわりを見回し、話しかけられたのが自分かどうかを確かめる。どうやらそうらしい。半信半疑のまま、とりあえずほほえんで見せた。「こんばんは」なんとも芸がないが、それ以外の言葉を思いつかない。男の顔はロッドのめくらましを思い出させたが、ロッドはこんなにたくさんシャツのボタンを開けておくほど下品ではない。これだけ人がいるにもかかわらず、彼のコロンの香りがわたしのところまで漂ってくる。

「ここにはよく来るの?」芸のない会話のコンテストでもしている気分になってきた。

「今日がはじめてよ」

彼はうなずく。「一杯おごらせてもらえる?」

「けっこうよ。のどはそれほど渇いてないの」

彼はふたたびうなずくと、立ちあがって、より収穫の得られそうな畑を目指して去っていった。アリがひじで脇腹をつつく。「ちょっと、何よいまの」

「何って？」

「のどは渇いてないの、ですって？　頼むわよ、まったく。店に入って一分とたたないうちに、男がおごらせてくれって言ってきたのよ。断ってどうするのよ」

「彼のコロンで窒息しそうだったのよ」

トリックスがアリの前に身を乗り出して言う。「アリの言うことなんか聞かなくていいわ、ケイティ。わずか数分でひとり来たってことは、すぐにもっといいのが現れるってことよ」

驚いたことに、トリックスは正しかった。まもなく、ギャップの広告から抜け出してきたような――要するに、隣の男の子タイプをうんとおしゃれにした感じの――さらにハンサムな男性がソファのアームに腰かけた。「前に会ったことはないよね。でなきゃ、とっくに結婚を申し込んでるはずだもん」

わたしは友人たちをちらりと見る。「わかったわ、正直に言ってちょうだい。あなたたちの仕業でしょ。気持ちはうれしいけど、わたしの自尊心はこういう助けを求めてないの」三人ともきょとんとしているので、急いでミスター・ギャップの方に向き直り、にっこりした。「ここへ来たのは今日がはじめてなの」ふと大胆な気分になってつけ加える。「もしこの店でいちばんお勧めのドリンクを知ってたら、教えてくれる？」

わたしのために決闘さえしそうな勢いで彼は言った。「いますぐもってくるよ」

彼が人混みに消えたあと、あらためて友人たちの方を見る。「ほんと、ジョークならいまのうちに言って。笑い飛ばすから」

「そんなに自分を卑下するもんじゃないわ」トリックスが言う。「彼らは純粋にあなたに魅力を感じてるのよ。そうは思えない？」

わたしは鼻を鳴らす。「どうやらわたしは一夜にして、透明人間から街いちばんのホットな女になったようね。きっと、だれがいちばんつまらない女の子を引っかけられるか、賭けでもしてるのよ」

「あるいは、彼は病的な〝隣の女の子〟フェチで、いまごろ、自分の手であなたを傷もの
にするシーンを思い描いてぞくぞくしてるかもしれないわ」

わたしはアリの挑発にはのらず、にっこり笑って言った。「それは楽しそうね」

わたしの崇拝者は、へんてこな形のグラスに入った目にも鮮やかなピンクのカクテルを手に戻ってきた。「ありがとう」とびきり甘い声で言う。彼の顔にはじけるように笑みが広がった。

彼はふたたびソファのアームに腰かける。「ところで、ぼくはリック」

「ケイティよ。はじめまして、リック」

「きみを見てると、いますぐ結婚して子どもをつくりたくなるって、言われたことない？」

「んー、たぶん、ないと思うわ」いい人なのか変態なのか、いまひとつ判断がつきかねる。男性に結婚相手として見られるのは歓迎だが、会話の最初の台詞にそれをもってくるのはいかがなものか。「子どもをもつのは、結婚後二、三年たってからの方がいいかな」一応言っておく。

「きみは白い杭垣のある庭が似合う女性だ」

あんたは精神病院の隔離病棟がお似合いよ。そう思ったが、とりあえずにっこり笑い、友人

たちに「助けて」と目配せした。

助けはただちに提供された――意外な形で。あらたに別の男性がわたしの前に現れたのだ。今度は香水の広告に出てきそうな、みごとな骨格とミステリアスな瞳をもつ美男子だ。「彼、きみを困らせてる?」リックを横目で見ながら訊く。

「いいえ、家族計画について語り合ってただけよ」ほっとするべきか、それとも不安になるべきか。ミスター・オーデコロンの方がまともだという保証はない。もともとハードルは高くなかった。とりあえず、ひとこと目にわたしの妊婦姿が見たいと言い出さなければ、会話の相手としてはましだといえるだろう。

リックがそそくさと退散すると、ミスター・オーデコロンはわたしに片手を差し出した。「ダンスを」幸い、彼が発した言葉はそれだけだった。

ダンスはあまり得意ではない。でも、男性といっしょにダンスフロアにいれば、これ以上だれかに言い寄られることもないだろう。それに、やはり少しは楽しまないと。わたしはピンクのドリンクをアリに渡し、ミスター・オーデコロンの手を取った。

彼は無言のままダンスフロアまで行くと、わたしを抱き寄せ、両腕で包み込んだ。トランス系の音楽に身を任せながら、やはりこっちにして正解だったと思った。彼の腕のなかはとても心地いい。こうしていると、襲撃のショックもすっかり忘れてしまえそうだ。

かかっていた曲がフェイドアウトし、次のナンバーが始まると、別の男性がやってきてミスター・オーデコロンの肩をぽんとたたき、片手を差し出した。わたしはその手を取る。覚えているかぎり、ひと晩にこんなに長く踊ったことはない。踊った相手の人数も大幅な記録更新だ。その後も、男性が入れかわり立ちかわりやってきて、わたしにダンスを申し込んだ。わたしはまさにダンスフロアの華だった。パートナーが替わるごとに、自信がついていくのを感じる。自信はわたしをますます魅力的にするらしく、いつしか店内にはわたしと踊るために順番待ちをするイケメンたちの列ができ、フロアの端ではブロンド美人たちが憮然としてこちらをにらんでいた。

曲が変わり、次の男性がわたしの前に進み出る。今夜踊ったなかでいちばんハンサムかもしれない。ちょうどオーウェンを年上にして、もう少し背を高くしたような感じだ。黒髪に青い瞳、みごとに引き締まった体。背中に回した腕の力加減からいっても、わたしにかなり魅力を感じていることがうかがえる。ふだんなら、見ず知らずの人とこんなに密着すれば少なからず怖じ気づいてしまうはずだが、いまは心地よい刺激を感じていた。わたしは一夜かぎりの関係を楽しむタイプの女ではない。でも今夜だけは、この人とだったら、一度ぐらい冒険してもいいかもしれない……。

彼の胸に身を預ける。彼はさらに強くわたしを抱き締めると、耳もとに顔を寄せてささやいた。「やれやれ、あんたが今夜何をやってるか、彼氏はご存じなのかい、ケイティ?」

とっさに体を離そうとすると、彼は腕に力を入れた。見あげると、なじみのない男の顔に、思いきりなじみのある薄ら笑いが浮かんでいる。ふいに、魔法が使われているのを感じた。大音量の音楽とお酒のせいで、空気中の刺激にいままで気づかなかったのだ。だいたい、めくらましをまとったフェラン・イドリスがダンスフロアに現れてわたしを誘惑するなんて、考えもしなかったし。

「こういうの、いい加減やめてくれる?」平静を装って言う。内心は怖くてたまらなかったのだけれど。イザベルたちはどこにいるのだろう。「いったい何が望みなの?」

彼はわたしの体をさらに自分の方へ引き寄せた。「わかってるだろ?」

うーっ、気持ち悪い……。「悪いけど、こっちにその気はないわ。それに、もしそういうことがお望みなら、完全にやり方を間違えてるわね。恋愛小説でも読んで、もう少し勉強した方がいいわ。もっとずっとましな誘惑のテクニックがたくさん載ってるから。で、ほんとはなんなの? わたしを死ぬほど不快にさせている本当の目的は何?」

「おれを厄介払いできる手っ取り早い方法があんだけどな」

「ぜひ聞きたいわね」

「仕事を辞めろ。そうすれば二度とおれの顔を見ることはない」

免疫をもたずに——しかも彼はそのことを知っている——いかれた魔法使いに抱き締められているこの状況は十分に怖かったが、それでも笑わずにはいられなかった。「冗談でしょう? 一秘書を恐れてなんになるの? わたしが辞めたところで、後釜をねらってる免疫者《イミューン》は何人もいるわ」

今度はイドリスが笑った。「ずいぶんな自信じゃないか。イミューンてのは、みんなそんなにおつむがいいのかい。悪いが、おれはあんたらなんかどうだっていいのさ」

急に不安になる。彼の口調はいつもの憎まれ口とは少し違っていた。ふだんの行動があまりにもばかげているので、これまで彼のことを心底恐ろしいと思ったことはなかったのだが、いまのイドリスからは真に危険な匂いが嗅ぎ取れる。彼が何を企んでいるにせよ、わたしがMSIにいることが妨げになるらしい。あるいは、わたしがいなくなることで目的が達成しやすくなるということか。いずれにせよ、ただわたしをからかって面白がるとか、社内を混乱させるとかいうだけの話ではなさそうだ。

気の荒い犬を相手にするときのように、わたしは恐怖心を抑え込んだ。こちらが怖がっていることを悟られたら、とたんに嚙みつかれてしまう。「転職先も決まらないうちに、ただ辞めるなんてできないわ。何かコネはあるの?」

イドリスは意表を突かれたようだ。こんな切り返しは考えていなかったらしい。冗談じゃない。ここはアメリカ一家賃の高いマンハッタンだ。辞めろと言われて、素直に「はい、そうします」と言うとでも思ったのだろうか。

「考えてみりゃ、わざわざ辞める必要もねえな」イドリスはすぐに気を取り直して言った。

「例のことがばれたら、向こうからクビにしてくれる」

「ばれたらって、何が?」思いきりとぼけた顔で言ってみる。イドリスは一瞬言葉に詰まった。こちらの術中にはまったことを悟ったらしい。現時点で、わたしが免疫をなくしたことを知っている人は、かなりの確率で喪失そのものに関与しているはずだ。

すきをついて腕のなかから滑り出ると、すぐに手首をつかまれた。そのまま彼の方に向き直り、ハイヒールのかかとで思いきり足を踏みつける。つま先の少し上をピンポイントでねらって。この靴、母は実用的じゃないと言ったけれど、なかなかどうして捨てたものではない。片足でケンケン跳びをするイドリスを尻目に、わたしは友人たちのもとへ走った。

イザベルがひとりでソファに座っていた。「アリとトリックスは踊ってるの？」ダンスフロアを見渡しても、ふたりの姿は見当たらない。ふと、いまの自分には彼女たちの羽が見えないことを思い出した。人混みでふたりを探すときは、いつも羽を目印にしていたんだっけ。

「トリックスは飲みものを取りにいったわ。アリは、さて、どこで何をしていることやら」イザベルが言う。

「ねえ、もし帰るなら、わたしもいっしょに出るわ。なんだかもう限界」いますぐシャワーを浴びて、イドリスと接した体を清めたかった。考えてみれば、彼が傲慢で自分のしていることをわたしに教えずにいられなかったのは、逆に幸いだった。あのままずっと別人のふりをされていたらどうなっていたか——うーっ、考えただけで虫ずが走る。身震いしそうになるのをこらえつつ、イザベルにことの次第を説明しかけたところで、話せばイドリスの罠にはまったことを明かしてしまうことに気づいた。普通の状態なら、ダンスフロアで彼に遭遇しても半径十フィート以内に入らせはしないだろう。まして、抱き合って踊るなどというおぞましい行為に及ぶことはあり得ない。

わたしがよほど疲れた顔をしていたのか、イザベルは特に理由を訊くこともなく言った。

「トリックスが戻ってきたら、彼女に言って出ましょう。アリにはトリックスから伝えてもらえばいいわ。この場所についていくスタミナは、わたしにはないわね」

「わたしもよ」

「でも、今夜のあなた、すっごくモテてたじゃない。楽しんでたんじゃなかったの？」

ほかのふたりがいないいまなら正直に言ってもらえるかもしれないと思い、もう一度訊いてみる。「ねえ、ほんとに何もしてないの？　店を出るとき、大勢の男たちがポケットに五ドル札をねじ込む光景を見るはめになったりしないわよね？」

イザベルは首を振った。「わたしの知るかぎり、あなた自身の実力よ。あなたは自分が思うよりずっとかわいいのよ」

肌の大部分を露出した華やかなモデルふうの女性たちやエキゾチックな顔立ちの美女たちで埋まった店内を見回し、あらためて自分の姿を思う。わざわざ比較するまでもない。「わかった。百歩譲って、わたしはそこそこかわいいとする。でも、こういう場所じゃ、かわいいは決してポイントの高い要素ではないわ」

「あら、意外とそうなのかもよ。あなたはこの店にいる女性たちとは明らかに違うタイプだわ。それが新鮮に見えるんじゃない？」

そんなものだろうかと思っていると、リックがおごってくれたやつによく似たピンクのカクテルを手にトリックスが戻ってきた。「わたし、そろそろ行くわね。ケイティを家まで送り届けてくる」イザベルが言う。

「えー、もう帰っちゃうの？　でも、ケイティ、あなたあんなにモテモテで、すごく楽しんでる感じだったじゃない」

「ええ、まあ、楽しかったわ。でも、もう足が痛くてたまらないの。はしゃぎすぎたツケが回ってきたみたいね」イドリスというとんでもないツケまで。どうやら彼は、自分の企みに――何を企んでいるのかは知らないが――わたしがじゃまになると思い込んでいて、免疫になんらかの操作を施したらしい。


週末は家でおとなしく過ごした。合点のいかない自分のモテぶりとイドリスの行動について考えるのに忙しく、その前に起こった襲撃の背景を推察するところまで気が回らなかった。そのため、月曜の朝、オーウェンに開口一番「大丈夫だった？」と訊かれたとき、反応するのに数秒かかってしまった。

「え？　ああ、そうそう、大丈夫よ。サムに聞いたのね。でも、相手はそれほど本気じゃなかったみたい。わりとすぐに退散したから」

「やつらがこういう行動に出たということは、つまり、きみは何か重要なことをつかみかけているってことなんだろうな」

オーウェンに免疫がなくなったことを打ち明けようか。街なかで見えない相手に襲われる可能性があるのなら、護衛に当たる人たちはそれを知っておくべきだろう。考えてみれば、いまだに気づいた人がいないというのもちょっと驚きだ。魔法使いたちは常々、一般人がいかに自分の見ようとするものしか見ないかを冗談交じりに話しているのに、こうして見ると、彼らだって大差はない。これまでのところ、事実を隠すのにそれほど多くの嘘をつかなくてもすんでいる。彼らは依然として、わたしがめくらましではなく真実を見ていると信じている。それが彼らの見ようとするわたしの姿だからだ。

ふたたび襲撃される前に、だれかに本当のことを話さなければならない。でも、いまはまだ時期尚早だ。もう少し考える時間が欲しい。打ち明けるときには、同時になんらかの妥協案か解決策を提示できなければ——。次にどうすべきかがある程度わかってからでないと、事実を明かすわけにはいかない。

オーウェンの声でわたしのもの思いは中断された。「養父母へのプレゼント選びを手伝ってくれるって話、覚えてる?」

「ええ、もちろんよ」別の話ができることにほっとする。

「もし可能だったら、今日の夜はどうかな。近所の店を二、三軒回るだけでいいんだ。ついでに何か食べてもいいし」

「いいわね。そうしましょう」うまくすれば、免疫のことについて相談できるかもしれない。

「じゃあ、仕事のあとロビーで待ち合わせようか。遅れるようだったら電話するよ」

「わかったわ」

オーウェンはビジネスライクにうなずく。「それじゃあ、仕事のあとで」

オーウェンがロビーの階段を転げるように駆けおりてきたとき、わたしはまだほんの二、三分しか待っていなかった。息を切らし、ネクタイは横にずれ、コートはまだ腕にかかったままだ。「遅くなってごめん」オーウェンはわたしの横に到着すると、コートにそでを通そうと身をよじらせながら言った。

「そんなに待ってないから大丈夫よ」そでのからまりを解いてあげながら言う。「で、どこか行きたい店はあるの？」

「それをきみに教えてもらおうと思ったんだ」わたしたちは並んで社屋を出た。「買いものはめったにしないから、どこへ行けばいいのかまるで見当がつかないんだよ」

「じゃあ、まず、何を買うつもりなのか訊いておこうかな」

オーウェンは心底困ったという顔をした。「実は、まったくアイデアがないんだ」

「これまではどんなものを贈ったの？」

「昔はカタログを見てギフトバスケット（贈りものの詰め合わせ）をオーダーしてたんだけど、ある年、わざわざプレゼントをくれなくてもいいと言われて、それ以降は、養父母が支持している慈善事業に彼らの名義で寄付をするようにしたんだ。でも、今年はもう少し個人的な贈りものをしたいと思って」

「あのう、一応言っておくけど、女の子だからってだれもが買いもののエキスパートってわけではないのよ。ルームメイトのジェンマに来てもらえばよかったかな。彼女こそ、まさにエキスパートだからね」

「ごめん、やっぱり迷惑だったね」

「ううん、お手伝いするのは全然かまわないの。ただ、奇跡は期待しないで。それじゃあとりあえず、彼らのことを少し教えて。どんな人たちかイメージできれば、贈るものも決めやすいわ」

地下鉄の構内に入った。冷たい風から解放されてほっとひと息つく。「そうだな、まず、ふたりとも八十代でかなり高齢だよ。高い教育を受けていて、伝統を重んじるタイプで、独立心も高い。グロリアはとてもエレガントな女性で、身だしなみは常に完璧なんだ。家にいるときもね。ジェイムズは生涯学生といった感じの人だな。いまでも常に本を読んでるよ。これでヒントになる?」

「そうね、いくつかアイデアは浮かんだわ」電車がホームに入ってきた。車内に乗り込みながら言う。「ソーホーへ行きましょう。グロリアには素敵なアクセサリーを買ったらどうかしら。そしてジェイムズには、何か面白いテーマの本はどう?」

「さすがだな」オーウェンはそう言ってにっこり笑った。思わずひざの力が抜けそうになる。

「このぐらいのことを思いつかなかったとしたら、たしかに買いものの才能はないようね」彼がいつも完璧に仕立てられたスーツを着ていることを考えると、ちょっと意外だ。魔法で出しているのか、それとも専属のテーラーがいるのか。いずれにしても、ファッションのためというより便宜上の理由からだというのは間違いないだろう。

プリンス・ストリートで電車を降りた。「ここからノリータの方に二ブロックほど行った辺りに、たしか小さなジュエリーショップがあったはずよ。実際に買いものをしたことはないんだけど」

「行ってみよう。こういう情報、どうやって得るの？」

「ルームメイトがファッション業界で働いてて、ときどき市場調査につき合わされるの」

「ほらね、やっぱりきみに頼んでよかった」

ジュエリーショップは記憶していた場所にちゃんとあり、まだ開いていた。店員の女性が愛想よくあいさつする。「こんばんは、何かお探しですか？　あ、もしかしたら、婚約指輪を見にいらしたのかしら」

オーウェンはわたしにすべてを任せ、押し黙って下を向いてしまった。わたしの助けが必要なのは、プレゼント選びよりも、むしろ店員とのコミュニケーションの方らしい。でも、これにはわたしもまごついた。店員の女性をきっとにらみながら言う。「いいえ、実は、彼のお母さんへのプレゼントを探しにきたんです。ブローチなんかはどうかと思って」

今度は彼女の方が赤くなった。「あら、やだ、ごめんなさい。変なこと言ってしまったわね。さあ、どうぞ、ブローチはこちらです。うちは新進気鋭のデザイナーたちの作品を多数扱ってるんですよ」そう言って、展示ケースの方にわたしたちを促す。「手に取ってご覧になりたいものがあったら、声をかけてくださいね」

店員があらたに店に入ってきた客の方に行ってしまうと、わたしは恐る恐るオーウェンの方を見た。彼の目は展示ケースを見据えているが、頬は相変わらず真っ赤だ。わたしの顔も負けずに赤いに違いない。ただの友達同士が婚約したカップルに間違えられること以上に気まずい状況もそうはない。どちらか一方が密かに友達以上の感情を抱いている場合はなおさらだ。心の奥底に押し隠していた気持ちを、彼女にいきなり暴露されてしまったような気分だ。

「気に入ったものはある?」オーウェンに訊く。

彼は、羽根を一枚そのまま金に浸したような繊細なブローチを指さした。「これがいいな。とても彼女らしい」

「あらまあ、ずいぶん決断がはやいこと」そう言って、店員を呼ぼうと振り返った。彼女は別の客の相手をしていたが、その客の顔を見た瞬間、わたしはとっさにオーウェンの後ろに隠れた。

「どうしたの?」オーウェンが訊く。

「あの客——ああ、見ちゃだめ!——わたしの前の上司なの。まさに最悪の上司よ。緑色になったり角が生えたりしないだけで、グレゴールが鬼になったときよりひどいわ」

警告にもかかわらず、オーウェンは彼女の方を見た。「そんなにひどい人には見えないけどな」

「だから最悪なのよ。見た目はとても理性的でいい人そうでしょ? ところが、そう思ってると、次の瞬間には突然モンスターになってるの。何が彼女の機嫌を損ねるのかまったくわからないから、よけい怖いのよ。このままこっちに気づかずに店を出ていってくれるといいんだけど……」

そう言ったとたん、彼女はわたしに気がついた。まるでいまの台詞がそうさせるための呪文だったかのように。「あら、ケイティじゃない？」ミミは店内を横切ってくると、実に心のこもらないエアキス（頬と頬を近づけて音だけ立てるキス）をした。

「お久しぶりです」

「新しい仕事はどう？」

「とても楽しいです」

ミミは抜きすぎて糸のように細くなった眉をあげた。「まあ、本当？　あなたの技能レベルを考えるとちょっと意外ね。新しい職場ではずいぶん苦労するんじゃないかと心配してたんだけど」笑みを浮かべ、朗らかな口調のまま辛辣な言葉を並べたてる。

一瞬にして前の職場に戻ったような気分になった。彼女のいびりを涙をこらえて耐え忍んだあの日々に。次の仕事が決まるまで、ミミに盾突くことはいっさいできなかった。決まっていなければ、おそらくいまも彼女のご機嫌取りを続けていただろう。

「マネジメント側の問題なんじゃないですか？　彼女、うちではすでに大幅に昇進していますから」オーウェンが、会議で相手をやりこめるときに使う落ち着いた滑らかな口調で言った。白馬の騎士が輝く鎧に身を包んでわたしを救いにきてくれたような気分だ。

ミミはオーウェンの方をちらりと見る。多くの女性たち同様、一瞬、賛美の表情になったが、すぐにわたしの方に向き直り、蔑《さげす》むように言った。「うちの会社で昇進するには、まだ相当量の訓練と経験が必要だったわね」

オーウェンが横にいることで強気になったわたしは、彼女に負けないくらいの甘ったるい笑顔と口調で言った。「だから別の場所にチャンスを求めようと思ったんです」

ミミは背の高い銀髪の紳士を自分のそばに引っ張り寄せた。「ワーナーには一度会ってるわよね？　わたしたち、今日は婚約指輪を見にきたの」

「おめでとうございます。こちらはオーウェン・パーマー、いまの会社の同僚です。オーウェン、ミミは以前わたしの上司だったの」

オーウェンは、ほとんど意地が悪いとさえ形容できそうな笑みを浮かべて——彼にそんな表情ができるとは思わなかった——さらりと言った。「ケイティを採用しやすい状況をつくってくださったことに、われわれは感謝しなければなりませんね。彼女はいまや、うちの会社にとってなくてはならない存在ですよ」

ミミはまばたきをする。頭のなかでいまの台詞をどう解釈すべきか考えているに違いない。彼女の鼻の穴が膨らみはじめた瞬間、ワーナーがミミの腕を取って言った。「それじゃあ、ケイティ、オーウェン、また今度」そしてそのまま、彼女を引きずるようにして、結婚指輪の展示ケースの方へ移動していった。

「なるほどね」オーウェンは片方の眉をあげ、小声で言う。「あれなら、もう少し低い額の給料でも、ロッドはきみを誘い込めただろうね」

店員がわたしたちのところへ戻ってきた。「ご覧になりたいものはありました？」

オーウェンはクールなビジネスモードを維持したまま、羽根形のブローチを指さして言った。

「これをお願いします」

「素晴らしいチョイスだわ。わたしも大好きなんです、それ」彼女はそう言って、手首からキーホルダーを外してケースを解錠し、取り出した羽根形のブローチを黒いベルベットの布の上に置いた。

「これにします。プレゼント用に包んでもらえますか?」

「もちろんです」

オーウェンは値段を尋ねもせずにクレジットカードを差し出した。値札をちらりと見て、思わず息が詰まりそうになる。これより安い車を運転したことはいくらでもある。百万ドル出してもそこそこの住まいしか買えないエリアに住んでいるのだから、裕福だろうとは思っていたが、実際どの程度裕福なのかはちゃんと考えたことがなかった。もちろん、何年もギフトバスケットで済ませていたことの埋め合わせをするために奮発したという可能性もあるけれど。

オーウェンが支払いをしている間、わたしは指輪を物色するミミとワーナーの様子をうかがった。MSIに転職して何よりよかったのは、ミミから逃れられたことだ。彼女に再会して、自分がなぜ、少なくとも具体的な対処法が判明するまでは、免疫を失ったことを伏せておこうとしているのかがよくわかった。以前の生活には戻りたくない。もちろん、世の中の上司がすべて彼女のような悪魔でないことはわかっている。でも、マンハッタンの若いキャリアウーマンの半数がすでにもっているスキルしかなくては、どこへ行こうと使い捨て商品として扱われるのがおちだ。MSIにいるかぎり、わたしは少なくとも、彼らにとって必要不可欠なスキルをひとつもっていることになる。あるいは、もっていた、と言うべきか。このまま免疫が戻らなかったらどうしよう。

オーウェンはプレゼント用に包装された小さな箱を背広の胸ポケットに入れて言った。「次はどこ？」

「本については、ストランド（膨大な蔵書量を誇るマンハッタンの老舗古書店）がいいかと思って。希少な初版本なんかはどう？」

「いいね。ここから歩いていく？」

「もちろん」ミミたちとの遭遇は先ほどのあいさつで決着がついたこととし、特に言葉はかけずに店を出た。ブロードウェイに戻り、アップタウン方向へ歩く。「どんな本がいいかしら？」わたしは訊いた。

「店に行けば何かアイデアが浮かぶと思う。感謝祭《サンクスギビング》のとき彼の書棚を見たから、もってる本はだいたい把握してるし」

「うちの父には何を贈ろうかな。これだけ離れてると、何をもってるかなんてなかなかチェックできないから。だいたい、リクエストはいつも靴下と手袋だしね」

「靴下と手袋？」

「父ってそういう人なの。それですら彼にとってはむだ遣いなのよ。あなたはいつも、どんなものをリクエストするの？」

「特にリクエストはしないな。そういう相手がいるわけでもないしね」いけない――。彼が以前語っていた生い立ちや里親との関係のことを思い出す。無神経な質問をしてしまった。

グレイス教会までやってきた。魔法の存在を知る前は、ときどき目にするサムの姿に怯えたものだ。教会の方を見ないようにして、そのまま先を急ぐ。自分が何を失ったのか、あらためて思い知らされたくはない。しかし、オーウェンは歩を緩めると、やがて立ち止まり、フリーズした。事情を知らなければ、彼の存在に気づくことすらないだろう。なるほど、わたしたちが道ばたでガーゴイルと立ち話をするとき、世間にはこんなふうに見えているのか。会話の声も消されている。免疫の喪失は大きな痛手だが、何かと勉強にはなる。ただ、貴重な経験はそろそろこの辺にして、早くもとの生活に戻りたいというのが本音だ。

オーウェンはフリーズが解けて、ふたたび歩き出した。「変だな」ひとりごとのようにつぶやく。「あそこの警備はたいていサムが担当するのに」

「連休中かなり働いたって言ってたから、交替してもらったんじゃないかしら」一か八かで言ってみる。

「そうかもしれないな」驚いた。わたしが彼らの会話に加わらなかったわけを尋ねもしない。

書店に到着すると、オーウェンはまっすぐに別棟の希少本のフロアへ向かった。どうやらここにはちょくちょく来ているらしい。彼のオフィスにある古本の山を考えれば、特に意外ではない。この街のすべての希少本ディーラーを知っていると言われても、特に驚かないだろう。

希少本のフロアでエレベーターを降りる。店員とオーウェンは互いに顔なじみのようだった。よかった。彼がふたたび店員相手に黙り込んでしまったら、わたしひとりで商談をまとめる自信はない。

オーウェンは書棚や本の積みあがったテーブルの間を縫うように歩いていき、ある棚の前で立ち止まった。顔をしかめ、本の背から一インチほど離れたところを手でなぞっていく。棚の真ん中辺りにきたとき、オーウェンはにやりとしてそこにあった本を引き出した。「これ見て」小声で言う。「ディケンズのかなり古い版みたいだ。本物だったらそこそこ値打ちのあるものだろう。きみには何が見える?」

どうしよう、彼はイミューンとしてのわたしの意見を求めている。

16

「希少本のことはよくわからないから」パニックになりそうなのを懸命にごまかしながら言ってみる。打ち明けるならいまよ——そう思ったが、ミミとの再会の記憶はまだあまりに鮮明だった。クビになりたくない。

「きみは以前、トム・クランシーと希少な古写本とを見分けてくれたよ」

「ええ、でもあのときは違いが明らかだったもの。ごく最近の本と本当に古い本を比べるのは難しいことじゃないわ。でも、古い本はどれも同じように見えるから——」

オーウェンは店員の方をちらっと見て、こちらに注意を向けていないことを確認すると、本の上に片手をかざした。すると、本が光りはじめ、やがて、さらに古く、より凝った装飾の本が現れた。「やっぱり、思ったとおりだ。これはかなりめずらしい本だよ。ジェイムズはきっと気に入る」彼はそれをもってカウンターへ行き、店員に訊いた。「これはいくらですか?」

店員は目を見開いた。「こんな本があったとは気づきませんでした。すぐお調べします」

「鑑定が必要だったら、後日あらためて取りにきてもいいですよ」オーウェンは言った。店員は彼の連絡先を控えて、価格がわかり次第連絡すると約束した。

店を出てからオーウェンに訊いた。「どうしてわかったの?」

彼は肩をすくめる。「魔法の存在を感じたんだ。ときどきあるんだよ。真に希少なものを、そこそこ希少なものに見せかけておくってことがね。そうすることで、貴重な品を隠しておくんだ。そのまま遺産となったりすると、相続人がどれほど貴重なものを受け継いだか知らずに売却してしまうことがある。そんなふうにして何世紀にもわたってそれと知られずに存在している希少本はけっこうあるんだ」

「めくらまし《イリュージョン》をもとに戻して黙ってカウンターにもっていけば、ディケンズの値段であの本が手に入ったのに」

「でも、それじゃあズルだろう？」

「わたし以上のいい子ぶりっこをようやく見つけたわ」笑いながら言う。もっとも、最近の嘘の量を考えれば、わたしはもはやそれほどいい子ではないかもしれないが。「結局、それほどわたしの助けは必要なかったわね」

「きみがいなかったら、あのブローチは見つけられなかったよ。それに本だってきみのアイデアだろう？　さて、そろそろディナーにしようか。二ブロックほど行ったところに知ってるレストランがあるんだ。魔法使いがやってる店だよ。まあ、客のほとんどは気づいてないだろうけどね。あそこだったら、会話の内容にもさほど気を遣わなくてすむ」

大いなるジレンマに陥った。オーウェンとはできるだけ長くいっしょにいたいが、魔法使いのレストランで免疫がないことを隠し通すのは至難の業だ。実際、彼といっしょにいる時間が長くなればなるほど、隠すのが難しくなっている。

思ったより間があったようで、オーウェンは眉を寄せて言った。「ケイティ、どうかしたの？」

「実は、いまそれほどおなかが空いてないの」それはまるっきり嘘というわけではなかった。胃がきゅっと縮みあがったような感じで、軽く胸焼けさえする。「今夜はこれでお開きでもいいかしら」

もし少しでも落胆していたとしたら、彼はそれをみごとに隠していた。「もちろん。今度あらためて埋め合わせをするよ」

「それはこちらの台詞よ」わたしたちはふたたびブロードウェイを歩きはじめた。

「いや、助けてもらったのはぼくなんだから」

「ふたつばかり提案をしただけよ。ディナーをごちそうしてもらうほどのことじゃないわ」

オーウェンは何も言わなかった。辞退の仕方がやや強硬すぎただろうか。わたしが彼にどれほどのぼせあがっているかを知られたくない一方で、まったく好意をもっていないとも思われたくない。もっとも、のぼせあがりの方は、いくぶん落ち着いてきたような気もする。オーウェンはわたしのなかで、完璧な理想の君から、より生身の人間になってきていた。彼の笑顔は相変わらず、ひざから力を奪ってしまうけれど。

アパートの前まで来ると、彼は言った。「今日は本当にありがとう」

「どういたしまして。彼らの反応をぜひ教えてね」

「じゃ、明日」

「ええ」表玄関の鍵を開けて振り返ると、オーウェンの姿はもうなかった。

翌朝、オーウェンはいつになく静かだった。ふだんもそれほど口数が多いわけではないが、今朝はどことなく沈み込んでいるように見える。彼の気持ちを傷つけたのでなければいいのだけれど。オーウェンのことだ、案外、考えごとをしているだけかもしれない。

会社のロビーは、静かな通勤とは対照的な賑やかさだった。社員が全員集合したような混雑ぶりだが、耳に入る会話の断片から察して、皆、わたしと同じぐらい状況を把握できていないようだ。オーウェンがわたしのそばに寄ってくる。大勢の人たちを前に、明らかに居心地が悪そうだ。

ロビーの警備員、ヒューズがわたしたちのところにやってきて、手にしたクリップボードにチェックマークをつけると、何やらもごもごとつぶやいた。すると、MSIのロゴのついた野球帽がふたつ、彼の手もとに現れた。「はい、どうぞ、サー、ミス・チャンドラー」そう言って、ひとつずつわたしたちに差し出す。「帽子のなかにそれぞれ封筒が一枚ずつ入っていますから、指示があるまで開けずにもっていてください」どういうことなのか訊こうとしたときには、彼はすでにあらたに到着した社員の方へ歩き出していた。

オーウェンは、不審なものでも調べるかのように野球帽をチェックしている。「いったい何が始まるんだ?」

ロッドがこちらに向かって歩いてくる。こんなにいきいきとした表情のロッドを見るのは、はじめてかもしれない。素顔が見られなくて残念だ。いまなら、魔術に頼らなくても十分に魅力的なはず。魔術といえば、ロッドが約五フィートの距離まで近づいたとき、突然、誘惑の魔術のパワーを感じた。ある程度自制が利くうちに一歩後ずさりする。彼の腕に飛び込みたい衝動がいくぶん薄れて、ひとまずほっとした。

「やあ、ふたりとも来てたんだね！　よかった、よかった」とロッド。

「何が？」オーウェンが訊く。

ロッドはにやりとして一歩前へ出る。わたしは一歩横にずれ、さらに半歩下がった。「ケイティのアイデアをさっそく実践してみたんだ。社員の士気とチームワーク力を高める試みさ。心配するな、絶対楽しいから」そう言うと、今度はわたしの方を向く。「コートと荷物をきみのオフィスまで送っておいてあげるよ」コートとバッグを手渡すためには、彼の魔術の圏内に入らなければならない。体じゅうに欲望の波が広がっていくのを感じ、急いでオーウェンの方に視線を移す。彼の本物の魅力――力強いあご、シャープな頬の線、知性あふれる青い瞳、優しさ、そしてどことなく寂しげな雰囲気――をもってすれば、どんな男の誘惑の魔術にも十分対抗できるはず。

どうやらそのとおりだったようだ。いつの間にかうっとりしていたらしく、ロッドの声にはっとわれに返る。「おっと、行かなくちゃ。ボスと打ち合わせしなきゃならないんだ。ケイティ、きみのものはオフィスの方に届いてるはずだよ」そう言われてはじめて、コートもハンドバッグもトートバッグもすでに消えていることに気がついた。

ロッドが行ってしまうと、オーウェンはまるでわたしに背中を刺されたかのような顔でこちらを見た。「わたしのアイデアじゃないわ」慌てて言う。「士気の高揚やチームワークの奨励がスパイの目的を阻止する一助になるんじゃないかとは言ったけど、こんなことは提案してないわ。どうやらわたし、眠れる獅子を起こしちゃったみたいね」

「あいつ、いったい何をしようとしてるんだと思う?」

ロビーを見回し、人々が手にしている野球帽やバルコニーの手すりから下がっているポスターを眺めた。「どうやら、全社規模の決起集会とチームビルディング活動が始まるようね。たぶん、みんなで肩を組むとか、抱擁し合うとか、そういった類のことじゃないかしら」

「本当?」オーウェンは、ドラゴンと取っ組み合いをするかイドリスと夕食を食べた方がまだましだという顔をした。ロビーの奥でロッドとマーリンが話をしている。マーリンは実に楽しそうだ。その頭には野球帽が誇らしげにのっている。

方向性を変えるようロッドを説得してみる——そう言おうと思ってオーウェンの方を向くと、すでに彼の姿はなかった。もし免疫を失っていなければ、ロビーの端をこっそり移動し、階段をのぼって安全な自分のラボへと避難していくオーウェンの姿が見えたに違いない。ずるいわよ、ひとりだけ。できることなら、わたしだって透明人間になりたい。

ファンファーレが鳴り、人々がいっせいに階段の方を向く。奏者のいないトランペットが消えると、階段の上に立つマーリンの声が朗々とロビーに響き渡った。「皆さん、今朝はお集まりいただきありがとう」正面玄関で待ち伏せされたのでは、さほど選択の余地はない。「ここ数週間、わたしたちはいくつかの試練に遭遇してきました。重要なのは、自分たちの存在意義と使命を忘れないことです。魔法界は変わったという事実を認め、いや、むしろ積極的に受け入れ、誇りをもって前進していかなければなりません。ついては、わたしからひとつ課題を提供しましょう。クリスマス休暇の前までに今年の生産目標を達成できたら、皆さんにボーナスを出します」

ロビーに歓声があがる。この老紳士はなかなかのものだ。社員をやる気にさせるコツを心得ている――お金だ。ただ、野球帽とポスターがこれにどう関係してくるのかはよくわからない。同じメッセージをeメールで配信すれば、もっとずっと簡単だと思うけれど。

「ここからはミスター・グワルトニーにお願いしましょう」マーリンはそう言って、ロッドに場所を譲る。

「ありがとうございます、ミスター・マーヴィン」ロッドの声は魔法で音量をあげてあるが、マーリンのようにお腹の底にしみるような響きはない。「皆さんにはこれから二週間、いつも以上に仕事に精を出していただくわけですが、やはり楽しみもなくてはなりません。そこで、会社史上初の全社規模での宝探しを決行したいと思います。お手もとの封筒を開けていただくと、あなたが入ることになるチーム名と宝探しのヒントが書いてあります。ヒントは、チームの他のメンバーたちがもつヒントと照合しないかぎり意味がわかりません。チームに与えられたヒントがすべてそろってはじめて、宝探しに必要な手がかりが得られるわけです。お宝は社屋のあちこちに隠されています。最も優秀なチームにはクリスマスのパーティで賞品が授与されます。では、皆さん、幸運を祈ります！」

ロッドの最後の言葉は、皆が封筒を破りはじめた音でほとんどかき消された。他者との密接な連携を必要とするこのようなアクティビティに人々がどんな反応を見せるか興味をもって見ていたが、皆まんざらでもないといった様子だ。笑顔が見られ、あちこちで笑い声もあがっている——ここ数週間、社内から消えていた現象だ。封筒を開けてみる。わたしのチームは〈ユニコーン〉だ。箇条書きになったヒントは、なんのことやらさっぱりわからない。まるでジグソーパズルのピースのようだ。ロッドはたしかに気の利いたことを考えた。案外、効果が期待できるかもしれない。

「ユニコーンの人、こっちに来て！」イザベルの大きな声が聞こえた。彼女のまわりにユニコーン・チームが集合する。ランチタイムに集まってヒントの照合をすることを確認したあと、わたしはそっとその場を抜け出し、オフィスへ向かった。

ロビーの階段をのぼりきったところで、ロッドに声をかけられた。「どう思う？」

「グッドアイデアね。ボーナスも、宝探しも。皆すでに楽しそうだし、これなら殺し合いが始まることもなさそうだわ。ただ、野球帽はちょっとやりすぎだと思うけど」

ロッドはにやりとする。思わずクラッときて、慌てて階段の手すりをつかんだ。「帽子には魔法がかけられてるんだ」

「え？」

「かぶった人がほのかに幸福を感じる魔術がかけてある。社屋全体に何かしようという案もあったんだけど、この方がより直接的で効果があるからね」

彼の魔術から少しでも離れて、頭をきちんと働かせるために、階段を一段あがる。「それって、つまり、社員全員に魔法をかけちゃったってこと？」

ロッドは肩を軽くすくめる。心拍が乱れ、わたしはまた一段階段をあがった。「ミスター・マーヴィンのアイデアだよ。野球帽はぼくが考えたんだけどね。あ、きみはかぶってないね」

「髪がつぶれちゃうもの」言いわけをする。

「ま、どのみちきみには効かないんだけどね。宝探し、健闘を祈るよ。きみのチーム、なかなかよさそうじゃない」

免疫に言及され、首の後ろの産毛が逆立った。現時点で、ロッドは容疑者候補のリストからほぼ外れている。真の顔といっしょに真の表情まで隠しているのでないかぎり、彼の言葉に他意は感じられなかった。

上階へ行くと、マーリンが相変わらず野球帽をかぶったまま、にこにこしてわたしを待っていた。「ミスター・グワルトニーのプランはなかなか面白そうですな。戦争の合間に騎士たちにむだな殺し合いをさせないようにするには、競技《トーナメント》を実施するのがいちばんなのです。これも同じ原理ですよ」

「楽しみながら効果が期待できるという点で、チームビルディングとしてはとてもいいアクティビティだと思います」

マーリンはわたしを自分のオフィスの方に促す。互いに腰をおろすと、彼は切り出した。

「さて、捜査の方はどうですか？」

「スパイの目星はまったくついていません。捜査を開始したときとほとんど同じ状況で、はっきりいって堂々巡りをしている感じです」

「相手は襲撃が必要だと感じるほど、あなたが真相に近づいていると思ってるようですがね」

マーリンは片方の眉をあげて穏やかに言う。

「もし真相に近づいているのだとしても、わたしにはその自覚がありません。容疑者はまったく絞れていませんし、証拠も何ひとつつかんでいません。新たな手がかりを得るために、スパイが次の動きに出るのを待ち望んでいるぐらいですから。先週の襲撃については、個人的なものである可能性も考えてみましたが、そこまでだれかを怒らせた覚えはやはりないんです。イドリスはわたしにこの会社を辞めさせたいようですが、それが彼にとってどんな得になるのかも相変わらずわかりません」

こちらが泣きたい気分なのをよそに、マーリンはいたって平静な口調で言った。「これまでに得られた証拠について考えてみましょう」

「問題はまさにそこで、証拠がないんです。スタッフは皆、自分以外の全員を疑っています。しかも、どの人にも動機になりそうな事情はあるし、その気になれば機会もある――」

「では、だれが最も機会を得やすかったか考えてみましょう。被害は研究開発部に集中しているのですね？」

「はい、でもだからといって容疑者を絞れるわけではありません。あそこは会社でいちばん大きな部署ですから」

「たしかにそうです。先週の金曜日、あなたが真相をつかみかけているような印象を与える発言をだれかに対してしましたか？」

「研究開発部には行きましたが、まったく別の理由です」まずい、顔が赤くなったような気がする。

「あなたがミスター・パーマーのサンタであることは知っていますよ」マーリンは優しく言った。「わたしの提案ですから。彼には彼自身がよく知っている人の方がいいと思ったのです。あなたの方も、部署に出入りする口実が得やすくなりますからな」

「研究開発部ではアリとジェイクに会いましたが、多くの人がわたしの姿を見たはずです。たぶん、捜査をしにきたと思ったことでしょう。あるいは、わたしをスパイだと思ったか……」

「捜査はあの部署に絞ってはいかがですかな。あなたにはあそこへ行く正当な理由があります」マーリンはほほえんだ。「今後しばらく、ミスター・パーマーはプレゼントの嵐に見舞われることになりそうですな」

なかなか悪知恵の働く老人だ。面と向かっては言えないけれど。でも、考えてみれば、さほど驚くようなことでもない。彼は王を玉座につかせた人物だ。こんなことはほんの小事にすぎないのだろう。

「では、研究開発部に的を絞るということで進めてみます」いくらか前向きな気持ちになれた。あとは、魔法の問題をどうするかだ。

マーリンはデスクのなかから薄い水晶の板を取り出す。「これを使えば部署の入口の鍵を開けられます。水晶にはすでに魔術が組み込まれていますから、魔力がなくても心配いりません」心配なのはむしろ魔法除けの方だが、幸い、当面オーウェンのオフィスにまで入り込む必要はなさそうだ。「それから、必要なときは、わたしがミスター・パーマーの相手をしますので、安心してサンタの役目を果たしてください」

なんだかいいように操られている気がするが、彼のねらいがどこにあるのかはよくわからない。わたしは水晶のカードを受け取り、ポケットにしまった。「ありがとうございます」

「できれば、今週の終わりにでも一度報告をしてもらえますかな」

「わかりました」当分の間、オープンを使う機会が増えそうだ。宝探しの方は、特に問題ないだろう。チームメイトにわたしのもっているヒントと解読のためのアイデアを二、三提供すれば、あとはこのアクティビティを心から楽しめる人たちに任せればいい。わたしには解かなければならないもっと大きな謎がある。

その夜、わが家伝来のお気に入りのレシピでクッキーを焼きながら、ひょっとすると、前回の危機より今回の方が、わたしの置かれた状況はいくぶんましかもしれないと考えた。あのとき、世界を救えるか否かはわたしのデート能力にかかっていた。わたしは男性の扱いより料理の方がはるかに得意だ。

クッキーはビニール袋に入れてリボンをかけ、トートバッグに入れて会社へもっていった。

オーウェンがミーティングのためにマーリンのオフィスに入ったのを確認してから、クッキーと水晶のカードをもって研究開発部へ行く。途中、少なくともふたつの宝探しチームとすれ違った。皆、野球帽をかぶり、楽しそうだ。どこまでが帽子の効用かはわからないが、先週に比べて社内の雰囲気は格段によくなっている。最初に見かけたチームはそろいのユニフォームを着ていた。もうひとつのチームは廊下の真ん中で、「ドラゴンズは最高！」といった感じのシュプレヒコールをあげていた。このままではうちのチームは負けてしまう。いまだに宝を探しはじめる段階にさえ至っていないのだから。もちろん、チームスローガンもなければ、ユニフォームもない。

マーリンの言ったとおり、研究開発部の入口はカードで簡単に開いた。アリが入口からそう遠くないところにある彼女のラボで、テーブルに足をのせて本を読んでいた。野球帽はかぶっていない。まあ、予想どおりだ。おそらく、彼女のチームに対する貢献度は、いまのわたしのそれより低いに違いない。「ハーイ！」わたしは言った。

アリは読んでいた本から顔をあげる。「よかった、あなたは宝探し狂の連中とは違うようね。わたしのラボに宝を探しにきた輩《やから》がすでに三人もいたわ」そう言って、わたしの手もとをちらっと見る。「またまたサンタのお務め？」

わたしはできるだけあいまいな表情をつくる。「さあ、どうでしょう」

「だって、それクッキーじゃない」

「だからって、シークレットサンタ用とはかぎらないわ」

アリはやれやれというように目玉を回す。「むだよ。あなたほど嘘のへたな人はいないんだから。コーヒー飲む？」

「ええ、お願い」いつものように、カップが手のなかに出現する。すっかり平然と対応できるようになった自分が誇らしい。「何を読んでるの？」

アリはいかにも古そうな本をこちらに掲げて見せた。「恋の魔術の本よ。オーウェンのラボからくすねてきたの。さしあたって、彼には必要なさそうだからね。研究している魔法使いの著書だからもってるだけなのよ。ここに書かれてる人間の男を振り向かせるための魔術を、今度試してみようかと思って。満月の夜に、バラのエキスを振りかけたカナリアの羽根を標的の前で振るの」

「あるいは、面と向かって『ハーイ、ここにはよく来るの？』って言う手もあるわ。わたしでさえ、ときどきうまくいくわよ」

「特定の男女を両思いにさせる魔術もあるわ。だれかとくっつけてほしい？」

わたしの異性関係がどんなに貧しくても、魔法の介入だけはご免被りたい。「いいえ、けっこうよ。それに、わたしは免疫者《イミューン》なのよ」少なくとも、以前はそうだった。ふたたびそう言えるようになることを切に願う。

「ああ、そっか。つい忘れちゃうのよね。でも、相手の男にはかかるわよ。ねえ、どう？　魔法でもかけなきゃ一生女の子を誘ったりしそうもない黒髪碧眼のだれかさんと、本格的なデートをしてみたいと思わない？」

「パスするわ」

「そう。ま、気が変わったら言ってね」

コーヒーを飲み終え、カップをテーブルに置いて言う。「そろそろお務めに戻らないと。コーヒーをありがとう」

「どういたしまして」

マーリンが予告したとおり、オーウェンのラボにひとけはなかった。ただし、オーウェンの留守に乗じたのはわたしだけではなかったようだ。ラボはひどい散らかりようだった。いつものほどよく雑然とした感じではなく、明らかにだれかが何かを探すために荒らし回ったか、もしくは荒らすこと自体を目的に荒らしたとしか言いようのないありさまだ。わたしはクッキーをテーブルに置き、部署の出口に向かって廊下を走った。

アリのラボの前を通り過ぎ、すぐに引き返す。「電話借りてもいい？」

「どうしたの？」

「あとで説明する」トリックスのデスクにダイヤルする。「ボスにいますぐこっちへ来るよう言って」彼女は了解し、わたしは受話器を置いた。

「なるほど、オーウェンのラボへ行ったのね」アリが言う。

「え？」自分がそもそも何をしにここへ来たことになっていたかを忘れていた。「ああ、そのこと。違うわ。お務めを無事完了したので、ちょっとオーウェンのところに寄っていこうと思ったのよ」

「彼、ミーティング中よ」

「本当？」そのとき、彼女がオーウェンのラボから本をくすねてきたと言っていたのを思い出した。「その本、彼のところからもってきたって言ってたわよね。ラボに行ったとき、何か気づかなかった？」

「これをもってきたのはもう何カ月も前よ。何かあったの？」

「スパイがふたたび動き出したわ」

「本当？　だれも気づかなかったなんて妙ね。オーウェンが出ていってから、まだそんなにたってないのに。彼が廊下を通るのを見たのは、あなたが来るせいぜい十分前よ」

オーウェンとマーリンがやってきた。廊下に出てふたりに合流する。「だれかがあなたのラボに侵入したみたい」オーウェンに言う。「シークレットサンタじゃなくて。まあ、シークレットサンタも来たようだけど。プレゼントが置いてあったから。でも、それとは別に、だれかが来たことは間違いなさそうだわ」

状況を話している間にラボに到着した。「なくなっているものや、姿が変わっているものはありますか？」マーリンが訊く。

オーウェンは片手で髪の毛をくしゃくしゃとやる。「さあ、この状態ではなんとも言えません。どうやら、ラボにも魔法除《よ》けをする必要がありそうですね。仕事はかなりやりにくくなりますが――」そう言って、ふとわたしの方を見た。「ケイティ、ここで何をしてるの？」

「この部署でシークレットサンタがいるのはあなただけじゃないのよ。近所に来たついでに、顔を見せようと思ったの」

オーウェンは床に散乱した本や書類を拾いはじめる。「きみは何も見なかった?」

「ええ、残念ながら。わたしが来たときにはすでにこの状態だったわ。それですぐに連絡したの」

見覚えのない男性がひとりやってきた。オーウェンの父親と言っていいぐらいの年で、彼より頭ひとつ分背が低い。「また侵入騒ぎがあったと聞いたが――」男性は言った。

オーウェンはびくりとして即座に体を起こす。「はい、そのとおりです」彼が職場でマーリン以外のだれかに、これほどかしこまった態度を見せるのをはじめて見た。

「あれだけ警備を厳重にしたのにどういうことだね」男性は問いただす。

「スパイが部署内にいる場合は、あまり役に立ちませんな」マーリンがいつもの穏やかな調子で言った。

「わたしの部署に問題があるとでも?」男性は気が収まらないようだ。

「あなたの部署は明らかに標的となっています。そしてどうやら、部署内のだれかがスパイである公算が大きい。ということは、そうです、あなたの部署に問題があるということになりますな」

「重要なものはラボに置いていないので、何か盗まれたとしてもたいした被害ではありません。ただ、これは窃盗というより、破壊行為です」オーウェンが言う。

「とにかく、何かわかったら報告してくれ」男性はそう言って部屋を出ていった。

「報告を頼みますよ、ケイティ」マーリンが言う。

「何かわかり次第すぐにお知らせします」

マーリンが出ていったあと、わたしはオーウェンの横にひざをついていっしょに本や書類を拾った。「ミスター・ランシングのことを説明しておくよ」オーウェンが言う。

「え、だれ？」

「いまの人だよ。きみにはカエルに見えたと思うけど」

カエルなんか見なかったと言いかけて、慌てて言葉を呑み込む。

「彼は研究開発部の部長なんだ。何年も前に業務中の事故でああなったらしい。以来、あまり人前に出てこなくなった。あのめくらましはかなりエネルギーを消耗するらしくてね。でも彼は、カエルのままでは部下に威厳を示せないと思っているみたいで」

「わかる気がするわ」今回ばかりは、一時的な——だといいのだけれど——免疫の喪失をありがたく思った。カエルが突然ぴょこぴょこ部屋に入ってきていきなり質問を始めたら、卒倒していたかもしれない。「でも、カエルの魔術を解く方法はあるんじゃないの？」

「まあね。彼はこの街の相当数の女性にキスしてるはずだよ。ぼくらも思いつくかぎりのことを試してみた。よほど魔力の強い魔術なんだろうね。どうしてああなったのかはよく知らないけど、もう何十年も解く方法を模索しているらしい。ふだんは、皆、この話題に触れないようにしている。ぼくも彼のすることにはなるべく口出ししないようにしてるんだ」さらに何枚か書類を拾いあげてから、オーウェンは言った。「ところで、ぼくに何か用があったの？」

まずい、嘘のつじつま合わせのための嘘が必要になってきた。ふと、ちょうどいい言いわけを思いつく。「あのカメラの映像の送り先はわかった?」

「いや、残念ながら」オーウェンはため息をつく。「コードは天井づたいに廊下まで続いていて、途中で切断されていた。ぼくが追跡を始める前に、だれかが切ったんだろう。でも、偵察というより、むしろ混乱を引き起こすことが主な目的だったんじゃないかと思う。それこそまさにフェランのやり方だよ。これは、彼がぼくらと同じぐらい困っていることの証しだと思う。こういう行動に出るということは、きっと何も具体的なものができていないんだよ。でなければ、とっくに市場で勝負を仕掛けてきているはずだ」

「つまり、いちばんいい作戦は、ひたすら無視して、彼があきらめるのを待つってこと?」

「彼があきらめたとしても、スパイの方はどうかな」

「そうね。スパイを引き受けるぐらいだから、何か個人的な動機があってもおかしくないわ。ああ、またしても出発点に逆戻りね」

「ごめん、あまり力になれなくて」

「わたしも、侵入を未然に防げなくてごめんなさい」立ちあがってひざについたほこりを落とす。「そろそろ仕事に戻るわ。何か気づいたことがあったら教えてね」

挫折感を嚙みしめながら廊下を戻っていく。皆の期待にちっとも応えられない。アリのラボの前を通ったとき、彼女に呼び止められた。「どうだった?」

引き返してラボの入口に立つ。「まさに混沌《カオス》よ」

「いつも散らかし放題のくせに、少しばかり本や書類が床に落ちてるぐらいで、よく違いがわかったこと。あの男、整理整頓マニアみたいに見えるけど、実際は、とんでもないため込み魔なんだから」

突然、肩胛骨の間に妙な悪寒が走った。オーウェンのラボの具体的な状況については、まだだれも彼女に話していない。それなのに、なぜ知っているのだ。会話の断片や表情、奇妙な偶然の数々が、頭のなかにいっきによみがえってくる。金曜の襲撃の直前、彼女がだれかと電話で話していたこと。オーウェンが彼女の猛アタックに反応を示さなかったこと。オーウェンについてわたしをしつこく茶化すこと。わたしが何を見て何を見なかったかをやけに知りたがったこと。そして、廊下の途中の、ちょうど彼女のラボの上辺りで切断されていたカメラのコード。

いや、そんなことはあり得ない。あのお気楽主義のアリがスパイをするなんて——。でも、彼女には手段がある。情報もある。動機さえある——オーウェンに対する感情が、本人が公言する以上に強いものだとしたら。でも、これはあくまで勘にすぎない。確固たる証拠は何もないのだ。この段階で、友情をぶち壊してまで彼女を容疑者扱いすることはできない。もう少し調べる必要がある。

平静を装い、声がうわずらないよう注意しながら言う。「彼をいらつかせるには十分だったみたいね。オーウェンのオフィス周辺にはしばらく近づかない方がいいわ。めったに怒る人じゃないけど、いざ怒ると並の怖さじゃないから」アリの眉間に一瞬しわが寄ったように見えた。

疑っていることに気づかれただろうか。だとしたらまずい。表情を変えずにつけ加える。「そうだ、ジェイクが戻ったら警告してあげて。何も知らないままオーウェンによけいなこと言って、火に油を注ぐことにならないように」

アリが笑ったので、とりあえずほっとした。「そうね。あいつ、オーウェンに対してはいつも間が悪いから。飛んで火に入る夏の虫にならないよう、注意しておくわ」少なくとも、悪事がばれたことを悟った人の口調ではなかった。

ようやく研究開発部を出る。心臓がどきどきしている。最も親しい友人のひとりが、そもそもわたしに魔法界のことを教えてくれた人物のひとりがスパイだなんて、考えたくない。彼女のことを探るのは気が引けるが、いたしかたない。潔白を証明する証拠を探すためだと自分に言い聞かせる。これは、彼女を容疑者リストから完全に外すために必要なことなのだ。

オフィスに戻る前に、イザベルのところに寄ることにした。オーウェンを巡るアリの不運の全貌を知る人がいるとしたら、それはイザベルをおいてほかにいない。

「大丈夫?」オフィスに到着するなり、イザベルは言った。「なんだか気分が悪そうよ」

「そう? 大丈夫よ。宝探しのヒントについて、軽くアイデア交換したいと思って」座り心地のいいゲスト用の椅子に身を沈め、ほっとひと息つく。

イザベルの顔がぱっと輝いた。「今朝、見つけたものがあるの」そう言って、デスクの引き出しから小さな立像を取り出す。「これで十四番目のヒントは消せるわ」

「さすがね!」

「おそろいのＴシャツを着ているチームを見たけど、うちも必要かしら」

「うちはいいんじゃない？」宝探しに関しては、実のところわたしからは何も言うことがないので、彼女を脱線させるのに最適なゴシップをひとつ提供することにした。「ねえ、聞いた？　オーウェンのラボに何者かが侵入したの。盗まれたものはないようだけど、ひどい荒らされようだったわ」

「本当？　かわいそうに。彼には自分なりの散らかし方があるのよ。だから、他人に手を加えられるのをひどくいやがるのよね」

慎重に言葉を選びながら、いよいよ本題に入る。「この間、アリが、自分はオーウェンに対してトライしたとかなんとか言ってたじゃない？　それってどういうことか知ってる？」

「どうして？」そう言ってすぐ、イザベルはにやりとした。「やっぱりね！　彼のことが好きなんでしょう」

どうやら、そういうことにしなければならなそうだ。疑念を抱かせずに情報を聞き出すには、おそらくこれがいちばんいい方法だろう。これで社内ゴシップの的になるとしたら、それもしかたがない。オーウェンが許してくれるのを祈るのみだ。自分のひざを見つめながら、わたしは言った。「うん、まあ、たぶんね。でもアリを傷つけるようなことはしたくないの。もし彼女がオーウェンを好きなら、わたしは身を引くべきかと思って」

イザベルは目を輝かせる。「あなたたちふたり、すっごくお似合いだわ。それに、あなたがなんと言おうと、わたしは彼も絶対あなたが好きだと思うわ。ただの友達としてじゃなくてね」

椅子の背にもたれかかり、両手で三角をつくりながら、彼女は言った。「そうねえ、あれはたしか、彼女が入社したばかりで、オーウェンもまだいまのポストについていなかったころね。グレゴールが完全に人間だったときの話よ。アリはオーウェンにひと目惚れだったみたい。ま、無理もないけどね。でも、ちょうどその時期、オーウェンはイドリスに不信感を抱きはじめていて、それどころじゃなかったの。アリのアプローチにはまったく気づかなかったみたい。で、アリは、より積極的に出るという過ちを犯したわけ。当然ながら、壁はますます高くなったわ。教訓その一、彼の心にはそっと忍び込むこと。面と向かってのアタックは御法度よ。まあ、あなたはその辺をちゃんと心得てるみたいだけどね。彼、あなたを信頼してるもの」

「それでどうなったの?」

「アリはどんどん積極的になっていったわ。オーウェンの方は気づかないか、気づかないふりをしていたかのどちらかね。はっきり断られた方が、彼女にとってはまだ納得がいったのよ。モーションをかけるたびに、さりげなくかわされるものだから、自分の存在を無視されたようで相当いらいらしたんじゃないかしら。結局、最後はあきらめたけど」

「そのことをいまでも恨みに思っている可能性はないかしら」

「いまでも、ときどきモーションをかけてるみたいよ。もっとも、面白半分に反応を試してるだけだけど。そりゃあ、オーウェンがあなたとくっつけば、最初は面白くないと思うでしょうけど、彼があなたを選んだのだからしかたがない、恨みっこなしって、きっと彼女の方から言うはずよ。アリにとっては、しょせんすべてがゲームだからね。もしオーウェンをモノにできたとしても、実際につき合ったかどうかは疑問ね。結局、『オーウェンを落とした』って公言したかっただけだと思うわ」

「男のキャッチ・アンド・リリースってわけね」なんだか気が滅入ってきた。わたしがオーウェンとうまくいけば、アリは間違いなく腹を立てるだろう。もっとも、そうなる可能性は悲しいほど低いのだけれど。イザベルにすがるようなまなざしを向けて言う。「このことは、アリにはもちろん、ほかのだれにも言わないでね。オーウェンがどんなにシャイか知ってるでしょう？　わたしの気持ちを知ったら、彼、口をきいてくれなくなるわ」

「わかってる。だれにも言わないから安心して」たぶん彼女はいま、心からそう思っているに違いない。ただ、特ダネを手にすると、その決意がなかなか持続しないのが彼女なのだ。

人事部を出たところで、ロッドとぶつかりそうになった。いつものように、目の前のゴージャスな男性とわたしの知るロッドを結びつけるのに、ひと呼吸要した。ロッドに両肩をつかまれて、誘惑の魔術に負けそうになる。魔術の圏内から少しでも遠ざかるため、急いで二歩ほど後ずさりした。

「大丈夫？」

「え？　ああ、ごめんなさい。ちょっと考えごとをしてて」

「ぼくに何か用だった？」ロッドは、いまわたしが出てきたオフィスの方を指さす。

「ううん、イザベルと話をしてたの」

ロッドはにやりとした。「さてはゴシップだね？」

「残念、宝探しについてよ」

「なるほどね。お務めご苦労様です」ロッドはそう言うと、敬礼のポーズを取りながらウインクした。体が勝手に彼に抱きつかないよう、慌てて手近にあったドアノブをつかむ。これだけの威力があるなら、デート相手に不自由しないのも当然だ。

強烈な誘惑の魔力から逃れようと一歩足を踏み出したところで、ロッドが言った。「あの、ケイティ」

「何？」

「その、最近、いろいろ大変だろ？　スパイの捜査を任されて、そんなときにご両親もやってきて、それからイーサンのことがあって、そのうえ先週末は何者かに襲撃されて――。で、ちょっと思ったんだけど、今週末、いっしょにディナーでもどうかな。心配しないで、ロマンチックなタイプのものじゃないから。少し気分転換した方がいいんじゃないかと思ってさ」

体はイエス！　イエス！　と叫んでいたが、頭の方はもう少し分別があった。わたしはロッドの親友に恋している。ロッドとそういう関係になったら、わずかにでもあるかもしれないオーウェンとの可能性はその時点で完全にゼロになるだろう。それは説得力のある理論だったが、体はなかなかあきらめようとしない。口が体と頭の妥協点を見つけた。「あとで返事するわ。予定表をチェックするから」いったん彼から離れれば、自分がどうしたいのかもう少し冷静に判断できるだろう。彼の言ったことは真意だと思う。わたしが誘惑の魔術の影響を受けていることは知らないはずなのだから。

「わかった。そうして」

ようやく自分のオフィスに戻ると、デスクの椅子にぐったりと座り込んだ。考えなければならないことが山のようにある。プラス面は、動機と機会をもつ本格的な容疑者が見つかったこと。マイナス面は、その容疑者が友人のひとりであること。そして、直感だけが頼りで、確固とした証拠が何もないこと。これでは、たとえ彼女が本当にスパイだったとしても、かけた嫌疑はすべて簡単に反駁されてしまうだろう。ロッドの誘いについては、プラスとマイナス、どちらに分類すればいいのかよくわからない。

ノックの音がして、見あげると、オフィスの入口にトリックスが立っていた。どこかおずおずとした感じで、いつものも彼女らしくない。「個人的なことでちょっと話があるんだけど、いい？」

「もちろんよ、入って」トリックスはドアを閉めて、デスクのそばへやってきた。

「友達としてひどいことだってわかってるの。でもまず、あなたに訊いてみようと思って」両手をもみ合わせながら、トリックスは言った。

「どうしたの？」

「さっき、イーサンがボスに会いにきたんだけど、彼、わたしをデートに誘ったの。正直に言うと、悪い気はしてないの。でも、あなたと彼がああいうことになってからまだ日が浅いでしょ？　あなたがどのぐらい気にしているかわからないし。だから、返事をする前に、まずあなたと話をするべきだと思って。納得できないとしたら、それは当然だし、もちろん断るつもりよ」

胃がねじあげられるような感覚を覚えた。彼はたしかに魔法界を堪能したいとは言っていたが、羽のついた女の子とつき合いたいのだろうというわたしの指摘がここまで図星を突いていたとは思わなかった。でも、トリックスの顔を見ていると、会うなとはとても言えない。

「気にしないで行ってきて。わたしたち別に、婚約してたわけでも、それほど長くつき合ってたわけでもないんだし。もしかしたら、あなたの方が彼とは相性がいいかもしれないわ」

トリックスは宙に舞いあがり、くるっと一回転して着地した。「ありがとう！　あなたって最高の友達だわ！」

レセプションエリアに戻っていくトリックスの後ろ姿を見ながら、わたしが彼女のもうひとりの友達を告発しようとしているのを知ったら、どう思うだろうと考えた。鼻の辺りがつんと痛くなってくる。ここ数日イーサンのことはあまり考えていなかったが、彼が早くも先へ進んでいるというニュースは、やはりショックだ。気がつくと、受話器を取ってロッドの内線番号をダイヤルしていた。「もしもし、ケイティです。今週末のディナーの件、オーケーよ」

17

「本当？」ロッドの声がとてもうれしそうで、誘いを受けてよかったと思った。

「ええ」イーサンがトリックスをデートに誘ったことへの仕返しが動機の大部分を占めるということは、あえて言う必要はない。あるいは、ただ気を紛らわせたいだけなのかもしれないが、どちらなのかは自分でもよくわからなかった。週末はだれかと出かけたい。

「金曜はどう？　きみのアパートはぼくのうちから近いし、七時ごろ迎えにいくっていうのは？」

「いいわ」

「よかった。気晴らしが主な目的だけど、できたら、いまぼくが考えてる士気高揚のためのプランについても、話し合ってみない？」

「オーケー。じゃあ、金曜日に。というか、その前にも会うけどね」

ロッドは笑った。「そう願いたいね。ありがとう、ケイティ」

電話を切ったあと、彼と会うのを楽しみにしている自分に気がついた。しかも、わたしはいま、誘惑の魔術の圏外にいる。もっとも、魔術の威力が電話でも伝わるということなら話は別だけれど。あとでだれかに訊いてみなくては――。

その夜は、オーウェンにあげるクリスマス飾りに猛烈な勢いでクロスステッチを施した。アリのことを探るために研究開発部に行く口実が必要だ。いまの頻度でお菓子を焼き続けたら、どれほど足繁くジムに通ってもオーウェンはあっという間に太ってしまうだろう。

「何してるの?」仕事から戻ったジェンマが、テレビを見ながら刺繍をしているわたしを見て訊いた。

「シークレットサンタのプレゼントよ」

「ずいぶん力が入ってるわね」

「話せば長くなるけど、相手の男性とはなんの関係もないことよ。これにはまったく別の理由があるの。とにかく、時間がなくて大変なのよ」

「なるほどねえ」その口調から、彼女がわたしの言うことをまるで信じていないのは明らかだ。

「本当だってば。だいいち、今度の金曜、別の人とデートすることになってるんだから」

「へえ、すごいじゃない。言ったでしょ? ほんの少し自信さえもてば、流れは変わるって」

「そうね、いまやわたしはニューヨーク一自信に満ちた女よ」先週のクラブでのことは、まだ話していなかった。自分でもいまだに半信半疑なのだ。かなり飲んでいたし、恐ろしい目にも遭った。すべてが夢だったような気さえする。

「コーディネート、手伝う?」

「もう決めてあるの、定番の勝負服よ」

「靴はあの赤いハイヒールね？」

それについては考えていなかったが、悪くないアイデアだ。イーサンのために買った靴を別の人とのディナーに履いていけば、リベンジは完璧になる。

翌日、クリスマス飾りをスカートのポケットに入れ、マーリンに借りた水晶のカードをもって研究開発部へ向かった。さっそく廊下でアリに捕まる。「ははーん、またもやサンタのお務めね」にやにやしながら言う。「あなたのシークレットパルは幸せ者ね」

「社内のクリスマス気分を盛りあげるためよ」

「今週末、ロッドと出かけるらしいわね」

どうして彼女が知っているのだ。おそらくイザベルだろう。彼女がロッドから聞いて話したに違いない。「ええ、そうなの。士気高揚プロジェクトの打ち合わせをしようって」

アリは鼻を鳴らす。「それが本当の目的かどうかは怪しいところね。まあ、あなたには彼のめくらまし《イリュージョン》が見えないし、誘惑の魔術の影響も受けないわけだから、大丈夫だろうけど。でも、一応用心した方がいいわよ」

もし彼女が真犯人だとしたら、かなり手強い相手だ。すべてが他意のない発言のようにも聞こえるし、免疫を失ったことを知っていると暗にほのめかしているようにも聞こえる。「心配いらないわ」わたしはなんの問題もないというようにほほえんでみせた。

アリはふたたび鼻を鳴らすと、自分のラボに戻っていった。ああ、なんとかして証拠を見つけなければ――願わくは、彼女の無実を証明してくれる証拠を。たとえそれが、ふたたび振り出しに戻ることを意味するとしても。オーウェンの声が近くの別のラボから聞こえてきた。急いで彼のラボへ行き、オフィスのドアノブにクリスマス飾りを引っかける。廊下に戻り、しばらくぐずぐずしていたが、アリがラボから出てくる気配はない。彼女が怪しい行動をとるのをこうしてただ待っていても、あまり意味はなさそうだ。気の滅入ることだが、やはり何か罠を仕掛けて、犯行現場を押さえるしかないだろう。でもそのためには、こちらも知能犯になる必要があり、わたしは知能犯とはほど遠い。隠しごとをすることについては、最近だいぶ鍛錬されてきているが、それでもアリに比べればまだまだ素人同然だ。

金曜日。朝からロッドとのディナーを心待ちにしている自分がいた。仕事のあといったん家に帰り、デート用の服に着がえながら、彼の魔術に惑わされてはならないと、再度自分に言い聞かせる。いまは免疫こそないけれど、最低限の常識は維持しているつもりだし、魔法のせいだということさえ意識できれば、何も知らない街の女の子たちよりはずっと自制が利くはず。

身支度の仕上げは赤いハイヒールだ。足を滑り入れると、自然に笑みがこぼれた。誘惑に負けないよう自制しなければならないのは、むしろ彼の方かもしれない――。先週、クラブで男たちを虜にしたときの気分がよみがえってくる。天気予報によると、今夜は冷たい雨が降り、雪になるかもしれないらしいが、降り出すのは夜遅くだというから心配はいらない。これは友達同士のごくシンプルなディナーだ。天気が崩れるはるか前に帰宅しているだろう。大切な靴を濡らすことにはならないはず。

　表玄関のブザーが鳴り、インターホンに駆け寄る。「ロッドです」スピーカーごしにざらざらとした声が聞こえた。

「すぐにおりるわ」そう言うと、コートとハンドバッグをつかみ、階下へ急いだ。

「今夜は近場にしておこう」表玄関から出てきたわたしにロッドは言った。「この空模様だと、帰りはタクシーを捉まえるのが大変そうだからね」

「賛成」

　ロッドは近所のこぢんまりとした居心地のよさそうな店に案内してくれた。「ここは好きな店のひとつなんだ。気に入るといいんだけど」わたしをなかへ促しながら言う。いまのところ、完璧な紳士だ。もちろん、これはデートではなく、あくまでビジネスディナーなのだけれど。今夜は、誘惑の魔術のあのめまいのするようなパワーも感じない。おそらく、使っても意味のない相手にエネルギーを消耗するのはむだだと考えたのだろう。あるいは、わたしと食事をしながらほかの女性を魅了しようとするのは非紳士的だと思ったのかもしれない。

　コートを脱ぎ、キャンドルの灯るテーブルにつく。メニューを広げたとき、ロッドがわたしを見つめてにっこりした。「ところで、今夜はすごくきれいだね」

「ありがとう。あなたもなかなか素敵よ」いつもより格段に素敵とは言わない方がいいだろう。それとも、わたしがいまめくらましの方を見ていることを教えた方が、彼は喜ぶだろうか。ロッドの心理は実にややこしい。これほど本来の自分の姿に自信がもてないなんて、彼はいったいどんな子ども時代を送ったのだろう。いつか機会をみて、オーウェンに訊いてみよう。

「アペタイザーはどうする？　何か温かいものでも頼もうか」

「いいわね。任せるわ」

ディナーは予想していたよりはるかに心地のよいものとなった。アペタイザーの途中から、目に映る顔とわたしの知るロッドの素顔との違いが気にならなくなり、いつしか目の前にいる男性がそのままロッドになっていた。彼は話がうまくて、面白くて、チャーミングで、ディナーの相手としては申し分なかった。ウエイトレスが食べ終えた皿を片づけると、ロッドは言った。「デザートはここじゃなくてもいいかな。実は家に用意しているものがあるんだ」

いつもなら、わたしのなかの警報ベルが激しく鳴り出すところだが、世間の評判に反し、ロッドはここまで友人兼同僚として以外の態度はいっさい見せていない。もし彼が誘惑の魔術を使っているとしたら、わたしには感知できないほど微弱なものだ。今夜はまだ、彼とのキスをただの一度も想像していない。

「いいわね、楽しみだわ」彼とのキスを一度も想像していないと思ったとたんに、彼とのキスの場面ばかりがやけに頭に浮かぶようになってしまった。といっても、なんとなく興味があるという程度で、オフィスで感じたような抑えがたい衝動みたいなものはない。

「けっこうです、ありがとう」ロッドはデザートメニューをもってきたウエイトレスにそう告げて、支払いを済ませた。

コートを着て、ふたたび外へ出る。店内にいる間に気温がさらに五度ほど下がったようだ。

ブーツを履いてくればよかった。こんな日に、色気を出して短いスカートと赤いハイヒールを履いてきたのは、実に浅はかだった。ロッドはわたしの背中に腕を回したが、下心があってのことではないだろう。たとえそうだとしても、その分温かいのでかまわないけれど。

ふたりでロッドのアパートへと急いだ。暖かいロビーに飛び込んで、ほっとひと息つく。「あまり遅くならないうちに帰るわ」エレベーターを待ちながら、わたしは言った。「予報より早く崩れてきそう。雪のなかを帰るのは避けたいから」

「窓の外と時計を注意して見ているようにしよう」エレベーターが到着し、ロッドは先に乗るよう合図した。彼の部屋は最上階に近いフロアにあり、到達するまでにけっこう時間がかかる。エレベーターのなかで向かい合っているうちに、ふたりの間に奇妙な緊張感が膨らんでいった。それはレストランで感じた心地よさとはまったく違う感覚で、突然なんの前触れもなく現れた。なんとか落ち着こうとするのだが、呼吸はどんどんはやくなっていく。

ロッドが誘惑の魔術を使っているとは思えない。魔術を操る本人が、同じような状態になるのは変だ。彼はほとんど喘いでいる。突然、お互いに夢中になってしまったということだろうか。ロッドに対してときめきを感じたことは、これまで一度もない。誘惑の魔術の影響を受けるようになったここ二週間は別として。たった一度の楽しいディナーでこんな状態になるなんてことが、果たしてあるのだろうか。

エレベーターが止まると、ふたりともドアの方へ駆け寄った。エレベーター内の空気がやけに重く感じられる。廊下へ出るといくらか楽になり、わたしは少しほっとして、ロッドが部屋の鍵を開けるのを待った。

「座ってて、いま、コーヒーをいれるよ」なかに入ると彼は言った。玄関のドアのそばにハンドバッグを置き、コートを脱いで椅子の背にかけ、ソファに腰をおろす。前回、彼のアパートに来たのは、イドリスの手下に襲われた直後だった。室内はあのときとほとんど変わっていない。家具はレザー、ブロンドウッド、メタル、ガラスといった素材でまとめられ、窓の外にはマンハッタンの素晴らしい夜景が広がっている。典型的な高所得独身男性の部屋だ。「よかったら、音楽でもかけて」ロッドがキッチンから言った。

ステレオセットの前へ行き、CDのコレクションを眺めて、思わず吹き出しそうになった。女性をくどくためのムードづくりにもってこいのディスクがずらりと並んでいる。バリー・ホワイトはすべてそろっているようだ。メロウなジャズもたくさんある。女たらしの必需品、ラベルの『ボレロ』もあった。最も官能的でなさそうなジャズのアルバムを選び、ディスクをプレーヤーにのせる。

泡の浮かんだコーヒーカップをふたつもって、ロッドがキッチンから現れた。「おいしいといいんだけど。この前店で見つけて、買ってみたんだ」

「そんなに気を遣ってくれなくてよかったのに」彼はキッチンに戻ってクッキーの箱をもってきた。

「きみを招く以上、最低でもそのぐらいはしなくちゃ。でも、それできみの気が楽になるなら、クッキーは皿に並べないで、箱から直接つまむことにしよう」

「たしかに、その方が気が楽ね」わたしは笑いながらそう言って、箱からクッキーを二枚取った。ディナーのときの心地よさが戻ってくるのを感じた。エレベーターのなかで起こったことがなんだったにせよ、一時的な現象にすぎなかったようだ。

「士気高揚のプロジェクトにぼくを入れてくれてありがとう」ロッドは言った。「ディナーに誘ったのは、何よりあらためてお礼がしたかったからなんだ。今回はじめて、会社の一員であることを心から実感できたよ」

「声をかけたのは当然よ。これはあなたの管轄だもの」

「だれもそのことを覚えていないようだけどね」

「前にも言ったけど、人事のような現代的な分野は、マーリンにはわかりにくいのよ。まあ、相当ビジネス書を読んでるようだから、その辺の理解も深まってきているとは思うけど。それに、あなたのアイデアはとてもうまくいってるわ。おそろいのTシャツやスローガンをつくったチームまであるのよ」

ロッドは笑った。「知ってる。そこまでいくと、ちょっと怖いけどね。シークレットサンタの方も大きな成果をあげてるよ。スパイ騒ぎのあと急落した生産性が、ほぼ従来のレベルに戻ってきてる」

「それはよかったわ」

ロッドはカップをもちあげて乾杯のポーズを取る。わたしは彼のカップに自分のそれをかちんと当てた。「あらゆる手段をもって敵の悪巧みを阻止するぼくらに!」

「乾杯！」

突然、エレベーターのなかで感じたテンションが舞い戻ってきた——音が聞こえたような気がしたほど、ものすごい勢いで。ロッドの呼吸が荒くなり、彼も同じものを感じていることがわかる。ロッドは何も言わずコーヒーカップをテーブルに置くと、わたしの手からカップを取りあげ、その横に置いた。次の瞬間、わたしたちは吸い寄せられるように唇を重ねていた。

そのキスには、ためらいも優しさもまったくなかった。互いをむさぼるように、激しく舌をからませる。ロッドはわたしをソファに押し倒し、上から覆いかぶさった。わたしもアームに頭をのせたまま、無我夢中で彼にしがみつく。

ロッドの指が首筋をたどって鎖骨に達し、そのままブラウスの襟を探りはじめた。ひとつ目のボタンが外される。ふたつ目が外されたとき、ふいにわれに返った。いったいわたしは何をやっているのだ！

顔をそむけて次のキスをかわし、ロッドの体の下から抜け出そうともがいた。彼は首にキスをし、腕の力を強めた。渾身の力で彼の胸を押し返す。ロッドがわたしの両手首を片手でつかみ、頭の上に押さえつけたとき、いよいよ恐ろしくなった。これはもう完全に戯れの域を越えている。事態はきわめて深刻だ。

つまり、こちらもきわめて深刻にならざるを得ないということだ。まずは言葉で警告する。

「ロッド、お願い、やめましょう、こんなこと」しかし、ロッドの勢いはまったく衰えない。わたしは片ひざをあげ、彼の最もデリケートな箇所を思いきり蹴りつけた。

ロッドがひるんだすきに、彼の体の下から這い出して、ソファの下に体を落とした。かつて、〝タコ腕男〟の異名を取る兄の友人にデートに誘われた際、兄がこの技を教えてくれたことをふと思い出す。

強烈な痛みからいくぶん回復すると、ロッドは愕然とした顔でわたしを見つめた。「ご、ごめん、ケイティ、いったい何がどうしたんだか――」彼が相当なショックを受けているのは明らかだ。めくらましが完全に落ちている。

ようやく頭がはっきりしてきた。「魔法よ」わたしは言った。「魔法に違いないわ。だれかが、普通なら絶対しないようなことをあなたにさせようとしたのよ」

ロッドは目をつむり、天を仰ぐ。「たしかに、そうとしか考えられない」

「わたし、ここから出なくちゃ」彼のそばから急いで離れながら言う。「お互いのために」玄関でハンドバッグをつかみ、外へ出ると、無我夢中で廊下を走った。

エレベーターの前に到着すると、〈降下〉ボタンを繰り返し押した。そうしたからといって、エレベーターがはやく来るわけでないことはわかっていたけれど。わたしがエレベーターに飛び乗ったのと、ロッドが部屋を出てあとを追ってきたのはほぼ同時だった。〈閉〉ボタンを押したとき、ロッドが叫んだ。「ケイティ！」

「わたしは大丈夫！」閉まるドアのすき間から叫び返す。建物の外へ出るまで、コートを忘れたことに気づかなかった。冷たい雨が降り出していたが、いま部屋へ引き返すのはお互いにとって得策ではない。とりあえずハンドバッグはもってきたから、自宅の鍵はある。アパートまではそう遠くないし、走れば体も温まるだろう。涙があふれ出してきた。あまりの寒さに、頬の上で凍りついてしまいそうだ。愚かだった。すべてわたしの責任だ。免疫を失ったことをだれかにきちんと話して、しかるべき対策を施しておくべきだった。

今夜の災難は、しかし、まだ終わったわけではなかったようだ。突然、ビリッという静電気のような刺激を感じた。近くで魔法が使われたらしいが、もちろん何も見えない。なんてことだ。妙な魔術のせいで危うく取り返しのつかない事態になるところをなんとか逃れてきたと思ったら、今度は冷たい雨のなかコートも着ずに立っているところを見えない敵にねらわれている――たぶん。たとえそうだとしても、いまのわたしには、攻撃をかわすすべもなければ、逃げ出すタイミングもわからない。

わたしにできる唯一のことは、刺激を感じたのと逆の方向へ走ることだ。アパートまでひた走ろうと決め、頭を低くし、駆け出した。その直後、また同じ刺激を感じて急停止した。刺激はますます強くなっていく。やみくもにハンドバッグを振り回すと、何かにぶつかるのを感じた。とっさに方向を変え、ふたたび走り出す。

刺激はしばらく消えていたが、突然、さらに強くなって戻ってきた。再度方向転換したとたん、何者かに体をつかまれた。振り払おうと狂ったように暴れたが、やがて相手が自分の名前を呼んでいるのに気がついた。癇癪を起こした子どもをなだめるように、繰り返しわたしの名前を呼んでいる。見あげると、オーウェンの心配そうな青い瞳があった。

「ケイティ、どうしたの？　こんな雨のなか、コートも着ないでいったい何をしてるの？」

いまその説明をしている暇はない。「だれかにねらわれてるの」オーウェンのコートに包まれ、思わず涙声になると、彼はわたしの体を自分の方にぎゅっと引き寄せた。別の機会ならおおいに楽しんだところだが、いまはそれどころではない。

「そうみたいだな。ひとまずここから離れよう」オーウェンはそう言うと、ひどく真剣なまなざしでわたしを見た。「ケイティ、ぼくを信頼してくれる?」

反射的にリップサービス的な返事をしかけたが——人に「元気?《ハウ・アー・ユー》」と訊かれて、特に元気でなくてもとりあえず「元気よ《アイム・ファイン》」と答えてしまうように——、彼はいま、本心からの答を必要としているように見えた。「ええ、信頼するわ」わたしは言った。

オーウェンはうなずく。「わかった。少々驚かせるかもしれないけど、たぶんうまくやれると思う。ただし、今夜はこのあと、ぼくは魔法使いとしてほとんど使いものにならなくなるからね。さあ、つかまって」

もしこれがわたしをたらし込むための策略なら、あとでただではおかない。でも、いまはとにかく、この寒さから逃れたいし、安全な場所に避難したい。オーウェンの腰に両腕を回すと、わたしを支える彼の腕に力が入った。ふいに、ジェットコースターが急降下したときに体験する、あの胃袋を空中に置き忘れてきたような感覚に見舞われる。そして次の瞬間には、冷たい雨も凍えるような寒さも消えていた。オーウェンはわたしが自分の足でしっかりと立ったのを確認してから、そっと手を離した。

「思ったよりうまくいったかな」よほど緊張していたのか、彼の声は少ししゃがれていた。

恐る恐るオーウェンから離れ、まばたきしながら周囲を見回す。ふたりはいま、暗い部屋のなかに立っていた。窓から薄暗い光が差し込んでいる。オーウェンが片手を振ると、部屋の明かりがついた。もう一度振ると、暖炉に火が灯った。「さてと、これで今日のエネルギーはすべて使い果たした」彼の声はさっきよりしっかりとしていた。

どうやらここは、リビングルーム兼書斎のようだ。正面の窓の前が書斎部分で、大きな木製のデスクが窓に向かって置いてある。窓の両側の壁は全面本棚だ。わたしの真後ろには、黒っぽい色の柔らかそうな張りぐるみのソファがある。その正面には赤々と炎が燃える大理石の暖炉。炉棚からクリスマス用の靴下がぶら下がっている。奥の壁際にはテレビがあり、部屋の隅ではクリスマスツリーが輝いている。

壁と天井の境界には凝った装飾のクラウンモールディングが施され、ドアや窓枠の仕上げも古い建物特有のものだ。よく磨かれた木の床には、東洋ふうの絨毯がいくつも敷かれている。繊細なアンティーク家具がいかにも似合いそうな部屋だが、家主の選んだどっしりとした大ぶりの家具が、ここを美術館ではなく、居心地のいい家にしていた。わざわざ尋ねなくても、オーウェンの自宅であることは明らかだった。まさにオーウェンらしい部屋だ。

部屋の観察を終え、オーウェンの方を向くと、彼は戸惑った表情を見せて赤くなった。「あの、ケイティ、きみの、その……」自分の襟もとをいじりながら言う。つられて下を向き、ブラウスのボタンが途中まで外れているのに気がついた。

「あっ、ごめんなさい」急いでボタンをとめる。

オーウェンは心底ほっとしたような顔をした。「さあ、座って」わたしをソファの方へ促し、ソファの背からアフガン編みの毛布を取って肩にかけてくれる。「ここにいるかぎり安全だよ。物理的な防犯対策はもちろん、厳重な魔法除《よ》けがしてある。それにしても、いったい何があったの？　こんな夜にコートも着ないで――」

どう答えたものか思案していると、何か白っぽいものが部屋に飛び込んできた。それがソファに飛び乗る前に、オーウェンが抱えあげる。見ると、白地に黒い大きなぶちのある小さな猫だった。「知り合い？」

オーウェンは苦笑いする。「いや、ただのペットだよ」彼は猫に向かって、「お利口にしてて、ルーニー。ケイティはお客さんなんだ」と言うと、そっとソファの上におろした。猫はさっそくわたしのことをチェックしはじめる。

「猫にルーニー《おばか》なんて名前をつけたの？」指で首の後ろをかいてやると、猫はのどをゴロゴロ鳴らした。

オーウェンはコートを脱ぎ、そばにあった椅子の背にかけた。「もともとはウェールズの神話の登場人物にちなんでエリーンドという名をつけたんだけど、ロッドがルーニーと呼びはじめて、それで定着しちゃったんだ」

ロッドの名前を聞いて、思わず顔がこわばる。「かわいいわね」

オーウェンがわたしの隣に座ると、猫は即座に彼の方にすり寄った。オーウェンは慣れた手つきで猫をなでながら言う。「まあね。ほんとは、それほど猫派ってわけじゃないんだ。子どものころ家にいたのは常に犬だったし。でも、裏通りで、生まれて間もないこいつを見つけてね。親猫はおそらく車にひかれたんだと思う。子猫たち全員を助けたかったんだけど、生き残ったのはこいつだけだったんだ」

ふたたび涙がこみあげてきそうになり、急いで冗談を言った。「あなたっていったい何者なの？　あなたはご両親に〝最優秀両親賞〟をあげるつもりはないみたいだけど、わたしに言わせれば、なかなか素晴らしい子育てをしたと思うわ。お願い、何か欠点があると言って。それとも、本当は人間じゃなかったりして」

オーウェンは猫を見つめたまま、これまで見たことがないほど真っ赤になった。彼のもつバラエティ豊かな赤面のレパートリーのなかでも、これはちょっとしたものだ。「ぼくは人間だよ。遺伝的に少し特殊な資質を受け継いでいるだけで。欠点だってたくさんある。人とうまく話せないし。部屋の片づけは苦手だし――」

「わたしはこの感じ好きよ。居心地がいいわ」

オーウェンはしばらく何も言わなかった。わたしもルーニーと戯れながら黙っていた。彼女は自分に注がれる視線を楽しんでいるようだ。飼い主を大好きであることは一目瞭然だが、わたしのことをライバルと見ているわけでもなさそうだ。彼女にとってわたしは、自分をかまってくれる新たな人間のひとりにすぎないのだろう。

沈黙に心地よさを感じはじめていたとき、オーウェンがふたたび訊いた。「で、何があったの？　コートも着ないでこんなひどい天気のなかを走るなんて、よほどのことだろう？」

　ゴロゴロいうルーニーののどをなでながら、どう答えるべきか考えた。密かに熱をあげている男性に、彼の親友に襲われそうになったと告げるのは、容易なことではない。「そのことについて話すのはもう少しあとでもいい？　まだどう説明すればいいのかわからないの。少し整理する時間が必要みたい」

　オーウェンはうなずいた。「わかった。ゆっくり考えればいいよ。とにかく、ここは安全だから、安心して」

「ありがとう。それから、助けてくれたことにもお礼を言わなくちゃ。それにしても、あそこで何をしてたの？　何か異状を感知したの？　それとも、たまたまあの辺にいたわけ？」

「なんとなく予感がしたんだ」

「あなたの超感覚的知覚《ESP》には、二十四時間体制のケイティ専用チャンネルがあるのね」

「まあ、そんなところだね。たぶん、いっしょに過ごす時間が長いから、きみに対する感覚が鋭くなっているのかもしれない。ぼくの予知能力には一貫性がなくて、これまできちんと研究したことはないんだ」オーウェンは顔をあげてわたしを見た。まなざしがふと柔らかくなる。「あるいは、きみがどうしようもなく魅力的だということと、何か関係があるのかもしれない……」最後の言葉は、声というより、ほとんどささやきに近かった。

　彼の顔が近づいてきて、唇と唇が重なり合った。心臓の鼓動がものすごい勢いで加速しはじめる。ロッドとのときのような貪欲さや荒々しさはない。あの奇妙なテンションも感じなかった。まるでこうなることが自然の流れであったかのように、なんの違和感もない。

まさに完璧なファーストキスだった。実感できるだけの確かな接触があり、それでいて甘く優しい。穏やかな温かい光に包まれているような感じだ。同時に、うれしくて叫び出したくもあった。片思いだと信じていたのに、彼も同じ気持ちをもっていてくれたなんて。この素晴らしい男性が――実はキスの名手でもあった！――わたしを好きだなんて。夢としか思えない。

夢のような幸せにどっぷりと浸かりはじめたとき、オーウェンが突然、喘ぎ声とともに体を引いた。「な、なんてこと……」愕然とした顔でこちらを見ている。できるなら抱きついてもう一度自分の方に引き寄せたかったが、オーウェンは激しくかぶりを振っている。何かを振り払おうとしているかのように。

「ど、どうしたの？」

オーウェンは何かに集中するように顔をしかめる。やがてわたしの足もとを見おろし、前屈みになって片手を足の上にかざすと、顔をあげて言った。「きみの靴だ」

18

「わたしの……く、靴？」頭はまだキスの余韻を引きずっていて、ぼんやりしている。

オーウェンはソファからおりて、わたしの足もとにひざまずいた。「ちょっといいかな」

彼が必ずしも普通でないことは承知していたが、靴フェチという発想は浮かばなかった。ただ、興奮しているというには、いくぶん表情が深刻すぎる。わたしのキスはその程度のものなのかと、それはそれで情けなくなるけれど。「どうぞ」彼が何をしようとしているのかはまったくわからないが、とりあえずそう答える。

オーウェンは両方の靴を脱がせると、片方を目の高さに掲げてさらに顔をしかめた。「んー、どうやらシンデレラの魔術のようだな」

「え、何？」

オーウェンは、いつしか冷静で歯切れのいいビジネスモードになっていた。わたしとキスをしたことなど忘れてしまったかのようだ。「あまり見ないものだけど、昔からある魔術だよ。靴にかける魔術で、履いている人を周囲の人たちにとってたまらなく魅力的な存在にするんだ。履いている本人も影響を受ける。まず、その靴をひと目見たとたん買わずにいられなくなる。それから、履くと不自然なほど自信がわくんだ。もちろん、きみには効かないけど、きみのまわりの人たちは影響を受ける」

「なるほど、それでわかったわ」わたしはうなずいた。たしかに、その説明は彼が考えている以上に納得できるものだった。これほど高価な靴を買うのに、いとも簡単にクレジットカードを差し出してしまったのは、きっとそのせいだ。あの時点で、すでに免疫は薄れはじめていたに違いない。

「わかったって?」状況を把握するためには当然の質問だが、オーウェンの眉間には思いのほか深いしわが寄っている。ひょっとしてやきもち? いや、あり得ない。彼は靴のせいでわたしにキスをしたのだ。なんともわたしらしいオチではないか。人生で最高のキスが、まったく無意味なものだったなんて。

「最近身の回りで起こってる数々のばかげた現象のことよ。たとえば、先週末皆で出かけたとき、異様なほどもてたの。男の人たちが次々に飲みものをごちそうしてくれて、踊ってほしいという人があとを絶たなくて――」わたしは自嘲的な笑いを漏らす。「そんなこと普通じゃあり得ないって気づくべきだったわ」

本来ならここで彼がわたしの言葉を否定し、魔法の靴などなくてもきみは十分魅力的だとかなんとか言うものだ。別にお世辞を言われたくて自嘲的な発言をしたわけではないが、言ってくれるのなら喜んで聞く。人と話すのがうまくないというのはあながち謙遜でもないようだ。彼はフォローの言葉をかけようとすらしない。期待がみるみるしぼんでいくのを感じる。あのキスは彼になんの影響も与えなかったらしい。

「この魔術は解けると思う。でも今夜は無理だ。瞬間移動《テレポーテーション》でエネルギーを使い果たしてしまったからね。これはどこか安全な場所にしまっておこう。その、ぼくたち両方にとって安全な場所にね。まあ、きみには影響ないわけだけど、でも、うん、やっぱり、両方にとって安全な場所にしまっておこう」どうやら彼は、ビジネスモードからいつもの内気なオーウェンに戻ったようだ。体から精いっぱい離して靴をもち、立ちあがる。「それから、その濡れた服も脱いだ方がいいな」そう言うなり、言葉の意味に気づいて真っ赤になった。「つまり、その、乾いた服に着がえた方がいいということだけど。ちょっと待ってて、すぐ戻るから」

部屋から飛び出していくオーウェンを見て、思わず笑みがこぼれた。おろおろしているときの彼はたまらなくかわいい。でも、わたしがどんなにそう思おうと、彼の目に映るわたしは友達以外の何ものでもないのだ。こんなことなら、キスなどしてほしくなかった。もう二度とできないなら、彼のキスを知りたくなかった。目を閉じれば、彼の唇の感触が鮮やかによみがえる。当分の間、頭を離れることはないだろう。

階段のきしむ音が聞こえ、まもなくオーウェンが着がえをもって部屋に戻ってきた。「たぶんきみには大きすぎると思うけど、とりあえず着てみて。スウェットパンツはウエストをひもで絞れるし、すそにはゴムが入ってるから、ぶかぶかでもつまずいて転ぶことはないと思う。階段の下にバスルームがあるから、よかったら使って。ぼくはその間にココアをいれるよ」

わたしはソファから立ちあがり、オーウェンのあとについて廊下に出た。彼はバスルームの場所を教えてくれると、そのまま廊下の奥へ歩いていった。その足もとをルーニーが忠実についていく。

小さなバスルームに入り、内側から鍵をかける。ひとりきりになってふと緊張が解けたのか、涙が止めどなくあふれ出した。今夜はまさに災難に次ぐ災難だ。思いがけなく楽しかったロッドとのディナーは悪夢のような結末へと発展し、オーウェンとの奇跡のようなキスは、単に魔術の仕業だったことが判明した。

ひとしきり泣いて少し落ち着いたので、顔を洗い、濡れた服を脱いで、オーウェンが貸してくれたスウェットスーツを着た。パンツはたしかにぶかぶかだが、家ではいているのもまあ似たようなものだ。シャツの方は、少し腕をまくれば問題ない。胸にひび割れた〈YALE〉の文字がある色褪せた青いスウェットシャツで、もう何百回も洗濯されているように見える。彼は暖かそうなぶ厚いソックスも貸してくれた。ハンドバッグのなかにあったバレッタで髪をポニーテールにして、唇にリップクリームを塗る。なんとか人間らしい気分に戻れたところで、バスルームをあとにした。

廊下に出て先ほどまでいたリビングルームの前を通り過ぎると、その先には本格的なダイニングルームがあった。テーブルの上に積み重なった本や書類の山を見るかぎり、本来の目的で使用されることはあまりないらしい。廊下のいちばん奥はキッチンで、オーウェンがコンロの前で小さな鍋をかき混ぜていた。ルーニーがその足もとに座り、一心に彼を見つめている。無理もない。彼は本当に素敵だもの。

いかにもニューヨークらしい小さなキッチンだが、うちのアパートのそれに比べたら、千人分のケータリングさえ可能だと思えてしまう。カウンターはもちろん、ふたり用のテーブルまである。「こんなキッチンをもってるなんて、うらやましいわ」わたしは言った。

オーウェンは振り向いて、ぎこちない笑みを見せた。「スウェット、大丈夫そう？」

「ええ、ありがとう」そう言って、コンロの方を指す。「本物のココアをつくってるの？　すごいわ」

期待どおり、オーウェンの頰に赤みが広がっていく。思わず口もとが緩みそうになり、急いで唇を嚙む。気の毒に、こんなにすぐに赤くなる人が、こんなに白い肌をしているなんて——。

オーウェンはかき混ぜている鍋に視線を落としたまま言った。「グロリアは手抜きが嫌いなんだ。それに、ちょうどいまインスタントを切らしてて」

オーウェンはふたつのマグカップにココアを注ぐと、コンロの上の戸棚からボトルをひと瓶取り出し、それぞれのマグに少しずつ中身を注いでかき混ぜた。「少しおまけを入れておいたよ」そう言って、カップをテーブルに運ぶ。その足もとをルーニーがついてくる。

「ありがとう」カップを受け取りながら言う。ふたりでテーブルについたとたん、急にオーウェンの存在が意識されはじめた。窓を打つみぞれの音が沈黙を際立たせる。キスの記憶がはやく薄れてくれたらいいのに。彼を見るたびにキスのことしか考えられなくては、友達でいるのは難しい。いや、やっぱり、忘れたくない。あんな素晴らしいキス、とても忘れることなどできない。

「さっきは、その、ごめん」オーウェンが言った。

「いいのよ。あなたの責任じゃないもの」本当は少しうれしかったと言ってみようか――。いや、やめておこう。彼が呼吸困難になったら大変だ。「それに、今夜魔術の影響を受けたのは、あなただけじゃないから」

「あのとき走ってた理由はそれ？」

わたしはうなずき、ココアをひと口飲んだ。彼が加えたおまけは、かなり強かった。胃のなかがかっと熱くなり、それが体全体に広がって、残っていた寒さと恐怖の最後のかけらまで消し去ってくれるような気がした。もうひと口飲んで、ついに覚悟を決める。「今夜、ロッドとディナーに出かけたの」

オーウェンの目が大きく見開かれる。「そうなの？」

「デートじゃないのよ。彼もそのことは最初にはっきり言ってたわ。イーサンとのことを知って、元気づけようとしてくれたんだと思う。わたしが誘いを受けたのも、実はそれが大きな理由なの。彼、トリックスを誘ったのよ」

「ロッドが？」

「あ、ううん、ごめん、イーサンが。まあ、それはともかく、いま取り組んでいる士気高揚プロジェクトについて話し合いたいって言われて、そして実際、ディナーではそのことについて話したの。とてもいい時間を過ごせたわ。そのあと、デザートは彼の家でって言われて――」

オーウェンは愛情と嫌悪の入り交じった笑みを浮かべて首を振った。「相手がロッドの場合、賢明なアイデアとはいえないな」

「そういうんじゃなかったの。下心があるような感じはまったくなかったし。彼が妙なことを企んでるときは、たいていわかるもの。でも、彼のアパートに行ったとたん、ふたりとも何かに取り憑かれたみたいになったの。なんだか急に変なことになっていって、どんどんエスカレートしていって、われに返って止めようとしたときにはもう手に負えない状況で、すごく怖くなって——それで、コートもたずに飛び出したってわけ」

オーウェンは赤くならなかった。かわりに、血の気の引いた頬の下であごの骨がぴくりと動いた。

「彼の意志じゃなかったはずよ」急いでつけ足す。「彼じゃないわ。きっと靴のせいよ。あの魔術の、あるいはもっと強力な別の魔術かもしれない。彼はたしかに、その……」彼の親友に対して無礼になりすぎない表現を探して言葉に詰まる。

気遣いは無用だったようだ。「好色、スケベ、女たらし、げす野郎」オーウェンがあとを続けてくれた。

「ええ、まあ、そうね。そういう感じになるときもあるけど、でもわたしに対しては一度もそんな態度を見せたことはなかったわ。それに彼自身、われに返ったとき、ひどくショックを受けていたもの。それで、お互いを守るために、わたしは部屋を飛び出したの」

オーウェンはココアを飲み干すと、立ちあがってカップを流し台に置きにいった。「たしか、きみたちの両方が影響を受けたって言ったね」こちらに背を向けたまま訊く。

心のなかで思わず舌打ちする。こうなると、ロッドとそういうことをするのがそれほどいやではなかったという印象を与えるか、免疫を失ったことを白状するかのどちらかしかない。でも、わたしはオーウェンのキスに応えた。彼だって気づいたはずなのに、まったく気にとめている様子はない――。「正直いって、自分でもどういうことなのかよくわからないの」そう言ってため息をついた。「イーサンのことや急にモテモテになったことで、自分を見失っていたのかもしれない」

　オーウェンはいったんテーブルに戻ってくると、空になったわたしのカップをもって流し台へ戻り、洗いはじめた。「その靴のこと、ちょっと気になるな」手を動かしながら言う。「きみは影響を受けないはずなのに、どうして買う気にさせられたんだろう」

「ルームメイトに勧められたのよ」これは本当のことだ。ただ、ジェンマが勧めたことと、わたしが衝動買いしたこととは、なんの関係もない。ふと、あることに気がついた。たとえイーサンにふられていなくても、彼にはなんの効果もなかったのだ。イーサンは免疫者《イミューン》なのだから。ああ、なんという皮肉――。

「でも、きみのルームメイトは自分で買おうとはしなかったんだろう？」

「ええ。彼女自身すごく気に入ってたけど、わたしに買うよう勧めたわ」

「なるほど……」

「なるほどって、何が？」

「これはもしかすると、きみだけを標的にした魔術かもしれない」

「たしかにジェンマなら、魔法なんかなくてもこの靴にひと目惚れしてたわ」

「最近のきみへの襲撃や、社内での活動なんかを考えると、きみが標的にされているという可能性は十分にある」

「じゃあ、何？　だれかが、わたしをものすごく魅力的にすることで苦しめようとしてるっていうわけ？　もっと苦しめてって感じだわ」

「きみの気を散らすのが目的なんだよ。それに、今夜のなりゆきいかんでは、きみのロッドやぼくに対する信頼は完全に失われていたかもしれない」

「ああ」思わず息を呑んだ。理由がわかっていてさえ、このあとロッドと顔を合わせるのにはかなりの勇気がいる。もし靴のことに気づかなかったら、オーウェンかロッドのいずれかともっと深刻なことになってしまっていたら、今後彼らとどれほど有効な仕事ができたかはわからない。オーウェンが、キスの名手である以上に、優れた魔法使いであったことは、わたしにとって実に幸運だった。

早くここから出なくては。彼の顔を見ていると、つい、靴の魔術に気づくのをもう少し待ってくれてもよかったのに、などと思ってしまう。家に帰って、早急に頭を冷やす必要がある。

「ココアをありがとう。それから、助けてくれたことも。そろそろ家に帰るわ」

「外を見た？　ひどい天気だよ」

「ほんの数ブロックだもの」

「で、どの靴を履いていくわけ？」オーウェンの顔に少しだけ茶目っ気が戻る。先ほどの怒りを含んだ表情はもう消えている。

「あ、そうか……」

「うちにはゲストルームがあるから、遠慮しなくていいよ。たぶんきみのアパートよりくつろげるんじゃないかな。ふたりとも少し睡眠を取ったら、靴にかけられた魔術について調べてみよう」

「でも……」わたしは躊躇した。彼の申し出に飛びつきたい一方で、理性は断るべきだと訴えている。

「来て」オーウェンは廊下へ出ていく。わたしはルーニーといっしょに彼のあとに続き、リビングルームに戻った。「窓の外を見てごらん」オーウェンにそう言われ、デスクに手をついて外をのぞくと、地面にはすでに雪の吹きだまりができていた。降りが激しく、細い通りをはさんだ向かい側の建物さえ見えない。「しかも、積もった雪の下は氷とみぞれの層だよ」

「ほんとにいいの？」

「その方がぼくにとっても楽だよ。きみが帰るとなると、ぼくはこの天気のなか、きみをアパートまで送って、またここまで戻らなければならない。だから、ぼくを助けると思って、今夜はここで暖かいまま過ごすことにしようよ」

こんなキュートな頼みを、どうして断れるだろう。「わかったわ、そこまで言ってくれるなら」

「ゲストルームには専用のバスルームがあって、予備の歯ブラシや洗面用具が置いてある。急に泊まることになるゲストが多いんで、いつも用意してあるんだ」

「そうなの」

「下でゆっくりしたければ、いくらでもいてもらってかまわないけど、一応説明しておくと、ゲストルームは階段をのぼって右側だよ。なかから鍵がかけられるようになってる。夜中にこっそり忍び込まれたくなかったら、ドアは閉めておいた方がいいかもしれない」オーウェンは急に赤くなり、慌ててつけ足す。「あ、猫のことだよ。きみのこと気に入ってるみたいだから」

見ると、ルーニーがわたしの足首に寄りかかって丸くなっている。「引っかかれるよりずっといいわ」

オーウェンはにやりとする。「ロッドは毎回やられるよ」そう言ってすぐに顔をしかめた。

「ごめん、つい――」

「大丈夫よ、名前が出るたびに気絶したりしないから」暖かく居心地のいいリビングルームを見渡す。赤々と燃える暖炉にクリスマスツリー。こんな部屋ならいくらでも長居したいけれど、これ以上オーウェンのそばにいると、もう一度キスする衝動に駆られそうだ――記憶しているとおりに素晴らしいか確かめるために。「それじゃあ、お言葉に甘えて休ませてもらおうかな。なんだか急に疲れが出てきたみたい」

「どうぞ。じゃあ、明日の朝」

「ほんとに、いろいろありがとう」

オーウェンは肩をすくめる。「それが友達ってものだろ?」

廊下へ向かうと、ルーニーがついてきた。リビングルームの出口まで来たところで、オーウエンの許可を待つかのようにいったん立ち止まる。オーウェンがかすかにうなずくと、走り出して階段のいちばん下の段にちょこんと座った。わたしはバスルームからハンドバッグと濡れた服を取ってくると、そのままルーニーについて二階へあがった。

それにしても、なんて素敵な家だろう。ニューヨークの典型的な高級タウンハウスとして、映画や雑誌に出てきそうだ。こんな世界が、わたしのアパートからわずか数ブロックの距離にあるなんて信じられない。ゲストルームを見て、わたしのアパートより居心地がいいだろうというオーウェンの指摘が冗談ではないことがわかった。ベッドは大きな四柱式で、柔らかそうな羽布団の上に枕が山積みになっている。アパートの狭くて固いツインベッドとは大違いだ。ルーニーがベッドに飛び乗って、毛づくろいを始めた。バスルームへ行き、濡れた服をシャワーカーテンのポールにかける。歯ブラシがたくさん入った引き出しを見つけ、開封されていないものをひとつ取り出した。別の引き出しには試供品サイズの洗面用具がぎっしり入っていて、そのなかから歯磨きを拝借する。オーウェンさえその気になれば、このまま B&B《ベッド・アンド・ブレークファースト》が運営できそうだ。こんな素敵な家に予備の部屋までもっているとなれば、遠方からの友人や親戚にさぞかし重宝がられていることだろう。

ベッドルームに戻り、廊下へ続くドアをほんの少し開けておく。ルーニーが気の向いたときに出ていけるように。そして、オーウェンにわたしが彼を信頼しているということをそれとなく知らせるために。羽布団をめくり、ベッドのなかにもぐり込む。まるで雲の上に横たわっているような気分だ。今夜は説得されてここに泊まることになったが、こんなベッドで一夜を過ごしてしまったら、明日の朝、果たして追い出されずに出ていけるだろうか。ベッドのなかに落ち着くと、ルーニーがやってきて枕もとに丸くなった。わたしもそれほど猫派というわけではないが、今夜は彼女の添い寝がありがたい。わたしがひとりになりたくないのを知っているかのようだ。添い寝してくれるのが飼い主の方だったらさらにいいけれど、それは望むだけむだなこと。

頭の横の枕をこぶしでたたく。わたしはなんてばかだったんだろう。単に免疫を失っただけの話ではないと、もっと早く気づくべきだった。男にもてまくるなんてことはこれまでの人生で一度もなかったし、ひと晩にふたりの男性にキスをされることなど絶対にあり得ない。ほんの少し冷静になれば、何か超自然的なことがからんでいることぐらいすぐにわかったはずなのに。靴が生み出した偽りの自信のせいで、真実が見えなくなっていたのだろうか。あのちょっと異常なリビドー《性的衝動》も、靴のせい？　後者については、オーウェンに尋ねるつもりはないけれど。

反対側に寝返りを打ち、ルーニーの柔らかな毛に指を埋める。彼女はゴロゴロとのどを鳴らしてそれに応えた。最大の問いは、魔術がわたし個人を標的にしたものなのかどうか、そして、免疫の喪失がこの問題に関連しているのかどうか、だ。背後にいるのはアリなのだろうか。ブルーミングデールズではじめてこの靴を見たとき、彼女はその場にいた。結局、偶然ではなかったのかもしれない。ジェンマはあのとき彼女に靴を見せた。その後、わたしも連休中のショッピングプランを彼女やトリックスに話している。

導き出せる唯一の結論は、ひとりではこの問題を解決できないということだ。スパイ捜査、免疫の喪失、そしてハイヒールにかけられた魔術の謎――これらを全部自分ひとりでなんとかしようすれば、収拾のつかない事態になるのは目に見えている。だれかにすべてを打ち明けなければならない。その相手として、オーウェン以上の人はいないだろう。彼は頭がよくて、パワフルで、誠実だ。だいたい彼は、親を失った子猫を家に連れ帰ったのだ。信頼できないはずがない。

ベッドルームのドアごしに足音が聞こえ、思わず息を呑む。やがて、近くのドアが開いて閉じる音がした。オーウェンがこんなに近くにいると思うと、とても眠れそうにない。目を閉じて、彼とのキスを思い出してみる。彼の顔が近づいてきてキスをされることを悟ったときのスリリングな感動、唇が触れ合う瞬間、ゆっくりと少しずつ増していく圧力、より本格的なキスへと進む前の優しく、羽のように軽い接触。わたしはあのとき、まさに天国にいた――彼が驚愕の表情で体を離す瞬間まで。

うめき声を押し殺して、反対側へ寝返りを打つ。部屋に鍵をかけるべきなのは彼の方だ。まだ魔術の影響が残っているのだろうか。もう一度だけあんなふうに彼とキスがしたい。できれば、最後の驚愕の表情はなしで。

ルーニーがわたしの体をまたいで、きちんとなでてもらえる位置に座り直した。「あなたの飼い主さんのこと、いったいどうすればいいと思う?」彼女にささやく。

しばらく寝つけなかった。ついに眠りに落ちると、恐ろしい夢と妙に官能的な夢が一部ない交ぜになりながら現れ、怖さとエロティックな興奮で目が覚めた。何度も寝返りを打ったらしく、ルーニーはいなくなっていた。次に目を覚ましたときには、カーテンごしに冷たい微光が部屋に差し込んでいた。時計の針は九時を指している。オーウェンが待ちくたびれていなければいいのだけれど。

バスルームへ行き、歯を磨いて顔を洗い、髪をある程度見られる代物にしてから、階段をおりる。オーウェンはキッチンのコンロの前に立っていた。ジーンズに、わたしに貸してくれたもの以上に色褪せたスウェットシャツを着ている。くしゃくしゃの髪は、起きがけに軽く手ですいただけといった感じだ。

冷蔵庫の前で、ルーニーがボウルに入った朝食を食べている。わたしに気づいて、「にゃー」とあいさつしてくれる。その声でオーウェンが振り向いた。細いメタルフレームの眼鏡をかけ、あごにはうっすらと無精ひげが伸びている。思わずくらりときそうになり、近くにあった椅子の背をつかむ。ラフな格好をすればするほどキュートに見えるっていうのは、いったいどういうこと?

「おはよう」こちらが崩壊寸前になっていることにまったく気づかない様子でオーウェンは言った。「眠れた?」

「寝つくまでが長かったけど、いったん眠りに落ちたあとは、泥のように眠ったみたい。ごめんなさい、こんなに寝坊しちゃって」

「いいよ、ぼくもさっき起きたところだから。スクランブルエッグは好き?」

「ええ。わたしがつくる?」

オーウェンはひざから崩れてしまいそうな笑顔を見せた。「大丈夫。これでも朝食はけっこう得意なんだ。ポットにコーヒーができてるから、自由に飲んで。カップは上のキャビネット、ミルクは冷蔵庫に入ってる。あいにく、クリームの用意はなくて」

彼の指示に従いながら、カップにコーヒーを注ぎ、ミルクと砂糖を入れる。コンロのそばのカウンターに寄りかかってコーヒーを飲みながら、彼が料理をするのを眺めた。「あなたの才能に限度ってものはないの?」そう言ってからかう。むやみにしゃべる女だと思われないか、若干心配になりながら。「魔法使い、学者、手品師、スパイ、みなしごになった動物たちの里親、そして今度は料理人?」キスの名手である点についてはあえて触れないことにした。

「大学時代はフェンシングもやったけど、でも、もう何年も剣を手にしてないな。そう言うきみだって、かなりのマルチタレントだよ」

「そう? どれどれ、まず、料理は得意ね。あと、ひとりで買いものができる。それから、妙なアイデアを次々に思いついて世界を救ってしまう――」

「どれも生きていくうえで、とても貴重で有益なスキルだよ」オーウェンは卵とベーコンを皿に盛り、焼きあがったトーストをトースターから取り出す。「さあ、できた」

わたしたちはキッチンのテーブルで朝食を食べた。ルーニーはオーウェンの足もとに行儀よく座り、少しずつ分け前をもらっている。「きみの靴に関して二、三わかったことがある。ゆうべちょっと調べたんだけど、どうやらこの魔術は、一般的なシンデレラの魔術を変形させたもののようだ。きみ個人を標的にしている可能性が高い。ただ、イミューンであるきみにどうやって靴を買わせたのかはわからないけどね」

これ以上完璧なタイミングはないだろう。彼に話すならいましかない。「あのう、実は、それについて言わなければならないことがあるの」

「免疫について?」オーウェンは小さくちぎったトーストをルーニーに与える。

「そう。わたしの免疫、消えちゃったの」

オーウェンはぎょっとしてこちらを向く。「え、何? 消えた? 本当?」

「ええ、そうみたい」いったん話しはじめると、言葉はどんどん出てきた。「いまはめくらまし《イリュージョン》が見えるの。ロッドはまったく違う顔をしているし、会社の外ではアリやトリックスが普通の人間に見える。この間は、あなたがガーゴイルと話している姿が見えなかったし、先週末襲われたときも、相手はだれひとり見えなかった。わたしは靴の影響をばっちり受けてる。あなたが魔術の作用として挙げたことはすべて当たってるわ。ゆうべはロッドだけでなく、わたしも同じように魔術の影響下にあったはずよ」

眼鏡の向こうで、彼の目が心配そうにこちらを見つめている。美しい青い瞳はいつもと同じだ。ふだんコンタクトレンズをつけているとしても、色つきでないのはたしかだ。「いつから?」

「はっきりとはわからない。最初に気づいたのは感謝祭《サンクスギビング》の週末だった。偶然、ロッドに行き会ったんだけど、はじめ彼とはわからなかったの。でも、おそらくその前からすでに消えはじめていたんだと思う。あらためて振り返ってみると、免疫は弱くなったり戻ったりしながら、徐々に消えていったような気がするわ。母は何度か、わたしには見えないものを見ていたし。それが、ある時点で完全に消えて、それっきり戻らなくなったの」

「どうして何も言わなかったの？」

フォークで皿の上の卵を意味もなくいじる。「一時的なものだと思いたかったの。そのうち治るだろうって。でも、いっこうに戻る気配がなくて、クビになるんじゃないかと思ったら、怖くてなかなか言い出せなくて――」

「ぼくに話してくれたら力になったのに。原因を解明できるまで、周囲に伏せておくことだってできたよ。でも、なぜいま話してくれたの？」

「そうしなければ、ますます問題が大きくなるだけだってわかったからよ。わたし、もとに戻れるの？　それともずっとこのまま？」

「原因によるな。でも、ひとつ考えがある。月曜の朝、会社で調べさせるよ。とりあえず、家では水道の水を飲まないように。きみのうちの水道水が汚染されている可能性がある」

「じゃあ、水道を通して薬を盛られてたわけ？」

「薬が原因だって知ってたの？」

「自分なりに少し調べてみたの。まあ、たいして役には立たなかったけど。わかったのは、免疫を弱める薬があるらしいってことだけよ。でも、薬のリストを見ても知らない名称ばかりだし、自分がどのようにして薬の影響を受けているかもわからないし」

オーウェンはうなずく。「新しい抗精神病薬や抗鬱剤には魔法に対する免疫を弱める作用がある。だから、近年、イミューンを見つけるのがとても難しくなってるんだ。患者が妙なものが見えると訴えると、医者はすぐにそうした薬を処方する。おかげでイミューンは減る一方さ」

「つまり、だれかがうちのアパートの水道に抗鬱剤を流し込んでるってこと？　それで、わたしの免疫が消えちゃったわけ？」オーウェンはふたたびうなずく。「そういえば、下の階の気難しいマダムが、最近妙に感じがいいのよね。それに、ジェンマとマルシアがミネラルウォーターを買う順番を巡って互いに譲らなくて、わたしは巻き込まれないよう、ここのところずっと水道の水を飲んでたわ」それこそ抗鬱剤でも飲んだかのように、重苦しい気分が晴れていくのを感じた。

「水道水を調べさせるよ。とにかく、はっきりしたことがわかるまで水道の水は絶対に飲まないで。水道の水で歯を磨くのもやめた方がいい。それから、人から食べものや飲みものをもらうときは、相手をよく見極めてからにするように。会社も含めてね」オーウェンはそこで顔をしかめる。「となると、シークレットサンタから贈られたものもいっさい口にできないな。少なくとも事実関係がはっきりするまでは」

「なんだか怖くなってきたわ」

「脅かすつもりはないけど、でも、用心はした方がいい」オーウェンはフォークを置き、皿を横にずらした。「実は、ぼくも言ってなかったことがあるんだ」

19

「あらあら、ずいぶん秘密主義者ばかりがそろったこと」わたしにキスをしたのは魔術のせいだけじゃないという告白であることを密かに期待しながら、軽口をたたく。「言ってなかったことって？」

「スパイが盗み見たと思われる例の書類のことだけど」

「敵の魔術を無効にするための対抗魔術《カウンタースペル》でしょ？」

オーウェンはにやりとして首を振った。「実はそんなものはないんだ。あれは、イドリスが社内にスパイを送り込んでいるかどうかを確かめるための罠だったんだ。もし社内に内通者がいれば、調べさせずにはいられないようなものを用意した。つまり、おとりだよ」

「じゃあ、あなたのデスクの引き出しにあった書類は偽物だったってこと？」

「いや、本物は本物なんだけど、イドリスの魔術とはなんの関係もない大昔の魔術だよ」

「あなたって、かなり凄腕のスパイね」

赤くなるかと思ったら、彼は逆に表情を曇らせた。「この作戦にきみがこんな形で巻き込まれることになるとは予想していなかった。やつらがきみをねらう理由は、まだよくわからない。きみが何か重要な事実をつかみかけているからか、それとも、きみを使ってぼくを陥れようとしたのか――」

「もしかしたら、もっと個人的なことかもしれないわ」いまこそ、わたしが知っていること、疑っていることをすべて話すべきだと思った。

「どういう意味？」

「実は、スパイの目星はついてるの。証拠はないわ。勘と、いくつか偶然が重なったという事実があるだけ。でも、つじつまは合いつつあるわ」

「だれなの？」

「アリよ」その名前を口にしたとき、自分でも驚くほど胸が痛んだ。「彼女はあなたと同じ部署よ。だから、あなたのオフィスに近づく手段も機会もある。それに、何かが起こると、その場には必ず彼女がいたの。状況から判断して、最初にスパイの噂を広めたのもおそらく彼女だわ。まだあなたとマーリンとわたしと、そしてもちろんスパイ本人しか、スパイの存在を知らないときにね。それから、ルームメイトとわたしがブルーミングデールズではじめて靴を見つけたときも、彼女はその場にいた」

オーウェンは下唇を噛み、眉をひそめた。言葉を発する前に、いま得た情報を頭のなかで処理しようとしているかのように。即座に否定しなかったところを見ると、わたしの推理もさほど的はずれではなかったらしい。やがてオーウェンはうなずきながら言った。「たしかに、その線はあり得るな。フェランがMSIにいたころ、彼女とフェランは仲がよかった。でも、彼女はなぜぼくたちを裏切る気になったんだろう」

ここからは話がいささかデリケートになる。「個人的な理由のような気がするわ」彼の目を見ずに言う。「あなたは気づいていたかどうかわからないけど、わたしが聞いたところによると、彼女は一時期あなたにとても興味をもっていて、振り向かせようとかなりの努力をしたらしいわ。本人もそう言ってたし」

「本当？　いつ？」

「ほんとに気づかなかったの？　やだ、オーウェン、信じられない。彼女がむっとするのも無理ないわ。かなり自尊心を傷つけられたはずよ。まあ、ほとんどの人は、だからといって背信行為に走ったり、悪い魔術を使ったりはしないんだけど。でも、だれだって少なからず腹を立ててると思うわ」そこでひと呼吸置き、覚悟を決めて先を続ける。「それから、彼女、わたしに嫉妬してもいるみたい。あなたが、その、彼女ではなく、わたしとばかりいっしょにいるから……」

「彼女は騒々しくて辛辣だから……。でもきみはそうじゃない」

「あらまあ、女の子をおだてるのが上手だこと」

オーウェンは赤くなって立ちあがった。「確かめられる方法がひとつある。魔術をかけると、そこにその人の痕跡《シグネチャー》が残るんだ。だれがきみの靴に魔法をかけたのか見てみよう」

オーウェンについて廊下へ出る。彼はクロゼットから靴を取り出すと、リビングルームへ向かった。暖炉の前には本が数冊散らばっていた。昨夜はここで、魔術について調べていたのだろう。オーウェンは本の間に靴を置き、床に座る。わたしも彼の隣に腰をおろした。

「いまきみは靴を履いていないし、脱いでからすでに数時間たっているから、魔術の影響はほとんどないはずだ。見ていると履きたくなるかもしれないけど、我慢してね」

わたしは数インチ後ろにさがり、小さくなって座った。靴からの誘惑は昨日までほど強くないが、やはり履きたいという気持ちにはなる。

「片手を出して」オーウェンはそう言って、一方の腕をわたしの方に伸ばす。躊躇していると、続けて言った。「大丈夫、きみには何も起こらない。この魔術がきみ個人を対象にしたものなのか、靴に対してのみかけられた、より一般的なものなのかを見るんだ」

こわごわ手を伸ばすと、彼は自分の指をわたしの指に交差させた。一瞬くらりときて、そのまま失神するかと思った。彼は自分が何をしているのかまるでわかっていない！　この問題が解決したら、しばらくの間、彼のことを避けなければ。さもないと、わたしは彼を前にするたびに自然発火することになるだろう。

オーウェンはもう一方の手を靴の上に掲げ、目の焦点を外した。やがてまばたきして、にっこりする。「きみの言うとおりだ。これは間違いなくアリだよ。そして、魔術はきみ個人を標的としている。つまり、彼女は、あるいは彼女を雇っただれかは、きみが免疫をなくすことを知っていたということになる。それから、この魔術には媒介機能《トランスミッター》も備わっているようだ。昨夜、きみとロッドがふたりとも影響を受けたのは、たぶんそのせいだろう。きみがこの靴を履くと、きみときみのそばにいる人の両方に、さらに別の魔術をかけることができるんだ」

「それは証拠になるのね」

オーウェンはうなずく。「ただ、こうなると、いますぐ靴の魔術を解くわけにはいかない。月曜日、これを会社にもっていってすべてを記録する必要がある」

わたしはため息をつく。「かまわないわ。別に近々どこかに履いていく予定があるわけでもないし」

「サイズはいくつ？　家に履いて帰れるものを出してあげられるかもしれない」

「七だけど……。お願いだから、家に女性用の靴を常備しているなんて言い出さないでよ」

「違うよ。下の住人のところに、きみが借りられそうなものがあるかもしれないと思って。彼女はもうほとんど外出しないから、少しの間雪靴を借りたところで困らないはずだよ」オーウェンは立ちあがり、赤い靴を手にもった。「これはひとまず、安全な場所にしまっておこう」

オーウェンが廊下に出ていくのを見ながら、ソファにもたれかかり、これからどうなるのだろうと考えた。彼が履いて帰る靴のことを口にしたのは、帰ってほしいというサインでなければいいのだけれど。この家はすでに、自分のアパート以上に居心地がよくなっている。暖炉のせいかもしれない。あるいはクリスマスツリーのせいかもしれない。暖炉の前のお気に入りの場所を離れてわたしのひざにのってきた猫のせいかもしれない。オーウェンが部屋に戻ってきた。この家の心地よさの理由が、いまはっきりとわかった。それは、ここに住んでいる人のせいだ。

自分がひどく薄情な人間に思える。ルームメイトたちとは長いつき合いだ。でも、ＭＳＩで働くようになったこの数カ月の間に、彼はさまざまな意味で最も親しい友人になった。彼にだけは、何も隠す必要がない。とりわけ、すべての秘密を打ち明けたいまは。ただひとつ、彼に対する本当の気持ちを除いて。この大きな秘密については、いまだにどう扱えばいいのかわからない。

「素敵なクリスマスツリーね」隣に座ったオーウェンに言う。

その頬がほんのり赤く染まる。「ああ、あれね。感謝祭《サンクスギビング》の休みに実家に帰ったとき、グロリアにツリーの飾りつけを手伝わされたんだけど、ここに帰ってきたら、自分のリビングルームが妙にがらんとして見えて――。いつもは何も飾らないんだけど」

「うちには飾るスペースすらないわ」広々としたリビングルームを見渡しながら言う。「ここだけで、うちのアパート全体の広さがあるだろう。「ほんとに素敵な家ね」

「ありがとう。ここを見つけたのは幸運だったよ。もともとは一軒のタウンハウスとして建てられた家なんだ。いまは上下二フロアずつ二軒に分かれてる。もとは下の階の人がオーナーだったんだけど、ご主人が亡くなったときにぼくが彼女から買って、いまは下の家を彼女に貸してるんだ」

彼のことだから、おそらく相場よりずっと安い家賃で貸しているに違いない。この人、わたしをどこまでメロメロにする気だろう。「あなたみたいな人が存在するなんて、やっぱり信じられないわ」

「頼むよ、きみの前では精いっぱい行儀よくしてるだけなんだから」

悪い響きではない。彼の方に特に深い意味を込めたつもりがないとしても――。ふたりが座っている東洋ふうの絨毯の縁飾りをいじりながら言う。「で、これからどうするの？　容疑者があがって、証拠も得たわ。彼女を捕まえる？」

「いや、それはまだだ。いまこっちには、彼女がきみを標的に魔術を仕掛けたことの証拠しかない。彼女がスパイで、イドリスの一味だという可能性はかなり高いけど、それについての証拠はまだないんだ」

「罠を仕掛ける必要があるわね。彼女に行動を起こさせるの」

「相手がはっきりしたいま、罠もかけやすくなった」オーウェンはうなずく。

「問題はどういう罠を仕掛けるかね」

オーウェンがわたしを見る。「今日このあと何か予定はある？」

なんだか心のなかを読まれたような気分だ。雪の土曜日に、大好きな人と暖炉の前で寄り添いながら、会社を救うための作戦を練る――。それ以上にしたいことなど思いつかない。わかった、認めよう。「寄り添いながら」の部分はよけいだった。オーウェンは、やむを得ない事情がないかぎりわたしに触れるつもりはないのだから。それでも、ついつい期待をしてしまうのが、女心というもの。

ふたりで朝食の後片づけを始める。彼が皿を洗い、わたしがそれを拭いた。「免疫が戻りはじめても、そのことは伏せておいた方がいいかもしれないな。アリには、依然として失われたままだと思わせておくんだ」オーウェンはそう言いながら、洗った皿をわたしに渡す。「免疫が健在であるふりを続けながら、彼女にだけ実は失われたままであるよう見せかけることはできる？　これまでのところ、きみはなかなかの女優だよ。みんなまったく気づいてないからね」

「見せかける必要はないかもしれないわ。免疫が戻るのにどのぐらい時間がかかるかわからないもの」

「それと、靴の魔術に気づいたことは絶対に悟られないように」

「そうね。でも、どうやってわたしをモテモテにするの？　男性たちに片っ端から、わたしにぞっこんのふりをしてくれるよう頼むつもり？」

「心配しなくても大丈夫。罠を仕掛けるのは、金曜日の会社のクリスマスパーティにしよう。魔法界のパーティでは、たいてい始まって二時間もすれば次々と妙なことが起こりはじめるんだ」オーウェンは突然にやりとする。「それに、いい考えがある」


彼のアイデアは、最高であるとともに最悪でもあった。わたしの望みをすべてかなえてくれる一方で、すべてが芝居であるという虚しい現実を噛みしめなければならない。下の階のご婦人の雪靴とオーウェンに借りた古いコートで完全武装し、彼に送ってもらってアパートに帰り着いたときには、わたしはいっしょに会社のパーティへ行くパートナーと、新しいドレスを着る口実を手にしていた。同時に、オーウェンがあの天使のような顔に似合わず、かなり悪賢くなれるということもわかった。オーウェン・パーマーを敵に回すなどという愚かな過ちを犯した敵に、思わず同情したくなるほどだ。

月曜の朝、いつものようにアパートの前で待っていたオーウェンは、片方の腕にわたしのコートをかけ、もう片方の手にスターバックスのカップをもっていた。彼に言われたとおり、歯を磨くのにもミネラルウォーターを使っていたので、コーヒーが飲みたくてたまらなかった。コートを着せてもらい、待ってましたとばかりにコーヒーを受け取ったとき、彼の拳が青みを帯びているのに気がついた。ロッドのアパートに置いてきたコートを彼がもっていることに関係があるような気がするのだが、考えすぎだろうか。

地下鉄の駅に向かう道すがら、コーヒーをすすりつつ、今日のプランのおさらいをした。

「わたしは自分の身に起こったことをそのまま真に受けて、満足してるのよね？」

「ああ。彼女は相当頭にくるはずだ。きみの日常をめちゃめちゃにするのが目的だったわけだからね」

「で、そのあと今度は、あなたが彼女をいらいらさせるのよね。わたしがあなたとうまくいくというのは、彼女にとって想定外のはずだから」これが、この計画の最高でもあり最悪でもある部分だ。週の終わりに正気を失っているのは、アリだけではないような気がする。

オフィスに到着したとたん、トリックスに「週末はどうだった？」と訊かれて、いきなり作戦開始となった。

質問に答えるには、あのキスについて考えるだけでよかった。そうすれば、自然に夢見るような表情になる。「予想よりずっとよかったわ。あなたの方は、イーサンとのデート、どうだった？」

「楽しかったわ。でも、あなたの週末の話が聞きたいわね。いつものメンバーでランチミーテイングを招集する?」

「いいわよ。特に予定は入ってないから」デスクに到着すると、すぐさまオーウェンに「任務完了」のメールを打った。デスクの上にチョコレートの箱が置いてある。シークレットサンタからだ。さっそくひとつつまもうとしたところで、オーウェンの忠告を思い出した。うっかり手を伸ばしてしまわないよう、デスクの隅に箱を押しやる。

昼休み、用心のために自参したサンドイッチをもって会議室へ行き、アリ、トリックス、イザベルと合流する。トリックスとイザベルまでだますのは気が引けるが、あとで事情を知れば、きっとわかってくれるだろう。「それで?」トリックスが始める。「あなたを夢見るようなお目目にしちゃう週末の出来事ってなんだったの?」

「たしか、ロッドと出かけたのよね?」アリが訊く。

「ええ。でも彼とは関係ないの」皆が興味津々に身を乗り出すのをよそに、ゆっくりとサンドイッチにかぶりつく。

「じゃあだれなの?」イザベルがせっつく。

サンドイッチをよく嚙んで、飲み込み、ドリンクをひと口すすってからようやく口を開いた。「ロッドとはわりと早い時間に別れたの。そのあと、家に帰る途中でばったりオーウェンと会ったのよ。ちょっと驚いたけど、仕事から離れると、彼ってすごくオープンになるのね」

「オーウェンが?」アリが驚いたように言う。わたしは頬が緩むのを必死にこらえた。どうやら引っかかってくれたようだ。

「そうなの。信じられないでしょ？　彼って会社ではすごくシャイで控えめじゃない？　でも、どういうわけか、金曜の夜は、ほんとに、全然違ったの。まあ、ともかく、そういうわけで金曜のパーティはエスコートつきになったわ」

アリもほかのふたりとともに祝福の言葉をかけてくれたが、その耳から湯気があがるのが見えた気がした。第一ラウンドは、パーマー＆チャンドラー組にポイントがついたようだ。

ランチから戻る途中、廊下でロッドに会った。原因は明らかになったものの、やはり顔は合わせづらい。免疫が戻っていないため、彼のめくらまし《イリュージョン》が見えてしまうのも気まずさに拍車をかけた。身のすくむようなシーンが脳裏にちらつく。彼の方もわたしに負けず劣らずばつが悪いらしく、すれ違いざまにわずかにうなずいただけだった。そのとき、視界の端にほんの一瞬だけ彼の本当の顔が見えた。唇が切れ、腫れているのがわかった。オーウェンの拳の青あざが頭に浮かぶ。

あれは彼のせいではなかったことを思い出し、急いで振り返った。「ロッド」

ロッドは立ち止まり、しばらくそのまま微動だにしなかった。ようやく振り向いたその顔は、感情を抑え込んでいるかのように無表情だ。

わたしは大きく深呼吸する。「この間のことだけど、あれはあなたのせいじゃないわ。ふたりとも魔術にかかっていたの」自分が〝ふたりとも酔ってたの〟発言をするような状況に陥るとは思いもよらなかった。彼の表情がかすかにほぐれたのがわかったので、めげずに先を続ける。「それに、わたしは自分が魔法にかかる状態にあることを知ってたの。でも、あなたは知らなかった。だから、むしろわたしのせいなの。何かがおかしいことに、もっと早く気づくべきだったのよ」

ロッドは悲しげに苦笑いする。「ふたりともばかだったってことだよ。そもそも、ああいう状況をつくったのはぼくの責任だ。きみは友達だ。ぼくはそのラインを踏み越えるべきじゃなかった」

「じゃあ、わたしたちはまだ友達？」

「ああ。きみがまだ友人としてぼくを必要としてくれるならね」

「必要だわ」心からそう思った。いろいろ欠点はあっても、彼は本来いい人だ。

ロッドは愛嬌のある笑顔を見せた。めくらましの顔より本物の顔の方がずっと似合ったに違いない。「よかった。きみのことは本当に好きなんだ」そう言ってから、あっという顔をしてすぐにつけ加える。「もちろん、純粋に友達としてね」

「わかってるわ」わたしも急いで言う。「わたしもあなたが好きよ。同じ意味で」

ロッドはわたしを抱擁しようと両腕を広げて歩み寄った。体が触れ合う寸前に彼の誘惑の魔術のパワーを感じ、わたしは急いで後ずさりする。「それはまだ、やめておいた方がいいみたい。わたしが完全にもとに戻るまでは。またああいうことになったら大変だもの」

ロッドはわたし以上に大きく後ずさりした。「たしかに」

わだかまりを完全に消すために、まだ何か必要な気がして、彼にぎりぎり手の届く位置まで近づくと、肩の辺りにぎこちなくパンチをした。兄たちが、互いに愛情を示したいのに照れくさくてできないときによくする仕草だ。「じゃあ、またあとでね」

そう言って立ち去りかけると、ロッドが呼び止めた。「ケイティ」振り向くと、彼は言った。「ありがとう。すごく気が楽になったよ」

「わたしもよ」できるだけ屈託なく笑ってみせる。「二、三週間後にはきっと笑い話になってるわ」

午後遅く、オーウェンがオフィスにやってきた。「きみのアパートの水道水の検査結果が出たよ。思ったとおりだった。薬が混入されている。これからすぐに対応させるけど、当分、水道水は飲まないで」

「免疫はすでに戻りはじめているみたい。まだ、ときどき瞬間的に戻るだけだけど。それと、ロッドを殴る必要はなかったわ」

オーウェンは赤くなり、あざのできた拳をなでた。「以前交わした約束を実行しただけだよ。魔術のせいであろうがなかろうが、約束を破ったことに変わりはないから」

「ま、とにかくアリは、魔術の影響を受けたのはあなたで、あなたに襲われてわたしが喜んでると思ってるわ」

オーウェンは、デスクの上のチョコレートの箱に手を伸ばすと、顔をしかめて言った。「これ、食べたらだめだよ」

「ひょっとして、魔術が仕込んである？」

「ああ。薬の効果が長引くかもしれない。一度薬で免疫が弱まると、魔術でさらに悪化させることができるんだ」

「今後は魔法使いの毒味役が必要ね」

「この問題が解決するまで、何かを口にするときは事前に必ずぼくにチェックさせてほしい」

「でも、本当に解決するの？　アリの悪事を暴いて、ひとまず会社の機能をもとどおりにできたところで、イドリスは依然として野放しのままよ」

「とりあえず、目の前の問題をひとつひとつ解決していくしかないよ」

「わたしたちを攪乱しようとしてるということは、何か大きな悪事を企んでるってことだわ」

「あるいは、ぼくらが迷路のなかのネズミみたいに右往左往しているのを眺めて楽しんでいるだけかもしれない。それについては、当座の危機を回避してから考えることにしよう。心配しないで、ケイティ。すべてうまくいくから」

オーウェンはいい。魔力を自在に使えるのだから。いまのわたしは、頼みの綱だった究極の非魔法的能力さえ失ってしまった。自分が魔術にかかっているのかどうかもわからないし、かかったらかかったで、それに対して何もすることができない。

それはそうと、シークレットサンタとしてオーウェンにあげる最後のプレゼントを用意しなくてはならない。偽のカップルとして出席する金曜のパーティで、直接彼に手渡すことになるプレゼントだ。

会社の帰りに寄ったユニオンスクエアのバーンズ&ノーブルで、スパイの歴史についての面白そうな本を見つけた。オーウェンが好きそうなテーマだし、内輪ネタのジョークとしても気が利いている。恋人のふりをしなくてすむなら、もっと素直に楽しめただろうに。本物の恋人同士になれないのなら、せめて本物の友達でいたい。わたしたちの関係は、ロッドのめくらましと同じぐらい偽物で、それが何よりせつなかった。

心のもやもやが顔に出ていたのだろう。家に着くなりジェンマが言った。「どうしたの?」

本当のことを言うわけにはいかないが、何か話したかった。「会社の、例の彼のことよ」

「彼と会社のパーティに行くって言ってなかった?」

「うん、でも、本物のデートじゃないの」

「〝本物のデート〟の定義を言ってみてよ。彼といっしょに行くんでしょ?」

社内に紛れ込んだスパイがわたしの非魔法的能力を奪った話を始めるわけにはいかない。そこで、状況を思いきり単純化して説明した。「彼の同僚の女の子が彼に夢中で、ストーカーまがいの行動を取りはじめたの。彼は優しくて、あからさまに冷たくできないのよ。それとなくサインは出してるんだけど、彼女の方はまったく気づかなくて。で、彼がフリーでないことをわからせるために、会社のパーティでガールフレンドのふりをするよう頼まれたの」

ジェンマは納得していないようだ。「彼がそう言ったの?」

「まあ、それに近いようなことを……」

「ええと、ちょっと整理させてね。その彼って、会社の帰りにあなたを夕食に誘ったのよね?それでもって、クリスマスのプレゼント選びにつき合ってほしいって言ってきたのよね。それから、吹雪の夜にあなたを自分の家に避難させて、そのまま泊まるよう主張したのよね？」

「ゲストルームにね。彼は完璧な紳士だったわ」

「それで、その彼って、どもったり赤面したりせずに人と話せないくらい、むちゃくちゃシャイなのよね？」

「そうよ。そこがかわいくもあるんだけど。でも、わたしと話すときは、ほとんどそんなふうにはならないの。わたしを異性として見ていない証拠よ。彼にとってわたしは、緊張しなくてすむ妹みたいな存在なのよ」

「ケイティ、よく聞きなさい。それ、隠密デート作戦よ」

「はぁ？」

「彼はあなたをデートに誘ったのよ。デートの申込みという最も緊張する部分をうまく逃れてね。お互いにプレッシャーがかからないよう、さりげなくデートの体裁を調えちゃったわけ。正式なデートをしないまま、気づいたときには、まわりからカップルとして認知されてるわ」

わたしは首を振った。「あり得ない。だいいち、彼はまったくわたしに触れようとしないもの。触れる口実が十分あるときですらね。その隠密デート作戦とやらをするぐらいなら、偶然のふりして軽く体に触れるとか、どこかへ案内するのに腕を取って、そのまま放さなかったりとか、そういうことをしたっていいんじゃない？」

「まあ、それは男によるわね。きっと自信がないのよ。へたに触れると、自制できなくなると思ってるんじゃないかしら。すぐに肉体関係になるか、まずは信頼関係を深めるかの選択で、彼は後者を選んだんじゃない？」
キスのあとの行動を見れば、それは明らかだ。でも、それ以前の、わたしを恐れる理由が何もないときから、彼はそんなふうだった。ジェンマの言うとおりならどんなにいいか。でも、この件に関するかぎり、彼女の読みは外れているような気がする。魔法があればさぞかし便利だろうと、多くの人は思っているに違いない。でも実際は、ものごとをひどく複雑にするだけのように見える。

そうはいっても、金曜の夜、おろしたてのベルベットのドレスを着て、魔術を解いた赤いハイヒールに足を滑り入れたときには、やはり期待で息苦しくなるほどだった。ジェンマが髪をアップにするのを手伝ってくれた。「すっごく素敵よ。彼がこれまでそれほどあなたに夢中でなかったとしても、今夜のあなたを見れば、きっとイチコロだわ」本当にそうだといいのだけれど。本音を言うと、靴の魔力をすべて消してしまったことが少し残念だった。オーウェンにキスをさせる部分が無理なら、せめてわたしに自信を与えてくれる部分だけでも残っていればよかったのに――。

オーウェンにはルームメイトたちと対面するという試練を与えたくなかったので、ブザーが鳴ったとき、上まで迎えにきてもらうかわりに、わたしがおりていった。黒のタキシードに身を包んだオーウェンは、この世のものとは思えないほどゴージャスだった。彼は待たせてあったタクシーにわたしを導きながら、「心の準備はいい？」と訊いた。

「演技をしなければならないのはあなたの方よ」普通はここで、きみに夢中であるふりをするのにそれほど演技の必要はないよ、みたいな台詞が返ってくるものだが、オーウェンにそれを期待することはできない。

「きみだって演技しなくちゃならないだろ?」オーウェンはそう言ってから、ふと心配そうな顔になってわたしを見つめる。「だよね?」

わたしはため息をつき、運転手の英語が――この街の多くのタクシー運転手がそうであるように――片言であることを祈った。「そうでもないわ。少しずつ戻ってきてるの。ときどき視界の端にちらっと真の姿が見えたりするのよ。まだ完治にはほど遠いけど」

「今夜はかなり面白い展開になりそうだな」オーウェンならではの控えめな表現だ。

「今夜のプランについて、ボスには話したの?」

「いや、知らない方がいいと思ったんだ」

わたしは驚いて彼を見つめた。「靴を見せたのかと思ってた、証拠として」

「魔術は記録したよ。こういうことを記録する方法があるんだ。今夜はボスにも驚いてもらった方がいいと思う。少しでも話が漏れる可能性のあることは、いっさいしたくなかったんだ」

「あなたの欠点、ようやく見つけたわ。無謀だってこと!」

「大丈夫だよ。すべて計算のうえだから」いつものようにいたって穏やかな口調だが、言葉の端にかすかな凄みを感じて、ぞくっとした。オーウェンはふだん、あまりに物腰が柔らかいので、彼がどれほど力のある魔法使いなのかを――ロッドいわく、あまりにパワーがあるため、危険な誇大妄想狂にならないようあえてシャイで控えめな人間に育てられたということを――つい忘れてしまうのだ。ロッドの忠告もあながち嫉妬からだけではなかったのかもしれないと、いまさらながらに思う。

パーティ会場は、天井の高い、聖堂のような玄関ロビーだ。妙な場所で会社のパーティを開くものだと思っていたが、終業後のほんの数時間ですっかり様変わりしていた。普通の会社ではデコレーターのチームが一週間がかりで準備するようなことも、ＭＳＩの場合、数人が片手をひと振りすれば済んでしまうのだろう。

みずみずしい常緑樹のガーランドがバルコニーの手すりを飾っている。枝と枝の間で小さな光がいくつも瞬いているが、コードはついていないに違いない。わたしのオフィスのそれをひと回り大きくしたような星々が、天井付近で光っている。何本ものクリスマスツリーがロビーを囲むように置かれていて、部屋の中央のふだん警備員が座っている場所には、ひときわ大きい、天井に届きそうなほど背の高いツリーがそびえ立っている。壁際のツリーとツリーの間には料理や飲みものが満載されたテーブルが設置され、階段のいちばん上では弾き手のいない弦楽四重奏団が勝手に音楽を奏でている。

「すごいわ」わたしは言った。

「うちの会社のデコレーション用魔術はすごく評判がいいんだ」コートを脱ぐわたしに手を貸しながら、オーウェンは言った。「この時期は売上もかなり伸びるよ」彼は小さいツリーのひとつを指さす。枝に積もった雪が月光に照らされて輝いているように見える。「あれはぼくが学生のときに考案したものなんだ。あれの特許権使用料で家を買ったって感じかな」

「すごくきれい。実家のツリーに飾る銀色のイルミネーションなんか比べものにならないわ」

オーウェンがふたりのコートをクロークに渡すのを待って、いっしょにロビーの中央まで行き、巨大なツリーの下にそれぞれ自参したシークレットサンタ用のプレゼントを置く。ロビーの周囲を飾るツリーのなかに、視界の隅に入ると、消えたり、飾りのまったくない裸の状態で見えたりするものがあることに気がついた。免疫の喪失はおおいに問題だが、この華やかな光景を少しでも楽しめたことをうれしく思った。背伸びをしてオーウェンにささやく。「このうちのどのぐらいが本物で、どのぐらいがめくらましなの？」

「レベルの高いデコレーションはたいてい本物だよ。めくらましはその場しのぎだからね」

「じゃあ、免疫が戻ってもあなたのツリーは見えるのね？」

オーウェンはわたしの手をぎゅっと握る。「見えるよ」

「今回のことは、ある意味いい勉強になったわ。ものごとの別の側面を見られたっていうか。完全に治ったら、この状態を少し懐かしく思ったりするかも」

「懐かしく思えるときがくることを期待しよう。どう、よくなってる？」

「まだよくわからない。ほんとに少しずつだから」

背の低い、頭の禿げた男性が、わたしたちのところにやってきた。オーウェンの上司、ミスター・ランシングだ。そう、本来カエルに見えるはずの――。彼はわたしに片手を突き出す。

「アーサー・J・ランシング、研究開発部の責任者だ。たしか正式な自己紹介はまだだったたね」

彼の手を握った瞬間、冷たくぬめっとした感触に思わずたじろいだ。まさにカエルと握手をしているような感じだ。「お会いできて光栄です。CEOアシスタントのケイティ・チャンドラーです」

「知っているよ。ミーティングにはたいていこのパーマーくんに出てもらっているんだ。わたしはあまりオフィスを出ないものでね」

わたしはにっこりほほえんで、ミーティングについて何か言おうとオーウェンの方を見た。そのとたん、ランシングが突然カエルになった。タキシードを着て眼鏡をかけた巨大なカエルが目の前に立っている。飛びあがって悲鳴をあげそうになるのをなんとかこらえながら、懸命に笑みをつくって言った。「ミーティングにたびたび中断されなければ、仕事もはかどりそうですね」

「おっと、もう空だな」ランシングは自分のグラスを見ながら言う。「ではまた」彼がぴょこぴょこ跳んでいくのを見送りながら、わたしは必死に笑いを嚙み殺した。

「もしかして、免疫が戻りはじめた？」オーウェンが耳もとでささやく。

「ええ、なんとも絶妙なタイミングでね。それにしても、なぜカエルなの？　最近、わたしのまわりはカエルだらけだわ」

オーウェンは肩をすくめる。「定番なんだよ。流行《はや》り廃《すた》りのないもののひとつさ。彼のはなんとか解いてあげたいんだけど。あれじゃあ、あんまりだからね。さて、何か飲もうか」

「ええ、そうね」

オーウェンはわたしの腰に手を添えて近くのシャンペンファウンテンまで行くと、グラスをひとつわたしに手渡してから、自分のグラスにシャンペンを注いだ。ふだん異性としての興味をみじんも示さない人にしては、わたしから目が離せないという演技をなかなかうまくこなしている。

人混みのなかをイザベルの頭がこちらに向かってくるのが見える。彼女はわたしたちの前まで来ると、まずわたしを抱き締め、続いてオーウェンの肩をぽんぽんとたたいた。「あらっ、あの素敵な靴ね!」イザベルは満面の笑みになる。「その靴、ほんとに最高よ!」そう言うと、あごで軽くオーウェンの方を指しながら、わたしに向かってウインクする。「でかしたわね」

イザベルにほほえみ返しながら、すべてが明らかになったら、まず彼女に本当のことを話そうと思った。それが、オーウェンとわたしが実はつき合っていないということを会社じゅうに広める最も手っ取り早い方法だ。

料理をつまみながら、人々とたわいのない会話を交わす間も、目ではアリの姿を探し続けた。

「彼女、本当に来るのかな」三十分が過ぎたころ、オーウェンが訊いた。

「来るって言ってたわ。きっとあえて遅れてくるんだと思う。彼女にとっては、その方がおしゃれなのよ」

まさにそのとき、正面玄関の扉が開いて、アリがひょろりと背の高い男性と腕を組んで現れた。男性に見覚えはなかったが、じっと目を凝らして見ていると、彼の姿が徐々にぼやけていき、やがておなじみの人物に変わった。「噂をすれば影ね。彼女、だれを連れてきたと思う?」

20

「だれ?」オーウェンが耳もとでささやいた。彼の温かい息が頬にかかり、一瞬事態の緊急性を忘れそうになったが、なんとか集中し直す。

「当ててみて」

「ケイティ」オーウェンの口調がやや警告気味になる。

「彼女、フェラン・イドリスを連れてきたわ。イドリスはめくらまし《イリユージヨン》をまとってる」

「彼が見えるの?」

「たったいま見えるようになったの。どうやらわたし、間一髪で治ったみたい。でも彼女、いったいどういうつもりなのかしら。ここには彼の真の姿が見える人たちもいるのに」

「検証人の多くは、あまり会社のパーティに出てこないんだ。それに、彼らのなかにフェランが何者かを知っている人はほとんどいない。何より、彼女はきみには見えないと思ってる」

「イーサンはどうなの? 彼はイドリスを知ってるし、免疫者《イミユーン》でもあるわ」

「彼は来てるの?」

「まだ見てないけど。でも、魔法界を探究したいって豪語してた人が、このパーティに来ないとは思えないわ。たぶんトリックスといっしょに来ると思うんだけど——」

「そういえば、彼女の姿も見てないな。ふたりに何かあったんじゃなければいいけど」

アリとイドリスが気取った笑みを浮かべながら、こちらに近づいてくる。「冷静にね」オーウェンがささやく。自分自身に言っているようにも聞こえた。

「ハーイ、素敵なドレスね」アリにそう言ってから、イドリスの方を向く。「ケイティです、よろしく」

「こちらは友人のフレッドよ」アリがそう言うなり、イドリスはえっという顔で彼女を見た。おそらく、打ち合わせとは違う名前を言われたのだろう。どうやらアリは、悪事の仲間にすら意地悪をせずにいられないようだ。「で、こちらは同僚のオーウェンとケイティ」

アリの秘密を知ったいま、彼女が悦に入った得意げな表情をしているのがわかる。何か企んでいることにもっと早く気づくべきだった。とはいえ、彼女はいつも何か企んでいるような顔をしている。でなければ、何を企もうか考えている顔だ。

「はじめまして、フレッド」愛想よくあいさつしながら、オーウェンの足首を蹴る。彼はわきあがる敵意でいまにも震え出しそうだ。それでも、わずかに血の気が引いただけで、ポーカーフェイスは保っている。わたしは言葉のナイフに少々ひねりを加えたくなった。「アリがあなたのことを話してくれなかったのは驚きだわ。いつもは、プライベートなことを洗いざらい教えてくれるのに」

彼女の目に一瞬、動揺が走ったように見えた。「フレッドはただの友達よ。デート候補がみんなダメになっちゃったのよ。さてと、ちょっとパーティの様子を見てくるわ。じゃあ、またオーウェンの手のなかでシャンペングラスが割れ、床に落ちる途中で消えた。「あいつの息の根を止めてやる」彼は静かに言った。「残念ながら、それは今夜じゃないけどあとで」

「役者はそろったわ。次は何？」

「予定どおりにそれぞれの役を演じて、どうなるか見てみよう。めくらましを解くことはできるけど、相手が油断しているときの方が簡単だし、ここぞというタイミングでできれば、効果は絶大だ。でもまずは、彼女の方にたっぷり餌をまいた方がいい。彼を連れてきたということ自体、十分な証拠にはなるけど、もう少し泳がせてみよう」

いつなんどき戦いが勃発するともわからない状態では、パーティ用のよもやま話にもなかなか身が入らない。ロッドの姿が見えた。免疫がもどったいま、彼はふたたびもとのロッドに戻っているため、面と向かうこともそれほど苦ではなかった。あの晩の出来事は、二度と会うことのない見知らぬ人との間に起こったことだと思えばいい。きっとそのうち、すべて忘れてしまえるだろう。ただ、いまは、彼の切れて腫れあがった唇が、あの夜のことをいやおうもなく思い出させた。

ロッドはわたしを見てにっこりほほえんだ。オーウェンはすかさずわたしの腰に腕を回し、やや強引に自分の方へ引き寄せる。「下がれ」凄みの利いた静かな声で言う。「彼女に近づくなと何度言ったらわかる」

「少なくとも、ぼくにはアクションを起こす度胸があった。それに、どちらといっしょにいたいかは彼女が決めることなんじゃないか？」

「今夜はぼくといっしょだ」

なんてことだ。本来まともで良識あるふたりの男が、わたしを巡って発情期の牡鹿みたいになっている。「ちょっとふたりとも、いい加減にして。お願いだから、もう忘れましょう。ね？」

オーウェンが小声で言った。「調子を合わせて」

ぽかんとするわたしをよそに、奇妙な心理劇は勝手にどんどん進行し、まわりに人だかりができはじめた。「へえ、まるで彼女の扱い方を心得てるような言いぐさじゃないか」ロッドが言う。

「そっちこそ、どうなんだ。彼女はおまえから逃げて、まっすぐぼくのところに来たんだぞ」

この小劇場において、わたしはいったいどんな役柄を演じればいいのだろう。慌てふためけばいいのか、モテモテの自分に酔えばいいのか。事前にシナリオを教えてくれればよかったのに。でも、こうして見ているかぎり、どうも彼らはすべてをアドリブでやっているような気がする。兄弟同然に育ってきた幼なじみ同士、相手の出方も考えていることもすべてわかるから可能なのだろう。わたしはとりあえず、靴の魔術にかかっていたときと同じように振る舞うことにした。そもそも、それがこの芝居の目的なのだし。アリに魔術が依然として効力を発揮していると思わせなければならない。

さっそく、ねらった男は片っ端からものにするディーバを気取ろうとしてみたが、これにはいささか無理があった。やはりわたしには、自分がなぜこんなにもてるのかわからずうろたえる女の方が似合う。「ふたりとも、お願いだからやめて。わたしのために長年の友情を壊すようなことはしないで。それに、せっかくのパーティを台無しにしたくはないでしょう?」

ロッドはオーウェンをじろりとにらみつけると、そのまま背中を向けて立ち去った。オーウェンはわたしの腰にしっかりと腕を回したまま、ロビーの反対側へと歩いていく。まずい、この感触は癖になりそうだ。さりげなくアリの方をうかがうと、彼女はこの騒動をおおいに楽しんでいるように見えた。

「事前に打ち合わせしてくれたらよかったのに」近くに人がいないことを確認してから、オーウェンに言う。

「知らない方が真実味が出ると思ったんだ」

「じゃあ、あなたたちふたり、大丈夫なのね? 仲直りはしたのね?」

「芝居で共演できる程度にはね」

「じゃあ、本当に殴ったの? それとも、それも芝居の一部?」

「殴ったよ。そのあとで、芝居のプランを立てた。おそらく唇が腫れてるだろうけど、それが見えるのはきみだけだ」

「オーウェン! 殴る必要なんかなかったのに!」

オーウェンは右手の指を屈伸させながら言う。「あったよ。彼はきみをオフリミットにするって約束したんだ。そして、約束を破ったらぼくがどうするかも約束した。そもそもロッドはきみを誘うべきではなかった。約束を守っていれば、魔術の影響を受けることもなかったんだ」

「どうしてそんな約束をさせたりしたの？」わたしに興味があるわけでもないのに――。

「彼の女癖を知ってるだろう？　だから、きみのことはターゲットにしないということであらかじめ合意したんだ」

「その点については、率直に言って、彼には専門家の助けが必要だわ」

「まったくだよ。さて、そろそろ第二幕が始まる時間だ」

「第二幕？」

オーウェンがわたしの後ろを指さす。振り返ると、階段の上にマーリンが現れた。「紳士、淑女の皆さん」古代の魔術師の声は、あれだけ高齢の老人から発せられたとは思えないほど力強く響き渡った。

「なるほど、第二幕ね。で、いまの状況を彼に説明するつもりはないのね？」

「事前に説明するには証拠が不十分だったし、いまは時間がない。さあ、来て」オーウェンは相変わらずわたしの腰に腕を回したまま、階段の下に集まりはじめた人々の前へと出ていく。弦楽四重奏団は演奏をやめ、空中に静止した。アリとイドリスも集団の前の方にいる。そこからさほど離れていない位置にロッドの姿も見えた。イーサンとトリックスは依然として見当たらない。

全員の注目が集まったところで、マーリンは口を開いた。「今宵、皆さんとはじめてこのような祝宴をもてたことを、大変うれしく思います。わたしたちはいま大きな試練に直面していますが、わが社の使命と魔法界におけるその役割を忘れず、力を合わせ、ともに立ち向かうかぎり、必ず乗り越えられると確信しています」

ボスの話に集中すべきだということはわかっているが、ついイドリスのことが気になってしまう。彼はやれやれというように目玉を回し、あざけるような表情を見せたが、おそらくそれもめくらましによって隠されているのだろう。

マーリンは続ける。「この数週間、身内の背信行為によって、わたしたちは自らの内部に混乱をきたしました。しかしいま、わたしたちはそれを克服し、ふたたび共通の目的に向かって歩みはじめています。犯人は必ずや捕まるでしょう。わたしたちはこの先も、わが社を陥れようとする破壊行為に、決して屈することはありません」

ロッドがわたしたちの方を見ているのに気がついた。「ショータイムだ」オーウェンがささやく。「見てて」彼の手が腰から離れ、すぐそばで魔力が急激に高まるのを感じた。首の後ろの産毛が逆立つ。突然、シュッという音が聞こえ、続いてどよめきが起こった。

マーリンの顔が凍りつく。次の瞬間、優しい老政治家の表情は消えていた。「あなたか」その声はささやきに近かったが、ナイフのように静寂を切り裂いた。

イドリスはようやく自分の真の姿が暴かれたことに気づいたようだ。出口を探すかのように、後ろを振り返る。ＭＳＩの社員全員に退路をふさがれていることがわかると、表情に一瞬パニックの色が浮かんだ。しかしすぐに、いつものふてぶてしい態度に戻る。

オーウェンがわたしの前に進み出た。オーウェンとイドリスの間にいた人たちがいっせいに後ずさりし、ふたりの間に何もない空間ができた。マーリンがゆっくりと階段をおりてくる。

「なかなかやるじゃないか」イドリスがオーウェンに言った。

「ありがとう」オーウェンはさらりと応える。

「どうしておれだとわかった」

「きみの体臭は間違えようがない」人々の間に押し殺した笑いが波紋のように広がる。

イドリスは腕を組んでマーリンを見あげた。「さて、爺さんよ、これからどうする気だ。おれは招待客としてここに来た。何も違反はしちゃいない。それとも、ごひいきの弁護士さんに接近禁止命令でも出してもらうかい？　で、その弁護士さんはどこなんだい。今夜はまだ見かけてないぜ」

イーサンはいま現在、世界一お気に入りの人物というわけではないが、だからといって、彼によからぬことが起こってほしいとは思わない。急に彼のことが心配になった。

「だれに招待されたのです？」マーリンが訊く。

「あんたの社員のひとりさ」イドリスは薄ら笑いを浮かべる。「この会社の愛社精神のほどがうかがわれるぜ」

イドリスが姑息な手段に出るのを見逃すまいと注意して見ていると、アリの羽が徐々に彼から離れはじめた。こっそり逃げ出すつもりらしい。そうはさせない。マーリンやオーウェンに危険なめくらましや魔術が使われないよう目を光らせつつ、集団のなかをすり抜け、アリを追う。彼女はわたしからパワーを奪い、魔術をかけた。人をさんざんもてあそんでおいて、そのまま逃げおおせると思ったら大間違いだ。

「その社員の愛社精神のほどがうかがわれる、ということです。ほかのスタッフをいっしょにしてもらっては困りますな」マーリンの目が裏切り者を捜すように集団を見渡す。アリの動きがはやくなった。

羽を使われたら、とても追いつけない。このまま逃げられたら、もとのもくあみだ。社内はふたたび、スパイの存在が発覚した当初のように疑心暗鬼と被害妄想の渦に呑み込まれてしまうだろう。「待ちなさい!」わたしは叫んだ。「彼女を捕まえて!」

アリから最も近い位置にいたイザベルが、愕然とした表情でわたしを見た。「ケイティ?」イザベルがそう言ったとたん、部屋じゅうの顔という顔がいっせいにこちらを向いた。

アリはたいした役者だ。目を大きく見開き、無邪気な顔でわたしを見つめ返す。「ケイティ、いったいどうしたの? まさか、皆の注意を自分からそらそうとしてるんじゃないわよね」

いくら彼女でも、ここまで汚いとは思わなかった。「なん……」それしか言葉が出てこない。「真面目で優しいケイティがこんなことをするなんて、だれが思ったかしら。スパイ捜査の責任者が、実はスパイ本人だったなんて。この一カ月、会社の男たちを次々と手玉に取って、長年の友情をぶち壊したあげく、今度はわたしをハメようというの?」アリは心外極まりないという表情で、固唾を呑んで見つめる人々をぐるりと見渡す。「あの素敵な赤い靴をどこで手に入れたか彼女に訊いてみるといいわ。それを使って何をしてるかも。ほかにどんな理由があって、男たちがこれほど彼女に入れ込むと思う？　彼女はこの会社に来る前からオーウェンに目をつけていて、彼を手に入れるためならなんだってやる気だったのよ。靴にシンデレラの魔術をかけさせてまで、彼をものにしようとしたんだわ」

ショックが収まると、今度は怒りがわいてきた。「靴に魔術がかけられてるって、どうしてわかるの？」

「いやだ、そうでもしなきゃ、彼があなたみたいな女に振り向くわけないでしょう？　わたしもその手を使えばよかったわ。魔術でも使わないかぎり、どんなにモーションかけようが、彼は気づきさえしないもの」

わたしは靴を脱ぎ、近くにいたふたりの人に片方ずつ放った。「それ、魔術がかけられているように見えます？」ストッキングだけの足で立つと、自分がひどく小さくなったように感じたが、追いかける必要に迫られたときには、この方がはやく走れる。

アリの演説はまだ終わっていなかった。彼女は驚くほど自信満々に見えた。おそらく、靴に魔術がかけられたことを事実として知っているからだろう。「あなたは魔術の存在に気づかなかったかもしれないわね、なにしろイミューンなんだから。それとも、本当にイミューンなのかしら。ひょっとしたら、それについても嘘をついてたんじゃない？」

集団が割れ、やがてマーリンがわたしの横にやってきた。「ケイティ、それは本当ですか？」

もっと早く彼に打ち明けなかったことを悔やみつつ、わたしは言った。「はい、本当です。二週間ほど完全に免疫を失っていました。うちのアパートの水道水に薬が混入されていたんです。そして薬の効果は、シークレットサンタから贈られたチョコレートによって促進されていました」

「アリ！」イザベルが、行く手を阻むように彼女の前に立ちはだかる。そしてマーリンの方を向いて言った。「それはアリです。わたしが彼女をケイティのシークレットサンタにしました。友達同士なら楽しいかと思って――」

「でも、もう大丈夫です。完全にもとに戻りました」わたしは言った。

「どうして何も言わなかったのですか？」マーリンの声には落胆が感じられた。

「仕事を失うのが怖かったんです。一時的な現象であることを祈って、免疫が戻るのを待っていました。原因がわかってからは、わたしたち以外にこのことを知る人がいれば、それこそが原因をつくった本人だと考え、あえて伏せることにしたんです」

「それはぼくのアイデアです」オーウェンの声が背後で響いた。皆がいっせいにそちらを向く。ほとんどの人は、これだけ大きな声ではっきりと話す彼を見るのはもちろん、彼の声を聞くことすらはじめてだろう。「それは、ぼくたちの作戦の一部でした」

マーリンが愉快そうな表情をする。「ほう、あなたたちの作戦ですと？　聞いてみたいものですな」

アリが後ずさりしながら言う。「彼女の言うことを信じるんですか？　あなたに嘘をついていたんですよ？」

「少なくとも、彼女は人の頭を殴って掃除用具入れに閉じ込めたりはしない」階段の上から男性の声が聞こえた。皆がいっせいに振り返る。見あげると、そこにはイーサンとトリックスがいた。ふたりとも薄汚れていて、やや朦朧としているように見える。

トリックスが小さな妖精の人形を頭上に掲げた。「でも、おかげで宝探しの最後の品を見つけたわ。これでたぶん、ドラゴン・チームの勝利は確定よ」

ドラゴン・チームとおぼしき人たちからどっと歓声があがったが、状況を思い出したのか、すぐに静まった。

「どうしてイドリスがここにいるんだ？」イーサンが言う。

「だれにやられたのですか？」マーリンが訊いた。

「わたしたち、仕事のあと顔を見せるよう、アリに言われたんです」スカートのすそを直しながらトリックスが言う。

もう十分だ。わたしはアリに近づいて、片方の羽をつかんだ。アリは小さく悲鳴をあげる。

「痛い？」彼女はうなずく。「それはよかった」わたしはそう言って、彼女を階段の下まで引っ張り出した。ここなら、彼女を尋問しながら、同時にイドリスを見張ることができる。

「そろそろ、靴にかけられた魔術とやらについて、どなたか説明してくれませんか」マーリンが言った。

「靴にかけられた魔術ってなんですか？」イーサンが訊く。「ぼくたち、何か見逃してます？いったい何があったんですか？」

「この靴にはなんの魔術もかかっていません」先ほど靴を渡したふたりのうちのひとりが叫ん

だ。

アリが驚いて振り返る。「そんなはずないわ！」

わたしはふたたび彼女の羽をつかんだ。「どうしてわかるの？」

「魔術はたしかにかかっていました」オーウェンが言う。「なかなか強力な多重構造の魔術です。ケイティの周囲にいる人々の認識を変化させるだけでなく、ケイティ本人の行動もある程度コントロールすることができます。さらに、彼女や彼女のまわりの人に別の魔術をかけることを可能にする媒介機能も備えていました。魔術は、ぼくが解いておきました。あとで正式な記録をお見せしますが、とりあえず、その魔術がアリの指紋だらけだったことを先にお伝えしておきましょう」

靴は人々の手から手へと渡され、最後にオーウェンを経由して、わたしの手もとに戻った。あらためて靴に足を入れる。今回は、自信とパワーを感じるのに魔法の力は必要なかった。わたしはアリを真正面から見据えた。「友達だったのに、どうして――」

「本当に友達だと思ってたの？」アリは鼻を鳴らす。「全部演技だったのに、まんまと引っかかったわね」

「ほんと、ばかだったわ。でも、どうしてなの？　魔力のかけらもない間抜けなわたしが相手なら、免疫を奪ったり魔術に頼ったりしなくても、簡単に足をすくうことができたんじゃない？」

そう言いながら、必ずしもそうではないことに気がついた。わたしにはわたしなりの強さがある。それはもしかしたら、魔術以上に威力をもつのかもしれない。わたしは胸を張った。

「真面目でお人好しだからカモにしやすいと思ったのかもしれないけど、真面目な人というのは人から信頼されるものなの。こっちが向こうを信じていいか迷ってるときでさえ、相手はわたしを信じてくれるのよ」そう言って、オーウェンの方を見る。「わたしに声をかけ、話を聞こうとしてくれる。そして、どんなことがあっても味方でいてくれるの。そんな友人たちがどれほどわたしにパワーをくれているか、あなたにはわからないでしょうね」オーウェンのほほえみが、わたしにさらなる自信をくれた。

「わたしの父は平凡なテキサスの飼料店経営者で、魔力なんてこれっぽっちももってない。でも、父はわたしに、人の目を見てその心を知るすべを教えてくれた。めくらましの後ろ側が見えなくたって、真実を知ることはできる。実際、あなたをスパイだと見破ったのは、完全に免疫を失っているときだったわ。あなたに薬を盛られて、妙な魔術をかけられてる最中よ。あなたについて、何か合点のいかないところがあった。直感的に真実が見えていたのよ。ただ、それを証明するものがなかっただけ。でもいま、あなたのおかげで、それを手に入れることができたわ」

わたしはマーリンの方を向く。「彼女がいま、自ら語ったことは、自白に等しいと解釈できませんか？」

「たしかに、まったく無関係の人にしては、彼女は多くを知りすぎているようですな」マーリンは言った。「警備部、ミス・アリエルの身柄を確保してください」

サムとその仲間たちが飛んできて、アリの腕をつかむ。「ちょっと、黙って見てるつもり？」

警備チームに連行されながら、彼女はイドリスに向かって叫んだ。

皆がいっせいに彼の方を向き、身構える。オーウェンは手首を屈伸させている。しかしイドリスは、軽く肩をすくめただけだった。「すべて彼女が勝手にやったことさ。おれは今夜、パーティのエスコート役としてつき合っただけだ。ちょっとした悪戯《いたずら》のつもりでな。それじゃ、お先に失礼するぜ」

わたしは慌ててマーリンを見る。「行かせちゃうんですか？」

「彼の言うとおりです。彼自身は何もしていません」

「それに、アリのやったことに彼の関わりを証明するものは何も残されていない。その辺は慎重にやったんだろう」オーウェンが言う。「シンデレラの魔術を改造したのは、おそらく彼だろうけどね。これはアリの能力を超えた仕事だ。でも、魔術を使ったのは間違いなく彼女だよ」

「じゃあ、彼に対しては何もできないの？」信じられない。

「今回はそういうことになりますな。拘束する理由がありません。あえて捕らえれば、法を無視することになります。それでは彼のやっていることと同じですし、そんなことをすれば、仲間の連中の暴挙を誘発することにもなりかねません。では、ちょっと失礼しますよ。スピーチがまだ終わっていませんのでね」

マーリンはふたたび階段の上にあがる。「すっかり話の腰を折られましたが、気を取り直して参りましょう」マーリンの言葉に、社員たちがクスクス笑いで応える。「今年の業績は祝賀に値するものですが、この先も多くの仕事がわたしたちを待っています。しかし、今夜は思いきり楽しみましょう。同僚たちと言葉を交わし、互いの労をねぎらってください。あなたがたは株式会社マジック・スペル＆イリュージョンの社員であるとともに、魔法の伝統を守り、よき心に基づく使用を促す先導者でもあるのです。わたしたちの使命は、自分たちの力を魔法界のためのみならず、人類全体の幸福のためにいかす方法を模索し続けることだということを、どうか忘れずに。ところで、今期の目標は達成されました。よって、皆さん全員にボーナスを支給いたします」

場内にどっと歓声が起こる。わたしも皆に加わる――自分が仲間のひとりであることを実感しながら。肩に腕が回されるのを感じて、横を向くと、オーウェンがにっこり笑ってわたしを見ていた。「みごとだったね」彼は言った。「彼女がきみを犯人扱いしてくるとは予想していなかったけど、素晴らしい反撃だったよ」

「わたしにもわたしなりの強さがあったってことかしらね」

「そのとおり。おかげでスパイが捕まって、少なくともひとつ頭痛の種が減ったよ」

わたしは首を振る。「違う、頭痛の種はかえって増えたのよ。イドリスがカオス専門だとすれば、アリには計画性がある。しかも、今回のことで彼女には個人的な動機ができた。それに、集中力の持続時間もイドリスよりずっと長いわ」

オーウェンは顔をしかめる。「ふたりが本格的に手を組むことになれば……」

「シートベルトを締め直さなきゃね」

「幸い、彼女はしばらくの間拘留されることになる」

「だといいけど。彼女にイドリスのブレインになられると厄介だわ」

マーリンが片手をあげて、ふたたび皆の注意を喚起した。「さて、今宵の祝宴にはもうひとつ大切な行事が残っています。わたしたちはこのひと月、会社としての一体感を高めるために、同僚に親切な行いをするという試みを実行してきました。皆さんは今夜いよいよ、サンタクロースの素顔を知ることになります。それでは、ツリーの下から各自持参したプレゼントを取って、友人に自分の正体を明かしてください」

「今夜は手ぶらで帰ることになりそうね」皆がいっせいにツリーの根もとに群がるのを眺めながら、ひとりつぶやく。「まあ、彼女から何かもらいたいわけじゃないけど……」アリが用意しそうなものを想像して、思わず身震いした。

同僚たちが互いを驚かす様子を眺めながら、ツリーのまわりの人だかりが徐々に散っていくのを待った。皆がうれしそうに抱き合ったり握手を交わしたりする姿に、心が温まる。落胆の表情も若干見られはしたが――わたしがその最たるものだが――、プロジェクトはおおむね成功したといえそうだ。パーティ会場はいま、家族的な空気に満ちていた。ミミのもとで働いていた前の職場にはまったく存在しなかったものだ。

オーウェンが彼のシークレットパルにプレゼントを渡している間にツリーの下から本を取り、隅の方で待っていると、マーリンがやってきてわたしの横に立った。「黙っていて申しわけありませんでした。怖くて言い出せなかったんです」

「わたしは免疫をもつことだけを理由に、あなたを採用したわけではありませんよ」マーリンの目がきらりと光る。「あなたは先ほど、自分の真の能力についてかなり正確な描写をしていました。あれこそまさに、現在のポジションで求められるスキルです。魔法に対する免疫を失いながら任務を遂行できたのは、あなたが素晴らしい洞察力をもっていることの証しです」

「もっと早くだれかを信頼していれば、これほど苦労しなくてすんだんですけど……」

「今回の経験は貴重な教訓を与えてくれたということですな。今後にいかせばよいことです」

髪をきれいになでつけ、ほとんど別人のようになったジェイクが、派手に飾り立てた箱を手におずおずとマーリンの前に進み出た。「サー、あなたにお渡ししたいものが」

ふたりは立ち去り、わたしは皆が包みを開ける様子を眺めた。魔法のギフトが、空中に飛び出したり、派手に光ったり、歌ったりするのを見ていると、本を背中に隠してそのまま素知らぬふりをしたくなってきたが、それではせっかく学んだ教訓を無視することになる。オーウェンは友達だ。彼を信頼しよう。わたしのプレゼントに込められた洒落っ気をきっと理解してくれるはず。

意を決して、オーウェンのもとへ向かった。彼のうっすらと紅潮した頰に、シークレットパルとはじめて仕事以外の会話を交わした緊張の名残が見て取れたが、表情は満足そうだった。

「大成功だね」彼は言った。

「そうね。わたしのきまりの悪い秘密が全社員の前で暴露された点を除けばね」

「今夜、面目をつぶされたのはきみだけじゃないよ」アリが、オーウェンは魔術でもかけなければ女性の気持ちに気づかないと言ったことを思い出し、顔をゆがめて同情の意を示す。まあ、実際、そのとおりではあるのだけれど。

「それはさておき、あなたに渡すものがあるの。もう気づいてると思うけど――」そう言って、本を差し出す。「メリークリスマス。あなたのシークレットサンタから最後のプレゼントよ。知ってたんでしょう、わたしだってこと」

「それは……」オーウェンは目をそらして口ごもる。

「オーウェン、もうお互いに隠しごとはしないんじゃなかった？」

「わかった。知ってたよ。だって、あれだけのことをしてくれる人がほかにいる？ 証拠を残さないという点ではみごとだったけどね」オーウェンはわたしの目をまっすぐに見つめた。頬がピンクになったが、視線はそのままだ。「それに、サンタがきみでよかった。魔法関連のものはいつでも手に入るけど、あんな贈りものをもらったのははじめてだよ。ありがとう」

自分の顔が彼に負けないくらい赤くなっていくのがわかる。「ねえ、それ、開けないの？」

オーウェンが人差し指で軽くはじくと、包装紙は一瞬にして消えた。彼はにやりとする。

「これ、最高だよ。ありがとう！ きみの観察力には頭がさがるな」

「二十四時間オーウェン専用チャンネルつきのＥＳＰこそないけど、できることはしようと思って」

「ありがとう、この本、絶対楽しめるよ」

オーウェンは、わたしを抱擁しようとも、なんらかの形で体に触れようともしなかった。お芝居は終わったらしい。わたしたちは、もとの友達同士に戻るのだ。残念ではあるけれど、それがいかに大切なものかを知ったいま、彼の友情を失いたくはない。「わたしこそ、本当にいろいろありがとう。あなたのおかげよ。あなたの助けがなかったら、こんなふうにはいかなかったわ」

「それが友達ってものだろう？」

泣きたい気持ちをぐっとこらえて、むりやり笑顔をつくる。「そうね」

オーウェンはそばにあったテーブルに本を置いた。「その、隠しごとはしないって話だけど、実は、まだきみに言っていないことがあるんだ」そう言うなり、顔が真っ赤になり、やがて頬だけにほんのりバラ色を残して、白い肌に戻った。しばし言葉を探すような仕草を見せたあと、オーウェンはようやく言った。「靴のせいだけじゃなかったんだ」

「え？」

「アリの言ったことは間違ってる。魔法の靴なんかなくたって、ぼくはきみに興味をもっていたよ。二十四時間体制のケイティ専用チャンネルは、きみにはじめて会った瞬間から作動してたんだ」

あまりの驚きに、息をするのも忘れた。「あの……」なんとか声を絞り出す。「でも、わたしずっと……、だってあなた全然、何も言わなかったっていうか、何もしなかったっていうか」

「つまり、毎朝いっしょに通勤したり、ディナーに誘ったり、ほかのだれよりもきみと話をしたりといったこと以外に？　きみの方こそ、友達でいることを強調していたじゃない」

わたしは思わず吹き出した。「それは、あなたがそれを望んでいると思ったからよ。怖じ気づかせたくなかったの」

オーウェンはわたしを抱き寄せた。笑っているのが胸の振動を通して伝わってくる。「お互い絶望的に鈍いってことだな。ぼくたち、お似合いかもしれない」耳もとでささやく。

抱き締めてくれてよかった。頭がくらくらして、ひざに力が入らない。いまにもへたり込んでしまいそうだ。「おかしな話だけど、あなたが出していた好きだというサインを、わたし、片っ端から好きじゃないという意味に解釈してた。好きだとしても、友達として好きなだけだって。なんとかいい友達でいようとがんばったけど、どんどん難しくなっていったわ。だって、知れば知るほど、あなたは完璧になっていくから」そう言って、オーウェンを見あげる。「だいたい、あなたみたいな人が、わたしみたいな娘《こ》を相手にするはずがないでしょう？　あなたはスーパー魔法使いで、わたしはミス平凡で――」

「ケイティ、黙って」オーウェンは優しくほほえんだ。「話が妙な方向にいってるよ」

ため息をつき、彼の胸に頭を押しつける。「ほらね。あなたは家のない子猫を引き取ったり、老婦人に家を提供したりする、とんでもなく優しい人なの。そのうえ頭がよくて、パワフルで、それから、ええと、ゴージャスっていうのは言ったっけ……、それに引きかえ、わた――」

彼はわたしを完全に黙らせた。あの完璧なファーストキスは、靴の魔法によるただのまぐれでなかったことがわかった。二度目のキスはさらに素晴らしかった。しかも今度は、正真正銘、本物のキスだ。

訳者あとがき

ようやく――それも、想像だにしなかった形で――自分を必要としてくれる職場と出合い、少しずつ自信をつけはじめていたケイティだったが、本作では、あろうことか、やっと巡ってきた幸運の前提ともいえる〝魔法に対する免疫〟を失ってしまう。おりしも、社内はスパイ騒動の真っ最中。捜査を任されたケイティは、免疫の喪失がばれやしないかと気が気でない。おまけに、テキサスからは、よくも悪くも典型的な南部人である両親がやってくる。母親がイミューンだったことから、ニューヨーク観光はとんでもない珍道中になり、さらには、ロマンスの方も新たな展開を見せはじめて――と、シリーズ第二弾は盛りだくさんの内容だ。

免疫を失うというアイデアは、前作『ニューヨークの魔法使い』の第四章、ケイティがMSIで面接を受けるシーンを執筆中に思いついたと、スウェンドソンは語っている。新しい抗鬱剤によって免疫が失われるという台詞を人事部長のロッドに語らせたとき、これは将来使えるテーマだと直感したそうだ。当初、二作目のテーマは企業スパイで、ケイティが免疫を失うのは三作目の予定だったが、エージェントからふたつを合体させてはどうかとアドバイスがあったという。免疫の喪失が大きな痛手となるには、ケイティ自身が免疫をもつことにある程度慣れていなければならないため、二作目では早すぎると、しばらく〝抵抗〟したそうだが、結果的に、免疫の喪失によってスパイ捜査のプロセスがよりスリリングになるという相乗効果が生まれ、密度の濃いインパクトのある物語ができあがった。スウェンドソンは、エージェントの言うことはたいてい正しいのでときどき頭にくると、冗談交じりにぼやいている。

ところで、本作のキーアイテムとなるのが赤いハイヒールだが、これには物語を地でいく逸話がある。まだ一作目の出版社が決まらず、フリーランスの仕事で〝食いつないで〟いたころ、スウェンドソンは女友達と出かけた高級デパートの靴売り場で、艶やかな赤いハイヒールにひと目惚れする。友人に買うようけしかけられたが、当時の彼女には簡単に手の出せない値段だったうえ、真っ赤なピンヒールなどおよそ柄ではなく、もちろん合わせる服もない。まさにケイティと同じような葛藤をした末に、本の出版社が決まったら自分へのお祝いに買うと苦し紛れに宣言して、店をあとにしたという。数カ月後、エージェントから版権が売れたという連絡を受けた直後、友人にかけた電話の第一声は、「靴を買いにいくわよ！」だったそうだ。彼女が買ったのは、そのサイズの最後の一足。なにやら運命めいたものを感じたという。帰り道、ケイティが免疫を失うなら、そこに絡むのは魔法の靴であるべきだと確信し、出だしの一行までもが決まったそうだ。赤いハイヒールはその後、サイン会や出版イベント、テレビ出演のたびに彼女の足もとを彩り、いまでは著者のトレードマークになっているとのこと。

さて、気になる次作だが、本国では今年の五月に発売される予定だ。敵の真のねらいを探る試みが続くなか、怪しげなフェアリーゴッドマザーが登場し、またもやひと波乱ありそうな気配。ついにかなった愛しの君との恋も、おそらく安穏とはいかないだろう。乞うご期待！

検印
廃止

訳者紹介　キャロル大学（米国）卒業。主な訳書に，スウェンドソン『ニューヨークの魔法使い』，スタフォード『すべてがちょうどよいところ』，マイケルズ『猫へ』（以上，パピルス），ゲレ『匂いの魔力』（工作舎）などがある。

㈱魔法製作所
赤い靴の誘惑

2007年3月16日　初版
2010年12月10日　5版

著者　シャンナ・スウェンドソン
訳者　今《いま》泉《いずみ》敦《あつ》子《こ》

発行所（株）東京創元社
代表者　長谷川晋一

162-0814/東京都新宿区新小川町1-5
電話　03・3268・8231-営業部
03・3268・8204-編集部
URL　http://www.tsogen.co.jp
振替　00160-9-1565
工友会印刷・本間製本

ISBN978-4-488-50303-1　C0197